I0641644

ROBERT 1964

ROBE

RC

LE

CONSERVATEUR.

TOME I.

Se vend à PARIS,

Chez {
T_HÉOPHILE_ BARROIS, rue Hautefeuille;
MARADAN, rue Pavée S. André-des-Arcs;
DETERVILLE, rue du Battoir;
DESRAY, rue Hautefeuille;
RENOUARD, rue S. André-des-Arcs.
}

LE
CONSERVATEUR,

OU

RECUEIL DE MORCEAUX INÉDITS

D'HISTOIRE, DE POLITIQUE, DE LITTÉRATURE ET DE PHILOSOPHIE,

tirés des porte-feuilles de N. FRANÇOIS (de Neufchâteau), de l'Institut National.

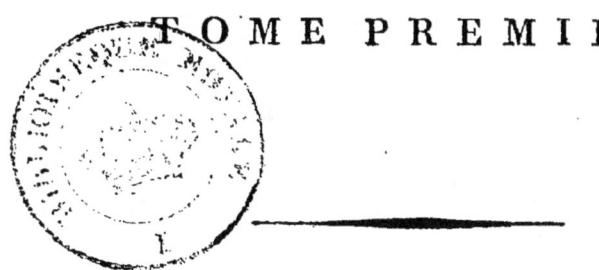

TOME PREMIER.

A PARIS,

DE L'IMPRIMERIE DE CRAPELET.

AN VIII.

R

STANCES DÉDICATOIRES

AUX MANES

de l'abbé BEXON, mort en 1784; du président DUPATY, mort en 1788; et du citoyen THOURET, immolé en l'an 2 par le tribunal révolution-naire.

BEXON, de Pline digne élève!
Courageux DUPATY, l'honneur des magistrats!
Infortuné THOURET, qu'un tyrannique glaive
    Vint frapper jusques dans mes bras!

    Mânes illustres! ombres chères!
Tous trois avant le temps au tombeau descendus!...
Ah! vous avez coûté des larmes bien amères
    A l'ami qui vous a perdus.

    Mais à la mémoire des sages
Les larmes ne sont pas d'assez dignes tributs:
Il faut d'autres honneurs, il faut d'autres hommages
    A vos talens, à vos vertus.

    Mânes sacrés! que votre gloire
Ranime mon courage et finisse mon deuil!
C'est à notre amitié, c'est à votre mémoire
    Que je consacre ce Recueil.

13   a

Oui, ce monument doit vous plaire.

J'y rassemble avec vous VAUBAN et D'AGUESSEAU,

TURGOT, HELVÉTIUS, BAILLY, GRESSET, VOLTAIRE,

BUFFON et Jean-Jacques ROUSSEAU.

Cette élite immortalisée

Des noms les plus chéris sur le Pinde français,

S'unit dans mon Recueil comme dans l'Elysée,

Et me répond de son succès.

PRÉFACE.

J'AI peu de chose à dire, en donnant au public ces deux premiers volumes d'une collection dont l'objet est suffisamment annoncé par son titre. Aussi-tôt que l'idée en a été connue, par l'insertion de ma lettre au citoyen BEXON, dans un papier public *, cette idée a été goûtée de tous les amis

---

* On croit devoir donner ici plus correctement cette lettre, qui a été défigurée dans le Journal où elle a paru.

Paris, 12 fructidor an VII de la République.

FRANÇOIS (de Neufchâteau), de l'Institut national, au citoyen SCIPION BEXON, ex-président du tribunal criminel du département de la Seine.

« MON cher compatriote, vous avez raison de vous plaindre du silence vraiment étonnant que gardent tous les nouveaux éditeurs de l'Histoire Naturelle de Buffon, sur la part qui devoit revenir dans le succès de cet ouvrage à la mémoire de votre digne frère. Il n'est pas permis d'ignorer l'aveu que Buffon lui-même a fait de la coopération de l'abbé Bexon aux trois derniers volumes de l'Histoire des Oiseaux, dans l'Avertissement placé à la tête du septième volume in-4°. publié en 1780 ; mais cet Avertissement, tardif et restreint, ne donne qu'une foible idée des travaux, des recherches et du talent dont votre frère a fait le sacrifice à l'Histoire de la Nature ; ce sacrifice avoit commencé, à ma connoissance, dès 1777. Avant mon départ pour Saint-Domingue, j'avois vu les papiers et les mémoires immenses que votre frère avoit rassemblés sur toutes les parties de l'Histoire Naturelle. Je

des sciences, des lettres et des arts. On s'est em-
pressé de m'offrir des matériaux précieux, qui
pourront enrichir la suite de ma Collection. Mais
je ne me suis pas borné à l'objet principal que
j'avois annoncé, et qui consiste à recueillir, 1°. des
fragmens inédits des ouvrages de nos grands hommes. Je me suis plu à rassembler d'autres objets
intéressans ; 2°. des traductions de morceaux de

---

savois que ses travaux dans l'ouvrage de Buffon, ne s'étoient
pas bornés à l'histoire des Oiseaux. Celle des minéraux et
des pierres précieuses est aussi, en grande partie, son ouvrage.
Il avoit enfin des matériaux considérables pour l'histoire des
Poissons, qui devoit lui appartenir plus particulièrement. On
en jugeroit mieux aujourd'hui, si tous ses papiers n'eussent
pas été enlevés dès le lendemain de sa mort, pour être remis
à Buffon, qui a malheureusement négligé d'en dédommager
votre respectable famille. On est affligé de voir qu'un si grand
homme n'étoit pourtant qu'un homme. Comment se peut-il
qu'il ait ainsi délaissé la mère et la sœur de celui qui fut son
coopérateur, et qu'il appeloit son ami ?

  » Mais comme à l'intérêt l'ame humaine est liée,
  » La vertu qui n'est plus, est bientôt oubliée.

» On n'a que trop d'occasions d'appliquer ces vers de Voltaire ! Il est heureux du moins, pour la gloire de votre frère,
que dans la perte de ses papiers n'aient pas été enveloppées
les vingt-six lettres que vous venez de me communiquer et
qui ont été adressées de Montbar et de Paris à l'abbé Bexon
par Buffon, depuis 1777 jusqu'en 1783. C'est un morceau
piquant d'Histoire littéraire, une révélation précieuse de la
manière dont Buffon travailloit, et un monument érigé de
ses mains en l'honneur de votre excellent frère. Vous savez
combien la réputation de l'abbé Bexon est chère à mon amitié.

littérature étrangère ; 3°. des renseignemens importans sur toutes les parties de l'économie politique ; 4°. des analyses courtes de quelques grands
ouvrages ; 5°. quelques pièces originales qui peuvent servir à l'histoire ; 6°. enfin quelques essais
heureux des hommes de lettres vivans ; car il
ne faut pas imiter ceux qui n'admirent que les
morts.

Je crois l'avoir prouvé dans les premières éditions du Poëme
des Vosges. Les lettres de Buffon me donnent une nouvelle
occasion de faire mieux connoître votre frère. Ne me sachez
donc point de gré de la saisir. C'est moi qui vous remercie
de la permission que vous me donnez de comprendre ces
lettres si curieuses dans mon Recueil de morceaux inédits de
nos grands hommes. Le CONSERVATEUR LITTÉRAIRE sera le
titre de ce Recueil. Il contiendra un choix de morceaux en
prose et en vers, qui n'ont jamais été imprimés, ou qui repa-
roissent avec des additions et des notes absolument nouvelles. J'avois dans mes porte-feuilles une Collection d'ouvrages de ce genre, presque tous singuliers et uniques, et qui
manquent aux éditions de nos meilleurs écrivains. On s'étoit
fait un plaisir de m'offrir des pièces rares et peu connues.
Ce sont des trésors qu'un avare bibliomane garderoit exclusivement pour lui. Je serai trop heureux d'en faire jouir le
public. Le premier volume est sous presse. Les lettres de
Buffon à votre frère y figureront avec d'autres écrits posthumes de VAUBAN, TURGOT, VOLTAIRE, JEAN-JACQUES
ROUSSEAU, DUPATY, &c. Vous voyez que l'abbé Bexon sera
là en bonne compagnie. C'étoit la société qu'il aimoit, et il
en étoit digne.

» Je vous salue en son nom très-fraternellement.

» Signé, FRANÇOIS (de Neufchâteau) ».

Ces six classes très-variées ont fourni tour à tour les écrits qui composent ces deux premiers volumes. Je les ai réunis sans un ordre apparent. Je me suis attaché sur-tout à soutenir l'attention par la diversité des morceaux et des genres. Et c'est ce que je me propose d'observer constamment dans les volumes qui suivront, si l'accueil fait aux deux premiers m'apprend que j'ai eu le bonheur de saisir le goût du public.

Il suffira de parcourir les tables des matières, pour juger de l'utilité et de l'agrément réunis dans le Conservateur. Il est cependant quelques pièces sur lesquelles je crois devoir donner des éclaircissemens rapides.

1°. Des traductions de Turgot.

Les morceaux de Turgot qui ouvrent le premier volume, sont des essais uniques dans la langue française. Il a traduit en vers métriques le quatrième livre de l'Enéïde et quelques églogues de Virgile. Ces vers sont mesurés avec exactitude. On n'auroit pas pensé que notre prosodie fût assez décidée, pour fournir autant d'hexamètres, et pour lutter aussi long-temps avec la prosodie de la langue latine. Cet ouvrage est un tour de force. Il faut l'avoir lu, pour y croire. Ce fut un des amusemens du vertueux Turgot, quand il sortit du ministère. Il fit tirer de cet ouvrage douze exemplaires seulement. Voltaire

en reçut un, et ne jugea pas bien de l'introduc-
tion du mètre prosodique dans notre poésie. Il
ne vit dans les vers métriques de son illustre
ami, qu'une très-belle prose. La traduction de
Turgot mérite cependant d'être connue et conservée. En la comparant aux meilleures de nos ver-
sions de Virgile, on sera étonné de voir combien
elle est supérieure aux autres, même en ne la
considérant que sous le rapport d'une prose har-
monieuse et élégante, sans faire attention à la
gêne de la mesure. Les lecteurs se plairont peut-
être à reconnoître s'il est vrai que Turgot ait pu
s'asservir à la marche du vers hexamètre ou
alexandrin ; ils essaieront, en conséquence, de
scander chacun de ses vers, en y distinguant
avec soin les syllabes longues et brèves qui forment tour à tour les dactyles et les spondées. Cet
exercice pourroit être très-utile à ceux qui desirent de bien savoir leur langue. Je laisse au public
à juger si tous les efforts de Turgot n'ont fait
que confirmer le sentiment de d'Olivet. D'Olivet
avoit assuré qu'en supposant possible la composition des vers mesurés en français, cette sorte
de vers ne nous conviendroit pourtant pas. Il y
auroit encore des recherches profondes à faire sur
cette matière, même après le traité de ce savant
Grammairien sur notre prosodie, et le trop court
chapitre dans lequel Condillac effleure ce sujet. Je
ne sais pas s'ils ont trouvé la raison véritable
de la difficulté extrême de faire goûter aux Fran-

çais des vers métriques dans le genre de ceux des anciens. Je soupçonne que cette difficulté tient, avant tout, à ce que nos langues modernes n'ont pas été formées chez des peuples où les affaires se traitassent dans le Forum, et où l'usage fût de parler en public. Le grec et le latin étoient propres à la tribune. Ils avoient des inversions; leurs phrases étoient suspendues, et les périodes très-longues exigeoient à la fois l'attention la plus suivie de la part d'un grand auditoire, et une longue haleine et des reins vigoureux de la part de celui qui portoit la parole. Le français est tout différent.

Ce n'est pas seulement en vers que notre langue se refuse à ce long circuit de mots, qui rendent si nombreuses les périodes des latins. Nous éprouvons dans notre prose, même dans le style oratoire des discours les plus soutenus, la nécessité de couper continuellement nos phrases, si nous voulons qu'on puisse les prononcer sans peine et les entendre sans avoir besoin de trop d'attention. Dans Cicéron, dans Tite-Live, les phrases et les périodes ont bien plus de syllabes que dans ceux de nos écrivains qui les ont le mieux imités. Le latin a des périodes de trois ou quatre membres, qui ont de l'agrément; mais il falloit assurément de vigoureux poumons pour prononcer ces périodes, et une oreille habituée pour attendre jusqu'à la fin le sens si long-temps suspendu. Le français est plus vif. Il va plus

droit au fait, et son impatience ne peut s'accommoder en prose de ces phrases à longue queue.
Une de nos grammaires prononce qu'en français
la phrase la plus étendue ne doit guère passer
vingt ou vingt-cinq syllabes. Une autre a remarqué que le nombre le plus commode pour
la prononciation est tout au plus de huit syllabes.
Cette considération n'est-elle point la cause qui
a borné nos plus grands vers à douze syllabes,
coupées de six en six par l'hémistiche ? Ce qui
est de certain, c'est que si l'on essaie de décla-
mer tout haut les vers métriques de Turgot,
la poitrine n'y peut suffire et que l'on se trouve
épuisé avant d'être au bout de la page. Je livre
ce problême à l'examen des philosophes en état
de l'approfondir.

2°. De la philosophie de Kant.

DANS le second volume, j'ai donné des morceaux assez considérables sur la philosophie de
Kant, qui fait tant de bruit en Allemagne et qui
n'est pas connue en France.

J'avois depuis long-temps l'idée de faire travailler à une Bibliothèque germanique.

On écrit et on imprime en Allemagne plus que
dans aucun autre pays ; toutes les branches de
la science y sont cultivées avec activité et succès.
La patrie d'Herschel possède des hommes dignes
d'être les compatriotes de ce fameux astronome;

Bode et Zaach sont connus des savans ; Gme-
lin, Pallas, Murray, Hoffmann, Hedwig ont
succédé à Linné et à Haller. Claproth, Herms-
tedt, Humboldt ajoutent sans cesse à nos connoissances en chimie. Kastner, Lichtemberg ont
étendu les conceptions d'Euler. L'économie politique forme un corps de science, auquel on s'est
depuis trente ans particulièrement appliqué.
Schloter, si fameux dans le nord, a donné un
journal de statistique, jusqu'au moment où le
despotisme, effrayé des vérités qu'il répandoit,
le condamna au silence. La littérature s'enrichit
chaque jour des productions de ceux qui la per-
fectionnèrent : Schiller, Gothe, Wieland, font
encore les délices de l'Allemagne. Voss, Stol-
berg, et d'autres poètes plus jeunes, marchent
sur leurs traces. La plus grande partie de ces
productions ne nous parvient point, ou ne nous
est transmise que fort tard, parce qu'on n'écrit
plus en latin, et que la langue allemande est
peu répandue. Aussi a-t-on eu souvent le projet
d'écrire en français un ouvrage périodique qui
nous instruisît de ce qui se fait en Allemagne,
comme la Bibliothèque britannique nous apprend
les travaux des Anglais. Les circonstances peu
favorables, ont arrêté cette entreprise ; mais des
matériaux que j'avois recueillis pour la commencer, les plus nombreux étoient les détails
relatifs à la métaphysique de Kant. Kant a rem-
placé Leibnitz. Il a fondé une nouvelle école

de philosophie. J'ai cru rendre service à mes lecteurs, en réunissant ici les morceaux qui m'ont paru les plus propres à faire connoître ce système qui fait tant de bruit, qui occupe tant de penseurs, à qui ses sectateurs ont fait une si grande réputation, et que jusqu'à présent, on a connu si peu. Je ne préviendrai pas le jugement que les lecteurs en porteront. Il faut de la patience et de l'attention pour saisir ces idées métaphysiques, que l'on dit peu intelligibles en allemand, et qu'il a été par conséquent très-difficile de rendre dans notre langue; car, suivant le mot de Voltaire, ce qui n'est pas clair n'est pas français.

3°. De l'Extrait de l'abbé Dubos.

J'AI donné le précis rédigé par Thouret du grand ouvrage de Dubos sur l'établissement des Francs dans les Gaules; j'ai donné, dis-je, ce précis comme un modèle des extraits auxquels il faudra bien enfin réduire cette multitude de livres, dont l'Histoire et toutes les sciences se trouvent surchargées.

Le célèbre Thouret, l'un des membres les plus illustres et trois fois président de l'assemblée constituante composoit ce précis pour l'instruction de son fils, pendant qu'il étoit détenu dans la prison du Luxembourg. Hélas ! j'y partageois sa chambre, escalier de la liberté. Dieu !

quelle liberté ! quelle atroce dérision ! L'on vint l'arracher de mes bras, pour le traîner à l'échafaud, où je m'attendois à le suivre !

Il avoit fait un abrégé non moins concis des observations de l'abbé de Mably sur l'Histoire de France. J'ai destiné cet abrégé à former une suite du MANUEL RÉPUBLICAIN ; on l'a imprimé chez Didot.

Le précis de l'abbé Dubos est un chef-d'œuvre d'analyse. En soixante - huit pages, Thouret a resserré la substance de trois volumes. Que n'avons-nous ainsi réduit en peu d'espace cette multitude de livres, de dissertations, de mémoires et de traités concernant notre Histoire ! On sait que les titres des livres sur l'Histoire de France remplissent à eux seuls quatre tomes in-folio. Ce seroit donc un grand et utile travail que celui d'abréger les plus importans de ces livres, et d'en tirer la quintessence, comme Thouret a su exprimer celle de Dubos.

Je comptois proposer ce canevas aux professeurs des écoles centrales. Au lieu d'exercer leurs élèves à des amplifications qui leur gâtent le goût, j'aurois voulu en exiger des analyses, des extraits dans le genre de celui - ci. Mais indépendamment de cet objet particulier, on aura du plaisir à voir en raccourci dans cet ouvrage de Thouret, l'origine et les premiers traits de cette monarchie, dont Richelieu a dit dans son Testament politique : «Ce n'est pas sans raison que

» quelques esprits judicieux s'étonnent comment
» cette monarchie a pu se conserver depuis le
» temps de sa naissance ».

Le précis de Thouret la présente dans son
berceau ; et certes, ses commencemens ne sont
pas très-édifians.

Que de sang Clovis répandit pour rester seul
de sa famille et pour régner sans concurrens !
C'étoit, dit un Historien, un grand prince et un
méchant homme *. Voilà, certes, un bel éloge
pour ce qu'on appelle un grand prince ! Il commit des crimes barbares ; mais il fonda des monastères, il bâtit des églises. Il donna aux évêques beaucoup d'autorité. C'en est assez pour que
Clovis ait trouvé des panégyristes. On a un livre
intitulé : DE LA SAINTETÉ DU ROI CLOVIS, avec les
preuves et les autorités, par Jean Savaron, lieutenant-général de Clermont. (Paris, 1621, in-folio.)

Les traits de cette sainteté sont assurément
curieux. En voici un ou deux :

Clovis avoit surpris Cararic, le roi des Mo-
rins et le fils de ce prince. Il s'étoit contenté de
leur faire couper les cheveux et de les faire ordonner prêtre et diacre. Le fils voulut consoler
son père, en lui disant : « ces cheveux ne sont
» que les feuilles d'un arbre vert ; ils repousse-
» ront avec le temps ». Clovis instruit de ce
propos, leur fit couper la tête.

* Châlons, Hist. de Fr. vol. 1, pag. 15.

Il engagea les officiers de Ranacaire, roi de Cambrai, à lui livrer leur maître, avec son frère Richiaire, et il les tua de sa main. Ceux qui les avoient trahis se plaignirent que les présens de Clovis n'étoient que de cuivre doré. Clovis leur répondit qu'il ne payoit jamais les traîtres en d'autre monnoie.

Il faut voir à quoi tiennent les événemens de ce monde. Clovis à Tolbiac fait un vœu au Dieu de Clotilde ; il marchande avec lui sa conversion, qu'il attache pour prix à la victoire. Si Clovis eût été défait, la France demeuroit païenne ; il gagna la bataille, et les Français furent chrétiens. Ce trait rappelle un peu celui de ce roi de l'Asie qui promit de se faire ou chrétien ou mahométan, selon que le premier vaisseau amené par le vent, se trouveroit monté ou par des baptisés ou par des circoncis.

Au surplus, la conversion de Clovis au christianisme ne l'engageoit pas à grand'chose. Les prêtres ont eu de tout temps des moyens admirables de concilier tous les crimes avec l'extérieur de la religion. Le berceau de la monarchie en offre une foule d'exemples. Je n'en citerai qu'un :

Martin, duc d'Austrasie, vaincu par le maire Ebroïn, ne vouloit pas sortir de Laon où il s'étoit refugié, que deux évêques ne jurassent sur les châsses des Saints, qu'on ne lui feroit aucun mal. L'évêque de Paris et l'évêque de Reims se ren-

dirent garans de ce traité sacré. Ils jurèrent,
mais sur des châsses qui n'enfermoient point de
reliques. Au moyen de ce subterfuge, les bons
prélats croyoient lui faire un serment nul. Le
duc Martin fut massacré.

Voilà un bien cruel exemple de ces restrictions mentales, par lesquelles les prêtres met-
toient leur conscience à l'aise. On a beaucoup
crié depuis contre les Jésuites qui en avoient
formé un art : mais cet événement prouve que
la pratique en étoit ancienne et familière dans
l'église.

Le terrible empire des prêtres étoit trop attesté
avant la révolution par la foule de monastères,
seuls monumens qui nous restassent des temps
de la première et seconde race des rois. La France
fut couverte alors de ces fondations. C'étoit la
forme que les prêtres faisoient prendre à la piété.
Cette expiation facile avoit flatté les ravisseurs
et encouragé les pervers. Un historien dit fort
bien qu'il fut doux d'effacer les crimes de sa vie,
en laissant les fruits de ces crimes quand on n'en
pouvoit plus jouir. Le vice se fit cet asyle, la
cupidité cette excuse, et le remords même assoupi
crut aborder un port tranquille. Quelle offrande
au ciel que ces dons, présentés par des mains
souillées et reçus par des mains avides !

Charles Martel toucha aux biens des monastères, pour subvenir aux frais de la défense de
l'Etat contre les Saxons, les Arabes, &c. Les

auteurs de ce temps ne le lui ont pas pardonné. Ils ont outragé sa mémoire.

En revanche, un tyran féroce qui fait brûler son propre fils, mais qui donne tout aux évêques, est mis par eux au rang des Saints !

Que de réflexions à faire sur les événemens de cette histoire monarchique !

Clovis mort laissoit quatre fils, qui se partagèrent la France, comme on partage un héritage. Les seigneurs s'assemblèrent et firent quatre lots. Ces lots furent tirés au sort.

La même chose eut lieu en 562, à la mort de Clotaire. La nation n'étoit alors qu'un troupeau dévoré par ses propres pasteurs, qui divisoient ensemble et le territoire et le peuple, comme une métairie. Quel gouvernement ! quel opprobre !

Ce n'étoit pas assez que le sceptre des rois pesât ainsi sur les sujets. Le fardeau étoit aggravé par les caprices de leurs femmes.

Que de malheurs ne causa pas la haine de deux de ces femmes ! Brunehaut, Frédégonde semèrent la division entre les princes francs qui les avoient fait reines ; et de-là vinrent les horreurs et les atrocités qui remplissent ces temps de notre monarchie. Ainsi le ménage des princes influoit sur la nation !...

Austregilde, femme de Gontran, roi d'Orléans, étant prête à mourir, conjura son mari d'envoyer au dernier supplice les médecins qui n'avoient pas pu la guérir. Ce vœu barbare fut exécuté. C'est Grégoire de Tours qui nous l'apprend.

A travers ce tissu d'horreurs, qui remplissent les fastes des deux premières races, il est curieux d'observer comment et par quel art Clovis parvint avec ses Francs, à conquérir les Gaules. Les Gaulois même les aidèrent. Ce peuple, en tous les temps si jaloux de sa liberté, ne s'étoit courbé qu'avec peine sous le joug des Romains. César vint à bout des Gaulois. Il eut la barbarie d'assurer son triomphe en faisant couper la main droite à tous les jeunes gens en état de porter les armes ; mais les Gaulois n'oublioient pas que leurs aïeux avoient vaincu ces superbes Romains. Avant Annibal, les Gaulois avoient passé cinq fois les Alpes. César dit dans ses Commentaires, que le naturel des Gaulois étoit d'aimer la liberté et de haïr la servitude *.

Au surplus, l'extrait de Thouret donne une idée très-nette des formes du gouvernement que les Romains avoient établi dans les Gaules, et qui fut à-peu-près suivi par Clovis et ses successeurs. La division du pays ; les magistrats municipaux, les subsides, &c. sont des objets d'autant plus dignes de notre attention, qu'après avoir parcouru un long cercle d'aberrations politiques,

---

* Omnes autem Gallos naturâ libertati studere et conditionem servitutis odisse.

I. b

nous semblons revenir à beaucoup de parties du plan tracé par les Romains.

Mon Recueil offre encore des pièces historiques dont l'époque est plus près de nous.

4°. De quelques pièces historiques.

Un monument très-singulier du siècle de Louis xiv, est cet Interrogatoire du prêtre Cœuret, dit Lesage, trouvé à la Bastille, et que j'ai cru devoir transcrire littéralement *. Peu de morceaux plus curieux pouvoient être offerts au lecteur ; mais pour bien juger celui-ci, l'on doit relire, dans le siècle de Louis xiv, par Voltaire (chapitre 26 des particularités et anecdotes), les articles où il détaille l'origine des fréquens empoisonnemens dont on se plaignoit alors, les prétendus sortiléges, le maréchal de Luxembourg à la Bastille , &c. Voltaire parle de Lesage en historien très-exact.

L'interrogatoire de ce prêtre nous apprend aujourd'hui qu'un des grands objets des intrigues et des sorcelleries des dames de la cour, étoit l'envie de plaire au roi et de supplanter ses maîtresses. Tel est donc le sort de la France à l'époque la plus brillante de la ci-devant monarchie ! Les femmes recourant au diable pour coucher avec le monarque et régner sous son nom ! Et entre le diable et ces femmes , l'intermédiaire d'un prêtre !

---

* Tome 1, page 312.

Par-tout dans notre histoire l'esprit sacerdotal figure comme un mauvais génie. Il a persécuté presque tous nos grands écrivains dans leur vie et après leur mort.

Les deux hommes les plus célèbres des dix-sept et dix-huitième siècles, les deux premiers auteurs français, Poquelin de MOLIÈRE, Arrouet de VOL-TAIRE, étoient nés tous deux à Paris, et tous deux y ont éprouvé des difficultés remarquables pour leur enterrement. J'ai recueilli les pièces concernant ces difficultés, et leur rapprochement les rend encore plus piquantes. (Tome II, pag. 384.)

On verra par quelle prière, à quelles conditions dures, la veuve de Molière obtint de l'archevêque de Paris (de Harlay), la permission d'inhumer, sans aucune cérémonie, le corps de son mari, de ce grand homme auquel les Grecs (comme disoit sa veuve) auroient élevé des autels. Le scrupu-leux Harlay fit beaucoup de façons pour per-mettre l'enterrement. Il y mit des restrictions qu'il faut lire dans l'acte même. En conséquence de cet acte, où l'esprit de Tartuffe s'acharne con-tre une ombre illustre, Molière fut jeté presque furtivement au cimetière d'une église ou chapelle de Saint-Joseph, succursale de Saint-Eustache, dans le même endroit où, depuis, l'inimitable LAFONTAINE et l'innocent DANCHET ont été en-terrés. Du moins Molière est là en bonne com-pagnie ; mais Voltaire n'a pas été tout-à-fait si heureux. On voit dans sa correspondance, qu'il

vouloit prévenir les persécutions posthumes du
clergé de Paris. Il s'étoit fait faire un tombeau de
précaution, attenant à son église de Ferney. On a
une lettre de 1764, où il dit, en parlant du curé
de Saint-Sulpice : « Ce maraut-là ne m'enterrera
» pas ». Il ne se doutoit pas alors qu'il viendroit
expirer précisément sur la paroisse de ce même
curé, et qu'il faudroit, en quelque sorte, lui esca-
moter son cadavre pour le déposer en cachette à
trente lieues de Paris, dans le prieuré de Scellières,
d'où un évêque tenteroit de déloger sa cendre. Il
est vrai que depuis, la France alla chercher cette
cendre à Scellières pour la porter au Panthéon :
cet honneur devoit être le comble de la gloire;
mais, hélas ! on l'a profané d'une manière scan-
daleuse ; et si les mânes de Voltaire avoient pu
écouter leur indignation, je crois bien qu'il seroit
sorti avec horreur du temple des grands hommes,
si horriblement pollué par la démence atroce qui
l'a fait servir en l'an 2 à l'apothéose d'un monstre.

5°. Observations diverses.

Au reste, on m'avoit indiqué pour le Conservateur des morceaux de Franklin, dont je n'ai
pas pu me servir, parce que j'ai vérifié qu'ils
étoient déjà imprimés. Or, je tiens beaucoup à ce
point. Je ne veux donner au public que ce qui,
d'une part, mérite de lui être offert, et qui, d'une
autre part, n'a jamais été publié. Je pense que

toutes les pièces contenues dans ces deux volumes présentent ces deux caractères, et qu'on n'y rencontrera rien qui n'ait dû véritablement entrer dans le CONSERVATEUR.

Les amis de la liberté s'appercevront aussi que ce Recueil a été fait dans un esprit philosophique, conséquemment républicain. On sera étonné de voir la révolution annoncée dans plusieurs morceaux écrits bien avant elle. L'Epître de Gresset sur l'élection d'un abbé de Moines en 1741, en même temps qu'elle est un beau morceau de poésie, renferme la prédiction la plus claire et la plus frappante sur l'usage national des biens des monastères. Ce morceau et bien d'autres qui ne sont pas publiés encore, donnent de l'auteur de Vert-Vert une idée différente de celle qu'on s'en étoit faite. J'espère être à portée de faire mieux connoître ce charmant écrivain dans un des volumes suivans.

Le morceau de Vauban que contient le premier volume, quoiqu'écrit sous la monarchie, est encore à l'ordre du jour. Vauban, citoyen sous un roi, rapportoit toutes ses idées au bonheur de la France. Je m'applaudis d'avoir retrouvé deux volumes de ses OISIVETÉS, qui enrichissent maintenant le dépôt formé par mes soins, des pièces relatives à la navigation intérieure. Il est à desirer qu'on puisse compléter ce Recueil des travaux manuscrits de Vauban. Il comprenoit plusieurs tomes in-folio. Le deuxième et le quatrième sont les seuls qui soient au dépôt. Comme il peut être utile de savoir ce qui les compose, je finirai cette Préface, en insérant ici la table des articles de ces deux précieux volumes.

T A B L E des matières contenues dans les vol. II et IV des Oisivetés de Vauban.

V O L U M E I I.

I d é e d'une excellente noblesse et des moyens de la distinguer : 24 pages.

Les ennemis de la France ont publié et publient tous les jours une infinité de libelles diffamatoires contre elle, &c. &c. 14 pages.

n. b. Ce Mémoire a pour objet d'inviter à choisir dix ou douze bonnes plumes pour répondre à toutes les injures que les ennemis de la France répandoient contre le gouvernement.

Projet d'ordre et des précautions qu'on peut prendre contre les bombes au Havre-de-Grace; projet qui peut être appliqué à toutes les places sujettes à la bombarderie : 26 pages.

Projet de capitation, sur le pied du denier 15, levée indifféremment sur tout ce qui a moyen de payer, et notamment sur le Clergé, les appointemens, gages et pensions de tous les officiers civils et militaires du Royaume, la maison du Roi, les troupes de terre et de mer, sans en excepter aucun de tous ceux qui la peuvent porter ; à payer, annuellement, et par quartier, tant que la présente guerre durera, et non plus : 36 pages.

N. B. Cette capitation se seroit élevée à soixante millions.

Mémoire qui prouve la nécessité de mieux fortifier les côtés du Goulet de Brest, qu'ils ne l'ont été du passé ; l'utilité et l'épargne qui en reviendroient : 36 pages.

Mémoire concernant la Course et les priviléges dont elle a besoin pour se pouvoir établir, les moyens de la faire avec succès, sans hasarder d'affaire générale, et sans qu'il en puisse coûter que très-peu de chose à Sa Majesté : 109 pages.

N. B. C'est ce Mémoire intéressant que j'ai cru devoir insérer dans mon premier volume.

Mémoire sur les siéges que l'ennemi peut entreprendre la campagne prochaine, et les moyens qui paroissent les plus convenables pour l'empêcher de réussir : 59 pages.

Dissertation sur les projets de la campagne prochaine. (Paris, ce 10 fév. 1696,) 44 pages.

Description géographique de l'élection de Vezelai, contenant ses revenus, sa qualité, les mœurs de ses habitans, leur pauvreté et richesse, la fertilité du pays, et ce que l'on pourroit y faire pour en corriger la stérilité et procurer l'augmentation des peuples et l'accroissement des bestiaux.

N. B. Cet article est un vrai modèle de ce qu'on nomme

STATISTIQUE. Je le ferai connoître dans un des volumes suivans de mon Conservateur.

Fragment d'un mémoire au Roi. (24 juill. 1696.) 15 pages.

n. b. Ce Mémoire contient des observations sur les provinces et places conquises qu'il seroit à propos de garder ou de
rendre, à la paix.

V O L U M E   I V.

Moyens de rétablir nos colonies d'Amérique, et de les accroître en peu de temps : 88 pages.

Etat raisonné des provisions les plus nécessaires, quand il s'agit de donner commencement à des colonies étrangères : 41 pages.

Navigation des rivières : 140 pages.

n. b. Ce Mémoire important a été imprimé, mais on n'a pas
gravé les dessins précieux qui sont au manuscrit.

Traité de la culture des forêts : 55 pages.

La Cochonerie, ou Calcul estimatif pour connoître jusqu'où peut aller la production d'une truie pendant dix années de temps : 17 pages.

n. b. J'ai communiqué cet article singulier et piquant à
la société d'agriculture du département de la Seine.

TABLE DU TOME PREMIER.

FIN DE LA TABLE DE CE VOLUME.

LE

CONSERVATEUR.

DIDON,

POËME

EN VERS MÉTRIQUES HEXAMETRES,

DIVISÉ EN TROIS CHANTS;

TRADUIT DU QUATRIÈME LIVRE DE L'ÉNÉÏDE DE VIRGILE;

avec le commencement de l'Énéide, et les seconde, huitième
et dixième Églogues du même Auteur;

LE TOUT ACCOMPAGNÉ DU TEXTE LATIN;

PAR TURGOT.

Eloquium et Gallis, Gallis dedit ore rotundo
Musa loqui.

i.   i

SOMMAIRES

DU POËME DE DIDON.

CHANT PREMIER.

Passion naissante de Didon pour Enée. — Elle confie son trouble à sa sœur Anne. — Anne approuve son penchant, et lui conseille de chercher à retenir Enée. — Didon s'adresse aux Dieux par des sacrifices et des vœux, foibles ressources contre l'Amour. — Progrès de sa passion. Didon comparée à une biche, traînant par-tout avec elle le fer dont elle est blessée. — Effets par lesquels son amour se manifeste. — Junon propose à Vénus de consentir à l'hymen des deux amans, et à l'union des Troyens avec la Colonie Tyrienne. — Vénus se prête en apparence aux desirs de Junon. — Junon lui développe son projet. — Départ pour la chasse. Peinture de Didon et de son cortége. Peinture d'Enée. — Port majestueux d'Enée comparé à la démarche d'Apollon allant à Délos. — Commencement de la chasse. — Orage. Didon cède à sa passion.

CHANT DEUXIÈME.

Description de la Renommée. — Elle divulgue au loin la foiblesse de Didon. — Jalousie d'Iarbas. — Prière d'Iarbas à Jupiter son père. — Jupiter envoie Mercure à Carthage pour ordonner à Enée d'en partir. — Vol de Mercure et description d'Atlas. — Mercure intime à Enée l'ordre de Jupiter. — Perplexité du héros. Il fait disposer la flotte en secret, et attend le moment favorable pour instruire la reine. — Didon découvre tout. Sa fureur comparée à celle d'une bacchante. — Reproches de Didon : elle essaie d'ébranler la résolution d'Enée. — Énée s'excuse sur la volonté des dieux. — Didon fait éclater son indignation. — Elle se retire, laissant Enée interdit et accablé de douleur. — Il retourne au port, où les Troyens hâtent les travaux avec ardeur : leur activité comparée à celle des fourmis. — Tristesse de Didon à la vue de ces travaux. — Elle conjure Anne de tout employer pour fléchir Enée. — Enée comparé à un chêne qui résiste à l'effort des vents. Il est attendri, et persiste dans la résolution de partir.

CHANT TROISIÈME.

Abattement de Didon, augmenté par des présages funestes. Comparaison de son trouble avec les fureurs de Penthée et d'Oreste. — Elle se décide à mourir. — Elle déguise son dessein, en annonçant à sa sœur le projet d'un sacrifice magique dont elle la charge d'ordonner les apprêts. — Anne trompée dispose tout pour le sacrifice que la prêtresse commence avec Didon. — Description de la nuit. Calme universel de la nature. Agitations du cœur de Didon. — Elle exprime son trouble et ses tourmens. — Mercure apparoît en songe à Enée, et le presse de partir. — Enée s'éveille et donne l'ordre. On part. — A la vue de la flotte qui s'éloigne, la reine tombe dans le désespoir. — Elle donne un libre cours à sa fureur. Imprécations contre Enée, contre les descendans des Troyens. Attente prophétique d'un vengeur. Vœu d'une haine implacable entre les deux peuples. — Didon prenant prétexte des derniers apprêts du sacrifice pour tenir sa sœur éloignée, lui envoie Barcé, nourrice de Sichée. — Restée seule, elle monte sur le bûcher. — Dernières paroles de Didon. — Ses femmes la voient tomber dans son sang. L'effroi se répand dans toute la ville. — Anne accourt, exprime sa douleur, et va tomber aux pieds de sa sœur. — Peinture de Didon mourante. — Pour hâter la fin de ses tourmens, Junon charge Iris d'arracher le cheveu fatal auquel sa vie est attachée. — Iris obéit. Didon meurt.

AENEIDOS

LIBER QUARTUS.

DIDON,

CHANT PREMIER.

SECTIO PRIMA.

At regina, gravi jam dudum saucia curâ,
Vulnus alit venis, et cæco carpitur igni.
Multa viri virtus animo, multusque recursat
Gentis honos : hærent infixi pectore vultus,
Verbaque : nec placidam membris dat cura quietem.
Postera Phœbæâ lustrabat lampade terras,
Humentemque Aurorâ polo dimoverat umbram ;
Cum sic unanimem alloquitur male sana sororem :

« Anna soror, quæ me suspensam insomnia terrent ?
Quis novus hic nostris successit sedibus hospes ?
Quem sese ore ferens ! quàm forti pectore et armis !
Credo equidem, nec vana fides, genus esse Deorum.
Degeneres animos timor arguit. Heu ! quibus ille
Jactatus fatis ! quæ bella exhausta canebat !
Si mihi non animo fixum immotumque sederet,
Ne cui me vinclo vellem sociare jugali,
Postquam primus amor deceptam morte fefellit ;
Si non pertæsum thalami tædæque fuisset ;
Huic uni forsan potui succumbere culpæ.
Anna, fatebor enim, miseri post fata Sichæi
Conjugis, et sparsos fraternâ cæde penates,
Solus hic inflexit sensus, animumque labantem
Impulit. Agnosco veteris vestigia flammæ.
Sed mihi vel tellus optem priùs ima dehiscat ;

CHANT PREMIER.

Déja Didon, la superbe Didon brûle en secret. Son cœur
Nourrit le poison lent qui la consume et court de veine en veine.
L'indomptable valeur, l'origine illustre, la beauté,
L'air, le regard, la démarche, la voix du héros qui l'a charmée
Sont empreints au fond de son ame en traits de feu. Ses yeux
Sont en vain pressés du sommeil, le sommeil fuit sa paupière.
Enfin lorsque l'Aurore a de ses feux blanchi l'horizon,
Lorsque du jour naissant les clartés ont chassé les ombres;
Triste, abattue, elle accourt à sa sœur, la réveille, et déposant
Dans son sein la douleur qui l'accable, en adoucit l'amertume.

« Anne, ma sœur, quels troubles nouveaux ont assailli mes sens ?
Quel coup du sort jeta dans nos murs cet étranger? Que ses traits
M'ont paru beaux ! que sa grace me plaît ! que j'approuve sa fierté !
Digne du sang des Dieux, je le crois leur fils : ce ne sont point
Des bruits vains; j'en crois sa valeur qui décèle sa naissance.
Quels destins rigoureux ! mais quel courage ! as-tu remarqué
Ces combats, ces faits éclatans que sa bouche racontoit ?
Qu'il seroit digne, ma sœur, d'un sort plus doux ! Si ma raison
Contre tout engagement n'étoit affermie, inébranlable ;
Douceurs d'un premier choix ! prestiges flatteurs qui m'abusâtes !
Frêle bonheur ! si depuis que la mort t'obscurcit de ses ombres,
L'hymen et ses flambeaux ne m'étoient horribles; ce cœur foible
Eût à cette erreur seule peut-être, eût craint de succomber.
Car je l'avouerai, depuis qu'un monstre, un frère détestable
Vint frapper dans mes bras mon époux et m'inonder de son sang ;
Seul, ce Troyen, a pu quelques momens suspendre ma tristesse.
Mon cœur flétri renaît à sa vue, et s'étonne de sentir.
Des feux dont il brûla seroit-ce encore une étincelle ?
Vertu sacrée, austère devoir que je tremble d'offenser !

Vel pater omnipotens adigat me fulmine ad umbras,
Pallentes umbras Erebi, noctemque profundam,
Ante, Pudor, quam te violo, aut tua jura resolvo.
Ille meos, primus qui me sibi junxit, amores
Abstulit : ille habeat secum, servetque sepulcro ».
Sic effata, sinum lacrymis implevit obortis.

   Anna refert : « O luce magis dilecta sorori,
Solane perpetuâ mœrens carpere juventâ ?
Nec dulces natos, Veneris nec præmia noris ?
Id cinerem, aut manes credis curare sepultos ?
Esto : ægram nulli quondam flexêre mariti ;
Non Libyæ, non ante Tyro ; despectus Iarbas,
Ductoresque alii quos Africa terra triumphis
Dives alit : placitone etiam pugnabis amori ?
Nec venit in mentem quorum consederis arvis ?
Hinc Getulæ urbes, genus insuperabile bello ;
Et Numidæ infreni cingunt, et inhospita Syrtis :
Hinc deserta siti regio, latèque furentes
Barcæi. Quid bella Tyro surgentia dicam,
Germanique minas ?
Dîs equidem auspicibus reor, et Junone secundâ,
Huc cursum Iliacas vento tenuisse carinas.
Quam tu urbem, soror, hanc cernes ! quæ surgere regna
Conjugio tali ! Teucrûm comitantibus armis,
Punica se quantis attollet gloria rebus !
Tu modò posce Deos veniam ; sacrisque litatis,
Indulge hospitio, causasque innecte morandi :

Plutôt sous mes pas que la terre s'abîme ! que les Dieux
S'arment de leurs carreaux vengeurs, et me plongent à l'instant
Au fond des redoutables cachots de l'Erèbe et du Tartare !
Sainte pudeur ! s'il faut que Didon manque un jour à tes loix.
Ombre adorée, à qui mes sermens ont engagé mon cœur !
O cher époux ! mes vœux, mon amour t'ont suivi ! qu'avec toi
Ils soient ensevelis au fond de ta tombe » ! De ses yeux,
En finissant ces mots, des larmes coulèrent, et remplirent
Son sein. « O mon amie, ô sœur plus chère que mes jours,
Peux-tu, dit Anne, ah ! peux-tu vouloir dans un deuil éternel
Ensevelir ta jeunesse ? jamais ne connoître ce plaisir
Enchanteur de répondre au titre de mère, de voir croître
Ses enfans, doux fruits de l'amour, plus doux que l'amour même ?
Au souvenir d'un époux faut-il donc t'immoler ? Qu'importe
Sous une tombe à sa cendre glacée ? En proie à l'amertume
Ton cœur contre l'amour s'étoit armé : de mille prétendans
Les importunités n'ont point encor pu le fléchir :
J'y consens. Qu'en vain cet Iarbas déjà refusé
Dans Tyr, sur ce rivage encor te fatigue de ses vœux.
Mais cède au penchant qui te plaît. Tu le peux, tu le dois même.
Vois combien d'ennemis de tout côté menacent ton empire :
Vois le Gétule indompté tout prêt à s'élancer de ses murs ;
Les sauvages cruels, au bord des Syrtes répandus ;
L'infatigable Numide, ami des dangers, ne connoissant
Aucun frein ; l'habitant des sables arides de Barca
Exerçant au loin ses impitoyables brigandages.
Faut-il parler de Tyr ? des coups que médite la vengeance
D'un frère ? Ah ! les Dieux sans doute propices, Junon même,
L'immortelle Junon dirigeoient les vents qui repoussoient
Vers nos bords les fils d'Ilion. Vois jusqu'où cet hymen
Portera les destins éclatans et la gloire de Carthage !
Jusqu'où n'atteindront point un jour nos armes secondées
Par ces braves Troyens ! Espère ! implore la bonté
Des Dieux, fléchis-les par des sacrifices ! Que tes soins
Empressés, ton accueil généreux enchaînent ce guerrier

Dum pelago desævit hiems, et aquosus Orion,
Quassatæque rates, et non tractabile cœlum ».

His dictis incensum animum inflammavit amore,
Spemque dedit dubiæ menti, solvitque pudorem.
Principio delubra adeunt, pacemque per aras
Exquirunt : mactant lectas de more bidentes
Legiferæ Cereri, Phœboque, patrique Lyæo;
Junoni ante omnes, cui vincla jugalia curæ.
Ipsa, tenens dextrâ pateram, pulcherrima Dido,
Candentis vaccæ media inter cornua fundit :
Aut ante ora Deûm pingues spatiatur ad aras,
Instauratque diem donis, pecudumque reclusis
Pectoribus inhians, spirantia consulit exta.
Heu! vatum ignaræ mentes! quid vota furentem,
Quid delubra juvant? Est mollis flamma medullas
Interea, et tacitum vivit sub pectore vulnus.
Uritur infelix Dido, totâque vagatur
Urbe furens. Qualis conjectâ cerva sagittâ,
Quam procul incautam nemora inter Cressia fixit
Pastor agens telis, liquitque volatile ferrum
Nescius; illa fugâ sylvas saltusque peragrat
Dictæos : hæret lateri lethalis arundo.
Nunc media Ænean secum per mœnia ducit,
Sidoniasque ostentat opes, urbemque paratam :
Incipit effari, mediâque in voce resistit.
Nunc eadem, labente die, convivia quærit :
Iliacosque iterum demens audire labores

Dans nos murs. Combien de motifs, de prétextes à saisir
Pour retenir ses pas! les vents, les astres, la saison,
Les dangers de la mer, ses frêles vaisseaux demi-brisés,
L'impétueux Orion soulevant les plaines de Neptune ».

Ces discours portoient dans un cœur déjà trop sensible
L'incendie et la flamme, y versoient en secret l'espoir.
L'espoir brave la honte et dédaigne la crainte. Ce jour même
Dans les Temples sacrés, les deux sœurs vont prier les Dieux,
Y vont chercher la paix. L'éclatant Phébus, le Dieu plus doux
Des raisins, Cérès à qui les loix ont dû la naissance,
Sur-tout Junon qui préside aux nœuds redoutables de l'hymen,
Tous ont part à l'hommage, aux vœux ardens de la Princesse.
En leur honneur les flots d'un vin pur épanché de ses mains
Baignent le front d'une blanche génisse. Autour de chaque autel
Incessamment errante, Didon les couvre de victimes,
Tient ses yeux attachés sur leurs entrailles qui palpitent,
Consulte en frémissant leurs fibres fumantes. Aruspices
Trompeurs! sexe crédule! que font les Temples et les vœux?
Un mortel poison la dévore, embrâse tout son sang.
Quel Dieu peut fermer la plaie ignorée et profonde de son cœur?

Un pouvoir invincible l'agite : elle court avec effroi
Dans ses murs, traînant ses inquiétudes déchirantes,
Ses brûlantes fureurs : semblable à la biche qui paissoit
Dans les bois; le trait qu'au hasard un Pasteur a lancé,
Vole, et l'atteint à travers le feuillage : en vain elle parcourt
Les tranquilles forêts, les vastes bruyères : le sang marque
Tous ses pas : son flanc traîne en tous lieux le trait mortel.

Tantôt, moins malheureuse, la Reine autour de son enceinte
Conduit Enée : aux yeux de son hôte, elle a soin de présenter
Mille trésors, la dépouille de Tyr, dont s'embellit Carthage.
Elle commence à peine un discours, et s'arrête interdite.
Tantôt dans de nouveaux festins, quand l'astre du jour baisse,
Elle ramène aux mêmes récits vingt fois recommencés »,

Exposcit, pendetque iterum narrantis ab ore.
Post, ubi digressi, lumenque obscura vicissim
Luna premit, suadentque cadentia sidera somnos;
Sola domo mœret vacuâ, stratisque relictis
Incubat : illum absens absentem auditque videtque;
Aut gremio Ascanium, genitoris imagine capta,
Detinet, infandum si fallere possit amorem.
Non cœptæ assurgunt turres; non arma juventus
Exercet; portusve aut propugnacula bello
Tuta parant : pendent opera interrupta, minæque
Murorum ingentes, æquataque machina cœlo.

Quam simul ac tali persensit peste teneri
Cara Jovis conjux, nec famam obstare furori;
Talibus aggreditur Venerem Saturnia dictis :
« Egregiam vero laudem et spolia ampla refertis
Tuque puerque tuus, magnum et memorabile nomen,
Una dolo Divûm si fœmina victa duorum est!
Nec me adeo fallit, veritam te mœnia nostra,
Suspectas habuisse domos Carthaginis altæ.
Sed quis erit modus? aut quò nunc certamina tanta?
Quin potiùs pacem æternam pactosque hymenæos
Exercemus? habes totâ quod mente petîsti :
Ardet amans Dido, traxitque per ossa furorem.
Communem hunc ergo populum, paribusque regamus
Auspiciis : liceat Phrygio servire marito,
Dotalesque tuæ Tyrios permittere dextræ ».
Olli, (sensit enim simulatâ mente locutam,

Cherche à savoir les moindres détails; et son ame toute entière
Suspendue à la voix du héros, s'enivre de l'entendre.
Lorsque chacun se retire enfin, que la lune à l'horizon
Rend la nuit plus obscure, et que tous les astres se pressant
Dans leur cours, tout succombe, tout cède aux charmes de Morphée;
Dans ses vastes palais, solitaire, errante, Didon veille,
Mouille de pleurs, occupe en tremblant les lits où reposa
Un convive si cher. Son cœur le voit, l'entend encore.
Sur son sein mille fois son amour séduit par la ressemblance,
Tient Ascagne, le presse, et croit, hélas! tromper son ardeur.
Ses immenses travaux sont suspendus. La troupe oisive
Des guerriers ne va plus s'exercer, se former à l'envi
Dans l'art des combats. Leurs mains se refusent à creuser
Les fossés et le port, à finir les tours et le rempart.
L'œil contemple au loin des masses énormes ébauchées.
Des échafauds l'inutile appareil vainement s'élève aux nues.

Lorsque Junon vit du haut des cieux le progrès de ce poison,
Contre lequel l'honneur est sans force, et la fierté désarmée,
Par ces mots pleins d'art, elle aborda la reine de Paphos:
« Enfin donc Vénus et l'Amour remportent la victoire!
Quel succès! quel noble trophée! On parlera long-temps
Des exploits de la mère et du fils : on dira que ces dieux
Ont uni leurs efforts, et triomphé du cœur d'une mortelle!
Mes remparts naissans, je le sais, ont excité vos craintes :
Vous redoutez Carthage et Junon. Mais pourquoi toujours craindre?
N'est-il point un terme aux soupçons? qu'ont produit nos haines?
Ah! plutôt, étouffons à jamais ces germes de discorde!
Par le lien d'un heureux hymen que la paix soit cimentée!
L'objet de tous vos vœux est rempli : Didon gémit en proie
Aux transports, aux feux dévorans de l'amour qui la consume.
Des deux peuples rivaux ne faisons qu'un peuple gouverné
Par nos soins réunis : qu'un prince Troyen règne avec gloire
Sur les fiers Africains : et daignez permettre que l'hymen
Livre Didon, son sceptre et sa main, au maître de son cœur ».

Vénus sentit la feinte, et vit bien qu'au fond tout ce discours

Quò regnum Italiæ Libycas averteret oras)
Sic contra est ingressa Venus : « Quis talia demens
Abnuat, aut tecum malit contendere bello ?
Si modò quod memoras factum fortuna sequatur.
Sed fatis incerta feror si Juppiter unam
Esse velit Tyriis urbem Trojâque profectis,
Miscerive probet populos, aut fœdera jungi.
Tu conjux; tibi fas animum tentare precando.
Perge; sequar. Tum sic excepit regia Juno :
Mecum erit iste labor : nunc quâ ratione, quod instat
Confieri possit, paucis, adverte, docebo.
Venatum Æneas, unaque miserrima Dido,
In nemus ire parant, ubi primos crastinus ortus
Extulerit Titan, radiisque retexerit orbem.
His ego nigrantem commixtâ grandine nimbum ,
Dum trepidant alæ, saltusque indagine cingunt,
Desuper infundam, et tonitru cœlum omne ciebo.
Diffugient comites, et nocte tegentur opacâ.
Speluncam Dido dux et Trojanus eandem
Devenient. Adero; et, tua si mihi certa voluntas,
Connubio jungam stabili, propriamque dicabo.
Hic Hymenæus erit ». Non adversàta, petenti
Annuit, atque dolis risit Cytherea repertis.

  Oceanum interea surgens Aurora reliquit.
It portis jubare exorto delecta juventus.
Retia rara, plagæ, lato venabula ferro,
Massylique ruunt equites, et odora canum vis.

Tendoit à rendre un jour l'Italie esclave de Carthage.
Dissimulant, elle adresse à Junon ces mots : « Je ne puis être
Insensée au point de refuser une offre qui, comblant
Mes vœux les plus chers, nous rendroit la paix. Si du destin
L'ordre suprême répond à votre espoir, j'entrerai sans peine
Dans vos nobles projets : mais un soupçon m'agite encore.
Pensez-vous que jamais Jupiter consente à rassembler
Dans vos murs votre peuple et le mien ; qu'il approuve que les nœuds
D'un traité, confondant les droits et le nom et la fortune
Des fugitifs d'Ilion et de Tyr, n'en forment qu'un empire ?
Sondez ses augustes secrets, essayez de le fléchir,
Vous, son épouse et sa sœur ; marchez et je suivrai. — Je prends tout
Sur moi, répondit alors l'altière Junon. Voici mon plan :
Lorsque demain le soleil sortira de l'onde, et que ses feux
Luiront sur l'univers ; votre fils et la reine se rendront
Tous deux dans la forêt : leur cour nombreuse doit les suivre.
Quand les cris des chiens animés, les voix, le bruit des cors
Par-tout retentiront ; l'air s'obscurcira, se fondra
En pluie, en torrens : du ciel en feu j'ébranlerai les voûtes
Par mille éclats de tonnerre : je veux que tout fuie épouvanté.
Un rocher creux servira d'asyle au prince, à la princesse.
J'y serai ; par mes soins l'Hymen s'y rendra : le succès,
Pour peu que vous m'aidiez, est sûr ; leur sort sera fixé :
Ils vont être à jamais l'un à l'autre ». A ce grand projet, Cypris
En ne s'opposant pas, parut consentir, se réservant
D'en prévenir l'issue, et riant d'un piége démêlé.

Déjà le char pompeux de l'Aurore a commencé sa carrière :
Des Tyriens l'élite empressée a devancé sa clarté.
Les cavaliers hardis et légers des plaines de Massyle
Sont accourus plus prompts que l'éclair. Brûlans de s'élancer,
Les chiens sous les mains du piqueur s'indignent de leur lesse.
Les javelots, les larges épieux, les toiles, tout est prêt.

Reginam thalamo cunctantem ad limina primi
Pœnorum exspectant : ostroque insignis et auro
Stat sonipes, ac frena ferox spumantia mandit.
Tandem progreditur, magnâ stipante catervâ,
Sidoniam picto chlamydem circumdata limbo ;
Cui pharetra ex auro, crines nodantur in aurum,
Aurea purpuream subnectit fibula vestem.
Necnon et Phrygii comites, et lætus Iulus,
Incedunt. Ipse ante alios pulcherrimus omnes
Infert se socium Æneas, atque agmina jungit.

Qualis, ubi hibernam Lyciam Xanthique fluenta
Deserit, ac Delum maternam invisit Apollo,
Instauratque choros; mixtique altaria circum
Cretesque Dryopesque fremunt, pictique Agathyrsi:
Ipse jugis Cynthi graditur, mollique fluentem
Fronde premit crinem fingens, atque implicat auro:
Tela sonant humeris. Haud illo segnior ibat
Æneas : tantum egregio decus enitet ore.

Postquam altos ventum in montes, atque invia lustra:
Ecce feræ, saxi dejectæ vertice, capræ
Decurrêre jugis : aliâ de parte patentes
Transmittunt cursu campos atque agmina cervi
Pulverulenta fugâ glomerant, montesque relinquunt.
At puer Ascanius mediis in vallibus acri
Gaudet equo; jamque hos cursu, jam præterit illos;
Spumantemque dari pecora inter inertia votis
Optat aprum, aut fulvum descendere monte leonem.

Les grands sont autour du palais, et n'attendent que leur reine.
Impatient, son coursier superbe éclatant d'or et d'azur
Mord son frein et le blanchit d'écume. Enfin le palais s'ouvre :
On voit la reine, on part : un long cortége l'accompagne.
Sur son écharpe, à la pourpre de Tyr mêlant l'éclat des fleurs,
Des festons à l'aiguille tracés en bordent le contour.
Son carquois est d'or : des nœuds de cheveux relevés d'or
Sur son front étagés, sans autre art, forment sa coiffure.
Des glands d'or soutenoient les plis de sa robe retroussée.
On voyoit sur ses pas le jeune Ascagne avancer avec joie :
Les guerriers Phrygiens suivoient pleins d'ardeur. A leur tête
Marchoit Enée : à sa taille élégante, à sa douce majesté,
On reconnoît le héros. Il vole, et va joindre la princesse.

   Telle paroît aux yeux éblouis la démarche d'Apollon,
Lorsque quittant la Lycie orageuse et le bord glacé du Xante,
Il va revoir Délos sa patrie. Aux villes d'alentour
Son passage inspire la joie : autour de son autel
On voit courir cent peuples divers tressaillans à son aspect,
L'Ismarien, l'austère Crétois, l'Agathyrse bigarré.
Déjà du Cynthe il franchit la cime : un laurier toujours verd
Mêle sa feuille aux nœuds de sa blonde tresse entrelacés d'or :
Son carquois s'agitant, flotte avec bruit. Ainsi s'avançoit,
Orné de grace et de beauté, le fils d'Anchise et de Vénus.

   Mais on arrive au terme, et le cor s'est déjà fait entendre.
On gravit sur les monts élevés, on perce l'épaisseur
Des antiques forêts : leurs hôtes farouches se dispersent.
On voit l'agile et timide chamois poursuivi, s'élancer
D'un roc à l'autre, courant sur les précipices : de leurs forts
Par l'épouvante bannis, les cerfs en troupes rassemblés
Font voler autour d'eux la poussière et traversent la campagne.
Dans le vallon sur l'herbe fleurie, Ascagne vif, ardent,
Presse un coursier fougueux, va, revient, passant l'un après l'autre
Les plus âpres chasseurs : sa valeur murmure d'accabler
Sans gloire un troupeau vil d'animaux craintifs. Que n'a-t-il vu
Dans leur nombre un énorme lion, un sanglier terrible !

I.   2

Interea magno misceri murmure coelum
Incipit : insequitur commixtâ grandine nimbus.
Et Tyrii comites passim, et Trojana juventus,
Dardaniusque nepos Veneris, diversa per agros
Tecta metu petière : ruunt de montibus amnes.
Speluncam Dido dux et Trojanus eandem
Deveniunt : prima et Tellus et pronuba Juno
Dant signum : fulsère ignes et conscius æther
Connubii, summoque ululârunt vertice Nymphæ.
   Ille dies, primus lethi primusque malorum
Causa fuit : neque enim specie famâve movetur,
Nec jam furtivum Dido meditatur amorem ;
Conjugium vocat ; hoc prætexit nomine culpam.

Bientôt les vents grondent : le ciel s'obscurcit, et les nues
Versent la pluie et la grêle en torrens : au milieu des plaines
Roulent du haut des monts vingt fleuves nouveaux. Tout fuit, guerriers,
Courtisans, Tyriens et Troyens, et toi-même, jeune Ascagne,
Cherchant quelques abris dans les campagnes d'alentour.
Dans ce tumulte, Didon suit Enée ; et le prince trouve enfin
Un rocher creux, une voûte obscure : ils entrent. Le sol tremble :
L'Hymen accourt à la voix de Junon : l'Amour entouré des foudres
Plane et rit dans les airs. A ce tendre lien, le ciel en feu
Servit de flambeau : du haut des monts les nymphes l'annoncèrent
Par leurs cris perçans, et d'échos en échos se répondirent.

Reine, ce jour fut l'époque fatale et la source de tes maux,
Dont le trépas fut le terme affreux ! Ni l'honneur, ni la raison,
Rien ne l'arrête : l'amour, l'amour est tout pour elle : ce n'est plus
Un mystère, et le nom d'hymen l'autorise à tout oser.

AENEIDOS

LIBER QUARTUS.

DIDON,

CHANT DEUXIÈME.

SECTIO SECUNDA.

Extemplo Libyæ magnas it fama per urbes.
Fama, malum quâ non aliud velocius ullum;
Mobilitate viget, viresque acquirit eundo:
Parva metu primò, mox sese attollit in auras;
Ingrediturque solo, et caput inter nubila condit.
Illam Terra parens, irâ irritata Deorum,
Extremam (ut perhibent) Cœo Enceladoque sororem
Progenuit, pedibus celerem et pernicibus alis:
Monstrum horrendum, ingens: cui quot sunt corpore plumæ
Tot vigiles oculi subter (mirabile dictu)
Tot linguæ, totidem ora sonant, tot subrigit aures.
Nocte volat cœli medio terræque, per umbram
Stridens, nec dulci declinat lumina somno.
Luce sedet custos, aut summi culmine tecti,
Turribus aut altis, et magnas territat urbes;
Tam ficti pravique tenax, quam nuntia veri.
 Hæc tum multiplici populos sermone replebat
Gaudens, et pariter facta atque infecta canebat:
Venisse Æneàn Trojano a sanguine cretum,
Cui se pulchra viro dignetur jungere Dido.
Nunc hiemem inter se luxu, quam longa, fovere,
Regnorum immemores, turpique cupidine captos.
 Hæc passim Dea fœda virûm diffundit in ora.
Protinus ad regem cursus detorquet Iarban:

CHANT DEUXIÈME.

D'INDISCRÈTES rumeurs au loin circulent, et déjà
Dans les vastes cités au fond de l'Afrique retentissent.
O Renommée ! ô prompte et cruelle déesse ! à ta poursuite
Nul n'échappe. Humble d'abord, et se traînant en secret dans l'ombre,
Par mille et mille détours elle avance, et s'accroît à chaque instant,
Bientôt lève sa tête horrible, et triomphe avec audace.
Ses pieds rasent la terre, elle atteint les astres de son front.
L'on dit qu'après la défaite éclatante et la chute de ses fils,
Pour les venger, la terre enfanta ce monstre gigantesque,
Dernier né des antiques Titans, sœur digne de ses frères :
Monstre hideux aux pieds, aux ailes rapides, tout son corps
Est composé d'oreilles et d'yeux et de bouches qu'on entend
Rendre un son confus à travers les plumes qui les couvrent.
Oiseau bruyant, les nuits il étend ses ailes désastreuses ;
Il plane entre la terre et le ciel. Le sommeil ne peut entrer
Dans ses yeux brûlans. Le jour, il monte au sommet des tours,
Sur les toits élevés, voit, écoute : il verse la terreur
Au sein des tranquilles cités. Imposteur ou sincère,
Aux vérités il prête sa voix, ou va prôner le mensonge.

Il voloit chez vingt peuples divers, et racontoit avec joie,
Mêlant au hasard le vrai, l'incertain, la calomnie,
Qu'un prince issu du sang d'Ilus et de Tros, avoit sans peine
Charmé la belle Didon, séché ses pleurs, vaincu son orgueil ;
Qu'au milieu des festins, des jeux, des molles voluptés,
Tous deux ivres d'amour négligeoient leur gloire et leur empire.

Ces bruits qu'en cent lieux l'infâme déesse a répandus
Déjà de bouche en bouche volans à l'oreille d'Iarbas,

Incenditque animum dictis, atque aggerat iras.
Hic Ammone satus, raptâ Garamantide Nymphâ,
Templa Jovi centum latis immania regnis,
Centum aras posuit : vigilemque sacraverat ignem,
Excubias Divûm æternas; pecudumque cruore
Pingue solum, et variis florentia limina sertis.
Isque amens animi, et rumore accensus amaro,
Dicitur ante aras, media inter numina Divûm,
Multa Jovem manibus supplex orasse supinis.

    « Juppiter omnipotens, cui nunc Maurusia pictis
Gens epulata toris Lenæum libat honorem,
Adspicis hæc ? an te, genitor, quum fulmina torques,
Nequicquam horremus? cæcique in nubibus ignes
Terrificant animos, et inania murmura miscent?
Femina, quæ, nostris errans in finibus, urbem
Exiguam pretio posuit, cui littus arandum,
Cuique loci leges dedimus, connubia nostra
Reppulit, ac dominum Ænean in regna recepit,
Et nunc ille Paris cum semiviro comitatu,
Mæoniâ mentum mitrâ crinemque madentem
Subnixus, rapto potitur : nos munera templis
Quippe tuis ferimus, famamque fovemus inanem ».
Talibus orantem dictis, arasque tenentem
Audiit omnipotens : oculosque ad mœnia torsit
Regia, et oblitos famæ melioris amantes.
Tunc sic Mercurium alloquitur, ac talia mandat :
    «Vade age, nate, voca Zephyros, et labere pennis :
Dardaniumque ducem, Tyriâ Carthagine qui nunc

Ont de sa haine ardente et jalouse exalté le poison.
C'est au grand Jupiter que ce guerrier puissant doit sa naissance :
Par ce Dieu poursuivie une Nymphe africaine l'a conçu.
Dans ses vastes états, son zèle ou son orgueil a fondé
Cent autels à l'honneur du roi des dieux, consacré cent temples :
Cent parvis y boivent le sang des bêtes égorgées :
Des guirlandes de fleurs serpentent à l'entour ; et sans cesse
Des feux entretenus y font luire un jour éternel,
Aux Dieux immortels immortel hommage. L'on assure
Qu'enflammé par d'horribles récits, le cœur ulcéré, tendant
Ses mains aux autels, en ces mots il pria son père.

« Grand Ammon, que révère le Maure, unique objet de son culte,
Quand aux jours de sa joie un vin pur arrose ton autel !
O mon père ! tu vois ces indignités et mon injure !
Est-ce en vain que ta foudre épouvante la terre, que ses feux
Roulent et fendent la nue, et que nos cœurs tremblent devant toi ?
Sur ces bords errante, une femme ignorée, une étrangère
Sous des conditions me demande, obtient de ma bonté
Un lieu pour y bâtir, des champs pour cultiver : l'ingrate
Ose refuser ma main ! me préfère un Enée, et le choisit
Pour son époux ! ce Troyen, nouveau Pâris, parfumé d'essences,
Suivi de ses guerriers amollis, plus femmes que soldats ;
Comblé d'amour, de faveurs, jouit insolemment de sa conquête !
Lorsqu'en vain ton fils malheureux te fatigue de ses plaintes,
Suis-je encore ton fils » ? Jupiter l'entendit, et tournant
Les yeux sur les murs Tyriens, vit Enée et la princesse
Sourds à la voix de l'honneur, perdus d'amour. Il dit à Mercure :

« Va, mon fils, pars, vole, commande aux vents de te porter.
Parle à ce foible Troyen, qui s'arrête aux rives de Carthage,

Exspectat, fatisque datas non respicit urbes,
Alloquere, et celeres defer mea dicta per auras.
Non illum nobis genitrix pulcherrima talem
Promisit, Graiûmque ideo bis vindicat armis:
Sed fore qui gravidam imperiis belloque frementem
Italiam regeret, genus alto a sanguine Teucri
Proderet, ac totum sub leges mitteret orbem.
Si nulla accendit tantarum gloria rerum,
Nec super ipse suâ molitur laude laborem;
Ascanione pater Romanas invidet arces?
Quid struit? aut quâ spe inimicâ in gente moratur?
Nec prolem Ausoniam et Lavinia respicit arva?
Naviget; hæc summa est : hic nostri nuntius esto ».
    Dixerat. Ille patris magni parere parabat
Imperio : et primùm pedibus talaria nectit
Aurea, quæ sublimem alis, sive æquora supra,
Seu terram, rapido pariter cum flamine portant.
Tum virgam capit : hâc animas ille evocat Orco
Pallentes, alias sub tristia Tartara mittit;
Dat somnos adimitque, et lumina morte resignat.
Illâ fretus agit ventos, et turbida tranat
Nubila. Jamque volans apicem et latera ardua cernit
Atlantis duri, cœlum qui vertice fulcit :
Atlantis, cinctum assiduè cui nubibus atris
Piniferum caput et vento pulsatur et imbri.
Nix humeros infusa tegit : tum flumina mento
Præcipitant senis, et glacie riget horrida barba.
Hîc primùm paribus nitens Cyllenius alis

Loin des lieux où le sceptre l'attend, où l'appelle la victoire,
Sont-ce là les exploits éclatans que sa mère m'annonçoit ?
Ah ! si du fer des Grecs deux fois Vénus l'a préservé,
N'est-ce que pour d'oisives amours, pour subjuguer des femmes ?
Il devoit dans l'Italie établir son trône, gouverner
Un peuple audacieux, indompté, né pour régner, pour vaincre
En tous lieux : au monde soumis son sang devoit des maîtres,
Tranquille, indifférent au soin de sa gloire, si l'aspect
D'un si brillant et si noble avenir ne peut enflammer son cœur,
Qu'il respecte du moins les droits d'un fils à qui les Dieux
Ont donné Rome. Quel est son plan, son attente ? quel espoir
Dans des murs odieux le retient et le distrait de ces bords
Riches, féconds, à sa race promis ? Qu'il parte : je l'ordonne ».

Mercure impatient, s'attache aux pieds ses brodequins d'or
Garnis d'ailes. Par eux se balançant au sommet des airs,
Il plane : il va, revient sur les campagnes et les eaux,
Plus prompt dans son vol, plus infatigable que les vents.
Il prend dans ses mains sa baguette fameuse, qui des morts
Tantôt rend au jour les ombres livides, et tantôt
Les plonge aux enfers, ravit aux malheureux, ou leur envoie
Les douceurs du sommeil, leur ferme ou leur ouvre le tombeau.
Par ce puissant caducée il fend l'air, chasse devant lui
Les vents, perce la nue orageuse et commande à la tempête.

D'Atlas déjà de loin il apperçoit la cime, et le contour
Flanqué d'énormes rochers, du superbe Atlas l'appui des cieux.
Ombragé par d'antiques sapins, son front battu sans cesse
Par les vents, de nuages épais est entouré : son dos
Est caché sous un amas de glaçons et de neiges éternelles,
Dont cent fleuves connus en grondant roulent à ses pieds.
D'un vol prompt, sûr, égal, le Dieu vient toucher au sommet, y plane ;

Constitit : hinc toto præceps se corpore ad undas
Misit; avi similis, quæ circum littora, circum
Piscosos scopulos, humilis volat æquora juxta.
Haud aliter terras inter cœlumque volabat,
Littus arenosum ad Libyæ, ventosque secabat,
Materno veniens ab avo Cyllenia proles.
Ut primùm alatis tetigit magalia plantis,
Ænean fundantem arces ac tecta novantem
Conspicit; atque illi stellatus iaspide fulvâ
Ensis erat, Tyrioque ardebat murice læna
Demissa ex humeris; dives quæ munera Dido
Fecerat, et tenui telas discreverat auro.
Continuò invadit : « Tu nunc Carthaginis altæ
Fundamenta locas, pulchramque uxorius urbem
Exstruis? heu! regni rerumque oblite tuarum !
Ipse Deûm tibi me claro demittit Olympo
Regnator, cœlum et terras qui numine torquet;
Ipse hæc ferre jubet celeres mandata per auras :
Quid struis? aut quâ spe Libycis teris otia terris?
Si te nulla movet tantarum gloria rerum,
Nec super ipse tuâ moliris laude laborem;
Ascanium surgentem, et spes hæredis Iuli
Respice, cui regnum Italiæ, Romanaque tellus,
Debentur ». Tali Cyllenius ore locutus,
Mortales visus medio sermone reliquit,
Et procul in tenuem ex oculis evanuit auram.
At verò Æneas adspectu obmutuit amens;
Arrectæque horrore comæ, et vox faucibus hæsit.

Puis fondant à travers les airs, précipite son essor
Vers la mer. Ainsi s'élance au bord des eaux l'avide orfraie,
Quand des lacs remplis de poissons il rase la surface.
Sur les champs africains agitant ses ailes étendues,
Tel le Dieu dans son vol coupoit les vents, franchissoit les plaines,
Les immenses forêts, les sables arides et brûlans.

Il s'abat hors des murs vers quelques cabanes écartées.
Il voit Enée animant, dirigeant le travail, tracer, fonder
Des remparts. Son glaive est orné de jaspe : à l'aventure
Sur son épaule se joue un manteau de pourpre éclatant d'or,
Riche présent de l'amour, que la reine avoit tissu de ses mains.
Mercure en ces termes l'aborde. « A quel emploi descends-tu?
Sous les loix d'une femme oubliant ton peuple, ta grandeur,
Est-ce à toi d'affermir les tours naissantes de Carthage?
Des mortels, des dieux le monarque suprême, devant qui
Tremblent la terre et le ciel, me fait en ce moment voler vers toi.
Des hauteurs de l'Olympe. Connois ses ordres éternels.
Oisif sur les bords lybiens, qui t'arrête? Si ton cœur
Indifférent à la gloire, au rang que le sort te réservoit,
Par ce brillant espoir n'est point entraîné, souviens-toi
D'un fils. Vois ce héros naissant, contemple cet empire
Immortel : vois Rome, et le monde promis à cet enfant » !
Il dit, et dans les airs s'évapore soudain. Le héros reste
Sans mouvement, sans voix. A cet aspect imprévu, son sang
Vers son cœur se retire, et tout son corps est glacé d'horreur.

Ardet abire fugâ, dulcesque relinquere terras,
Attonitus tanto monitu imperioque Deorum.
Heu! quid agat? quo nunc Reginam ambire furentem
Audeat affatu? quæ prima exordia sumat?
Atque animum nunc huc celerem, nunc dividit illuc;
In partesque rapit varias, perque omnia versat.
Hæc alternanti potior sententia visa est.
Mnesthea, Sergestumque vocat, fortemque Cloanthum;
Classem aptent taciti, socios ad littora cogant,
Arma parent, et quæ sit rebus causa novandis
Dissimulent : sese interea, quando optima Dido
Nesciat et tantos rumpi non speret amores,
Tentaturum aditus, et quæ mollissima fandi
Tempora, quis rebus dexter modus. Ociùs omnes
Imperio læti parent, ac jussa facessunt.

At Regina dolos (quis fallere possit amantem?)
Præsensit, motusque excepit prima futuros,
Omnia tuta timens : eadem impia Fama furenti
Detulit armari classem, cursumque parari.
Sævit inops animi, totamque incensa per urbem
Bacchatur : qualis commotis excita sacris
Thyas, ubi audito stimulant trieterica Baccho
Orgia, nocturnusque vocat clamore Cytheron.
Tandem his Ænean compellat vocibus ultro :

« Dissimulare etiam sperasti, perfide, tantum
Posse nefas, tacitusque meâ decedere terrâ?
Nec te noster amor, nec te data dextera quondam,

Il voudroit suivre la voix du devoir, l'ordre absolu des Dieux :
Il voudroit fuir ces bords trop chéris. Hélas ! que peut-il faire ?
Tentera-t-il d'instruire la reine ? et comment frapper un coup
Aussi cruel, soutenir son juste courroux, braver ses larmes,
Ses transports, sa douleur ? Par quel détour oser l'aborder ?
Mille rapides projets tour-à-tour partagent sa pensée
Errante, irrésolue : il pèse tout ; il se détermine
Enfin : il fait venir les chefs ; il prescrit à Sergeste,
Au vigilant Mnesthée, au brave Cloanthe d'assembler
Leurs soldats près des chantiers, de tout ordonner sous-main
Pour faire armer la flotte, en s'efforçant de déguiser
L'objet de ces mouvemens. Lui cependant verroit la princesse,
Prendroit le temps, les tours, les tempéramens pour adoucir
Un coup fatal, qu'une amante, hélas ! et trop tendre et trop sensible,
Est bien loin de prévoir ni de craindre. A cet ordre inattendu,
Les chefs, impatiens de la gloire, obéissent avec joie.

Mais qui peut tromper l'Amour ? de Didon bientôt l'œil a percé
Un mystère odieux. Redoutant tout alors que tout est calme,
Sondant, interrogeant, elle a déjà pressenti la tempête.
Déjà ce monstre impur qui divulgua sa honte, a su l'instruire
Qu'en secret on dispose la flotte, et que l'ordre de partir
Est donné. Dans l'instant la fureur s'empare de ses sens.
On la voit sombre, égarée, oubliant son rang et sa fierté,
Porter de tous côtés ses pas. Aux pieds du Cithéron
Tels sont les transports, tels sont les cris d'une bacchante,
Lorsqu'agitée à l'approche du Dieu qui la presse et la maîtrise,
Dans les bois, un thyrse à la main, elle court, et fait entendre
Ses nocturnes clameurs dont les montagnes retentissent.
Dans sa colère, la Reine adresse au perfide ce discours :
« Ainsi tu dissimulois ! le croyois-tu pouvoir cacher un crime
Aussi noir ? as-tu pu croire à mon insu déserter mon empire ?
Ingrat ! ni tant de liens, ni le don de ma main et de mon cœur,

Nec moritura tenet crudeli funere Dido?
Quin etiam hiberno moliris sidere classem,
Et mediis properas Aquilonibus ire per altum,
Crudelis? Quid? si non arva aliena domosque
Ignotas peteres, et Troja antiqua maneret;
Troja per undosum peteretur classibus æquor?
Mene fugis? per ego has lacrymas dextramque tuam, te,
(Quando aliud mihi jam miseræ nihil ipsa reliqui)
Per connubia nostra, per inceptos Hymenæos,
Si bene quid de te merui, fuit aut tibi quicquam
Dulce meum, miserere domus labentis; et istam,
Oro, si quis adhuc precibus locus, exue mentem.
Te propter Libycæ gentes, Nomadumque tyranni
Odêre; infensi Tyrii : te propter eumdem
Exstinctus pudor, et, quâ solâ sidera adibam,
Fama prior. Cui me moribundam deseris hospes?
Hoc solum nomen quoniam de conjuge restat.
Quid moror? an mea Pygmalion dum mœnia frater
Destruat, aut captam ducat Getulus Iarbas?
Saltem si qua mihi de te suscepta fuisset
Ante fugam soboles; si quis mihi parvulus aulâ
Luderet Æneas, qui te tamen ore referret:
Non equidem omnino capta ac deserta viderer ».
Dixerat. Ille Jovis monitis immota tenebat
Lumina, et obnixus curam sub corde premebat.

Tandem pauca refert : « Ego te, quæ plurima fando
Enumerare vales, nunquam Regina negabo

Jusqu'à ma mort, cette mort affreuse où ta fuite me condamne,
Rien ne t'arrête ! Et tu prends pour fuir l'instant où la saison
Sur les mers a déchaîné l'orage ! Insensé ! tu crains moins
Les Aquilons que de voir ton amante ! Et que cherches-tu ? des bords
Lointains ! des remparts ignorés ! Ta patrie avoit ses droits :
Mais quand Troye encore existeroit, faudroit-il enfin
Sur les flots menaçans t'exposer ? Réponds-moi : me fuis-tu ?
Par ces pleurs, au nom de l'amour que tu m'as juré, par toi,
(Car tu me restois seul, tu le sais, hélas ! je n'ai plus rien,)
Par nos feux, par nos sermens, au nom de notre hymen,
Daigne du moins m'entendre ! Et si mes bienfaits, si ma tendresse
M'ont donné sur ton cœur des droits, si jamais je te fus chère ;
Par pitié, rends-moi la vie ! il en est temps : change de pensée.
Vois mon sort : vois les dangers, barbare, où tu m'exposes !
Contre moi les Africains armés, Carthage mécontente.
Pour toi, sujets, alliés, j'ai tout perdu, tout immolé pour toi,
Jusqu'à ma gloire, hélas ! si flatteuse et si chère à mon orgueil !
Hôte cruel, (d'un nom plus doux ton épouse se servit !)
En quelles mains tu la livres mourante ! et qu'attendra-t-elle encore ?
Qu'enfin Pygmalion vienne inonder de sang et de carnage
Mes remparts malheureux ? Faut-il, captive d'Iarbas,
Traîner ma honte à sa cour ? Si du moins ton amour m'avoit laissé
En partant, un fils ! Si cet enfant charmoit mon ennui
Par ses jeux innocens, et me rendoit l'image de son père !
Ah ! je me croirois moins trompée, et toi moins coupable » ! Ainsi
Parla Didon. Son amant tenoit ses yeux fixes et baissés,
Renfermant son trouble et soumis aux ordres éternels.

Il s'efforce enfin de répondre. « O reine ! plaignez-moi,
Mais ne m'accusez pas d'être ingrat. Jamais je n'oublierai

I.   3

Promeritam; nec me meminisse pigebit Elissæ,
Dum memor ipse mei, dum spiritus hos reget artus.
Pro re pauca loquar. Neque ego hanc abscondere furto
Speravi, ne finge, fugam; nec conjugis unquam
Prætendi tædas, aut hæc in fœdera veni.
Me si fata meis paterentur ducere vitam
Auspiciis, et sponte meâ componere curas;
Urbem Trojanam primùm dulcesque meorum
Relliquias colerem; Priami tecta alta manerent;
Et recidiva manu posuissem Pergama victis.
Sed nunc Italiam magnam Gryneus Apollo,
Italiam Lyciæ jussere capessere sortes:
Hic amor, hæc patria est. Si te Carthaginis arces
Phœnissam, Libycæque adspectus detinet urbis;.
Quæ tandem Ausoniâ Teucros considere terrâ
Invidia est? Et nos fas extera quærere regna.
Me patris Anchisæ, quoties humentibus umbris
Nox operit terras, quoties astra ignea surgunt,
Admonet in somnis, et turbida terret imago:
Me puer Ascanius, capitisque injuria cari,
Quem regno Hesperiæ fraudo et fatalibus arvis.
Nunc etiam interpres Divûm, Jove missus ab ipso,
(Testor utrumque caput), celeres mandata per auras
Detulit: ipse Deum manifesto in lumine vidi
Intrantem muros, vocemque his auribus hausi.
Desine, meque tuis incendere, teque querelis:
Italiam non sponte sequor ».

   Talia dicentem jamdudum aversa tuetur,

Vos bienfaits, vos soins généreux : et d'Elise et de Carthage,
Un tendre, un douloureux souvenir remplira ma pensée,
Tant qu'un souffle de vie encor fera palpiter mon cœur.
Non, d'un vil fugitif ne me prêtez point le caractère :
Non, je ne vous fuis point : j'obéis aux Dieux. De notre hymen
Ces Dieux, vous le savez, n'ont point voulu consacrer les nœuds :
Par les vents jeté dans vos ports, je devins votre conquête ;
Mais je ne cherchois pas ce bonheur. Si le ciel m'avoit laissé
Maître de mon destin, Troye en ce moment seroit encore
L'objet de tous mes soins : l'infortuné reste de mes frères,
Nos citoyens au glaive échappés, à ma voix se rallieroient :
Ils verroient encor la demeure auguste de leurs rois :
Ils verroient les tours d'Ilion qui renaîtroit de ses cendres.
Aux champs Ausoniens les Dieux m'ordonnent de conduire
Ces guerriers malheureux : dans Gryna l'oracle d'Apollon,
Les sorts dans la Lycie ont parlé. Du Tybre désormais
Les bords sont devenus ma patrie ; et Didon, à qui Carthage
Est plus chère aujourd'hui que Tyr, ne peut envier sans doute
Aux Phrygiens l'Italie, et l'honneur d'y fonder un empire.
Les nuits quand tout repose, et que tous les astres étincèlent
Sur le céleste azur, mon père en songe m'avertit.
Ses austères regards me pénètrent de honte et de terreur.
Mon jeune fils encore, Ascagne m'accuse et me confond :
Mon fils dont je détruis l'espoir, que je prive de ses droits !
Envoyé par Jupiter, Mercure lui-même traversant
En plein jour les airs m'a commandé, m'a pressé de partir.
Mes yeux l'ont vu : sa voix redoutable et céleste a retenti
Dans mon oreille. Hélas ! cessez, cessez de déchirer
Par d'inutiles regrets nos deux cœurs ! L'ordre du destin
Seul m'entraîne en d'autres climats, et m'éloigne de vos charmes ».

Il dit : et sur lui Didon roulant un œil indigné, l'observe

Huc illuc volvens oculos, totumque pererrat
Luminibus tacitis, et sic accensa profatur :
« Nec tibi Diva parens, generis nec Dardanus auctor,
Perfide; sed duris genuit te cautibus horrens
Caucasus, Hyrcanæque admôrunt ubera tigres.
Nam quid dissimulo? aut quæ me ad majora reservo?
Num fletu ingemuit nostro? num lumina flexit?
Num lacrymas victus dedit? aut miseratus amantem est?
Quæ quibus anteferam? jam jam nec maxima Juno,
Nec Saturnius hæc oculis pater adspicit æquis.
Nusquam tuta fides. Ejectum littore, egentem
Excepi, et regni demens in parte locavi :
Amissam classem, socios, a morte reduxi.
Heu! furiis incensa feror! Nunc augur Apollo,
Nunc Lyciæ sortes, nunc et Jove missus ab ipso
Interpres Divûm fert horrida jussa per auras.
Scilicet is superis labor est; ea cura quietos
Sollicitat! Neque te teneo, neque dicta refello.
I, sequere Italiam ventis; pete regna per undas.
Spero equidem mediis, si quid pia numina possunt,
Supplicia hausurum scopulis, et nomine Dido
Sæpè vocaturum. Sequar atris ignibus absens :
Et, quum frigida mors animâ seduxerit artus,
Omnibus umbra locis adero : dabis, improbe, pœnas.
Audiam; et hæc Manes veniet mihi fama sub imos ».
His medium dictis sermonem abrumpit, et auras
Ægra fugit, seque ex oculis avertit et aufert,
Linquens multa metu cunctantem et multa parantem

Dans un sombre silence. Enfin sa colère éclate ainsi :
« Imposteur ! toi du sang des rois ! La déesse de Paphos
Eût d'un monstre si lâche infecté la terre ! Tu n'es point
Son fils : non. Le Caucase affreux t'engendra de ses flancs :
Sur ses âpres rochers d'horribles tigresses te nourrirent.
Car qu'ai-je encor à taire ? à quel autre affront me réserver ?
Les sanglots d'une amante ont-ils pu l'attendrir ? A-t-on vu
Ses yeux indifférens se détourner sur elle, se remplir
Des pleurs au barbare arrachés ? — Par où puis-je commencer ?
L'immortelle Junon, Jupiter sans doute puniront
Un parjure si bas ? — N'est-il donc plus de foi, grands Dieux ?
Pauvre, errant, fugitif, jouet des tempêtes, je l'admets
Dans mes ports, je recueille sa flotte, et je partage avec lui
Mon trône ! Ah, trop aveugle Didon ! — Je l'ai sauvé, lui, les siens
Des horreurs du trépas ! Et cependant, ô fureur ! ô crime !
O vengeance ! il parle de sorts, d'un oracle de Gryna !
Il m'objecte un songe, un avis des Dieux ! Jupiter même
Des hauteurs de l'Olympe a tout exprès envoyé Mercure
Pour contraindre un amant à trahir sa foi ! Certes ce sont-là
D'importans objets ! des soins faits pour troubler les Dieux !
Eh bien, pars ! Je ne veux ni t'arrêter, ni même te confondre.
Va régner ! cherche à travers les flots l'Italie et la fortune.
Mais tremble, ingrat ! s'il est des Dieux qui punissent le parjure.
Bientôt, (c'est l'espoir qui me reste,) errant, battu des ondes,
Prêt à périr cent fois, tes cris tardifs et superflus
Invoqueront ta Didon. Spectre armé de feux, je te suivrai.
Lorsque la mort comblant mes vœux dissoudra cette argile,
Par-tout mon ombre à sa proie attachée et fidèle à ma vengeance
Marchera sur tes pas. Il viendra le jour de la justice !
Au fond des enfers encor je jouirai de tes maux ».!

Dans la fureur qui l'agite, sa voix expire, et ne sert plus
Ses transports. S'éloignant en hâte, elle laisse le perfide
Incertain, confus, préparant sa réponse, et se renferme

Dicere. Suscipiunt famulæ, collapsaque membra
Marmoreo referunt thalamo, stratisque reponunt.

 At pius Æneas, quanquam lenire dolentem
Solando cupit, et dictis avertere curas,
Multa gemens, magnoque animum labefactus amore,
Jussa tamen Divûm exsequitur classemque revisit.
Tum verò Teucri incumbunt, et littore celsas
Deducunt toto naves; natat uncta carina;
Frondentesque ferunt remos et robora sylvis
Infabricata, fugæ studio.
Migrantes cernas, totâque ex urbe ruentes.
Ac veluti ingentem formicæ farris acervum
Quum populant, hiemis memores, tectoque reponunt:
It nigrum campis agmen, prædamque per herbas
Convectant calle angusto; pars grandia trudunt
Obnixæ frumenta humeris; pars agmina cogunt,
Castigantque moras : opere omnis semita fervet.

 Quis tibi tunc, Dido, cernenti talia sensus?
Quosve dabas gemitus, quum littora fervere latè
Prospiceres arce ex summâ, totumque videres
Misceri ante oculos tantis clamoribus æquor?
Improbe amor, quid non mortalia pectora cogis!
Ire iterum in lacrymas, iterum tentare precando
Cogitur, et supplex animos submittere amori,
Ne quid inexpertum, frustra moritura, relinquat.
 « Anna, vides toto properari littore; circum
Undique convenêre; vocat jam carbasus auras;

Loin de sa vue au fond du Palais. Ses femmes qui s'empressent
Dans leurs bras la reçoivent mourante, et l'étendent sur un lit.

Mais cet amant qu'elle accuse, hélas! non moins malheureux qu'elle,
Dans son cœur généreux sent tous les coups qu'il a portés.
Il voudroit par ses soins, par ses discours, sécher les pleurs
Qu'il fait répandre : l'amour, le remords le déchirent. Cependant
Il suit la voix des Dieux, et retourne au port, où son aspect
Rend aux siens et la force et la joie : ils brûlent de servir
Leur chef. Des chantiers plus d'un vaisseau déjà descendu
Sous son poids fait gémir les mers. On court la hache en main
Dans les bois : les pins, les chênes s'ébranlent, et leurs troncs
Couvrent la terre au loin : mille bras les traînent tout entiers,
Tant on craint les moindres retards : les rames et les mâts
Ont encor leurs feuilles. Le peuple en foule s'élançant
Des remparts, se répand autour de la plage. Tel on voit
Fondre sur un gros tas de froment à l'approche de l'hiver
Des fourmis le peuple actif et sage. Un long bataillon noir
Franchit sillons et guérets, traînant le butin qu'il a conquis
Dans un sentier étroit sous l'herbe touffue. A ce grand œuvre
Les chefs, les derniers citoyens conspirent à l'envi.
L'une soulève un grain avec effort, l'autre fait rouler
Sur la poussière un fardeau trop lourd; l'autre instruit et conseille,
Presse la marche, inspire aux moins diligentes son ardeur.

Combien dans ce moment ton cœur fut inondé d'amertume,
O malheureuse Didon! que de pleurs tombèrent de tes yeux!
Lorsque de tes donjons ils contemplèrent ce concours,
Ces travailleurs animés, ce fracas qui retentissoit sur l'onde,
Ces transports, cette joie. Amour impitoyable, tu peux tout
Sur les foibles humains! il faut encor gémir, encore
Implorer un vainqueur dédaigneux, et s'abaisser devant lui :
Il faut, prête à mourir, tout épuiser du moins et tout tenter.

« Anne, tu vois tous ces mouvemens, cette foule rassemblée
S'empressant au bord de la mer. L'air a déjà retenti

Puppibus et læti nautæ imposuêre coronas.
Hunc ego si potui tantum sperare dolorem,
Et perferre, soror, potero. Miseræ hoc tamen unum
Exsequere, Anna, mihi; solam nam perfidus ille
Te colere, arcanos etiam tibi credere sensus:
Sola viri molles aditus et tempora noras.
I, soror, atque hostem supplex affare superbum :
Non ego cum Danais Trojanam exscindere gentem
Aulide juravi, classemve ad Pergama misi;
Nec patris Anchisæ cineres manesve revelli.
Cur mea dicta negat duras demittere in aures?
Quò ruit? Extremum hoc miseræ det munus amanti:
Exspectet facilemque fugam ventosque ferentes.
Non jam conjugium antiquum; quod prodidit, oro:
Nec pulchro ut Latio careat, regnumque relinquat.
Tempus inane peto, requiem spatiumque furori,
Dum mea me victam doceat fortuna dolere.
Extremam hanc oro veniam (miserere sororis) :
Quam mihi quum dederis, cumulatam morte remittam ».
   Talibus orabat, talesque miserrima fletus
Fertque refertque soror; sed nullis ille movetur
Fletibus, aut voces ullas tractabilis audit.
Fata obstant, placidasque viri Deus obstruit aures.
Ac veluti annoso validam quum robore quercum
Alpini Boreæ, nunc hinc, nunc flatibus illinc
Eruere inter se certant; it stridor, et altè
Consternunt terram, concusso stipite, frondes;
Ipsa hæret scopulis; et quantùm vertice ad auras

Des cris des matelots : leurs mâts se couronnent de guirlandes :
Dans ses plis la voile en s'agitant semble inviter les vents.
Mon malheur est certain : si j'avois pu prévoir ce coup terrible,
Crois que ta sœur le soutiendroit. Je veux encor te demander
Un service, et le dernier de tous. Cet étranger, ce perfide
T'estimoit : il n'avoit point de secrets pour toi : tu savois seule
Saisir les instans, rencontrer le foible de son cœur.
Eh bien ! va de ma part prier l'ingrat, le presser, le fléchir :
Dis-lui que dans l'Aulide jamais je n'ai partagé les crimes
Des ennemis d'Ilion, ni promis aux Grecs d'anéantir
Ses remparts : mes flottes jamais n'ont grossi leur armée.
D'Anchise au tombeau mes mains n'ont point troublé les mânes.
Ah ! peut-il endurcir son oreille et refuser de m'entendre ?
Pourquoi se hâter si fort ? qu'il accorde à ma tendresse, à mes pleurs
Quelques momens ! qu'il attende au moins que le vent, que la saison
Aident sa fuite ! Hélas ! son épouse en larmes ne vient point
Invoquer des sermens oubliés, des nœuds qu'il a rompus ;
Exiger qu'il sacrifie un trône brillant, qu'il abandonne
Les beaux lieux à sa race promis : contente si j'obtiens
Quelque relâche au mal qui me tue, un vain délai. Victime
Condamnée à souffrir, que j'apprenne du temps à supporter
Mon destin ! Conjure, gémis, cours, peins le désespoir,
Peins les maux de ta sœur : fais par pitié, fais qu'il diffère !
D'un tel bienfait ma mort lui paiera le prix avec usure ».

Anne embrasse Didon, et la plaint : elle court, va, revient, prie,
Cent fois tombe aux pieds du cruel, les trempe de ses larmes.
Constant dans ses nobles projets, le Troyen ne peut changer :
Ainsi le sort le veut : un Dieu lui-même affermit sa vertu.
Tel qu'un chêne s'élève, et résiste aux coups de la tempête ;
Quand des antres du Nord, ou du haut des Alpes descendus,
Les Aquilons se liguant en vain s'efforcent d'ébranler
Son vieux tronc respecté du temps. L'air siffle : la campagne
Est jonchée au loin de débris : les feuilles se dispersent
Sous ses vastes rameaux : lui cependant ferme, inébranlable,
Perce la terre, et défie à jamais les vents : il a son front

Ætherias, tantùm radice in tartara tendit:
Haud secus assiduis hinc atque hinc vocibus heros.
Tunditur, et magno persentit pectore curas;
Mens immota manet; lacrymæ volvuntur inanes.

Dans les cieux : sa racine s'appuie aux voûtes du **Tartare**.
Ainsi de tous côtés le héros est assailli : son cœur
Est ému ; mais le devoir l'emporte, et son ame déchirée
Par la douleur, ne peut être abattue : il pleure, et va partir.

———————

AENEIDOS

LIBER QUARTUS.

DIDON,

CHANT TROISIÈME.

SECTIO TERTIA.

Tum verò infelix fatis exterrita Dido
Mortem orat; tædet cœli convexa tueri.
Quò magis inceptum peragat, lucemque relinquat,
Vidit, turicremis quum dona imponeret aris,
Horrendum dictu! latices nigrescere sacros;
Fusaque in obscenum se vertere vina cruorem.
Hoc visum nulli, non ipsi effata sorori.
Præterea fuit in tectis de marmore templum
Conjugis antiqui, miro quod honore colebat,
Velleribus niveis et festâ fronde revinctum:
Hinc exaudiri voces et verba vocantis
Visa viri, nox quum terras obscura teneret;
Solaque culminibus ferali carmine bubo
Sæpè queri, et longas in fletum ducere voces.
Multaque præterea vatum prædicta priorum
Terribili monitu horrificant. Agit ipse furentem
In somnis ferus Æneas : semperque relinqui
Sola sibi, semper longam incomitata videtur
Ire viam, et Tyrios desertâ quærere terrâ.
Eumenidum veluti demens videt agmina Pentheus,
Et solem geminum, et duplices se ostendere Thebas:
Aut Agamemnonius scenis agitatus Orestes,
Armatam facibus matrem et serpentibus atris
Quum fugit, ultricesque sedent in limine Diræ.

CHANT TROISIÈME.

Sous les coups qui l'accablent, Didon tremblante, épouvantée
N'invoque plus que la mort : la lumière du ciel l'importune.
Dans ses sombres desseins d'affreux augures la confirment.
Un jour, offrant ses dons aux immortels, la liqueur sainte
Sur l'autel s'obscurcit soudain, et son œil glacé d'horreur,
Au lieu du vin, ne vit plus qu'un sang infect et dégoûtant.
Seule témoin du prodige, Didon cache à tous, à sa sœur même
Ses terreurs. Au fond du palais, dans un lieu retiré,
Est un temple de marbre, où souvent elle occupe sa tristesse
D'un souvenir chéri. Des toisons éclatantes de blancheur,
Des festons de rameaux le tapissent toujours. De cette enceinte,
Dans le silence profond des nuits, son oreille croit entendre
Sortir des sanglots, une voix gémissante qui lui crie :
« C'est ton époux qui t'appelle ». Souvent la chouette désastreuse
Traîne au haut des toits ses chants solitaires et plaintifs.
Dans ce moment mille avis négligés, mille oracles accablans
Viennent soudain frapper ses esprits et redoublent sa terreur.
Dans le sommeil ses sens agités lui montrent le perfide,
L'ingrat Enée ardent, furieux, qui la poursuit et l'entraîne
Sans pitié. Des fantômes nouveaux succèdent : elle est seule
Sur des bords lointains, cherchant les siens qui l'abandonnent
Au milieu des immenses déserts. C'est ainsi que Penthée
Dans son triste délire a vu les Euménides s'acharner
Sur ses pas, qu'un double soleil, deux Thèbes se montrèrent
Dans un même instant à sa vue égarée. Ou tel encore
Dans nos jeux l'infortuné fils du superbe Agamemnon
Par-tout à ses côtés voit sa mère mourante, fuit son spectre
Armé de feux et de noirs serpens, en vain s'échappe, en vain
Court au temple, où l'attend Tysiphone aux marches de l'autel

Ergo ubi concepit furias evicta dolore,
Decrevitque mori, tempus secum ipsa modumque
Exigit, et, mœstam dictis aggressa sororem,
Consilium vultu tegit, ac spem fronte serenat:
« Inveni, germana, viam (gratare sorori)
Quæ mihi reddat eum, vel eo me solvat amantem.
Oceani finem juxta Solemque cadentem,
Ultimus Æthiopum locus est, ubi maximus Atlas
Axem humero torquet stellis ardentibus aptum.
Hinc mihi Massylæ gentis monstrata sacerdos,
Hesperidum templi custos, epulasque draconi
Quæ dabat, et sacros servabat in arbore ramos,
Spargens humida mella soporiferumque papaver.
Hæc se carminibus promittit solvere mentes
Quas velit, ast aliis duras immittere curas;
Sistere aquam fluviis, et vertere sidera retro :
Nocturnosque ciet manes : mugire videbis
Sub pedibus terram, et descendere montibus ornos.
Testor, cara, Deos, et te, germana, tuumque
Dulce caput, magicas invitam accingier artes.
Tu secreta pyram tecto interiore sub auras
Erige; et arma viri, thalamo quæ fixa reliquit
Impius, exuviasque omnes, lectumque jugalem
Quo perii, superimponas. Abolere nefandi
Cuncta viri monumenta jubet, monstratque sacerdos ».
    Hæc effata silet : pallor simul occupat ora.
Non tamen Anna novis prætexere funera sacris
Germanam credit, nec tantos mente furores

Par sa douleur vaincue, en proie à sa rage, rassemblant
L'enfer et ses tourmens dans son cœur, déjà la princesse
S'est résolue à finir ses maux et sa vie : elle a fixé
L'instant, choisi le genre de mort. Pour écarter tout soupçon,
D'un front calme et serein où le plaisir et l'espoir étincèlent,
En ces mots elle aborde sa sœur. « Réjouis-toi : le destin
M'ouvre une voie ; et je touche peut-être au jour qui me rendra
L'ingrat que j'aime, ou du moins cette paix que l'amour m'avoit ôtée.
Vers ces bords où le char du soleil précipite sa carrière
Dans l'Océan, où du vieil Atlas le colosse inébranlable
Porte le poids de la voûte étoilée ; et sépare de nos plaines
Les confins du pays des Noirs ; on trouve ce jardin
Fortuné, dont les arbres sacrés se couronnent de fruits d'or :
Un temple est auprès : un énorme dragon veille à l'entrée
Sur ce trésor. Prêtresse du temple, une femme de Massyle
Nourrit ce monstre ; et sait aussi, dit-on, l'endormir à son gré ;
Mêlant un miel épais aux tristes pavots. Cette prêtresse
Est ici. Rien ne résiste à son art ; qui commande à l'Amour même.
Par ses charmes puissans les peines cruelles s'adoucissent :
Dans les cœurs ils versent le calme, ou soulèvent la tempête.
Les torrens à sa voix, les astres retournent en arrière :
Des tombeaux évoqués les morts apparoissent. Tu verras
Trembler la terre, et du haut des monts les chênes ébranlés
Rouler à grand bruit. Je jure le ciel : j'en atteste ma tendresse
Pour toi : crois que Didon à cet art ne s'abaisse qu'avec peine.
Dans une cour du palais fais construire un bûcher. Prends soin
D'y placer cette superbe armure et ce glaive éclatant d'or,
Dons de ma main jadis précieux, aujourd'hui délaissés.
Mets-y tout, armes, habits, jusqu'au lit funeste où j'ai perdu
Gloire, innocence, repos. Il faut que la flamme anéantisse
Tous les restes du traître ; et la prêtresse ainsi me l'ordonne ».

Elle dit : un froid soudain la pénètre, et la pâleur étendue
Sur son front trahit ses terreurs. Tranquille cependant,
Anne ne soupçonne pas que Didon ait prétexté ce mystère

Concipit, aut graviora timet, quam morte Sichæi.
Ergo jussa parat.

 At Regina, pyrâ penetrali in sede sub auras
Erectâ ingenti, tædis atque ilice sectâ,
Intenditque locum sertis, et fronde coronat
Funereâ : super exuvias, ensemque relictum,
Effigiemque toro locat, haud ignara futuri.
Stant aræ circùm; et crines effusa sacerdos
Ter centum tonat ore Deos, Erebumque, Chaosqué,
Tergeminamque Hecaten, tria virginis ora Dianæ.
Sparserat et latices simulatos fontis Averni.
Falcibus et messæ ad Lunam quæruntur ahenis
Pubentes herbæ, nigri cum lacte veneni.
Quæritur et nascentis equi de fronte revulsus
Et matri præreptus amor.
Ipsa molâ, manibusque piis, altaria juxta,
Unum exuta pedem vinclis, in veste recinctâ,
Testatur moritura Deos, et conscia fati
Sidera : tum, si quod non æquo fœdere amantes
Curæ numen habet, justumque memorque precatur.

 Nox erat, et placidum carpebant fessa soporem
Corpora per terras, sylvæque et sæva quiêrant
Æquora; quum medio volvuntur sidera lapsu;
Quum tacet omnis ager; pecudes, pictæque volucres,
Quæque lacus latè liquidos, quæque aspera dumis
Rura tenent, somno positæ sub nocte silenti
Lenibant curas, et corda oblita laborum:
At non infelix animi Phœnissa; nec unquam

Pour cacher un sacrifice odieux. Ce féroce désespoir,
Ces barbares fureurs, hélas ! sont loin de sa pensée.
Sans rien craindre de plus qu'à la mort de Sichée, elle accomplit
L'ordre funeste. Au fond du palais l'affreux bûcher déjà
Est dressé sous les yeux de la reine. Elle-même de ses mains
Entrelaçant de lugubres cyprès, le couronne de festons,
L'orne de fleurs ; y place l'épée, et le portrait, et l'armure,
Sur le lit ; dans son cœur renfermant son secret. Autour
Sont plusieurs autels formant un cercle, où la prêtresse
Court hérissée, et l'œil en feu : sa voix tonne, invoque à grands cris
Les trois cents Déités, le Chaos antique, le Tartare,
Les trois noms de la triple Diane : une eau mystique épanchée
Coule, et figure l'Averne : un philtre magique se compose
Des sucs des végétaux les plus actifs, que récoltèrent
Des faucilles d'airain au clair de la lune : l'on y mêle
Ces tégumens qu'au front du poulain, dès qu'il voit la clarté,
On ravit furtivement à sa mère. En robe retroussée,
Un pied nu, dans ses mains portant un gâteau, la princesse
Auprès des autels, qu'elle arrose de pleurs et qu'elle embrasse ;
Prend à témoin les Dieux, et ce ciel complice de son sort :
Prête à mourir, s'il reste à l'amour trahi quelque protecteur,
Son cœur attend encor, ses vœux implorent la vengeance.

Dès long-temps la nuit dans les cieux poursuivoit sa carrière.
Les champs, les solitaires forêts, tout se taisoit ; et les vents
Suspendoient leur haleine : un calme profond régnoit sur l'onde :
Tous les astres brilloient dans leur tranquille majesté.
Les habitans des airs, des bois, des plaines et des eaux
Plongés dans le sommeil, réparoient leurs forces épuisées :
Les mortels oublioient leurs soins cuisans. Tout reposoit
Dans la nature ; et Didon veilloit dans les pleurs. La nuit paisible

Solvitur in somnos, oculisve aut pectore noctem
Accipit : ingeminant curæ; rursusque resurgens
Sævit amor, magnoque irarum fluctuat æstu.
Sic adeo insistit, secumque ita corde volutat :
  « En quid ago? rursusne procos irrisa priores
Experiar? Nomadumque petam connubia supplex,
Quos ego sim toties jam dedignata maritos?
Iliacas igitur classes atque ultima Teucrûm
Jussa sequar? quiane auxilio juvat ante levatos,
Aut bene apud memores veteris stat gratia facti?
Quis me autem, fac velle, sinet? ratibusve superbis
Invisam accipiet? nescis, heu! perdita, necdum
Laomedonteæ sentis perjuria gentis?
Quid tum? sola fugâ nautas comitabor ovantes?
An Tyriis omnique manu stipata meorum
Inferar? et quos Sidoniâ vix urbe revelli,
Rursus agam pelago, et ventis dare vela jubebo?
Quin morere, ut merita es; ferroque averte dolorem.
Tu, lacrymis evicta meis, tu prima furentem
His, germana, malis oneras, atque objicis hosti.
Non licuit thalami expertem sine crimine vitam
Degere more feræ, tales nec tangere curas?
Non servata fides cineri promissa Sychæo » !
  Tantos illa suo rumpebat pectore questus.
Æneas celsâ in puppi, jam certus eundi,
Carpebat somnos, rebus jam ritè paratis.
Huic se forma Dei vultu redeuntis eodem
Obtulit in somnis, rursusque ita visa monere est;

Dans son cœur ne descendra jamais : le sommeil fuit de ses yeux.
Ses ennuis la dévorent : l'amour, la fureur, le désespoir,
Dans leur flux et reflux orageux font rouler sa pensée.

Dans ce malheur que résoudre ? dit-elle, irai-je démentir
Mes antiques refus, et descendre à rechercher à mon tour
Ces rois tant dédaignés, que ma fierté repoussa si long-temps ?
Aimes-tu mieux d'Ilion sur les mers suivre la fortune ?
Va donc, va recevoir la loi qu'on t'impose, et demander
Aux Phrygiens un asyle ! tu sais s'ils sont reconnoissans !
Eh, malheureuse ! eh quand tu voudrois les implorer, crois-tu
Sur leur flotte superbe être admise ? Ah ! que tu sais peu
Jusqu'où va l'ingratitude profonde et la fourbe de ces traîtres !
Seule de mon vainqueur suivrois-je la course triomphante ?
Sur ses traces voudrois-je entraîner ma flotte, mon armée ?
Ces Tyriens, ces dignes amis qui naguère me suivirent
Dans ma fuite, iroient donc à ma voix encor braver les ondes !
Non, meurs ! meurs, tu le dois. Que le fer te délivre de tes maux !
Hélas ! c'est toi, ma sœur, c'est ton conseil qui m'a perdue !
Mais tu m'aimois, je pleurois, et tu n'as pu résister à mes larmes.
En servant ma fureur, quel abîme affreux tu me creusois !
Insensible à l'amour, je vivois contente : la vertu
Remplissoit mes instans : le remords n'avoit point troublé mes jours.
Mon cœur pur de Sichée encor n'avoit point trahi les cendres ».

Ainsi Didon gémit. En ce moment le héros qui touche au terme,
Sûr du départ, prévoyant tout, après avoir invoqué les Dieux,
Lassé de ses pénibles travaux, se reposoit un instant ;
Lorsqu'en songe, du sein de l'épaisse nuit, il voit s'élancer
Un Dieu brillant de lumière et ressemblant en tout à Mercure :

Omnia Mercurio similis, vocemque, coloremque,
Et crines flavos, et membra decora juventâ:

  « Nate Deâ, potes hoc sub casu ducere somnos?
Nec quæ te circum stent deinde pericula cernis,
Demens! nec Zephyros audis spirare secundos?
Illa dolos dirumque nefas in pectore versat,
Certa mori, varioque irarum fluctuat æstu.
Non fugis hinc præceps, dum præcipitare potestas?
Jam mare turbari trabibus, sævasque videbis
Collucere faces, jam fervere littora flammis:
Si te his attigerit terris Aurora morantem.
Eia age, rumpe moras ; varium et mutabile semper
Femina ». Sic fatus, nocti se immiscuit atræ.
Tum verò Æneas, subitis exterritus umbris,
Corripit è somno corpus, sociosque fatigat:
« Præcipites vigilate, viri, et considite transtris;
Solvite vela citi : Deus, æthere missus ab alto,
Festinare fugam tortosque incidere funes
Ecce iterum stimulat. Sequimur te, sancte Deorum
Quisquis es, imperioque iterum paremus ovantes.
Adsis ô, placidusque juves, et sidera cœlo
Dextra feras ». Dixit : vaginâque eripit ensem
Fulmineum, strictoque ferit retinacula ferro.
Idem omnes simul ardor habet : rapiuntque, ruuntque;
Littora deseruêre : latet sub classibus æquor :
Adnixi torquent spumas, et cærula verrunt.

  Et jam prima novo spargebat lumine terras
Tithoni croceum linquens Aurora cubile:

C'est son port auguste, sa voix, sa jeunesse, sa beauté
Grave et céleste : il parle, et la raison coule de ses lèvres.

« Fils d'Anchise, tu dors, et de tous côtés tu ne vois pas
Les dangers qui menacent ta tête. Insensé, qu'attends-tu ?
Entends sur les flots les vents qui t'appellent ! le temps presse :
Déjà Didon décidée à mourir combine sa vengeance :
Crains ses noires fureurs, crains les conseils du désespoir !
Ah ! fuis quand tu le peux encor ! fuis dans ce moment même !
Sur ces bords, si le jour naissant te retrouve, tu verras
L'onde couverte de traits, les quais d'ennemis, l'éclat horrible
Des flambeaux agités, les airs, le rivage tout en feu.
Pars sur l'heure, et préviens d'affreux complots : redoute un sexe
Inconstant, qui hait d'autant plus qu'il a plus aimé ». Mercure
Dans l'ombre en ce moment s'enfonce et se perd. Le héros court
Effrayé sur son bord : les siens se réveillent à ses cris.
« Chefs, soldats, matelots, que chacun s'empresse ! que les bancs
Soient garnis de rameurs ! Tendez les voiles. Soyez prêts.
Un Dieu du haut des airs vient encor, vient de m'apporter
L'ordre de hâter ma fuite, et d'abandonner sans délai ces rives.
Interprète divin, nos cœurs t'obéissent avec joie !
Conduis-nous, fléchis pour nous les astres et Neptune » !
Il dit : et dans un saint transport il tire du fourreau
Son fer victorieux, frappe et tranche le cable. C'en est fait ;
Tous de la même ardeur sont embrasés : la flotte entière
Sur les mers se déploie, et s'étendant couvre leur azur.
Un vent frais a fait enfler la voile, et la rame fait rouler
L'onde écumante : on part : on fend les plaines de Thétis.

Déjà quittant les bras de Tithon rayonnante de splendeur,
Aux campagnes l'Aurore avoit rendu la vie et la béauté.

Regina è speculis ut primùm albescere lucem
Vidit, et æquatis classem procedere velis,
Littoraque et vacuos sensit sine remige portus;
Terque quaterque manu pectus percussa decorum,
Flaventesque abscissa comas : « Proh Juppiter! ibit
Hic, ait, et nostris illuserit advena regnis?
Non arma expedient, totâque ex urbe sequentur,
Diripientque rates alii navalibus? Ite :
Ferte citi flammas, date vela, impellite remos.
Quid loquor? aut ubi sum? quæ mentem insania mutat?
Infelix Dido! nunc te facta impia tangunt.
Tum decuit, quum sceptra dabas. En dextra, fidesque!
Quem secum patrios aiunt portare Penates,
Quem subiisse humeris confectum ætate parentem!
Non potui abreptum divellere corpus, et undis
Spargere? non socios, non ipsum absumere ferro
Ascanium, patriisque epulandum apponere mensis?
Verum anceps pugnæ fuerat fortuna. Fuisset.
Quem metui moritura? Faces in castra tulissem:
Implessemque foros flammis; natumque patremque
Cum genere exstinxem : memet super ipsa dedissem.
Sol, qui terrarum flammis opera omnia lustras,
Tuque harum interpres curarum et conscia Juno,
Nocturnisque Hecate triviis ululata per urbes,
Et Diræ ultrices, et Dii morientis Elissæ,
Accipite hæc, meritumque malis advertite numen,
Et nostras audite preces. Si tangere portus
Infandum caput, ac terris adnare necesse est,

Lorsque Didon à la clarté du jour vit la flotte secondée
Par les vents planer sur les eaux, ses plages dégarnies,
Dans ses ports un vaste, un morne silence ; à cet aspect,
D'impatience et de rage frappant l'albâtre de son sein,
Sur son front arrachant ses tresses flottantes : « Dieu des Dieux,
Grand Jupiter, dit-elle, un parjure, un étranger me jouera
Dans mes propres états ! mes lâches sujets le souffriront !
Servez mes transports, citoyens, vengez-moi : courez tous :
Armez barques, vaisseaux : attaquez, brûlez sa flotte impie !
Vaines fureurs ! Malheureuse, hélas ! où s'égare ta raison ?
Courbe la tête, et subis ton destin ! il falloit combattre
Quand tu donnois un sceptre et toi-même. O prix de ma tendresse !
O sermens trompeurs ! c'est donc là ce guerrier si vanté !
Il transporte, dit-on, ses Dieux sur l'onde : de son père
Sur son dos, à travers les feux, il sauva la vieillesse !
Il me fuit ! Eh quoi ! ma main n'a pu percer ce monstre, déchirer
Son corps en lambeaux ! Plutôt encor si j'avois pu
Immoler sous ses yeux son fils que j'abhorre, son Ascagne !
Teinte du sang de ce fils, ma fureur feroit servir à son père
Pour festin ses membres fumans ! Qui m'arrêtoit ? le succès
Dans un combat douteux pouvoit tromper ma haine ! Et que m'importe ?
Prête à mourir, que craignois-je ? Ma main a pu s'armer de flambeaux,
Brûler le camp des vils Phrygiens, exterminer leur race !
J'eusse pu joindre le père au fils, et du même fer encore
Expirer sur leurs corps sanglans vengée et satisfaite !
Père du jour, dont l'œil pénétrant voit tout ! O toi qui des cieux
Contemplois ma foiblesse, témoin des troubles de mon cœur,
Respectable Junon ! toi qu'on implore au milieu des nuits
Par de lugubres clameurs, Hécate ! O vous ! Dieux de la vengeance,
Dieux de la haine et d'Elise mourante ! écoutez-moi ! détournez
Vos traits sur le coupable, et soyez sensibles à mes cris !
S'il faut, ah ! s'il faut qu'un souffle propice le conduise
Jusqu'au port ; eh bien ! qu'il arrive au terme qu'a fixé

Et sic fata Jovis poscunt, hic terminus hæret,
At bello audacis populi vexatus et armis,
Finibus extorris, complexu avulsus Iuli,
Auxilium imploret, videatque indigna suorum
Funera; nec, quum se sub leges pacis iniquæ
Tradiderit, regno aut optatâ luce fruatur;
Sed cadat ante diem, mediâque inhumatus arenâ.
Hæc precor : hanc vocem extremam cum sanguine fundo.
Tum vos, o Tyrii, stirpem et genus omne futurum
Exercete odiis, cinerique hæc mittite nostro
Munera : nullus amor populis, nec fœdera sunto.
Exoriare aliquis nostris ex ossibus ultor,
Qui face Dardanios ferroque sequare colonos,
Nunc, olim, quocunque dabunt se tempore vires.
Littora littoribus contraria, fluctibus undas,
Imprecor, arma armis : pugnent ipsique nepotesque ».

Hæc ait, et partes animum versabat in omnes,
Invisam quærens quamprimùm abrumpere lucem.
Tum breviter Barcen nutricem affata Sychæi,
Namque suam patriâ antiquâ cinis ater habebat :
Annam, cara mihi nutrix, huc siste sororem :
Dic corpus properet fluviali spargere lymphâ,
Et pecudes secum et monstrata piacula ducat;
Sic veniat : tuque ipsa piâ tege tempora vittâ.
Sacra Jovi Stygio, quæ ritè incepta paravi,
Perficere est animus, finemque imponere curis,
Dardaniique rogum capitis permittere flammæ ».
Sic ait. Illa gradum studio celerabat anili.

Un décret irrévocable, et que l'ordre céleste s'accomplisse !
Mais à ce terme du moins que son ambition ait à combattre
Mille rivaux à sa perte animés, vingt ligues renaissantes !
Loin des embrassemens d'un fils, seul, sans appui, qu'il porte
En cent lieux ses pas, cherchant un asyle ! que les siens
Tombent mourans, percés à sa vue, et le couvrent de leur sang !
Par d'injustes traités si le sort enfin l'élève au trône,
Lorsqu'il croira jouir, que sa grandeur passe comme un songe !
Qu'il regrette en tombant l'empire et la vie ! et que son corps
Sans honneur aux vautours soit abandonné ! C'est le vœu qu'exhalent
Mes derniers accens, et de mon sang c'est le cri terrible.
O Tyriens ! ô peuple fidèle ! héritiers de mon injure,
Gardez aux enfans d'Ilion une haine inépuisable !
Nul traité, point d'alliance avec eux, ni de paix ! Voilà les dons
Chers à mon ombre. O puisse un vengeur naître de mes cendres !
Siècles, volez ! pars, digne héros que j'attends, et qui m'es dû !
Poursuis par les feux et le fer cette race détestée !
Tant que chacun des peuples rivaux subsistera, qu'on voie
Les deux bords à jamais ennemis, les flots choquer les ondes ;
Armes, vaisseaux, légions, se repousser, se briser, se poursuivre,
Les arrière-neveux surpasser la rage de leurs pères » !

   Ainsi Didon cède à ses transports. Elle a pris le jour en haine.
Roulant mille projets dans son cœur forcené, pressée
Par le besoin de mourir, de Sichée elle appelle la nourrice.
(Car la sienne en Phénicie avoit dès long-temps fini ses jours.)
« Va, nourrice fidelle, à ma sœur va dire de hâter
Son retour en ces lieux, mais qu'auparavant elle accomplisse
Tous les rits solemnels ; que d'abord elle ait soin de se plonger
Dans le courant d'un fleuve, et d'apprêter le nombre de victimes,
L'encens, les gâteaux, ce qu'en un mot a prescrit la prêtresse.
Barcé, toi-même tu dois d'une bandelette entourer ton front.
Il faut qu'en s'achevant, un grand sacrifice commencé
Calme Pluton, et me rende la paix : il faut livrer aux flammes
Les monumens d'un amour malheureux. Cours sans délai ». Barcé
Hâte en s'efforçant ses pas qu'appesantit la vieillesse.

At trepida et cœptis immanibus effera Dido,
Sanguineam volvens aciem, maculisque trementes
Interfusa genas, et pallida morte futurâ,
Interiora domûs irrumpit limina, et altos
Conscendit furibunda rogos, ensemque recludit
Dardanium, non hos quæsitum munus in usus.
Hîc, postquam Iliacas vestes notumque cubile
Conspexit, paulùm lacrymis et mente morata;
Incubuitque toro, dixitque novissima verba:
« Dulces exuviæ, dum fata Deusque sinebant,
Accipite hanc animam, meque his exsolvite curis.
Vixi, et quem dederat cursum fortuna, peregi;
Et nunc magna mei sub terras ibit imago.
Urbem præclaram statui; mea mœnia vidi;
Ulta virum, pœnas inimico a fratre recepi;
Felix, heu! nimium felix, si littora tantum
Nunquam Dardaniæ tetigissent nostra carinæ » !
Dixit, et os impressa toro : « Moriemur inultæ!
Sed moriamur, ait : sic, sic juvat ire sub umbras.
Hauriat hunc oculis ignem crudelis ab alto
Dardanus, et nostræ secum ferat omina mortis ».
Dixerat; atque illam media inter talia ferro
Collapsam adspiciunt comites, ensemque cruore
Spumantem, sparsasque manus. It clamor ad alta
Atria; concussam bacchatur fama per urbem;
Lamentis, gemituque, et femineo ululatu
Tecta fremunt; resonat magnis plangoribus æther,
Non aliter quàm si immissis ruat hostibus omnis

Seule, Didon étonnée encor, frissonnant de son audace,
Les yeux creux, ensanglantés, roulans avec effroi
Sous un front où d'avance la mort a répandu sa pâleur,
Court au fond du palais, monte en fureur au bûcher, s'y lance ;
Tire du fourreau ce glaive fatal, ce présent que sa tendresse,
Dans des temps plus doux, pour d'autres desseins avoit orné.
En revoyant ces armes, ce fer, ce lit nuptial, objet
D'un souvenir si funeste, elle pleure et réfléchit un instant
Dans sa profonde douleur, puis tombe, et dit ces derniers mots :

« O vous ! tristes et chers monumens du bonheur que j'ai perdu,
Gages sacrés, recevez mon dernier soupir ! délivrez-moi
Des tourmens de la vie, et du poids immense de mes peines !
Mes jours sont au terme, et j'ai vécu : j'ai rempli ma carrière
Au gré du sort ; et peut-être aux bords du Cocyte descendue
Un peu de gloire encore y suivra mon ombre. J'ai fondé
Sur les bords africains la rivale de Tyr. J'ai vu ses murs
Par mes soins élevés. Mon époux est mort : je l'ai vengé
Sur mon frère inhumain. Trop heureuse, hélas ! si la fortune
Sur mes rives jamais n'eût conduit ce perfide étranger » !
Mordant son lit alors de fureur : « Quoi ! dit-elle, je mourrai
Sans vengeance ! Oui ! mourons, je le veux : enfers, recevez-moi !
L'ingrat, du sein des mers, contemplera mon bûcher : ses yeux
Vont se repaître et jouir de ma mort. Vois-en briller l'augure !
Vois, barbare, et connois-moi » ! La reine avoit cessé de parler ;
Lorsque levant les yeux, ses femmes la virent étendue
Dans son sang ; le regard terne, effaré, les mains tombantes ;
Sans mouvement, sans voix ; un glaive fumant jeté près d'elle.
D'un cri qui part et soudain se répand, les voûtes retentissent.
Déjà de cent côtés le bruit vole, et va porter la terreur
Dans tous les quartiers à-la-fois : des femmes éperdues
Les accens plaintifs, les cris perçans et lamentables
Sortent du sein des humbles foyers, et l'air en mugit au loin.
Les citoyens éplorés, tremblans, se rassemblent, se dispersent :
Tous sont hors d'eux-mêmes. On diroit que dans Tyr, ou Carthage,
Des vainqueurs inhumains ont porté le carnage et les feux,

Carthago, aut antiqua Tyros, flammæque furentes
Culmina perque hominum volvantur perque Deorum.

Audiit exanimis, trepidoque exterrita cursu,
Unguibus ora soror fœdans, et pectora pugnis,
Per medios ruit; ac morientem nomine clamat:
« Hoc illud, germana, fuit? me fraude petebas?
Hoc rogus iste mihi, hoc ignes aræque parabant?
Quid primùm deserta querar? comitemne sororem
Sprevisti moriens? eadem me ad fata vocasses;
Idem ambas ferro dolor, atque eadem hora, tulisset.
His etiam struxi manibus, patriosque vocavi
Voce Deos, sic te ut positâ, crudelis! abessem?
Exstinxti te, meque, soror, populumque, patresque
Sidonios, urbemque tuam. Date vulnera lymphis;
Abluam; et, extremus si quis super halitus errat,
Ore legam ». Sic fata, gradus evaserat altos,
Semianimemque sinu germanam amplexa fovebat
Cum gemitu, atque atros siccabat veste cruores.

Illa, graves oculos conata attollere, rursus
Deficit: infixum stridet sub pectore vulnus.
Ter sese attollens cubitoque innixa levavit,
Ter revoluta toro est: oculisque errantibus, alto
Quæsivit cœlo lucem, ingemuitque repertam.

Tum Juno omnipotens, longum miserata dolorem
Difficilesque obitus, Irim demisit Olympo,
Quæ luctantem animam nexosque resolveret artus.
Nam, quia nec fato, meritâ nec morte, peribat,

Qu'au loin sur les ailes du vent les flammes élancées,
Enveloppant et cabane et palais, vont consumer les temples.

Aux mouvemens confus de ce peuple, à ce trouble, à cet effroi,
Anne en pleurs, se frappant la poitrine, et courant épouvantée,
Vole à sa sœur, cent fois la rappelle, et la nomme de son nom.
« Les voilà donc dévoilés ces sombres desseins ! tu me trompois !
Ces feux, ces autels, cette pompe affreuse étoit pour toi ! —
Sur ces bords que deviendra ta sœur solitaire et délaissée ?
Ah ! ne pouvois-je te suivre au tombeau ? doutois-tu de mon cœur ?
Pourquoi me taire, hélas ! ce fatal projet ? un même instant
Par les mêmes douleurs et le même fer eût fini nos jours ! —
C'est donc par mes mains que tu fais dresser ton bûcher ! Barbare !
Lorsque tu presses ta sœur d'aller au temple invoquer nos Dieux,
C'est pour fuir mes soins ! — Ma funeste absence t'a perdue !
Toi, moi, tes remparts naissans, et ce peuple et cet empire ! —
N'est-il plus de secours ! que je puisse au moins laver ses plaies !
Ah ! si du moins un reste de vie, un dernier souffle erroit
Sur ses lèvres ! je veux l'y respirer, y coller les miennes » !
En disant ces mots elle arrive, et s'élance comme un trait
Sur ce théâtre de mort, voit sa sœur, court tomber à ses pieds ;
Dans son sein la réchauffe, la presse, et la baigne de ses pleurs :
Des lambeaux de sa robe elle essuie, et veut imbiber les flots
D'un sang noir qu'en vain ses soins s'efforcent d'étancher.

Prête à succomber, Didon se ranime, et voulant la voir encore,
Entr'ouvre à peine et referme soudain ses yeux appesantis.
Son sang coule ; sa voix, son haleine et sa force l'abandonnent.
Sur son bras trois fois son corps se soulève avec effort,
Trois fois roule et retombe : elle r'ouvre encore un œil errant,
Cherche le jour, le regarde encore, et s'afflige à sa clarté.

L'immortelle Junon plaignit ces combats, cette mort lente,
Ces efforts douloureux ; et du haut des voûtes éternelles
Sur les bords africains fit descendre Iris, pour affranchir
L'ame de ses terrestres liens, pour l'aider à briser
Des nœuds, qu'eût plus tard dénoués sans peine la vieillesse.
C'est à la fleur de son âge, hélas ! que Didon périt ! Contre elle

Sed misera ante diem, subitoque accensa furore,
Nondum illi flavum Proserpina vertice crinem
Abstulerat, Stygioque caput damnaverat Orco.

Ergo Iris, croceis per coelum roscida pennis,
Mille trahens varios adverso Sole colores,
Devolat, et supra caput adstitit : « Hunc ego Diti
Sacrum jussa fero, teque isto corpore solvo ».
Sic ait, et dextrâ crinem secat : omnis et unâ
Dilapsus calor, atque in ventos vita recessit.

Aucun forfait jamais n'a pu des Dieux armer la justice.
D'une bouillante et soudaine fureur victime volontaire,
Ses mains, ses seules mains ont creusé sa tombe : et Proserpine
Lui laissant au front ce fatal cheveu, gage que respecte
Même la mort, n'avoit point aux enfers destiné leur proie.
   Iris dans les airs déployant ses ailes humectées,
Dont le soleil dardant ses feux a nuancé le tissu,
Vole, et s'arrête au fond du palais où la reine lutte encore
Contre la mort. « J'emporte ce gage à Pluton, et j'accomplis
L'ordre du ciel. Tes fers sont rompus : sors de ta prison ».
Parlant ainsi, sa main enlève le fil. La chaleur cesse :
L'ame se mêle aux vents, s'envole avec eux, et Didon meurt.

LE DÉBUT DE L'ÉNÉIDE.

AENEIDOS EXORDIUM.

ILLE ego qui quondam gracili modulatus avenâ
Carmen, et, egressus silvis, vicina coëgi
Ut quamvis avido parerent arva colono,
Gratum opus agricolis : at nunc horrentia Martis

Arma virumque cano Trojæ qui primus ab oris
Italiam, fato profugus, Lavinia venit
Littora. Multum ille et terris jactatus et alto,
Vi superûm, sævæ memorem Junonis ob iram.
Multa quoque et bello passus, dum conderet urbem,
Inferretque Deos Latio : genus unde Latinum,
Albanique patres, atque altæ mœnia Romæ.

Musa, mihi causas memora, quo numine læso,
Quidve dolens Regina Deûm tot volvere casus
Insignem pietate virum, tot adire labores
Impulerit. Tantæne animis cœlestibus iræ ?

LE DÉBUT DE L'ÉNÉIDE.

Jadis sur la fougère une musette accompagna mes chants.
J'osai depuis, sortant des bois, disciple de Cérès,
Forcer la terre à répondre aux vœux de l'avare agriculteur.
Mars aujourd'hui m'appelle. O Muse ! embouche la trompette,

Dis les combats, Muse ! et ce guerrier que l'ordre du destin,
Loin des murs d'Ilion en cendre et du tombeau de ses pères,
Aux champs Ausoniens fit aborder après mille dangers.
Errant chez cent peuples divers, il combattit long-temps
L'onde, la terre, et le ciel réunis pour lasser sa constance.
L'inflexible Junon avoit aux Dieux inspiré ses haines.
Sous les murs naissans de Lavinium, il souffrit encore
Les innombrables maux qu'entraîne la guerre : et cependant
Transportant ses loix, sa patrie, et le culte de ses Dieux
Sur les rives du Tibre, il fondoit à force de victoires
Un trône immortel; qui depuis fut le berceau d'où sortirent
Ces antiques Latins tant vantés, Albe et sa splendeur,
Ses valeureux enfans les pères de Rome, et Rome enfin.
Quel motif armoit Junon? quelle offense avoit ulcéré son cœur?
Pourquoi du haut des cieux leur reine avoit-elle rassemblé
Tant de périls, de travaux, pour accabler la vertu la plus pure ?
Ils sont donc comme nous, ces Dieux ! la colère habite aussi
Dans leur Olympe ! et la haine peut naître au sein du bonheur même.

DEUXIÈME ÉGLOGUE.

ÉGLÉ.

ECLOGA II.

« Formosum pastor Corydon ardebat Alexin,
Delicias domini ; nec quod speraret habebat.
Tantùm inter densas, umbrosa cacumina, fagos
Assiduè veniebat : ibi hæc incondita solus
Montibus et silvis studio jactabat inani » :

O crudelis Alexi, nihil mea carmina curas;
Nil nostri miserere; mori me denique coges!
Nunc etiam pecudes umbras et frigora captant;
Nunc virides etiam occultant spineta lacertos;
Thestylis et rapido fessis messoribus æstu
Allia serpyllumque, herbas contundit olentes :
At mecum raucis, tua dum vestigia lustro,
Sole sub ardenti resonant arbusta cicadis.
Nonne fuit satius tristes Amaryllidis iras
Atque superba pati fastidia? nonne Menalcan,
Quamvis ille niger, quamvis tu candidus esses?
O formose puer, nimiùm ne crede colori;
Alba ligustra cadunt, vaccinia nigra leguntur.

Despectus tibi sum, nec qui sim quæris, Alexi;
Quam dives pecoris nivei, quam lactis abundans.
Mille meæ Siculis errant in montibus agnæ :
Lac mihi non æstate novum, non frigore, defit.
Canto quæ solitus, si quando armenta vocabat,
Amphion Dircæus in Actæo Aracyntho.

ÉGLÉ.

« Brulé de tous les feux de l'amour, Thyrsis aimoit Eglé,
Eglé brillante d'appas, des beautés Eglé la plus belle.
Il l'aimoit sans espoir de retour : mais consumé d'ennuis,
D'airs plaintifs, d'accens douloureux, il remplissoit les bois :
Seul, sous leurs ombrages épais errant à l'aventure,
Par ces vers sans art, il cherchoit à tromper sa langueur ».

O dure, ô cruelle Eglé ! tu ris, tu dédaignes ma musette,
Mes chansons, mes pleurs, mon amour ! cœur sans pitié ! veux-tu,
Veux-tu ma mort ? Hélas ! pasteurs et troupeaux, tout va chercher
Sur les bords des eaux, dans les bois, l'ombre et la fraîcheur.
Sous les ronces cachés, les lézards n'osent se montrer.
Les moissonneurs brûlés du soleil se reposent, et Myrta
Leur porte un rustique repas que le serpolet parfume.
Au pied de quelque buisson la cigale encor fait retentir
Ses cris importuns : et moi, sans cesse on me voit errant
Sur tes pas, braver l'astre du jour dans son midi. Sans doute
Il valoit mieux languir sous l'impérieuse Amaryllis.
Il valoit mieux cent fois aimer Arténice. Arténice est brune :
Ton teint est plus blanc que la neige. O fille trop charmante,
Crois-en moins un vain coloris ! On laisse se flétrir
Les lys sur leur tige superbe ; et pour orner la beauté,
On va cueillir l'obscure jacynthe au fond de la prairie.

Ah ! dans tes injustes mépris, ingrate, connois-tu ?
Songes-tu même à connoître un berger si tendre, à demander
Combien il peut avoir de troupeaux, le laitage qu'il en tire ?
Mille brebis pourtant dans les champs d'Enna m'appartiennent :
Dans l'été, dans l'hiver j'ai toujours du lait frais en abondance.
Nos pasteurs font cas de ma voix : je répète, j'accompagne,
Sur mes doux chalumeaux, ces airs que le chantre de Dircé
Jadis sur les monts d'Aracynthe au loin faisoit entendre,
Quand ses vastes troupeaux se rassembloient près de lui charmés

Nec sum adeo informis; nuper me in littore vidi,
Quum placidum ventis staret mare : non ego Daphnin,
Judice te, metuam, si nunquam fallat imago.
    O tantùm libeat mecum tibi sordida rura
Atque humiles habitare casas, et figere cervos,
Hædorumque gregem viridi compellere hibisco !
Mecum unà in silvis imitabere Pana canendo :
Pan primus calamos cerâ conjungere plures
Instituit; Pan curat oves, oviumque magistros.
Nec te pœniteat calamo trivisse labellum :
Hæc eadem ut sciret, quid non faciebat Amyntas?
Est mihi disparibus septem compacta cicutis
Fistula, Damœtas dono mihi quam dedit olim,
Et dixit moriens : « Te nunc habet ista secundum ».
Dixit Damœtas; invidit stultus Amyntas.
Præterea duo, nec tutâ mihi valle reperti,
Capreoli, sparsis etiam nunc pellibus albo,
Bina die siccant ovis ubera; quos tibi servo.
Jampridem a me illos abducere Thestylis orat ;
Et faciet, quoniam sordent tibi munera nostra.
    Huc ades, ô formose puer : tibi lilia plenis
Ecce ferunt Nymphæ calathis; tibi candida Naïs,
Pallentes violas et summa papavera carpens,
Narcissum et florem jungit bene olentis anethi ;
Tum, casiâ atque aliis intexens suavibus herbis,
Mollia luteolâ pingit vaccinia calthâ.
Ipse ego cana legam tenerâ lanugine mala,

Par son chant. Ma figure peut plaire, et n'a rien de si sauvage :
Mes traits sont réguliers : je me suis encor vu depuis peu
Sur le rivage prochain, quand l'onde étoit calme ; et si j'en crois.
Mes yeux, même aux tiens, je ne crains point pour rival Atis.

    Viens, ah ! viens seulement dans nos campagnes avec moi !
Viens loger sous nos toits obscurs : viens m'aider à poursuivre
Les daims effarouchés, les biches légères ; à conduire,
Un rameau verd à la main, mes tendres chevreaux à la pâture.
Dans l'art qu'enseigna Pan, je te veux instruire : tu joindras
Tes accens aux miens : les vastes forêts te répondront.
Pan fit connoître la flûte aux bergers : il sut accorder
Sur des tons différens plusieurs roseaux, qu'il assembla
Par le moyen de la cire. Il s'intéresse, il préside aux bois,
Aux pasteurs, aux douces brebis. Craindrois-tu de flétrir
Sur de légers chalumeaux tes lèvres de rose ? Ne crains rien,
Chère enfant. Pour apprendre cet art, que n'a point fait Corylas !
Mon vieux maître Daméte au point de mourir, me dit : « Thyrsis,
O mon plus cher élève, accepte ma flûte, que composent
Ces sept tuyaux inégaux en longueur. Faite de mes mains
J'en jouai seul ; tu seras le second : conserve-la, Thyrsis ».
Ainsi me parla Daméte, et Corylas en sécha d'envie.
Viens, cette flûte est digne de toi. Je te peux offrir encore
Deux beaux faons de chevreuil tachetés d'un blanc de lait, qu'au bas
D'un précipice glissant j'ai trouvés sans mère, et qui chez moi
Ont tari tous les jours deux fortes brebis. Je te les garde.
Myrta me presse en vain pour les lui laisser : et pourtant
Rien de moi, rien ne te plaît ! Il faudra tout laisser à Myrta.

    Viens, aimable enfant, viens ! les Nymphes répandent à tes pieds
Des corbeilles de lys. Les blanches Naïades à l'envi
Cueillent de tous côtés des fleurs, l'anémone, le narcisse,
Les violettes, la rose, et le jasmin parfumé. Leurs mains,
En mêlant ces fleurs pour t'en faire un bouquet, ont soin
D'assortir savamment leurs riches nuances, d'opposer
Un léger pourpre au jaune éclatant, la jacynthe à la jonquille.
J'irai cueillir ce fruit qu'un duvet doux argente : la châtaigne

Castaneasque nuces, mea quas Amaryllis amabat :
Addam cerea pruna; honos erit huic quoque pomo :
Et vos., ô lauri , carpam, et te, proxima myrte ;
Sic positæ quoniam suaves miscetis odores.

    Rusticus es, Corydon, nec munera curat Alexis ;
Nec, si muneribus certes, concedat Iolas.
Heu! heu! quid volui misero mihi? floribus Austrum,
Perditus, et liquidis immisi fontibus apros.

    Quem fugis? ah , demens! habitârunt dî quoque silvas,
Dardaniusque Paris. Pallas quas condidit arces,
Ipsa colat : nobis placeant ante omnia silvæ.
Torva leæna lupum sequitur; lupus ipse capellam ;
Florentem cytisum sequitur lasciva capella ;
Te Corydon, ô Alexi ! trahit sua quemque voluptas.

    Adspice, aratra jugo referunt suspensa juvenci,
Et sol crescentes decedens duplicat umbras :
Me tamen urit amor : quis enim modus adsit amori ?

    Ah! Corydon, Corydon, quæ te dementia cepit ?
Semiputata tibi frondosâ vitis in ulmo est.
Quin tu aliquid saltem potiùs quorum indiget usus,
Viminibus mollique paras detexere junco ?
Invenies alium, si te hic fastidit, Alexin.

Est mûre : il me souvient qu'Amaryllis sur-tout la prisoit.
J'y veux joindre encor des prunes de choix : si tu les aimes,
Quel fruit pourrai-je jamais leur comparer ? Myrtes et lauriers,
J'irai cueillir vos jeunes rameaux pour les unir ensemble.
Vos parfums mariés sont plus doux, plaisent davantage.

   O Thyrsis, tes dons sont-ils faits pour toucher Eglé ?
Ils sont ainsi que toi grossiers : et si l'on pouvoit lui plaire
Par des dons, l'opulent Arcas l'emporteroit sur toi.
Qu'ai-je fait ? O penchant qui me perd ! malheureux ! j'ai déchaîné
L'autan sur mes fleurs ! j'ai fait boire un sanglier fangeux,
Dieux ! je l'ai conduit moi-même au pur cristal de ma fontaine !

   Insensée ! ah ! pourquoi me fuir ? Pâris étoit berger.
Les Dieux immortels, les Dieux même ont aimé les bois.
Laisse Minerve se plaire au sein des murs qu'elle a bâtis :
Les bois sont le séjour du bonheur : préférons à tout les bois.
Dans sa fureur la lionne s'élance, et chasse un loup devant elle :
Impatient, le loup poursuit la chèvre ; et la chèvre s'abandonne
Sur le cytise en fleur : je te cherche, et je t'aime, belle Eglé !
Ainsi tout dans la nature, tout cède au charme qui l'entraîne.

   Vois, Thyrsis, ces jeunes taureaux qui réviennent à pas lents
Portant sur leur tête un soc renversé. Le jour tombe :
On ne voit plus le soleil : les ombres s'étendent, et déjà
Couvrent la plaine immense. Hélas ! cet amour qui me consume
N'est pas moins ardent ! les jours s'en vont, et l'amour reste.

   Ah ! Thyrsis, malheureux Thyrsis ! où s'égare ta raison ?
Quand sous l'ormeau ta vigne en vain te rappelle, et que taillée
En partie, elle attend tes soins. Ta cabane dépourvue
Est sans meubles, tu peux tresser l'osier docile, et la garnir.
Romps, ah, romps tes fers ! si tu n'as pu triompher d'une ingrate,
Porte ailleurs tes vœux : cent beautés s'offrent à ton choix.

HUITIÈME ÉGLOGUE.

PHANOR ET DAMON,

OU

L'AMANT DÉSESPÉRÉ ET LE SACRIFICE MAGIQUE.

DAMONIS ET ALPHESIBŒI CERTATIO.

« PASTORUM musam Damonis et Alphesibœi,
Immemor herbarum quos est mirata juvenca
Certantes, quorum stupefactæ carmine lynces,
Et mutata suos requierunt flumina cursus;
Damonis musam dicemus et Alphesibœi.

» Tu mihi, seu magni superas jam saxa Timavi,
Sive oram Illyrici legis æquoris; en erit unquam
Ille dies, mihi quum liceat tua dicere facta?
En erit, ut liceat totum mihi ferre per orbem
Sola Sophocleo tua carmina digna cothurno?
A te principium; tibi desinet : accipe jussis
Carmina cœpta tuis; atque hanc sine tempora circum
Inter victrices ederam tibi serpere lauros.

» Frigida vix cœlo noctis decesserat umbra,
Quum ros in tenerâ pecori gratissimus herbâ,
Incùmbens tereti Damon sic cœpit olivæ » :

D A M O N.

Nascere, præque diem veniens age, Lucifer, almum;
Conjugis indigno Nisæ deceptus amore
Dum queror, et Divos (quanquam nil testibus illis
Profeci) extremâ moriens tamen alloquor horâ.
Incipe Mænalios mecum, mea tibia, versus.

PHANOR ET DAMON.

« Muse, redis les chants des bergers Phanor et Damon,
Dignes rivaux. La génisse oubliant les fleurs de la prairie,
Admira leurs concerts : les lynx étonnés s'apprivoisèrent :
L'impétueux torrent suspendit la course de ses ondes.
Chantons les beaux airs des bergers Phanor et Damon.

» O toi, de mes chansons illustre appui ! soit que tu franchisses
Les bords escarpés du Timave, ou que déjà ton armée
Suive la plage où bat en mugissant la mer Illyrique. Un jour,
Un jour viendra peut-être ! où ma voix organe de mon cœur
Chantera tes exploits éclatans. Un jour je publierai
Mille trésors ignorés. L'univers surpris reconnoîtra
Dans tes chants l'immortelle Athène, et Sophocle tout entier.
C'est par toi que ma muse a commencé, je veux finir encore
Par toi. Lis ces vers : accepte un ouvrage fait pour toi.
Permets sur ton front radieux que ce lierre aimé des Muses
S'entrelace aux lauriers dont l'orna la main de la victoire.

» Dans ce moment où cédant au jour les ombres se dispersent,
Mille troupeaux errans savouroient les herbes attendries
Par les pleurs de l'Aurore : au coin d'un bosquet d'alisiers
Phanor avec Damon s'étoit rendu : le vent s'étoit calmé :
Quand Phanor, préludant d'une voix tendre, ainsi commença ».

PHANOR.

Phosphore, astre brillant du matin, luis, ouvre la barrière
Au Dieu du jour ; tandis que mon ame exhale sa tristesse
Par des chants négligés. — Une amante ingrate m'abandonne !
Nise m'a trompé ! ma voix défaillante aux Dieux adresse encore
Dans mon dernier moment mes plaintes amères, à ces Dieux,
Pris cent fois à témoin des vains sermens de la perfide.
Doux chalumeaux, formez des concerts dignes de Pan même.

I.   6

Mænalus argutumque nemus pinosque loquentes
Semper habet; semper pastorum ille audit amores,
Panaque, qui primus calamos non passus inertes.
Incipe Mænalios mecum, mea tibia, versus.

Mopso Nisa datur! quid non speremus amantes?
Jungentur jam gryphes equis, ævoque sequenti
Cum canibus timidi venient ad pocula damæ.
Mopse, novas incide faces; tibi ducitur uxor:
Sparge, marite, nuces; tibi deserit Hesperus Œtam.
Incipe Mænalios mecum, mea tibia, versus.

O digno conjuncta viro! dum despicis omnes,
Dumque tibi est odio mea fistula, dumque capellæ,
Hirsutumque supercilium, promissaque barba;
Nec curare Deûm credis mortalia quemquam!
Incipe Mænalios mecum, mea tibia, versus.

Sæpibus in nostris parvam te roscida mala,
Dux ego vester eram, vidi cum matre legentem;
Alter ab undecimo tum me jam ceperat annus,
Jam fragiles poteram a terrâ contingere ramos:
Ut vidi, ut perii, ut me malus abstulit error!
Incipe Mænalios mecum, mea tibia, versus.

Nunc scio quid sit amor. Duris in cotibus illum
Ismarus, aut Rhodope, aut extremi Garamantes,
Nec generis nostri puerum, nec sanguinis, edunt.
Incipe Mænalios mecum, mea tibia, versus.

Sævus amor docuit natorum sanguine matrem
Commaculare manus: crudelis tu quoque, mater!
Crudelis mater magis, an puer improbus ille?

Pan apprit aux bergers à cadencer sur un pipeau champêtre
Des airs harmonieux : les bois du Ménale retentirent.
Dans ces bois les pins, les chênes, tout parle et fait entendre
Les accens de l'amour que le berger module à sa bergère.
Doux chalumeaux, formez des concerts dignes de Pan même.

Mopsus obtient Nise ! à tout on peut s'attendre : désormais
Nous verrons ensemble accouplés la cavale et l'aigle altier :
Nous verrons les chiens et le cerf se désaltérer ensemble.
Cours, Mopsus, couper des brandons, on amène ta conquête.
Berger, répands des noix : c'est pour toi que l'astre de Vénus
Brille de tous ses feux, et va clore en pompe ce grand jour.
Doux chalumeaux, formez des concerts dignes de Pan même.

Les beaux nœuds ! qu'ils sont assortis ! Fière de ses charmes,
Nise, de nos pasteurs a refusé l'hommage ! ton orgueil,
Nise, a méprisé ma voix, mes chansons, mon troupeau nombreux,
Mon teint mâle et ma barbare touffue. Et tu crois que le hasard
Règle tout dans l'univers, que tout est permis à la beauté !
Doux chalumeaux, formez des concerts dignes de Pan même.

Dans notre clos (Hélas ! tu n'étois encore qu'un enfant :)
Près de ta mère un jour je te vis occupée à ramasser
Des fruits mûrs : je m'offris pour vous conduire : je comptois
Douze ans : mes foibles bras n'atteignoient aux branches qu'avec peine,
Mais je te vis ! Erreur trop funeste ! instant qui m'a perdu !
Doux chalumeaux, formez des concerts dignes de Pan même.

Enfin donc je connois cet Amour ! les antres de l'Ismare,
Les horribles rochers du Rhodope élevèrent son enfance :
C'est au fond de l'Afrique, aux bornes du monde qu'il est né :
C'est un monstre farouche, inhumain, qui n'a rien de notre espèce.
Doux chalumeaux, formez des concerts dignes de Pan même.

C'est lui qui dicta le crime à Médée : au meurtre de ses fils,
C'est lui qui poussa la main d'une mère. O mère détestable !
Infernale Médée ! Amour impitoyable ! qui des deux

Improbus ille puer; crudelis tu quoque, mater.
Incipe Mænalios mecum; mea tibia, versus.

    Nunc et oves ultro fugiat lupus; aurea duræ
Mala ferant quercus; narcisso floreat alnus;
Pinguia corticibus sudent electra myricæ:
Certent et cycnis ululæ; sit Tityrus Orpheus,
Orpheus in silvis, inter delphinas Arion.
Incipe Mænalios mecum, mea tibia, versus.

    Omnia vel medium fiant mare: vivite, silvæ;
Præceps aërii speculâ de montis in undas
Deferar: extremum hoc munus morientis habeto.
Desine Mænalios, jam desine, tibia, versus.

    « Hæc Damon: vos, quæ responderit Alphesibœus,
Dicite, Pierides: non omnia possumus omnes ».

A L P H E S I B Œ U S.

    Effer aquam, et molli cinge hæc altaria vittâ,
Verbenasque adole pingues et mascula tura,
Conjugis ut magicis sanos avertere sacris
Experiar sensus: nihil hîc nisi carmina desunt.
Ducite ab urbe domum, mea carmina, ducite Daphnin.

    Carmina vel cœlo possunt deducere Lunam:
Carminibus Circe socios mutavit Ulyxi:
Frigidus in pratis cantando rumpitur anguis.
Ducite ab urbe domum, mea carmina, ducite Daphnin.

    Terna tibi hæc primùm triplici diversa colore
Licia circumdo, terque hæc altaria circum
Effigiem duco: numero Deus impare gaudet.

Faut-il abhorrer le plus ? tous les deux sont à détester.
Doux chalumeaux, formez des concerts dignes de Pan même.

Loups, évitez à présent les foibles agneaux : que le narcisse
Pende aux branches de l'aune ! et que les beaux fruits de l'oranger
Dorent la cime altière du chêne ! Arbustes de nos plaines,
Humbles ajoncs, devenez les sources de l'ambre et de l'encens !
Aux combats de la voix que le chant des cygnes soit vaincu
Par le cri des nocturnes hiboux ! qu'Idas soit un Orphée !
Orphée entouré d'ours aux bois, qu'à sa voix tout s'attendrisse !
Au milieu des dauphins Arion, qu'il brave la tempête !
Doux chalumeaux, formez des concerts dignes de Pan même.

Ondes, couvrez ces prés, ces champs ! Adieu, bois, adieu, verdure ;
Vaste mer, engloutis un amant malheureux ! Et toi, barbare,
Viens contempler ma mort ; que ce dernier présent te satisfasse !
Cessez, doux chalumeaux, cessez de m'accompagner, cessez.

« Phanor alors se tut en soupirant. Que répondit à son tour
Damon ? Muses, guidez mes chants, révélez-moi ce mystère !
Quel mortel peut tout ? En ce moment, sans vous je ne puis rien ».

DAMON.

Porte l'eau sainte, Ismène, et me suis. Posons cette guirlande
Sur l'autel que tu vois : brûlons l'encens et la verveine.
Par là magie essayons enfin de triompher d'un ingrat.
Daphnis par les pleurs de l'amour n'est point touché : l'enfer
Est mon dernier recours : l'enfer fera plus que l'amour même.
Charmes savans, ramenez Daphnis aux pieds de sa bergère.

Par les sorts on force la lune à descendre de son char.
Circé par eux sut se venger d'Ulysse, et fit passer devant lui
Ses guerriers changés en vils animaux : le froid serpent
Dans les prés s'engourdit et meurt sous l'œil qui l'a charmé.
O mes sorts, ramenez Daphnis aux pieds de sa bergère.

Par trois fils d'autant de couleurs j'entoure ce portrait :
Dans mes mains trois fois je le porte autour de cet autel.
Trois fois ! c'est un nombre puissant de tout temps chéri des Dieux.

Ducite ab urbe domum, mea carmina, ducite Daphnin.

Necte tribus nodis ternos, Amarylli, colores;
Necte, Amarylli, modò: et, Veneris, dic, vincula necto.
Ducite ab urbe domum, mea carmina, ducite Daphnin.

Limus ut hic durescit, et hæc ut cera liquescit
Uno eodemque igni; sic nostro Daphnis amore.
Sparge molam, et fragiles incende bitumine lauros.
Daphnis me malus urit; ego hanc in Daphnide laurum.
Ducite ab urbe domum, mea carmina, ducite Daphnin.

Talis amor Daphnin, qualis quum fessa juvencum
Per nemora atque altos quærendo bucula lucos,
Propter aquæ rivum viridi procumbit in ulvâ
Perdita, nec seræ meminit decedere nocti,
Talis amor teneat, nec sit mihi cura mederi.
Ducite ab urbe domum, mea carmina, ducite Daphnin.

Has olim exuvias mihi perfidus ille reliquit,
Pignora cara sui, quæ nunc ego, limine in ipso,
Terra, tibi mando: debent hæc pignora Daphnin.
Ducite ab urbe domum, mea carmina, ducite Daphnin.

Has herbas atque hæc Ponto mihi lecta venena
Ipse dedit Mœris: nascuntur plurima Ponto.
His ego sæpè lupum fieri, et se condere silvis
Mœrim, sæpè animas imis excire sepulcris,
Atque satas aliò vidi traducere messes.
Ducite ab urbe domum, mea carmina, ducite Daphnin.

Fer cineres, Amarylli, foras, rivoque fluenti
Transque caput jace; nec respexeris. His ego Daphnin
Aggrediar: nihil ille deos, nil carmina, curat.

Charmes savans, ramenez Daphnis aux pieds de sa bergère.
    Fais trois nœuds à ce triple lien, Ismène, et tu diras:
Ces nœuds, ô Vénus! sont les symboles de tes nœuds.
Charmes savans, ramenez Daphnis aux pieds de sa bergère.
    Vois durcir l'argile, et la cire se fondre à ce brasier:
O Daphnis! que l'amour t'amollisse, et me rende ma fierté!
Romps cette pâte, Ismène, et répands-la. Prépare ma vengeance:
Ces lauriers desséchés sont pour moi l'image de Daphnis:
Enduis-les de bitume: je veux les consumer sur l'heure.
C'est Daphnis qui me brûle, et je veux l'embrâser à mon tour.
Charmes savans, ramenez Daphnis aux pieds de sa bergère.
    L'impatiente génisse en cherchant l'objet de ses feux
Dans les vastes forêts, dans les solitudes écartées
Court vainement tout le jour: mais lasse enfin de le poursuivre,
Tombe et s'étend sur l'herbe fleurie, au bord d'une fontaine:
C'est en vain que le soir la rappelle et l'avertit de rentrer.
Qu'ainsi l'amour te dévore! Connois les maux que j'ai sentis!
Sans espoir de retour, brûle, ingrat! je rirai de tes peines.
Charmes savans, ramenez Daphnis aux pieds de sa bergère.
    Dans des temps plus doux, Daphnis, hélas, m'avoit laissé
Ces dons: gages trop vains d'un amour que le traître ne sent plus.
Terre, reçois ce dépôt dans ton sein! gages toujours chers,
Vous me devez Daphnis, vous m'êtes garans de sa tendresse.
Charmes savans, ramenez Daphnis aux pieds de sa bergère.
    C'est du fameux Méris que je tiens ces herbes et ces sucs.
Nés du soleil brûlant dans les campagnes de Colcos,
Terre féconde en noirs poisons. Vingt fois j'ai vu Méris
En loup se changer soudain par leur pouvoir, effrayer les bois
En hurlant; j'ai vu des tombeaux les mânes s'élancer,
Les jeunes blés au loin dans d'autres sillons aller mûrir.
Charmes puissans, ramenez Daphnis aux pieds de sa bergère.
    Prends cette cendre, Ismène, emporte-la: sans la regarder
Jette-la dans le courant derrière ta tête. Ce seul charme
Manque encor: Daphnis à ce dernier peut-être se rendra.
Tentons! Mais le cruel rit de nos mystères et des Dieux.

Ducite ab urbe domum, mea carmina, ducite Daphnin.

Adspice : corripuit tremulis altaria flammis
Sponte suâ, dum ferre moror, cinis ipse. Bonum sit!
Nescio quid certè est; et Hylax in limine latrat.
Credimus? an qui amant ipsi sibi somnia fingunt?
Parcite, ab urbe venit, jam parcite, carmina, Daphnis.

Charmes puissans, ramenez Daphnis aux pieds de sa bergère.

O merveille ! j'allois faire ôter la cendre : elle a pris feu
Dans l'instant ! l'autel s'embrâse et pétille ! bon augure !
Mais qu'entends-je ? Hylax ! il aboie à la porte ! quel espoir !
Ah ! seroit-ce un vain songe ? et l'amour..,. Dieux ! s'il m'avoit trompée !
Non, non : charmes, fuyez ! Daphnis, embrasse ta bergère.

DIXIÈME ÉGLOGUE.

GALLUS.

ECLOGA X.

EXTREMUM hunc, Arethusa, mihi concede laborem:
Pauca meo Gallo, sed quæ legat ipsa Lycoris,
Carmina sunt dicenda : neget quis carmina Gallo?
Sic tibi, quum fluctus subterlabere Sicanos,
Doris amara suam non intermisceat undam!
Incipe : sollicitos Galli dicamus amores,
Dum tenera attondent simæ virgulta capellæ.
Non canimus surdis; respondent omnia silvæ.

Quæ nemora, aut qui vos saltus habuêre, puellæ
Naïdes, indigno quùm Gallus amore periret?
Nam neque Parnassi vobis juga, nam neque Pindi
Ulla moram fecêre, neque Aonie Aganippe.
Illum etiam lauri, etiam flevêre myricæ;
Pinifer illum etiam solâ sub rupe jacentem
Mænalus et gelidi fleverunt saxa Lycæi.
Stant et oves circùm; nostri nec pœnitet illas :
Nec te pœniteat pecoris, divine poëta;
Et formosus oves ad flumina pavit Adonis.

Venit et upilio; tardi venêre bubulci :
Uvidus hibernâ venit de glande Menalcas :
Omnes, unde amor iste, rogant, tibi? Venit Apollo :
«Galle, quid insanis? inquit : tua cura Lycoris,
Perque nives alium, perque horrida castra secuta est».
Venit et agresti capitis Sylvanus honore,
Florentes ferulas et grandia lilia quassans.

G A L L U S.

Viens, Aréthuse, encor cette fois! viens m'inspirer des vers!
Des vers pour Gallus, et que, s'il se peut, goûte Lycoris.
Gallus les exige : comment se refuser à Gallus?
Viens et seconde ma voix! Puisse ainsi ton onde toujours pure,
Même au sein des gouffres amers, conserver sa douceur!
Sous ces arbres fleuris, vois mon troupeau tondre la verdure.
Ah! chantons Gallus, chantons ses tendres déplaisirs!
Nymphe commence, et du fond des bois mille échos te répondront.

Quels lieux vous possédoient? quels bosquets embellissiez-vous,
Jeunes Naïades, alors que fidelle aux chaînes d'une ingrate,
Gallus en périssant l'aimoit plus que jamais? Habitiez-vous
Sous les grottes du Pinde, au bord des eaux Aganippides?
Vous accourûtes soudain pour consoler, pour pleurer Gallus.
Les lauriers, les humbles genêts le pleurèrent avec vous :
Les vieux pins du Ménale pleuroient : les roches s'attendrirent
Dans les bois du Lycée, où ce berger aimable succomboit
Terrassé sous un poids de douleurs. Autour de lui rangé
Son troupeau sembloit le plaindre, et souffrir des peines de son maître.
Ose, poëte divin, aimer ton troupeau : songe qu'Adonis
Sur les bords des eaux guida sans honte un troupeau paisible.

On vit de tous côtés accourir les pâtres du canton.
Les rustiques bouviers traînoient leurs pas appesantis :
On vit Ménalque soufflant et tout trempé venir de la glandée.
Tous d'un amour si fatal se demandoient l'objet. Apollon
Vint à toi. « Calme, dit-il, ces vains transports. Ta Lycoris
Au milieu des combats, à travers les glaces et les neiges
Aime, suit en tous lieux ton heureux rival ». On vit s'avancer
Sylvain dans son agreste parure : il marchoit à grands pas,
Coiffé de fleurs, agitant des tiges de lys et de roseaux.

Pan Deus Arcadiæ venit, quem vidimus ipsi
Sanguineis ebuli baccis minioque rubentem :
« Ecquis erit modus? inquit; amor non talia curat :
Nec lacrymis crudelis amor, nec gramina rivis,
Nec cytiso saturantur apes, nec fronde capellæ ».

   Tristis at ille : « Tamen cantabitis, Arcades, inquit,
Montibus hæc vestris : soli cantare periti
Arcades. O mihi tum quàm molliter ossa quiescant,
Vestra meos olim si fistula dicat amores !

   » Atque utinam ex vobis unus, vestrique fuissem
Aut custos gregis, aut maturæ vinitor uvæ !
Certè, sive mihi Phyllis, sive esset Amyntas,
Seu quicumque furor (quid tum, si fuscus Amyntas?
Et nigræ violæ sunt, et vaccinia nigra),
Mecum inter salices lentâ sub vite jaceret :
Serta mihi Phyllis legeret, cantaret Amyntas.

   » Hîc gelidi fontes, hîc mollia prata, Lycori :
Hîc nemus, hîc ipso tecum consumerer ævo.
Nunc insanus amor duri te Martis in armis
Tela inter media, atque adversos detinet hostes.
Tu procul a patriâ, (nec sit mihi credere tantùm!)
Alpinas, ah dura! nives, et frigora Rheni
Me sine sola vides. Ah! te ne frigora lædant!
Ah! tibi ne teneras glacies secet aspera plantas !

Pan, le Dieu des bergers, vint aussi : l'hyéble et le carmin
Enluminoient ses traits animés : nous-mêmes l'avons vu.
« Eh quoi ! dit-il, quoi toujours cès tons plaintifs ! l'Amour en rit :
Enfant insatiable de pleurs, autant que le gazon
L'est d'eau, l'abeille de thym, les chèvres de feuilles et d'herbages ».

 Gallus dans son ivresse touchante absorbé tout entier,
Rompt enfin le silence. « O vous qui venez pleurer sur moi,
Arcadiens, mêlez vos voix à ma plainte ! que vos chants
Fassent gémir les bois des infortunes de Gallus !
Qu'ils sont doux vos chants ! qu'ils vont droit à l'ame ! que mes os
Dormiroient mollement au fond de ma tombe, si vos airs
Portoient dans les temps reculés la mémoire de mes feux !
 » O bons Arcadiens, que ne suis-je né dans vos campagnes !
Pauvre, menant pour vous à la pâture un troupeau nombreux,
Vendangeant, pressant vos raisins mûrs, je jouirois
En paix des vrais biens. J'aimerois sans doute. Si mon cœur
Brûloit pour Alcimadure, ou pour Eglé ; que sais-je ? mille objets
Faits pour plaire pourroient ou balancer, ou fixer ma tendresse.
Eglé peut-être est tant soit peu brune : eh bien, si j'aime Eglé,
Qu'importe ? En nos prés quand les violettes à nos yeux
Viennent s'offrir, personne du lys ne regrette la blancheur.
Près de moi sous des pampres touffus, l'une ou l'autre se joueroit.
Alcimadure de fleurs, moins fraîches qu'elle, orneroit mon front.
J'entendrois la vive Eglé, sa voix embraseroit mes sens.
 » Quel ciel pur ! quel asyle enchanté ! que j'aime cet ombrage,
Ces gazons naissans, ces eaux limpides ! Lycoris,
Ah ! que ne puis-je y passer ma vie, y vieillir avec toi !
Hélas ! un fol amour t'entraîne à la suite du carnage,
Au milieu des horreurs, du fracas des camps, du bruit des armes !
Barbare ! ainsi tu fuis ta patrie, et l'amant qui vit pour toi !
Loin de moi, (pour qui cruelle ? Ah, pussé-je en douter encore !)
Sur des bords hérissés de frimats, dans un climat sauvage,
Sans moi tu cours braver mille périls ! Grands Dieux, protégez-la !
Froids cuisans, ménagez ma Lycoris ! glaces déchirantes,
N'ensanglantez point les pieds délicats de ma bergère !

» Ibo, et Chalcidico quæ sunt mihi condita versu
Carmina pastoris Siculi modulabor avenâ.
Certum est in silvis, inter spelæa ferarum,
Malle pati, tenerisque meos incidere amores
Arboribus : crescent illæ; crescetis, amores.
Interea mixtis lustrabo Mænala Nymphis,
Aut acres venabor apros; non me ulla vetabunt
Frigora Parthenios canibus circundare saltus:
Jam mihi per rupes videor lucosque sonantes
Ire; libet Partho torquere Cydonia cornu
Spicula : tanquam hæc sint nostri medicina furoris,
Aut Deus ille malis hominum mitescere discat !
Jam neque Hamadryades rursum nec carmina nobis
Ipsa placent; ipsæ, rursum concedite, silvæ:
Non illum nostri possunt mutare labores.
Nec si frigoribus mediis Hebrumque bibamus,
Sithoniasque nives hiemis subeamus aquosæ;
Nec si, quum moriens altâ liber aret in ulmo,
Æthiopum versemus oves sub sidere Cancri.
Omnia vincit amor; et nos cedamus amori ».

Hæc sat erit, Divæ, vestrum cecinisse poëtam,
Dum sedet, et gracili fiscellam texit hibisco,
Pierides : vos hæc facietis maxima Gallo;
Gallo, cujus amor tantùm mihi crescit in horas,
Quantùm vere novo viridis se subjicit alnus.

Surgamus : solet esse gravis cantantibus umbra,
Juniperi gravis umbra : nocent et frugibus umbræ.
Ite domum saturæ, venit Hesperus, ite, capellæ.

» O Théocrite! je veux unir aux doux sons de ta musette
Les vers qu'en soupirant composoit le chantre de Calcis.
Dans les vastes forêts, seul sous leurs ombres écartées,
J'irai souffrir, graver mes tourmens et le nom de Lycoris
Sur les jeunes tilleuls. Ils croîtront : ainsi mon ardeur
Croîtra. Je suivrai souvent les pas des Nymphes qui parcourent
Les bosquets du Ménale : souvent d'un sanglier terrible,
Sans que jamais ou la neige, ou le verglas puissent m'arrêter,
J'irai dépister la trace, et de mes chiens entourer les bois.
Déjà je crois franchir les âpres rochers, le bruit des cors
Déjà retentit : mon arc est tendu, la flèche va partir....

» Songes trop vains! ah! crois-tu guérir cette fièvre, ce poison
Dont l'ardeur te dévore? et l'Amour, ce Dieu sans pitié, crois-tu
Qu'enfin sur les maux qu'il cause il apprenne à s'attendrir?
Les Déités des bois, les vers n'ont plus d'attrait pour moi :
Les vers même! adieu donc, tranquilles forêts, adieu, campagnes!
Nos soins, nos efforts sont vains, et l'Amour ne peut changer.
Pour l'affoiblir vainement on puiseroit l'onde la plus froide,
Sous les glaces de l'Hèbre; on s'enseveliroit tout entier
Dans les neiges de Thrace. En vain, sous un soleil ardent,
Dans les champs des noirs Africains, où tout brûle, où tout expire
Sous les feux dévorans du tropique, un berger le fuiroit.
Par-tout l'Amour, l'Amour est vainqueur. L'univers subit ses loix.
Puisque tout cède, cédons : à quoi sert, hélas! de résister » ?

Filles du Pinde, agréez ces vers champêtres que mon cœur
M'inspiroit sans effort, tandis que sur un lit de gazon
Entrelaçant des joncs déliés, j'achevois une corbeille.
Faites valoir mon ouvrage : peut-être il amusera Gallus :
Gallus, pour qui je sens de jour en jour croître ma tendresse,
Autant qu'au printemps croît l'aune au bord d'une eau limpide.

L'ombre du soir nuit souvent aux chanteurs : l'ombre nuit aux blés:
L'ombre du pin, du genièvre est sur-tout funeste. Levons-nous :
Chèvres, brebis, voici l'astre du soir, rentrez à la maison.

I,   7

LETTRES DE BUFFON

A L'ABBÉ BEXON.

LETTRES DE BUFFON

A L'ABBÉ BEXON.

Nº. I.

JE suis très-satisfait, Monsieur, et même plus que content, car on ne peut se plaindre que du trop de travail qu'a dû vous coûter la composition des articles que vous m'avez envoyés ; il y a en général trop d'érudition, et vous ne voulez pas qu'en comparant ces articles avec ceux qui sont imprimés, on voye qu'on a redoublé de science mythologique et d'érudition assez inutiles à l'Histoire Naturelle. J'en retrancherai donc beaucoup, et j'aurai l'honneur de vous envoyer dans peu le premier cahier corrigé de ma main ; cela vous servira d'exemple pour ceux de la suite ; mais je vous le répète, Monsieur, je suis parfaitement satisfait, et vous pouvez continuer, attaquer la famille des Hérons et suivre ensuite la classe de tous les autres oiseaux de marais. Vous en avez pour du temps, et je trouve que vous en avez beaucoup fait pour le peu de semaines que vous y avez employé. Tâchez, Monsieur, de faire toutes vos descriptions d'après les oiseaux même ; cela est essentiel pour la précision. Je sais bon gré à

M. Daubenton le jeune de vous donner toutes les facilités nécessaires. Recevez les assurances des sentimens de toute l'estime et de tout l'attachement avec lesquels j'ai l'honneur d'être, Monsieur, votre très-humble et très-obéissant serviteur.

Montbard, ce 27 juillet 1777.

N°. II.

M. de Buffon fait ses complimens à monsieur l'abbé Bexon, et le prie de ne venir que dimanche, parce que demain, samedi, il ne pourroit le recevoir. Monsieur l'abbé Bexon en aura d'autant plus de temps pour arranger les Fauvettes.

Au Jardin du Roi, ce 5 décembre 1777.

N°. III.

JE vous envoie, mon très-cher Abbé, la copie de tous les articles sur les Pics et Martin-pêcheurs, tirée des extraits. J'ai vérifié que l'Histoire générale des Voyages n'a été extraite que jusque et compris le sixième volume; ainsi vous pouvez commencer votre travail à la Bibliothèque du Roi, en commençant par le septième volume; cela nous sera très-utile: mais il faut vous borner à extraire seulement les articles qui ont rapport aux oiseaux qui nous restent à donner, et dont je crois vous avoir laissé la liste en commençant par les Perroquets qui doivent être à la tête du sixième volume.

Je vous envoie ci-joint le travail que j'ai fait sur cette famille si nombreuse d'oiseaux, et je vous prie, mon cher Monsieur, de vous en occuper de préférence lorsque vous serez quitte des Pics et des Martin-pêcheurs.

Vous voudrez bien suivre ma distribution et ma méthode pour les Perroquets ; je les divise d'abord en deux grandes classes ; ceux de l'ancien continent et ceux du nouveau monde : dans la première classe je place, 1°. les Kakatoës, sur lesquels vous trouverez un petit cahier de six pages.

2°. Les Perroquets proprement dits, sur lesquels je n'ai encore rien recueilli, et que vous travaillerez tout à neuf.

3°. Les Loris, sur lesquels je vous envoie un cahier de six pages.

Dans la classe du nouveau continent, les premiers sont, 1°. les Aras, sur lesquels vous trouverez environ vingt-quatre pages d'écriture.

2°. Les Amazones, un cahier de vingt-huit pages.

3°. Le Papegais, huit pages. J'y joins un cahier de notes intitulé les Perroquets, et qui a treize pages.

Ensuite viennent les Perruches dont il faut faire un traité séparé, et qui doit suivre celui des Perroquets, en distinguant autant qu'il est possible les Perruches de l'ancien continent de celles du nouveau, et aussi celles qui, dans chaque continent, sont à queue longue ou à queue courte, à

queue étagée ou non étagée, etc. Vous trouverez
sur cela trois cahiers, l'un de vingt-deux, le second
de huit, et le troisième de vingt-une pages.

Voilà une bien longue et bien ennuyeuse besogne, dont néanmoins nous sommes plus pressés
que d'aucune autre, et je vous serai très-obligé de
ne vous pas occuper des oiseaux de rivages que
quand vous aurez épuisé nos Perroquets. Je vous
enverrai dans huitaine la copie de tous les extraits
qui ont rapport aux Perroquets, et qui ne laissent
pas d'être considérables; ce travail me fait peur
pour vous aussi bien que pour moi, car je suis persuadé que nous ne nous en tirerons pas à moins de
cent trente pages d'écriture; je travaille au préambule, qui sera court, et qui ne contiendra que les
qualités particulières et les rapports qui distin-
guent ces oiseaux de tous les autres, et qui leur
donnent, par la faculté d'imiter la parole, quelque
relation avec cette faculté de l'homme. S'il vous
vient quelques idées sur la nature en général de
ces oiseaux, vous me ferez plaisir aussi de me les
communiquer; sur-tout ne vous pressez pas, mon
très-cher Abbé, ménagez vos petites entrailles,
et ne vous excédez sur rien, pas même sur le desir
de m'obliger. Je compte que vous en avez ici pour
plus de deux mois; mais lorsque cet article sera
achevé, j'aurai plus de trois cents pages pour l'impression, car tous les articles suivans sont faits
jusqu'aux Hérons, et il ne faut songer à ces Hérons
qu'après les Perroquets. Le cinquième volume ne

laisse pas d'avancer. M. Mandonnet doit vous envoyer une épreuve pour rectifier un passage italien d'Oliva, qui a été mal copié et que je n'ai pu vérifier ici, ayant prêté ce livre à M. de Montbeillard. Je vous prie de corriger les fautes qui se trouvent dans ce passage.

J'ai reçu vos notes et celles de M. Daubenton sur les Barbus, et j'en ai fait usage.

Toutes les personnes qui ont entendu lire la belle Ode de M. Le Brun, s'accordent à l'admirer ; mais toutes conviennent aussi qu'elle est un peu trop longue, et qu'il y a trois ou quatre strophes moins belles que les autres, qu'on pourroit en retrancher. Je n'ai pas besoin de vous avertir, mon cher Monsieur, de ne faire usage de cet avis qu'avec le plus grand ménagement ; c'est pour la plus grande gloire de l'auteur que nous parlons ici. Je vous renouvelle avec le plus grand plaisir, les sentimens d'estime et du véritable attachement avec lesquels j'ai l'honneur d'être, Monsieur, votre très-humble et très-obéissant serviteur.

Montbard, ce 5 février 1778.

N°. IV.

JE viens, mon très-cher Abbé, de revoir nos Calaos, sur lesquels vous avez fait un travail méthodique dont je suis parfaitement content. J'ai écrit un billet à M. Daubenton le jeune, pour qu'il ait à nommer Calao du Malabar, et non pas Calao des Philippines, celui que nous avons vu vivant. Je le prie aussi de faire une planche enluminée des quatre becs du Calao rhinocéros, du Calao à casque rond, du Calao des Philippines et du Calao d'Afrique, et au moyen de cette représentation de bec, tout deviendra plus clair.

Vous comptez onze espèces de Calao; je les réduis à dix, parce que le Calao à bec rouge du Sénégal, qui est le vrai Tock dont j'avois fait la description à part, est le même oiseau que le Calao à bec noir du Sénégal; celui-ci est l'oiseau jeune, et l'autre à bec rouge est l'oiseau adulte. Ce fait m'a été assuré par M. Sonini, qui m'a dit avoir élevé de ces oiseaux au Sénégal; mais comme vous avez observé un rudiment d'excroissance sur le bec noir que vous n'avez pas vu sur le bec rouge, il se pourroit que ce fût ce même bec noir qui fût l'oiseau adulte, et le bec rouge l'oiseau jeune : ceci n'est qu'un doute qui peut-être même n'est pas fondé; car il y a des oiseaux, tels que les Pigeons, qui ont de petites protubérances sur le bec quand ils sont jeunes, et qui s'effacent en vieillissant. Il se pourroit donc en effet que le Calao à bec noir fût le jeune, et l'autre l'adulte. Quoi qu'il en soit, il me paroît certain que tous deux ne font que le même oiseau.

Une seconde observation, c'est que le Calao, décrit par Petivert d'après Camel dans les Transactions philosophiques, n'est pas le même que notre Calao des Philippines; c'en est une espèce voisine ou du moins une variété; vous n'aurez, pour en être assuré, qu'à comparer la description de tous deux. Je vous enverrai l'article entier de ces oiseaux dès qu'il sera copié.

Je vous remercie aussi de la bonne note que vous m'avez donnée sur le joli Touraco : au reste, vous verrez par l'ébauche de ce travail qu'il y aura encore beaucoup à retoucher, et j'attendrai vos réflexions et vos observations pour l'achever. Le préambule même n'est pas encore, à beaucoup près, comme je le desirerois. J'ai interposé les descriptions du Calao à casque rond, du Calao d'Abyssinie, etc.

Je viens de recevoir une lettre de M. Le Brun, avec son Ode sur la campagne d'Italie du prince de Conti; il y a de très-belles strophes et de magnifiques images; mais en tout cette Ode n'est pas aussi sublime que celle qu'il m'a adressée : on y reconnoît néanmoins le pinceau du génie dans plusieurs endroits. J'aurai l'honneur de lui répondre dès que j'aurai quelques momens de loisir; mais actuellement les ouvriers des bâtimens et des travaux de mes forges m'occupent prodigieusement : j'ai bien de la peine à dérober quelques heures pour nos oiseaux.

Je suis très-fâché qu'on ait si mal servi la Bibliothèque du Roi, et je tâcherai à mon retour de lui procurer un meilleur exemplaire de mes ouvrages. Vous ferez mes complimens à M. Le Brun, ainsi qu'à M. l'abbé Desaunais. Vous ferez mes

hommages très-sincères à Madame votre mère et
à Mademoiselle votre sœur, et j'espère que vous
ne douterez jamais de tous les sentimens d'amitié
avec lesquels j'ai l'honneur d'être, mon cher Monsieur, votre très-humble et très-obéissant serviteur.

Montbard, ce 11 février 1778.

N. B. Vous trouverez ci-joint tout ce que j'ai
pu recueillir sur les Perroquets.

Vous pourriez peut-être me dire, mon cher
Abbé, ce que c'est qu'un M. Champlain de la Blancherie, qui se dit à la tête d'une société littéraire,
et qui demeure à l'ancien collége de Bayeux, rue
de la Harpe : il m'a écrit une grande épître, comme
si tous les gens de lettres devoient s'intéresser à
son entreprise qui se réduit à une espèce de journal sous le titre de Nouvelles de la république des
lettres. Je crois que tout cela n'est écrit que pour
avoir des souscriptions, et je suis étonné que notre
ami Panckoucke ne s'oppose pas à tous ces nouveaux journaux, qui font du tort au sien.

N°. V.

Vous travaillez tant et si bien, mon très-cher
Abbé, que je dois par tous moyens vous en marquer ma reconnoissance; je vous prie donc d'accepter six cents livres que Lucas vous portera dans
douze ou quinze jours, et vous m'en enverrez un

reçu motivé comme les précédens, pour votre travail sur l'Histoire Naturelle, jusqu'au 1er juillet
prochain : je serois charmé que cette petite augmentation pût vous faire jouir plus long-temps
de la présence de votre chère maman et de votre
très-aimable sœur.

Je viens de recevoir les Pics, et il ne reste que
les Martin-pêcheurs pour compléter ma partie
du cinquième volume ; M. Gueneau fera le reste,
et, je crois, ne fera rien de plus. Le sixième volume
commencera par le Perroquet, dont je vous envoie
ci-joint le préambule, d'après lequel vous pourrez
diriger vos vues particulières. Je vais travailler
l'article des Pics, dont je n'ai lu que le premier
article qui me paroît très-bien, et j'attendrai celui
des Martin-pêcheurs pour voir tout le parti qu'on
peut tirer de ces sujets comparés. Je vous embrasse, mon très-cher Monsieur, un peu à la hâte,
car la poste presse.

Montbard, ce 3 mars 1778.

N°. V I.

JE vous envoie, mon très-cher Abbé, toutes
mes notes sur les Hérons, les Courlis et Ibis, les
Spatules, le Pélican, le Cygne, et une petite note
sur le Martin-pêcheur ; et comme ce paquet étoit
assez gros, je vous enverrai une autre fois les
oiseaux guerriers, car je crois que ce sont les
mêmes que ceux que vous appelez oiseaux-com-

battans; je joindrai à ce second envoi les notes
sur les Cigognes, la Demoiselle de Numidie, le
Jabiru, l'Oiseau royal ; mais je ne conçois pas
trop comment vous avez pu achever les Perroquets en aussi peu de temps, et je vous prie d'en
bien vérifier les descriptions avant de me les envoyer, car je n'en suis point pressé ; vous me
ferez plaisir, au contraire, de m'envoyer tout de
suite l'article des Martin-pêcheurs, car comme
ils doivent aller avec les Pics, et que j'ai un arrangement à prendre avec M. Gueneau pour les articles qui doivent entrer dans le cinquième volume,
il est nécessaire que je sache combien cet article
des Martin-pêcheurs contiendra de pages, et je
vous serai obligé de me l'écrire tout de suite. Vous
ne me marquez pas si le préambule des Perroquets
vous a fait plaisir ; il me semble que la métaphysique de la parole y est assez bien jasée : au reste,
vous me faites trop de remercîmens, et quoique
je sois très-sensible à la reconnoissance que vous
avez la bonté de me marquer, je vous prie de
croire que je n'avois pas besoin de nouvelles pro-
testations pour être assuré de votre amitié. Je
compte aussi sur celle de votre chère maman et
de votre charmante sœur, et comme vous ne me
parlez pas de leur départ, j'ai quelque espérance
de les retrouver à mon retour, qui cependant ne
sera guère que vers le 15 de mai. Faites-leur mes
complimens très-humbles, mon cher Monsieur,
et soyez sûr de tous les sentimens d'estime et

d'amitié avec lesquels j'ai l'honneur d'être, votre très-humble et très-obéissant serviteur.

Montbard, ce 30 mars 1778.

N°. VII.

Vous devez avoir reçu, mon cher Monsieur, les notes que j'avois recueillies sur les Oiseaux-mouches et Colibris; il y a quatre ou cinq jours que je les ai adressées par la poste à Lucas. Je viens aussi de remettre à un homme, qui part aujourd'hui pour Paris, un paquet à votre adresse, où vous trouverez les notes que vous m'avez demandées au sujet des oiseaux d'eau, sur lesquels vous avez travaillé; et ce paquet vous sera aussi remis par le sieur Lucas, qui le recevra dans le courant de cette semaine.

Je suis très-content de tout votre travail tant sur les Perroquets que sur les Martin-pêcheurs; j'ai cru devoir changer quelque chose à l'ordre de distribution des Perroquets, et ne point mêler ceux de l'ancien continent avec ceux du nouveau: j'ai aussi un peu augmenté le préambule, et voici mon ordre de distribution.

Les Perroquets de l'ancien continent.

1°. Les Kakatoës; 2°. les Perroquets proprement dits; 3°. les Loris, qui finissent par les Loris-perruches ou Loris à longue queue; 4°. les Perruches à longue queue également étagée; 5°. les

Perruches à longue queue inégale ; 6°. les Perruches à courte queue.

Les Perroquets du nouveau continent.

1°. Les Aras ; 2°. les Amazones ; 3°. les Criks ; 4°. les Papegais ; 5°. les Perruches à longue queue et égale (j'ai appelé Perriches celles de l'Amérique, pour les distinguer des Perruches de l'ancien continent, et ce nom Perriche est assez en usage); 6°. les Perriches à longue queue inégale ; 7°. les Perriches à queue courte.

Par cette distribution, l'énumération du grand nombre de ces oiseaux devient très-claire, et on en saisit aisément les différences.

Je vais faire à-peu-près la même chose sur les Martin-pêcheurs, en séparant ceux de l'ancien continent de ceux de l'Amérique, et en les divisant en grands, moyens et petits comme vous l'avez fait.

Au reste, ces derniers oiseaux, qui naturellement devroient être mis après les Pics, en ne considérant que la forme du bec, ne laissent pas d'en différer par tant d'autres caractères qu'on ne risque rien de les en éloigner et de les placer ailleurs, et peut-être après les Hirondelles-martinets d'où leur est venu le nom de Martinet-pêcheurs ou Martin-pêcheurs.

Je crois, mon cher Monsieur, qu'on vous remet de l'Imprimerie royale les feuilles à mesure qu'on les imprime, car j'ai vu plusieurs corrections de votre main sur les nomenclatures. J'ai écrit à M. Mandonnet que c'étoit par inadvertance que l'on a mis l'article des Todiers entre celui du Pitpit et celui du Pouillot, et je le prie de me renvoyer cet article des Todiers qui doit aller après celui des Martin-pêcheurs.

Mais notre cinquième volume a déjà trois cent cinquante pages d'imprimé, y compris l'article des Demi-fins de M. Gueneau de Montbeillard, et il ne peut contenir que les articles suivans : 1°. le Pitpit, 2°. le Pouillot, 3°. le Troglodite, 4°. le Roitelet, 5°. les Mésanges, 6°. le Torchepot, 7°. les Grimpereaux, 8°. les Pics et Pics-grimpereaux, et peut-être encore le Toral et les Jacamans ; ainsi les Martin-pêcheurs sont nécessairement rejetés au sixième volume. Vous avez raison de dire qu'on peut vraiment se plaindre de la fécondité de la nature en même temps qu'on l'admire : vous avez mille occasions d'employer cette jolie phrase, qui est d'ailleurs de toute vérité.

Je vous remercie, mon cher Monsieur, du surcroît de travail que vous m'avez envoyé au sujet des nids du Tonquin et des Ours-marins ; ce dernier article me servira pour mon volume de supplément aux Quadrupèdes, et je ne serois pas d'avis de renvoyer le premier à l'article des Hirondelles, parce que nous ne savons pas quelle espèce d'Hirondelle qui fait ce nid ; il y a même plus d'apparence que c'est un Martin-pêcheur, puisque

I.   8

vous avez si bien établi que l'Alcion est le même
oiseau ; et par conséquent les notices que vous
avez déjà recueillies sur ce nid et celles que vous
trouverez dans le petit paquet que je joins ici,
pourront faire un article intéressant à la suite de
nos Martin-pêcheurs ; et lorsque j'aurai revu cet
article, je vous en enverrai la copie corrigée, à
laquelle vous retrancherez , ajouterez ou changerez ce que vous jugerez nécessaire. Recevez les
assurances de ma tendre amitié, et mes respec-
tueux hommages pour votre bonne chère maman
et pour votre aimable sœur.

Montbard, ce 27 avril 1778.

N°. VIII.

JE suis enchanté , Monsieur le Prieur, de la
bonne nouvelle et de ce petit titre, en attendant
un plus grand ; car quoique sans ambition, vous
avez le mérite qu'il faut pour en obtenir les fruits,
et tous ceux qui vous connoîtront ne peuvent
manquer de s'intéresser à votre avancement. Je
vois que le petit surcroît de fortune, loin de diminuer votre activité pour le travail, semble au contraire l'augmenter, et je le trouverois bon si je ne
craignois pour votre santé. M. Panckoucke, qui
vous est sincèrement attaché, le craint aussi bien
que moi ; ainsi, par grace d'amitié, prenez du relâche, et au lieu de finir nos Oiseaux en six mois
ou un an , prenez dix-huit mois ou deux ans, et

je serois encore plus que satisfait. Lucas vous remettra mes notes sur les Bécasses, les Pluviers,
les Vanneaux, la Poule-sultane et le Ménager; je
vous apporterai aussi, puisque vous le desirez,
tous les autres papiers qui ont rapport aux oiseaux
d'eau. Je n'ai que la dixième édition de Linnéus,
et c'est celle qu'il faudra toujours citer, d'autant
que les réformes ou additions qu'il a fait faire sont
fort indifférentes. Je ne connois pas l'Essai de
l'Histoire Naturelle de la Guyane, en anglois; il
faudra prier M. Panckoucke de le faire venir pour
mon compte.

Vous auriez dû, mon cher Prieur, me marquer
le nom de la personne de Dijon à laquelle vous
avez écrit au sujet de la feuille du 7 avril dernier;
j'ignore comme vous le motif de la demande men-
tionnée dans cette feuille, et c'est peut-être les
gens qui travaillent à une Histoire de Bourgogne
qui ont besoin de ces éclaircissemens sur votre
famille. Je vais en écrire à M. Frantin, imprimeur
de ces feuilles, et à M. Mailly qui en est l'auteur,
et par lesquels seuls nous pouvons être instruits.

Envoyez-moi toujours vos Oiseaux-mouches
et Colibris; j'aurai le temps de les recevoir et d'y
travailler avant mon départ, car je ne suis pas sûr
de pouvoir partir avant le 7 ou le 8 du mois prochain. Je vous embrasse et fais mille tendres respects à vos Dames.

Montbard, ce 21 mai 1778.

N°. IX.

J'AI reçu, mon cher Monsieur, votre premier et second paquet; et comme notre carte est ce qu'il y a de plus pressé, je vous la renvoie avec mes observations. 1°. Il faut que la calotte de glace solide, qui s'étend depuis le pole jusqu'aux glaces flottantes, soit marquée de hachures d'autant plus noires qu'on approche plus près du pole; ce qui représentera la vaste étendue de cette portion du globe envahie par les glaces. Je l'ai donc fait ombrer au crayon sur l'épreuve de la carte que je vous renvoie.

2°. Il faut marquer sur cette carte les glaces flottantes trouvées par le capitaine Bouvet aux 48° et 49° degrés de latitude, et qui ne sont pas représentées; et comme ces glaces flottantes qui sont situées sous les 48, 49, 50 et 51° degrés de latitude au longitude est de 15 à 30 degrés du Cap de Bonne-Espérance, cette partie de la carte seroit défectueuse et ne répondroit pas à l'explication que j'en donne; ainsi il est absolument nécessaire d'y marquer toutes ces glaces flottantes qui sont vis-à-vis le Cap de Bonne-Espérance, et qui se trouvent sous la latitude de 48, 49, 50 et 51 dégrés dans l'étendue de 15 degrés de longitude, c'est-à-dire depuis le 15° au 30° du méridien de Londres à l'est, qu'il sera aisé de réduire au méridien de Paris.

3°. J'ai fait marquer à l'encre quelques îles de glace flottantes au 49° degré de latitude sous les 55 et 60° de longitude est, parce qu'on n'avoit marqué les glaces flottantes que jusqu'au 50° degré.

4°. J'en ai fait de même marquer plus qu'il n'y en avoit sur la carte au 58° degré de latitude et sous la longitude de 80 à 90° est, et jusqu'au 15° de longitude est.

5°. Il faut marquer par une gravure plus forte, les terres de Sandwich et de l'île de Georgie, sous les latitudes de 55 à 59 degrés, découvertes par Cook : je dis qu'il faut que cette gravure soit plus forte, afin que l'on distingue ces terres d'avec les glacés, et il faudra aussi les indiquer par leurs noms, ainsi que toutes les autres terres.

6°. J'ai aussi augmenté le nombre des glaces flot- tantes qui se trouvent sous le 59° degré à 9 ou 10 degrés de longitude ouest, ainsi que celles qui se trouvent à-peu-près sous le même parallèle depuis le 60° jusqu'au 80° degré de longitude ouest, et jusqu'au 180° ; en sorte que la carte sera beaucoup moins imparfaite après ces corrections, auxquelles je vous prie de ne pas perdre de temps, afin de pou- voir m'en envoyer promptement une épreuve.

Je sens, mon cher Monsieur, combien cela vous détourne, et en même temps j'admire que vous ayez encore le temps de faire des oiseaux. M. de Montbeillard a voulu terminer le cinquième vo- lume aux Grimpereaux, et il est en effet assez gros, car il contient cinq cent quarante-six pages, et il y en aura peut-être trente-quatre de table des matières à laquelle je travaille actuellement; cela fera donc cinq cent quatre-vingts pages avec vingt-neuf planches; ainsi ce volume sera plus gros qu'aucun des précédens.

Nos jolis Oiseaux-mouches vont donc commencer le sixième volume, et comme les Perroquets doivent suivre immédiatement, je vous les enverrai dans huit ou dix jours, afin que vous les lisiez attentivement avant de les livrer à l'impression. Je vous adresserai ce paquet, qui sera gros, par la diligence, ou plutôt je l'adresserai à Lucas, qui vous le remettra, et j'y joindrai une vingtaine de dessins d'oiseaux qu'il faudra donner à M. Desève pour les faire graver, car ces gravures doivent entrer dans le sixième volume, et quelques-unes dans le cinquième.

Je lirai avec grand plaisir votre article du Vanneau, et j'ai revu ces jours-ci ceux de la Cigogne et de la Grue avec satisfaction.

Je vous renvoie ci-joint votre Cahier d'extrait des Voyageurs, dont j'ai fait usage comme vous le verrez par la copie ci-jointe de l'explication de la carte géographique; je vous prie de lire cette explication avec attention, dans laquelle vous changerez les longitudes par la différence du méridien de Londres à celui de Paris; je vous prie aussi d'y faire telles additions et corrections que vous jugerez à propos, après quoi vous voudrez bien me la renvoyer, car je ne veux la livrer à l'impression qu'après la carte tant australe que boréale entièrement achevée.

Je suis enchanté que vous soyez content de votre nouveau logement; mille tendres respects à vos Dames.

Montbard, ce 3 août 1778.

P. S. Faites, je vous prie, mes complimens à M. Daubenton le jeune, en lui disant qu'il me fera plaisir de vous donner une demi-douzaine de Colibris et Oiseaux-mouches bien équipés, et même d'autres bijoux, si vous en voulez, en échange de vos beaux cailloux des Vosges. MM. Bleneau et Trécourt vous remercient de votre souvenir.

N°. X.

JE vous prie, ma charmante enfant, de faire ma paix avec le méchant Abbé, qui me gronde de ce que je ne lui écris pas; tandis que j'ai mille fois plus de tort avec vous, Mademoiselle, et que vous êtes assez bonne pour ne pas vous en plaindre. Vous verrez combien je vous en sais de gré lorsque je serai de retour, et je compte que ce sera avant la fin de ce mois. Mille tendres respects à votre chère maman, et mille amitiés avec ces paperasses, à notre cher Abbé, en attendant que j'aie l'honneur de lui écrire.

Montbard, ce 1er octobre 1778.

N°. X I.

VOILA, mon très-cher Abbé, les feuilles C et D de notre septième volume. J'ai renvoyé les deux précédentes par l'ordinaire dernier à l'adresse du sieur Lucas, que je charge de les remettre à l'Imprimerie royale. Vous ferez bien, mon cher ami, d'exhorter M. Mandonnet, en lui faisant mes complimens, pour tâcher de regagner le temps assez long qu'on a perdu. Je vous renvoie en même temps votre article du Grêbe et du Catagneux qui a dû vous coûter en effet beaucoup de recherches et de discussions ; mais encore un coup, mon très-cher Abbé, nous sommes bien en avance vis-à-vis de l'impression, par conséquent n'en prenez qu'à votre aise, car je ne cesserai de craindre pour votre santé, que quand je vous verrai moins ardent pour le travail. Et qu'importe que les Oiseaux soient achevés cette année ou six mois plus tard, cela m'est bien égal ; je conçois que cet ouvrage doit fort vous ennuyer, et c'est pour cela qu'il faut le couper en allant tantôt auprès de la belle Comtesse, tantôt auprès du bon Marquis, et plus souvent encore auprès de mon frère et de mon fils : au reste, je vois avec le plus grand plaisir que votre ouvrage ne se sent point du tout de la précipitation avec laquelle vous voudriez l'achever ; tout m'y paroît exact et même scrupuleusement vu. Comme j'ai les yeux très-fatigués, je ne relis

pas les nomenclatures, et je vous prie d'y donner
une double attention.

Je suis maintenant très-décidé à ne faire aucune
réponse au sujet du manuscrit Boulanger ; je n'ai
jamais lu moi-même ce manuscrit ; c'est Trécourt
qui m'en a lu quelques endroits et qui m'a fait
l'extrait de ce qui regardoit le cours de la Marne
dont je vous ai remis à vous-même la petite carte.
Voilà tout ce que j'ai tiré de ce manuscrit que je
connoissois d'avance par la lettre que Boulanger
m'avoit écrite en 1750, en sorte qu'ayant alors jeté
cette lettre, j'ai de même jeté le manuscrit comme
papier très-inutile : mais je vois qu'il n'est pas nécessaire d'en convenir aujourd'hui ; il vaut mieux
laisser ces mauvaises gens dans l'incertitude, et
comme je garderai un silence absolu, nous aurons
le plaisir de voir leurs manœuvres à découvert. Je
viens de lire l'extrait de mon ouvrage dans le
n°. 18 du même journal Grosier ; il est clair que
c'est un guet-apens et un piège qu'on a voulu me
tendre en voulant me forcer de répondre à la lettre
Gobet, parce que le journaliste, dont l'extrait est
pitoyable et de mauvaise foi, s'est bien douté que
je ne répondrois pas à sa critique, mais que je
serois obligé de paroître pour me défendre de la
calomnie. Le seul fait d'avoir lu publiquement à
l'Académie de Dijon en 1772, le premier discours
des Epoques qui en renferme tout le plan, suffit
pour confondre les calomniateurs, puisque le manuscrit Boulanger ne m'a été remis que trois ans

après; et voilà ce que peuvent dire mes amis avec d'autant plus d'assurance, qu'il en a été fait mention, lors de la lecture, dans les feuilles hebdomadaires de Bourgogne, imprimées à Dijon. Il faut donc laisser la calomnie retomber sur elle-même, et je suis très-aise que vous en pensiez ainsi.

Faites mille tendresses de ma part à votre très-respectable mère et à votre toute aimable sœur. J'ai eu le plaisir de parler d'elles et de vous avec monsieur et madame de Genouilly, qui sont venus dîner hier ici; ils vous aiment beaucoup tous deux, parce qu'ils vous connoissent bien tous deux; et moi aussi, mon très-cher Abbé, je vous aime d'autant mieux que je vous connois davantage.

Montbard, ce 8 août 1779.

N°. XII.

Voila le Cormoran que je vous renvoie, mon très-cher Monsieur, avec les premières corrections, car j'en ai fait de plus grandes sur la seconde copie; mais en tout il est bien, et il n'a pas laissé de vous coûter beaucoup de temps pour les recherches.

Je vous ai dit par ma dernière, que je m'étois fort occupé à relire tous nos articles du huitième volume. Je compte que tout ce qui est fait jusque et compris le Cormoran, fera au moins trois cent trente pages d'impression, à quoi ajoutant quarante pages tant pour la table des matières que

pour celle des chapitres, cela fait déjà trois cent
soixante-dix pages pour ce volume, qui d'ailleurs
contiendra vingt-neuf planches ; il ne nous faut
donc plus qu'environ deux cents ou deux cent
vingt pages au plus pour achever ce huitième
volume ; et voici l'ordre dans lequel je desirerois
que vous eussiez la bonté d'en préparer le travail.

Après le Cormoran, nous pouvons placer les
Fous et Frégattes, dont il y a sept espèces dans
Brisson ; les Paille-en-cul ou oiseaux des Tropi-
ques, trois espèces ; l'Anhinga, une espèce ; le Bec-
en-ciseaux, une espèce ; les Hirondelles-de-mer,
sept espèces ; et enfin les Goëlands et les Mouettes,
quinze espèces, avec les Plongeons, six espèces.
J'imagine que ces articles seront suffisans pour
achever ce huitième volume, et s'ils excédoient
les deux cent vingt pages, nous pourrions en ôter
les Plongeons.

Je fais cet arrangement dans la vue de commencer le neuvième volume par le bel article du
Cygne, en le continuant par les Oies, les Canards,
Souchets, Morillons, Sarcelles, etc., et de-là passant
aux Pétrels, Puffins, Albatrosse, Pinguins, etc.
et finissant par le Manchot, qui de tous les oiseaux
l'est le moins. Vous me direz que ce restant d'oiseaux, que je destine à commencer le neuvième
volume, n'en feront que le tiers, ou peut-être le
quart, c'est-à-dire cent cinquante ou deux cents
pages ; mais nous y joindrons les articles de sup-
plémens qui en feront du moins autant, et ensuite

la correspondance des noms qu'il faudra prendre
en faisant le dépouillement de tout l'ouvrage depuis le premier volume jusqu'au neuvième ce qui
seul, fera plus de cent pages, et cent trente y compris la table des matières ; en sorte que ce neuvième volume sera tout aussi gros que les autres.

Ainsi vous avez le temps de bien peigner votre
beau Cygne, et je ne vous conseille pas de vous
en occuper non plus que des Oies, des Canards, et
des autres oiseaux estropiés qui doivent entrer
dans ce neuvième volume, et vous attacher actuellement à ceux qui doivent terminer le huitième.

M. de Montbeillard m'écrit aujourd'hui qu'il
m'enverra dans huit jours la table entièrement
faite du sixième volume, et je vous la ferai passer
tout de suite pour la remettre à l'Imprimerie
royale, parce que je vois qu'ils sont bientôt au
bout de leur copie, qui finit à l'article du Cincle,
et que la table du sixième volume doit être im-
primée la première après cet article qui fait la fin
du septième volume. J'ai aussi beaucoup avancé
la table de ce septième volume, parce que je la
continue sur les épreuves à mesure qu'elles m'arrivent ; mais il faudroit m'envoyer incessamment
sept bonnes feuilles qui me manquent, et qui doivent être actuellement tirées, depuis la page trois
cent soixante jusqu'à la page quatre cent seize.
C'est la seule chose qui me manque pour que cette
table puisse être complètement achevée.

Je vous assure, mon cher Abbé, que quoique je

n'aie pas, à beaucoup près, comme vous, la grande fatigue de ce travail, il me pèse néanmoins beaucoup, et que je desire autant que vous d'en être quitte et de ne plus travailler sur des plumes. Adieu, je vous embrasse ainsi que vos bonnes et aimables bonnes.

Montbard, ce 24 décembre 1779.

N°. XIII.

J'AI reçu, mon très-cher Monsieur, votre lettre du 14 de ce mois, et je desirerois bien que votre santé fût meilleure. M. Panckoucke, qui vient de passer un jour ici, m'a dit que votre rhume continuoit, et j'en suis inquiet. Vous me ferez donc grand plaisir de m'en écrire un mot. Je vous conseillerois même de cesser tout travail; j'ai presque été obligé de discontinuer le mien pour un seul accès de fièvre; ainsi ménagez-vous, je vous en prie; nous aurons toujours de quoi occuper l'Imprimerie royale. Je vous envoie ci-joint l'avertissement qui doit être mis à la tête de notre septième volume des Oiseaux; je crois que vous serez content de la manière dont j'y parle de vous : cependant voyez, mon cher Monsieur, si vous desirez encore quelque chose de plus. M. Gueneau de Montbeillard a vu cet avertissement, et c'est par cette raison qu'il ne faudroit y rien changer ; cependant, dites-moi naturellement si vous êtes aussi content que je le desire.

Vous trouverez aussi dans ce paquet votre article du Paille-en-queue avec assez peu de corrections; c'est un de ceux que vous avez le mieux écrit, et je m'apperçois de plus en plus que chaque jour vous vous perfectionnez, et que la belle imagination ne vous abandonne guère. J'ai fait part à M. Panckoucke de l'ennui que me donne ce malheureux volume des Quadrupèdes, qu'il faut refondre en entier; quatre mois de mon séjour ici me suffiront à peine pour cette sotte besogne, et après cette perte de temps l'ouvrage ne vaudra encore rien, car ce ne seront que des compilations des copies de choses déjà données, et qui auroient été toutes neuves si je les eusse publiées il y a quatre ans. Je suis convenu avec M. Panckoucke qu'on imprimeroit ce volume d'abord après mon retour à Paris; nous avons compté qu'il y entreroit soixante-dix planches; et comme M. Desève nous lanterneroit pendant peut-être plus d'un an pour les faire graver, je suis convenu avec M. Panckoucke d'envoyer à M. Plassan vingt-huit dessins qu'il donnera à M. Benard pour les faire graver à l'insu de M. Desève, auquel je vous prie de n'en rien dire : c'est le seul moyen de pouvoir publier promptement ce volume qui n'aura guère que trois cent soixante pages de discours; et j'enverrai en effet incessamment ces vingt-huit dessins à M. Plassan.

Quand vous irez à l'Imprimerie royale, demandez, je vous prie, mon cher Abbé, 1°. les bonnes feuilles du septième volume qui me manquent depuis la page 424.

2°. Dites à M. Mandonnet d'envoyer à M. Gueneau de Montbeillard les épreuves de la table des matières du sixième volume, comme il lui envoyoit précédemment les épreuves des articles de sa composition.

3°. De m'envoyer à moi-même les épreuves de la table du septième volume et celles de l'avertissement et de la table des chapitres ; il faudroit être entièrement quitte de ce septième volume avant de commencer le huitième. Ne négligez pas, je vous supplie, de voir M. Desève pour que les gravures de ce septième volume ne nous retardent pas trop long-temps, et vous me ferez plaisir de me mander où nous en sommes à cet égard.

Lucas m'a envoyé votre récépissé, ainsi cette petite affaire est en règle. Je vous embrasse, mon très-cher Monsieur, et je voudrois bien vous embrasser ici.

Voilà aussi une lettre qu'on m'a adressée pour vous.

Montbard, ce 20 janvier 1780.

p. s. Voilà une lettre de M. Baillon que je vous prie, mon cher Monsieur, de lire avec M. Daubenton le jeune, et de lui faire de concert une très-honnête réponse.

N°. XIV.

FORT bien et de mieux en mieux, mon très-cher Abbé, car vous ne trouverez guère plus ou peut-être moins de changemens et de corrections dans ces deux articles que je vous renvoie que dans celui de l'Anhinga. J'ai cru devoir supprimer le nom de Coupeur-d'eau qui n'est pas bien connu et qui d'ailleurs a été donné par Cook à un oiseau qu'il dit être un Pétrel; j'ai cru de même devoir rejeter celui de Stercoraire autant par sa mauvaise odeur que par sa mauvaise application, et je crois que vous serez content des corrections que j'ai faites sur le Bec-en-ciseaux. Toutes les fois que l'on traite un sujet dans un point de vue général, il faut tâcher d'être court et précis; cet article et celui de l'Anhinga figureront très-bien parmi ces tristes oiseaux d'eau dont on ne sait que dire et dont la multitude est accablante. Je suis surpris de ne point recevoir de nouvelles épreuves de l'Imprimerie royale; on vient de m'envoyer les bonnes feuilles jusqu'à la lettre Y, mais il y a douze ou quinze jours que je n'ai vu d'épreuves, et à ce train le volume ne sera pas imprimé avant mon retour à Paris, car je compte toujours aller vous revoir sur la fin de septembre; et je trouve déjà que mon temps s'avance sur-tout relativement à mon ouvrage des minéraux, quoique j'en perde le moins qu'il est possible : mais l'Histoire des métaux est une affaire encore plus difficile et peut-être aussi longue que celle des autres matières toutes prises ensemble, et j'entrevois que ce volume me donnera encore plus de peine et de travail que le premier; cependant je ne me décourage pas, et j'espère en venir à bout avec le temps.

Je n'ai point pris de parti au sujet du schorl, et quoique tous les granits de Danemarck, de Suède et des autres provinces du Nord en contiennent, et qu'en même temps ils ne contiennent point de mica, il se peut que ces granits soient mal nommés ou qu'ils fassent un ordre de pierre différent de celui des vrais granits; mais ce sont de ces choses sur lesquelles il seroit difficile de s'entendre par lettres, et que nous examinerons ensemble lorsque j'aurai le plaisir de vous revoir. Vous ne pouvez pas m'en faire un plus grand que de voir souvent mon fils; je voudrois bien qu'il profitât de vos leçons et de vos sages conseils; je lui ai demandé ces jours-ci quelques feuilles de son ouvrage, et je vous serois obligé de l'exhorter à ne pas abandonner ses études : il ne sent pas le grand tort qu'il se fait par la perte de son temps. Vous avez bien employé le vôtre, mon très-cher ami, et vous en recueillez aujourd'hui le fruit. Mille complimens très-humbles et tendres amitiés à vos Dames.

Montbard, ce 9 juillet 1780.

I.   9

N°. X V.

J'AI reçu avec grand plaisir votre lettre, mon très-cher Abbé, et je vous ferai mon compliment, quand vous serez tout-à-fait quitte de cette nomenclature et même de ces descriptions d'oiseaux qui sont bien ennuyeuses. Je vous ai renvoyé les cahiers de concordance des tomes VI et VII; mais Trécourt n'a pas encore eu le temps de transcrire celle du tome VIII : le tout ensemble, même y compris le tome IX, ne fera guère que deux cent cinquante pages d'impression à deux colonnes; ainsi nous avons de la marge pour placer les articles du Cygne et des autres oiseaux d'eau qui doivent terminer l'ouvrage, et il faut tâcher de nous en débarrasser le plutôt qu'il vous sera possible, car il ne reste guère que cent pages à imprimer dans le second volume du supplément aux Quadrupèdes, et il est nécessaire, pour que l'imprimerie ne cesse pas, de livrer de la copie du neuvième volume des Oiseaux tout au plus tard dans sept semaines où deux mois. C'est donc l'article du Cygne qui presse, parce qu'il doit précéder celui de l'Oie qui est déjà fait; après quoi viendront les Canards, etc. etc. Lorsque vous aurez un article de fait, je vous prie de me l'envoyer ici, car j'aurois trop peu de temps à Paris pour m'en occuper autant que je le desirerois; et d'ailleurs je ne sais plus si je pourrai arriver, comme je le comptois, vers le 20 de septembre; on a découvert une carrière sous mon logement à laquelle on travaille pour le mettre en sûreté, et cet ouvrage sera peut-être plus long que je ne le voudrois. Il se pourroit donc que je fusse forcé de retarder mon départ jusqu'au 10 d'octobre, et le volume des Quadrupèdes sera certainement achevé avant ce temps; il suffiroit que j'eusse l'article du Cygne pour le livrer à l'impression avec celui de l'Oie, et rien n'arrêteroit.

J'ai eu un rhume qui m'a fort incommodé d'abord, et qui m'a duré près d'un mois; cependant je n'en ai pas moins travaillé souvent plus de huit heures par jour, et vous verrez mes minéraux bien avancés; j'en ai maintenant deux volumes et demi dont je suis assez content, mais sur lesquels vous pourrez me faire quelques bonnes observations.

Soignez donc votre santé, ce n'est point le travail paisible qui l'altère; du moins je vois par mon expérience que la tranquillité du cabinet me fait autant de bien que le mouvement du tourbillon de Paris me fait de mal.

J'ai reçu hier des nouvelles de mon fils, datées de Gottingue, il s'est toujours bien porté et auroit en effet dû vous écrire; mais la jeunesse ne pense pas à tout, et la paresse empêche plus de la moitié du tout de ce qui seroit convenable.

J'ai eu des nouvelles de la santé de monsieur et de madame de la Billarderie, par une lettre qu'elle a écrite à madame de la Rivière ; s'ils sont toujours à Paris, faites-leur de ma part les amitiés les plus tendres et les respects les plus sincères. Je vous dis la même chose pour votre aimable sœur et pour votre chère maman; vous en prendrez aussi telle part qu'il vous plaira pour vous. Adieu, mon cher ami.

Montbard, ce 12 août 1781.

N°. X V I.

MON cher Abbé ne me donne pas signe de vie; je sais cependant très-bien qu'il n'est pas mort, mais je suis dans l'inquiétude, et je crains vraiment qu'il ne soit malade ou incommodé au point de ne pouvoir écrire : dans ce cas, je supplie ma belle Hélène de me donner de ses nouvelles ainsi que des siennes et de celles de Madame sa mère, et je les prie tous trois de recevoir les assurances de mon fidelle attachement.

Montbard, ce 26 mai 1782.

N°. X V I I.

JE suis enchanté d'avoir reçu de bonnes nouvelles de la santé de M. l'abbé Bexon, et je n'ai pas le temps de lui répondre aujourd'hui en détail ; je lui recommande seulement la correction des deux feuilles ci-jointes, qui sont bien brouillassées.

Il me fera aussi plaisir de m'envoyer le reste de ses extraits sur les sels, auxquels je n'ai pas encore commencé de travailler; tout mon temps a été employé à donner la dernière main aux articles des métaux et minéraux métalliques.

A Montbard, ce vendredi 14 juin 1782.

N°. XVIII.

Vous pouvez, Monsieur et cher Abbé, disposer le sixième volume des Oiseaux comme vous le proposez, et je crois en effet que l'ordre ne sera guère interrompu par cette disposition.

A l'égard de la petite caisse qui vous a été remise par M. Houdon, je vous prie de la remettre au sieur Lucas, auquel j'ordonne de la serrer dans mon cabinet, en attendant mon retour; car elle peut contenir des choses qu'il faut que j'examine, et réflexion faite, je vais écrire à Lucas de me l'envoyer ici.

Mon fils n'est pas encore à Pétersbourg, et n'y sera problablement que le 25 ou le 30 de ce mois; il a passé quelques jours à Gotha, huit jours à Berlin, et le roi de Prusse lui a fait un accueil très-distingué. M. Guillebert peut vous en communiquer le détail.

J'ai commencé la lecture de l'article des Pétrels, et j'en suis fort content; cependant vous y trouverez encore un assez bon nombre de corrections. Je pense qu'il faut en effet écrire Pétrels, et non pas Pétérels, d'autant qu'il est dit en deux en-droits différens, que Pétrel vient de Péter, qui se prononce pêtre; au reste, j'ai rayé l'un de ces deux endroits qui n'étoit que l'exacte répétition de l'au-tre. Panckoucke vient de m'écrire, et ne me parle ni de vous, Monsieur, ni de votre ouvrage sur les Quadrupèdes; il m'apprend seulement, en gémis-sant, qu'il vient d'essuyer une banqueroute de cent mille francs, et je suis vraiment fâché de n'ê-tre pas actuellement dans la possibilité de l'aider; mais les dépenses du Jardin du Roi absorbent non-seulement tous mes fonds, mais me forcent même à emprunter.

Je remercie ma chère et belle Hélène de sa bonté pour mon image, la sienne est souvent présente à mes yeux. Vous ne me dites rien de Madame votre mère, cela me fait penser qu'elle est en bonne santé. Recevez tous trois les assurances de ma tendre amitié et de mon inviolable attachement.

Montbard, ce 18 juin 1782.

N°. XIX.

C'est avec joie, mon très-cher Abbé, que nous apprenons votre nouvelle dignité; j'aime cette bonne et si belle Princesse, et j'ai regret de n'avoir pas eu occasion de lui faire ma cour. Vous ferez très-bien de l'accompagner dans son voyage et de venir vous rabattre à Montbard, après avoir fait un tour dans vos grandes montagnes. Ce projet me fait grand plaisir, et nous en causerons plus d'une fois quand je serai de retour à Paris.

Je n'ai pu, depuis mon arrivée, m'occuper d'autre chose que de mes affaires économiques; j'ai seulement corrigé le texte des épreuves que j'ai l'honneur de vous envoyer ici-jointes; je n'ai pas lu les notes que je renvoie à vos bons soins. Vous trouverez dans ce même paquet le reste de la copie de mon travail sur les pierres. Vous me ferez plaisir de faire un paquet des quatre cahiers de la copie du fer, et de le remettre à M. Lucas, pour qu'il ait l'attention de le faire contre-signer lui-même et sans passer par les mains d'un autre commissionnaire. Je verrai avec satisfaction les observations que vous avez jugées nécessaires. Je n'ai encore reçu aucune épreuve des matières volcaniques; il m'est seulement arrivé l'épreuve de la dernière feuille de la table des matières du premier volume des Minéraux, et j'ai eu l'honneur de vous la renvoyer il y a huit à dix jours.

Faites agréer à vos Dames mes très-humbles complimens et ceux du chevalier de Buffon; il a pris comme moi la plus grande part à la distinction flatteuse qui ne peut en effet manquer de vous faire beaucoup d'honneur en Lorraine et par-tout. Continuez à nous donner de vos nouvelles, et ne doutez pas de mon tendre et très-sincère attachement.

Montbard, ce 4 décembre 1782.

N°. X X.

JE reçois les quatre cahiers du fer, et je remercie mon très-cher Abbé, des courtes remarques qu'il a cru devoir y joindre et que je n'ai pas encore eu le temps d'examiner, mais que je crois bonnes comme tout ce qui vient de lui. Je joins ici une lettre d'avis pour des cristaux qu'on voudroit vendre ; le Cabinet n'est pas trop en état d'acheter, néanmoins si c'étoit chose unique ou très-rare, je pourrois m'y déterminer. Faites-moi donc le plaisir, mon cher Monsieur, d'aller à votre loisir voir ces morceaux, et de me dire ce que vous en pensez, ainsi que le prix qu'on en demanderoit. Mes tendres amitiés et respects à vos Dames.

Montbard, ce 16 décembre 1782.

N°. X X I.

MON fils vient d'arriver, et j'ai cru vous faire plaisir, mon très-cher Abbé, de vous en faire part. L'Impératrice et le Grand-Duc l'ont très-bien traité, et nous aurons de beaux minéraux dont on achève actuellement la collection.

J'ai reçu votre lettre du 16, et je vous en remercie, mon très-cher Monsieur, ainsi que le chevalier de Buffon, qui m'a paru très-sensible aux marques de votre amitié.

Ce ne sont pas des grandes lettres que je vous demande par mes billets instans; je ne voudrois que des petits mots, mais plus fréquens et uniquement sur les objets courans. Par exemple, j'ignore si vous et votre ami avez trouvé bonne la petite addition que j'ai mise à la première page de l'article du soufre. J'ignore où en est l'impression du neuvième volume des Oiseaux in-4°. et du septième volume in-folio. J'ignore si l'on doit mettre bientôt en vente le premier volume des Minéraux. Je ne sais pourquoi on ne m'envoie ni bonnes feuilles ni bonnes épreuves du second volume que l'on imprime actuellement; voilà ce que j'appelle les affaires courantes. Je ne suis pas inquiet du travail à venir, et je suis persuadé que vos recherches sur les belles pierres les rendront encore plus brillantes; mais vous saurez que je ne m'en suis point du tout occupé; j'ai fait toute autre chose, c'est un article sur l'aimant, qui est encore imparfait, quoiqu'il m'ait pris beaucoup de temps ; et d'ailleurs j'avoue que l'inquiétude sur le retour de mon fils, m'avoit ôté le sommeil et la force de penser. Il me charge de ses complimens pour vous et pour vos Dames, et je ne crois pas que nous tardions beaucoup à nous rendre à Paris. Je serai enchanté de vous revoir et de vous embrasser, mon très-cher Monsieur.

Montbard, ce 24 février 1783.

N°. XXII.

J'AI l'honneur de renvoyer à mon très-cher Coopérateur, les deux épreuves ci-jointes, en le priant de lire les notes que je n'ai pas relues.

J'ai reçu aujourd'hui sa lettre, qui m'a fait un extrême plaisir ; j'en ai fait part à mon fils, qui m'a chargé de ses complimens pour vous et de ses hommages pour vos Dames ; il compte partir lundi pour Paris, et je le suivrai quelques jours après : il a couru d'assez grands hasards dans son dernier voyage, et mes inquiétudes étoient assez fondées.

J'ai reçu les bonnes épreuves des minéraux jusque et compris la page cent quatre-vingt-quatre.

Depuis l'arrivée de mon fils, ma maison ne désemplit pas de monde, et je n'ai que ce moment pour vous assurer de toute mon amitié et de la sienne.

Montbard, ce 5 mars 1783.

N°. XXIII.

C'EST avec toute sensibilité, mon cher ami, que j'ai reçu les tendres sentimens que vous avez partagés avec mon fils dans le moment de votre plus grande inquiétude sur l'état de ma santé ; il est maintenant pleinement informé du cours et des circonstances de mon indisposition, qui, quoique accidentelle, m'a fait souffrir de grandes douleurs ;

elles sont heureusement passées depuis plus de
dix jours, et je vais sensiblement de mieux en
mieux. Je rends encore quelques graviers, mais
sans douleur, et comme j'ai foi à ce que vous me
dites des eaux de votre Lorraine, j'ai écrit à
M. Lucas d'en prendre deux bouteilles au magasin
des eaux minérales à Paris, et de me les envoyer
par la diligence, pour que je puisse les goûter et
savoir si je pourrai en supporter le goût, après
quoi je pourrai bien faire usage de la lettre que
vous avez eu la bonté de m'envoyer pour en faire
venir directement. Je vous remercie, mon cher
Abbé, de cette attention obligeante, et je vous prie
de remercier aussi Madame votre mère et Mademoiselle votre sœur de tout l'intérêt qu'elles ont
bien voulu prendre à ma situation.

Vous voudrez bien aussi faire mention de moi
au bon Marquis et à cette belle Dame, dont les
yeux suffiroient pour charmer les plus grandes
douleurs.

Comme cet accident m'a déjà fait perdre trois
semaines, et qu'il s'en passera bien encore autant
avant que je n'aie repris toutes mes forces et que
je ne puisse m'occuper de choses profondes, je
prends le parti de remettre l'impression de l'article de l'aimant à la fin du troisième volume des
Minéraux, et je vous envoie ci-joint l'article de
l'or, en deux cahiers de cent sept pages, par lequel
je terminerai le second volume; plusieurs raisons
me déterminent à ce changement.

1°. Je veux donner à l'article de l'aimant toute la perfection dont je le crois susceptible, et cela demande du temps.

2°. Cet article de l'aimant avec les tables, contiendra plus de deux cents pages. Les seules observations tirées du dernier Voyage de Cook, et que M. Banks m'a envoyé, sont en si grand nombre et d'une si grande importance, qu'on ne peut en négliger aucune ; et je vois d'ailleurs qu'il sera nécessaire d'en reprendre encore beaucoup de celles que j'avois négligées dans les autres Voyageurs récens ; ainsi toutes ces tables, avec cent vingt pages de texte, pourront peut-être faire deux cent soixante pages au lieu de deux cents, et il me faut un temps considérable pour arranger ces tables que j'ai même dessein de faire représenter sur un globe ou sur deux hémisphères, etc. Je vous prie donc de porter vous-même à l'Imprimerie royale ces deux cahiers de l'or, et de faire reprendre le travail pour achever le second volume des Minéraux. Je vais travailler à faire la table des matières de ce second volume, dont je n'ai les bonnes feuilles que jusque et compris la feuille Ll, page deux cent soixante-douze, encore me manque-t-il les trois bonnes feuilles L, M, N, c'est-à-dire, depuis la page quatre-vingt jusque et compris la page cent quatre, qui ne m'ont pas été fournies, et qu'il faut demander à M. Werkaven pour me les envoyer le plutôt que vous pourrez, ainsi que la suite des bonnes feuilles à commencer par la feuille Mm; et je ferai la table des matières à mesure que je les recevrai.

Je n'ai aussi sur les Oiseaux que les bonnes feuilles jusque et compris C c c, page trois cent quatre-vingt-douze, et des concordances jusque et compris la feuille P, page cent vingt; il faut encore que vous ayez la bonté de me faire compléter les bonnes feuilles de ce neuvième volume des Oiseaux, mais cela n'est pas aussi pressé que celles du second volume des Minéraux, parce que vous avez bien voulu vous charger de faire la table des matières de ce dernier volume des Oiseaux.

Adieu, mon cher ami; écrivez-moi aussi souvent que vous le pourrez, et soyez bien assuré du plaisir que j'aurai toujours à recevoir les témoignages de votre tendre amitié.

Montbard, ce 23 juin.

Nº. X X I V.

JE vous serai obligé, mon cher ami, de recommander ces feuilles de manière que les notes correspondent au texte, et de lire ces mêmes notes avec soin. Comme je n'ai pas encore les forces nécessaires pour faire de bonne besogne, je ne me suis occupé qu'à faire la table des matières; et comme je n'ai pas les bonnes feuilles que je demande par la note ci-jointe, je vous serai obligé de les demander et de me les envoyer promptement.

Je crois que la grande chaleur que nous éprouvons depuis plusieurs jours retarde mon rétablissement; il ne m'est pas possible de dormir tran-
quillement quoique très-légérement couvert d'un
seul drap. Je crois que vous aurez été obligé d'abandonner votre petite tour, et j'aurai quelqu'inquiétude sur votre santé jusqu'à ce que vous ne m'en
ayez donné des nouvelles plus fraîches; car j'ai vu
par votre lettre du 30 juin, que vous étiez dans un
état de souffrance. Je suis aussi inquiet pour Madame votre mère, car cette grande chaleur est
très-contraire aux personnes qui ont les nerfs
délicats.

Nous avons eu du brouillard, mais beaucoup
moins épais que vous ne le dépeignez; nous avons
eu aussi un petit tremblement de terre le 6 juillet
à neuf heures trois quarts du matin, il n'y a eu
qu'une seule petite secousse; j'étois dans mon fau-
teuil, et le mouvement s'est fait comme si on l'eut
soulevé d'un demi-pouce avec le plancher : cette
légère commotion s'est aussi fait sentir à Dijon, à
Beaune, à Châlons-sur-Saône, et peut-être plus
loin du côté du midi, mais je ne crois pas qu'elle se
soit étendue du côté du nord, c'est-à-dire de Montbard à Paris, du moins nous n'en avons point de
nouvelles. A cette occasion, M. de Montbeillard,
qui est galant même avec ses amis, m'a envoyé le
petit papier que vous trouverez ici en original;
parce que je serois bien aise que vous le donniez
à madame Necker, lorsque vous aurez occasion de

la voir. M. Werkaven avoit raison de vous assurer qu'il m'avoit expédié la suite des bonnes épreuves. Trécourt vient de les retrouver, et nous avons jusque et compris la feuille A aa ; vous enverrez la suite quand il y en aura un certain nombre de plus.

Je ne compte pas vous renvoyer les cahiers sur l'aimant, car j'espère travailler sur cette matière dès que j'aurai repris mes forces ; ainsi vous me ferez plaisir, mon cher ami, de m'envoyer vous-même ce que vous aurez fait sur le magnétisme animal, ainsi que votre travail pour le mercure au sujet du premier volume de mes Minéraux ; je serois bien aise de le lire avant que vous le livriez à M. Panckoucke. Adieu, mon cher ami, mille tendresses à vos Dames ; je vous embrasse tous bien sincèrement et de tout mon cœur.

Montbard, ce 14 juillet 1783.

P. s. Je ne sais comment je ferai pour témoigner ma reconnoissance à MM. Gentit, pour les richesses dont ils m'accablent ; aidez-moi, mon cher ami, à les remercier : si je savois qu'un exemplaire de la nouvelle édition in-4°. fût un présent agréable pour eux, je me ferois un plaisir de le leur offrir ; mais en attendant assurez-les de toute ma reconnoissance.

N°. X X V.

JE conçois, mon cher Monsieur, toute l'étendue de votre douleur; je ne connois personne qui aime autant ses parens, et je vois, par l'extrême ten-dresse que vous avez pour votre digne mère, com-bien la perte d'un bon père doit vous être sensi-ble; votre lettre m'a touché jusqu'aux larmes, et je voudrois bien pouvoir vous donner quelque consolation. La distraction vous seroit peut-être nécessaire, et vous pourriez, mon cher ami, lors-que les Oiseaux seront finis, venir passer quelque temps auprès de moi. Je crois que mon fils pourra bien obtenir un congé pour y venir dans le mois prochain, et il seroit peut-être possible de vous arranger avec lui pour faire le voyage, en le pré-venant que vous paieriez votre portion pour la poste, car il est toujours ruiné. Je ne suis pas en-core entièrement quitte des impressions d'une co-lique d'estomac qui m'a fort incommodé, et dont j'attribue la cause aux inquiétudes que m'a données la maladie de mon fils. Il ne faut pas le laisser partir avant qu'il ne soit parfaitement rétabli; il compte d'avance que ce sera pour le premier de septembre, mais tous mes amis me feront plaisir de l'engager à retarder de huit ou quinze jours.

En remettant cette feuille à l'Imprimerie, qui n'est venue qu'au bout de quinze jours, je vous prie de dire à Werkaven que je suis très-peu content de ce qu'ils vont si lentement sur ce second volume des Minéraux qu'il faut tâcher de finir dans le courant d'octobre, et cela seroit possible s'il vouloit seulement donner deux ou trois feuilles par semaine.

J'ai fait votre commission auprès de madame Daubenton, qui vous fait ses complimens; elle n'a pas encore reçu réponse de madame Necker.

Au reste, mon cher ami, je n'insiste pas sur ce que vous veniez à Montbard, parce que je sens que dans ces premiers temps votre respectable maman et votre aimable sœur ont besoin de se consoler avec vous; faites-leur mes plus tendres amitiés, et soyez sûr de la part sensible que je prends à votre commune affliction.

Montbard, ce 17 août 1783.

RAPPORT SECRET

SUR LE MESMÉRISME,

RÉDIGE PAR BAILLY.

Les Commissaires chargés par le Roi de l'examen du Magnétisme animal, en rédigeant le rapport qui doit être présenté à Sa Majesté et qui doit peut-être devenir public, ont cru qu'il étoit de leur prudence de supprimer une observation qui ne doit pas être divulguée ; mais ils n'ont pas dû la dissimuler au Ministre de Sa Majesté : ce Ministre les a chargés d'en rédiger une note destinée à être mise sous les yeux du Roi et réservée à Sa Majesté seule.

Cette observation importante concerne les mœurs. Les Commissaires ont reconnu que les principales causes des effets attribués au Magnétisme animal sont l'attouchement, l'imagination, l'imitation ; et ils ont observé qu'il y avoit toujours beaucoup plus de femmes que d'hommes en crise. Cette différence a pour première cause la différente organisation des deux sexes. Les femmes ont en général les nerfs plus mobiles, leur imagination est plus vive, plus exaltée. Il est facile de la frapper, de la mettre en mouvement. Cette grande mobilité des nerfs, en leur donnant des sens plus délicats et plus exquis, les rend plus susceptibles des impressions de l'attouchement. En les touchant dans une partie quelconque, on pourroit dire qu'on les touche à-la-fois par-tout. Cette grande mobilité des nerfs fait qu'elles sont plus disposées à l'imitation. Les femmes, comme on l'a déjà fait remarquer, sont semblables à des cordes sonores parfaitement tendues et à l'unisson. Il suffit d'en mettre une en mouvement, toutes les autres à l'instant le partagent. C'est ce que les Commissaires ont observé plusieurs fois; dès qu'une femme tombe en crise, les autres ne tardent pas à y tomber.

Cette organisation fait comprendre pourquoi les femmes ont des crises plus fréquentes, plus longues, plus violentes que les hommes, et c'est à leur sensibilité de nerfs, qu'est dû le plus grand nombre de leurs crises; il en est quelques-unes qui appartiennent à une cause cachée, mais naturelle, à une cause certaine des émotions dont toutes les femmes sont plus ou moins susceptibles, et qui par une influence éloignée, en accumulant ces émotions, en les portant au plus haut degré, peut contribuer à produire un état convulsif qu'on confond avec les autres crises. Cette cause est l'empire que la nature a donné à un sexe sur l'autre pour l'attacher et l'émouvoir. Ce sont toujours des hommes qui magnétisent les femmes; les relations alors établies ne sont sans doute que celles d'une malade à l'égard de son médecin, mais ce médecin est un homme; quel que soit l'état de maladie, il ne nous dépouille point de notre sexe, il ne nous dérobe pas entièrement au pouvoir de l'autre; la maladie en peut affoiblir les impressions, sans jamais les anéantir. D'ailleurs, la plupart des femmes qui vont au traitement du Magnétisme ne sont pas réellement malades. Beaucoup y viennent par oisiveté et par amusement; d'autres qui ont quelques incommodités, n'en conservent pas moins leur fraîcheur et leur force; leurs sens sont tous entiers; leur jeunesse a toute sa sensibilité. Elles ont assez de charmes pour agir sur le médecin; elles ont assez de santé pour que le médecin agisse sur elles : alors le danger est réciproque. La proximité long-temps continuée, l'attouchement indispensable, la chaleur individuelle communiquée, les regards confondus, sont les voies connues de la nature et les moyens qu'elle a préparés de tout temps pour opérer immanquablement la communication des sensations et des affections. L'homme qui magnétise a ordinairement les genoux de la femme renfermés dans les siens ; les genoux et toutes les parties inférieures du corps, sont par conséquent en contact. La main est appliquée sur les hypocondres et quelquefois plus bas sur les ovaires. Le tact est donc exercé à-la-fois sur une infinité de parties, et dans le voisinage des parties les plus sensibles du corps. Souvent l'homme ayant sa main gauche ainsi appliquée, passe la

droite derrière le corps de la femme ; le mouvement de l'un et de l'autre est de se pencher mutuellement pour favoriser ce double attouchement ; la proximité devient la plus grande possible,
le visage touche presque le visage, les haleines se
respirent, toutes les impressions physiques se partagent instantanément, et l'attraction réciproque
des sexes doit agir dans toute sa force ; il n'est pas
extraordinaire que les sens s'allument. L'imagination qui agit en même temps répand un certain
désordre dans toute la machine ; elle suspend le
jugement, elle écarte l'attention ; les femmes ne
peuvent se rendre compte de ce qu'elles éprouvent, elles ignorent l'état où elles sont.

Les Médecins-commissaires, présens et attentifs
au traitement, ont observé avec soin ce qui s'y
passe. Quand cette espèce de crise se prépare, le
visage s'enflamme par degrés, l'œil devient ardent,
et c'est le signe par lequel la nature annonce le
desir. On voit la femme baisser la tête, porter la
main au front et aux yeux pour les couvrir ; la
pudeur habituelle veille à son insu et lui inspire
le soin de se cacher. Cependant la crise continue
et l'œil se trouble : c'est un signe non équivoque
du désordre total des sens. Ce désordre peut n'être
pas apperçu par celle qui l'éprouve, mais il n'a
point échappé au regard observateur des Médecins. Dès que ce signe a été manifesté, les paupières
deviennent humides, la respiration est courte,
entrecoupée ; la poitrine s'élève et s'abaisse rapi-

dement; les convulsions s'établissent ainsi que les mouvemens précipités et brusques ou des membres ou du corps entier. Chez les femmes vives et sensibles, le dernier degré, le terme de la plus douce des émotions, est souvent une convulsion. A cet état succèdent la langueur, l'abattement, une sorte de sommeil des sens, qui est un repos nécessaire après une forte agitation.

La preuve que cet état de convulsion, quelqu'extraordinaire qu'il paroisse à ceux qui l'observent, n'a rien de pénible, n'a rien que de naturel pour celles qui l'éprouvent, c'est que dès qu'il est cessé, il n'en reste aucune trace fâcheuse. Le souvenir n'en est pas désagréable, les femmes s'en trouvent mieux et n'ont point de répugnance à le sentir de nouveau. Comme les émotions éprouvées sont les germes des affections et des penchans, on sent pourquoi celui qui magnétise inspire tant d'attachement ; attachement qui doit être plus marqué et plus vif chez les femmes que chez les hommes, tant que l'exercice du Magnétisme n'est confié qu'à des hommes. Beaucoup de femmes n'ont point sans doute éprouvé ces effets, d'autres ont ignoré cette cause des effets qu'elles ont éprouvés; plus elles sont honnêtes, moins elles ont dû la soupçonner. On assure que plusieurs s'en sont apperçues et se sont retirées du traitement magnétique; mais celles qui l'ignorent ont besoin d'être préservées.

Le traitement magnétique ne peut être que dan-

gereux pour les mœurs. En se proposant de guérir
des maladies qui demandent un long traitement,
on excite des émotions agréables et chères, des
émotions que l'on regrette, que l'on cherche à retrouver parce qu'elles ont un charme naturel pour
nous, et que physiquement elles contribuent à
notre bonheur ; mais moralement elles n'en sont
pas moins condamnables, et elles sont d'autant plus
dangereuses, qu'il est plus facile d'en prendre la
douce habitude. Un état éprouvé presqu'en public
au milieu d'autres femmes qui semblent l'éprouver également, n'offre rien d'alarmant; on y reste,
on y revient, et l'on ne s'apperçoit du danger que
lorsqu'il n'est plus temps. Exposées à ce danger,
les femmes fortes s'en éloignent, les foibles peuvent y perdre leurs mœurs et leur santé.

M. Deslon ne l'ignore pas ; M. le Lieutenant-
général de Police lui a fait quelques questions
à cet égard, en présence des Commissaires, dans
une assemblée tenue chez M. Deslon même, le 9
mai dernier. M. le Noir lui dit : «Je vous demande,
» en qualité de Lieutenant-général de Police, si,
» lorsqu'une femme est magnétisée et en crise, il
» ne seroit pas facile d'en abuser »? M. Deslon a
répondu affirmativement, et il faut rendre justice
à ce médecin, qu'il a toujours insisté pour que
ses confrères, voués à l'honnêteté par leur état,
eussent seuls le droit et le privilége d'exercer le
Magnétisme. On doit dire encore que quoiqu'il ait
chez lui une chambre destinée primitivement aux

crises, il ne se permet pas d'en faire usage. Toutes
les crises se passent sous les yeux du public. Mais
malgré cette décence observée, le danger n'en sub-
siste pas moins, dès que le médecin peut, s'il le
veut, abuser de sa malade. Les occasions renais-
sent tous les jours, à tous momens; il y est exposé
quelquefois pendant deux ou trois heures. Qui
peut répondre qu'il sera toujours le maître de ne
pas vouloir? et même, en lui supposant une vertu
plus qu'humaine, lorsqu'il a excité des émotions
qui établissent des besoins, la loi impérieuse de la
nature appellera quelqu'un à son refus; et il répond du mal qu'il n'aura pas commis, mais qu'il
aura fait commettre.

. Il y a encore un moyen d'exciter des convulsions, moyen dont les Commissaires n'ont point
eu de preuves directes et positives, mais qu'ils
n'ont pu s'empêcher de soupçonner ; c'est une
crise simulée qui donne le signal et qui en détermine un grand nombre d'autres par l'imitation.
Ce moyen est au moins nécessaire pour hâter,
pour entretenir les crises ; crises d'autant plus
utiles au Magnétisme, que sans elles il ne se soutiendroit pas.

Il n'y a point de guérisons réelles; les traitemens sont fort longs et infructueux. Il y a tel
malade qui va au traitement depuis dix-huit mois
ou deux ans, sans aucun soulagement. A la longue
on s'ennuieroit d'y être, on se lasseroit d'y venir.
Les crises font spectacle ; elles occupent, elles

intéressent : d'ailleurs, pour des yeux peu attentifs, elles sont des effets du Magnétisme et des preuves de l'existence de cet agent, qui n'est réellement que le pouvoir de l'imagination.

Les Commissaires, en commençant leur rapport, n'ont annoncé que l'examen du Magnétisme pratiqué par M. Deslon, parce que l'ordre du Roi, l'objet de leur commission, ne les conduisoit que chez M. Deslon : mais il est évident que leurs observations, leurs expériences et leur avis, portent sur le Magnétisme en général. M. Mesmer ne manquera pas de dire que les Commissaires n'ont examiné ni sa méthode, ni ses procédés, ni les effets qu'il produit. Les Commissaires, sans doute, sont trop prudens pour prononcer sur ce qu'ils n'ont pas examiné, sur ce qu'ils ne connoîtroient pas ; mais cependant ils doivent faire observer que les principes de M. Deslon sont les mêmes que ceux des vingt-sept propositions que M. Mesmer a fait imprimer en 1779.

Si M. Mesmer annonce une théorie plus vaste, elle n'en sera que plus absurde ; les influences célestes sont une vieille chimère dont on a reconnu il y a long-temps la fausseté. Toute cette théorie peut être jugée d'avance, par cela seul qu'elle a nécessairement pour base le Magnétisme, et elle ne peut avoir aucune réalité, puisque le fluide animal n'existe pas. Cette théorie brillante n'existe, comme le Magnétisme, que dans l'imagination. La méthode de magnétiser de M. Deslon est la même

que celle de M. Mesmer. M. Deslon a été disciple
de M. Mesmer. Ensuite, lorsqu'ils se sont rap-
prochés, l'un et l'autre ont réuni leurs malades,
l'un et l'autre ont traité indistinctement ces malades, et par conséquent en suivant les mêmes procédés. La méthode que M. Deslon suit aujourd'hui
ne peut donc être que celle de M. Mesmer.

Les effets se correspondent également. Il y a des
crises aussi violentes, aussi multipliées et annon-
cées par des symptômes semblables, chez M. Deslon
et chez M. Mesmer. Que peut prétendre M. Mesmer en alléguant une différence inconnue et inap-
préciable, lorsque les principes, les pratiques et
les effets sont les mêmes ? D'ailleurs, quand cette
différence seroit réelle, qu'en peut-on inférer pour
l'utilité du traitement contre les dangers détaillés
dans le rapport et dans cette note mise sous les
yeux de Sa Majesté ? La voix publique annonce
qu'il n'y a pas plus de guérison chez M. Mesmer
que chez M. Deslon. Rien n'empêche que chez lui,
comme chez M. Deslon, les convulsions ne deviennent habituelles, et qu'elles ne se répandent
en épidémies dans les grandes villes ; qu'elles ne
s'étendent aux générations futures. Ces pratiques
et ces assemblées ont également les plus graves
inconvéniens pour les mœurs. Les expériences
des Commissaires, qui montrent que tous les effets
appartiennent aux attouchemens, à l'imagination,
à l'imitation, en expliquant les effets obtenus par
M. Deslon, expliquent également les effets pro-

duits par M. Mesmer. On peut donc raisonnable-
ment conclure que, quel que soit le mystère du
Magnétisme de M. Mesmer, ce Magnétisme ne doit
pas être plus réel que celui de M. Deslon, et que
les procédés de l'un ne sont ni plus utiles ni moins
dangereux que ceux de l'autre.

Fait à Paris, le 11 août 1784. *Signé*, FRANKLIN,
BORY, LAVOISIER, BAILLY, MAJAULT, SALLIN,
D'ARCET, GUILLOTIN, LEROI.

N. B. On croit devoir joindre à ce Rapport une
lettre qui fut écrite dans le même temps à un
Administrateur, sur les pratiques des enthou-
siastes de Mesmer.

LETTRE

A L'INTENDANT DE SOISSONS,

sur les opérations mesmériennes de M. de P***,
à Buzancy.

MONSIEUR,

J'ai été à Buzancy : je suis sincèrement affligé de voir un homme de condition exercer publiquement le charlatanisme le plus grossier et le plus inutile : le peuple est assez malheureux sans ajouter encore à toutes ses misères l'erreur et la superstition. Si je ne croyois pas devoir justifier à vos yeux un jugement aussi prononcé, je me contenterois de vous dire que M. de P*** ressemble à un jeune franc-maçon bien zélé pour la liturgie maçonique, et voulant faire croire à la multitude qu'il possède un rare secret ; mais ayant l'honneur de vous être particulièrement attaché, et voulant remplir la commission dont vous m'avez chargé, je crois devoir vous présenter quelques détails sur la scène indécente qui se joue dans votre Généralité, et qui intéresse le peuple que vous devez chérir : j'abrégerai le plus qu'il me sera possible.

J'avois pris, pour bien observer, quelques précautions nécessaires, et dont il est bon de vous rendre compte. M. Quinquet, homme intelligent et bon chimiste, est celui dont j'avois fait choix pour être mon compagnon de voyage. Nous sommes arrivés à Buzancy le dimanche 13, à huit heures du matin, et à pied, pour ne pas avoir l'air de gens à prétention : j'étois prévenu qu'on y regardoit. Nous étions convenus, avant le départ, que chacun observeroit de son côté, qu'on ne se parleroit pas, qu'on éviteroit absolument toute espèce de liaison avec les curieux de la ville, qui étoient en grand nombre, que quand l'un de nous seroit à droite, l'autre iroit à gauche ; dans le cas où nous aurions eu besoin de nous communiquer quelque chose, nous avions pris un jeune écolier qui devoit faire ce qu'on lui commanderoit sans questionner.

Nous avons trouvé, en arrivant sur la place de Buzancy, un grand orme, des branches duquel pendoient une infinité de cordes dont les malades environnoient la partie souffrante ; nous nous sommes bien assurés, par le moyen d'aiguilles, que ni l'arbre ni les cordes n'étoient imprégnées d'aucun fluide magnétique. Nous avons observé que les malades, au nombre de plus de cent cinquante, étoient composés au moins de deux tiers de femmes et d'enfans. Les maladies les plus communes nous ont paru être du genre des fièvres intermittentes, des ophtalmies et des rhumatismes. Je n'ai apperçu parmi les hommes qu'un maître d'école et un postillon, qui ne fussent pas de la lie du peuple ; le premier étoit tourmenté de maux de tête, le second étoit attaqué d'une fièvre opiniâtre. Le postillon, dont je vous parlerai plus bas, s'est trouvé mal sur les dix heures ; il étoit environné de la corde depuis huit heures du matin : j'ai observé qu'il avoit bu pendant ce temps trois bouteilles d'une eau très-froide qu'on puise dans une fontaine qui se trouve au pied de l'arbre.

Il n'y avoit de jeunes femmes, et qui fussent assez bien de figure, que la fille d'un vinaigrier de Soissons, qui a la vue perdue par une suite d'affections vaporeuses ; une fille de seize à dix-sept ans, chlorotique ; une paysanne de dix-huit à vingt ans, aveugle depuis douze ans, à la suite d'un saignement de nez ; une fille d'environ quatorze ans, dont je n'ai pu deviner la maladie ; une autre paysanne, nommée Catherine, vaporeuse décidée, demeurant au château, dormeuse, faisant le rôle de médecin : j'aurai occasion de vous parler encore de cette fille. Nous avons su qu'on exclut du nombre de ceux qui peuvent être touchés et guéris, tous les gens ayant des plaies, des maladies vénériennes ou cutanées. On venoit de renvoyer le curé de Cutry, attaqué d'une paralysie, et la nommée Prié, de mon village, qui avoit une tumeur au genou : cette pauvre malheureuse, après avoir mal vécu pendant quelques jours à Buzancy, est retournée chez elle beaucoup plus malade que quand elle en est partie.

M. de P*** ne vint au lieu de l'appareil qu'à onze heures ; mais il s'étoit fait précéder par un dormeur, qui lui avoit demandé la permission au château, de tomber en crise : il arriva en effet un homme, les yeux demi-fermés, qui vint s'asseoir sur une pierre ; alors il fit mettre tous les malades en chaîne, c'est-à-dire tous accrochés par le pouce, et les convulsions du dormeur commencèrent. Pendant la crise, les malades ordinairement chantent le *Salve, Regina;* la veille on avoit chanté *Lauda, Sion, salvatorem.* Je n'ai pu savoir pourquoi on n'a rien chanté le dimanche. L'homme qui étoit en crise est un Limousin, âgé de quarante à quarante-cinq ans, très-vigoureux, et velu jusqu'au bout des doigts : le fond de son tempérament est bilieux. Il y a un mois qu'il a quitté son métier pour jouer le rôle de dormeur et de médecin. Je n'ai point perdu de vue le Limousin, pendant que mon compagnon s'assuroit de son côté que les malades qui étoient en chaîne ne ressentoient aucune commotion, aucun effet. Je remarquai que le Limousin dormeur, avoit des convulsions feintes : comme il avoit le bras et le cou presque découverts, je n'apperçus aucun spasme, aucun soubresaut dans les veines, les muscles ou les nerfs ; tous ses mouvemens étoient d'une pièce, il remuoit le pied avec la cuisse ; et dans des intervalles assez égaux, il faisoit des soupirs, des contorsions, qui sembloient devoir provoquer au vomissement qui n'arriva pas. Son teint prit un peu de couleur,

mais j'attribuai le rouge qui lui montoit au visage,
à la chaleur excessive du temps, à l'agitation qu'il
se donnoit, et à la pression volontaire qu'éprou-
voient les paupières pour tenir les yeux fermés.
Il avoit à côté de lui deux hommes qui écartoient
les curieux, parce que la chute d'une feuille, le
plus léger attouchement, fait tomber le dormeur
dans des convulsions effroyables, et lui occasionne
beaucoup de mal. Malgré les Argus, et quoique je
fusse rudement gourmandé, je vins à bout de toucher seize fois le Limousin, ou avec ma canne, ou
avec la main, ou avec des corps étrangers que je pou-
vois lancer sur lui. Jamais il ne parut s'en appercevoir. Mon compagnon a fait la même expérience sur
une dormeuse dont je parlerai bientôt ; les deux
hommes qui étoient près du Limousin affectoient
de répéter qu'il étoit bien mal que des gens sains
fussent en chaîne, ce qui étoit vrai ; alors le dormeur redoubloit ses convulsions. Remarquez qu'il
est de principe que le dormeur est censé ne rien
entendre de ce qu'on lui dit ; il ne doit pas même
se souvenir de ce qu'il a fait et dit pendant la crise,
il n'y a que le grand-prêtre du lieu qui ait le pouvoir de lui parler et de le faire répondre.

Enfin, à onze heures arriva M. de P***. Il entra
dans le cercle, il toucha la fille du vinaigrier de
Soissons ; il lui imposa les mains sur la tête, le
front, le cou ; lui chatouilla légèrement les na-
rines, lui pressa le sein, de manière que les mame-
lons devoient nécessairement éprouver un léger

frottement; lui ferma les deux paupières avec les doigts; lui fit passer la verge de fer qu'il avoit à la main, sur la face, en la dirigeant depuis le sommet de la tête jusqu'au bas du sein. Quand la verge de fer lui paroissoit avoir perdu quelque chose de sa vertu, il la plongeoit dans l'écorce de l'arbre pour faire croire qu'il l'imprégnoit, sans doute, d'un nouveau fluide. Cette opération dura au moins sept à huit minutes; ensuite il rabaissa la coiffe de la malade sur ses yeux, mais elle ne dormit pas : je l'ai interrogée depuis. M. de P*** passa ensuite aux autres femmes, auxquelles il fit la même opération avec plus ou moins de cérémonie. On l'avertit alors que le Limousin paroissoit être au bout de sa crise; il s'approcha de lui, passa les mains sur son visage, le frotta avec la verge de fer; le Limousin fit un bâillement, frotta ses yeux, qui étoient fort rouges, dit qu'il avoit beaucoup souffert, et fut se perdre dans la foule : je reviendrai sur cet homme. M. de P*** s'avança ensuite vers le postillon, qui fut fort intimidé; il le pressa contre sa poitrine, lui imposa les mains à la manière des anciens, le fatigua long-temps, lui ferma les paupières; mais le malade les ouvrit un moment après, et parut n'avoir rien éprouvé autre chose que de la gêne et de la crainte.

M. de P*** démêla parmi les malades deux hommes âgés d'environ cinquante ans, assis à côté l'un de l'autre; il n'eut pas de peine à les endormir : ils restèrent à leur place, mais ils jouèrent si mal

leur rôle, que l'artifice étoit à découvert. Il fit
tomber en crise deux femmes âgées, et la Catherine
dont j'ai déjà parlé : celle-ci ne tarda point à avoir
le visage fort rouge, elle avoit été touchée assez
long-temps. M. de P*** prit alors sa verge de fer,
et montrant la pointe aux dormeuses, sans les toucher, il les conduisit ainsi, les yeux fermés, sur
trois chaises placées dans trois points du cercle.
Alors tous les malades eurent la permission d'aller
consulter les dormeuses devenues médecins. Leur
privilége est de deviner le siége de la maladie, d'indiquer le remède, de ne se souvenir de rien de ce
qu'elles ont dit, quand elles sortent de crise. Voici
la manière qu'elles emploient pour toucher. Le
malade s'assied à côté de la dormeuse, qui peut
alors parler et être touchée sans douleur; elle passe
le bras gauche derrière votre dos, en parcourant
légèrement les vertèbres; vous vous penchez sur
elle, et avec la main droite elle tâte et parcourt le
devant du corps depuis le sommet de la tête jusqu'au bas-ventre; elle s'arrête au siége du mal. Mes
deux camarades et moi, avons prêté une oreille
bien attentive à ce genre de consultation, et je puis
vous affirmer qu'il n'y a pas le sens commun ; je
répète, le sens commun dans leurs discours. Une
de ces dormeuses a dit cinq fois, à cinq malades
différens, qu'il falloit prendre des médecines.
Parmi ces malades, l'une avoit sûrement un dépôt
laiteux, les autres la fièvre et des maux d'estomac.
La Catherine qui, de l'aveu de M. de P***, passe

pour le meilleur médecin, conseille des médecines
noires, des bains et de l'eau froide pour les yeux;
elle avoit tâté la veille, pendant assez long-temps,
un moine, et lui avoit annoncé que sa maladie
étoit dans le bas-ventre; ce qui avoit beaucoup
fait rire les mécréans. Je vous fatiguerois à coup
sûr, en vous rapportant toutes les inepties débitées
par ces ridicules et très-indécens médecins. Je m'é-
tois déjà apperçu que la Catherine, touchée par
M. de P***, éprouvoit de légères convulsions, qui
se manifestoient par un mouvement de genoux
imperceptible, mais fréquent. Je m'en suis con-
vaincu en voyant son abandon sur l'herbe. Observez que je vous parle d'une chlorotique.... que
M. de P*** est jeune.... vous m'entendez sûrement.

M. de P*** annonça que, devant aller dîner à
Chevreux, il ne toucheroit plus de malades. Il
s'approcha des deux dormeurs et des trois dormeuses, leur passa la main sur le front, les yeux
et le sein : alors ils parurent sortir d'un long assou-
pissement, et la Catherine fut se jeter sur le gazon,
les yeux rouges, le teint allumé, disant à la multitude qu'elle n'avoit pas dormi, qu'elle ne savoit
pas ce qu'on vouloit lui dire. Ainsi finit cette plate
et dangereuse comédie. Avant le départ de M. de
P***, on lui présenta plusieurs bouteilles d'eau
puisée dans la fontaine qui se trouve au bas de
l'orme en question; il les frotta avec sa verge de
fer, introduisit le doigt par le goulot. J'ai bu de
cette eau, elle a exactement le goût de celle qu'on

puise dans la fontaine ; nous avons réitéré cette expérience.

Je n'aurois rempli que la moitié du but que je m'étois proposé, si j'avois perdu de vue, pendant le reste de la journée, l'appareil, les dormeurs et les malades. Mes compagnons et moi avons été dîner au Bouchon du village, à six sous par tête. Quand on veut étudier le peuple, il faut le voir chez lui. J'ai été assez heureux pour rencontrer un malade et le Limousin. Je n'ai pas fait difficulté de me placer au milieu d'eux. Je vais vous rendre le plus brièvement possible, ma conversation, car je m'apperçois que cette lettre est déjà trop longue.

Monsieur, vous avez eu bien du mal aujourd'hui ? — Il y avoit trois ou quatre personnes qui rioient, et qui m'ont fait bien souffrir. — Quand vous êtes endormi, que ressentez-vous ? — Mon sang va vîte, vîte, et je sens le mal de tout le monde. — Monseigneur le Marquis pourroit-il me faire tomber en crise ? j'ai des rétentions d'urine. — Sans la foi, tout ça est inutile, c'est la foi qu'il faut, et c'est un don de Dieu qu'a Monseigneur. — Quand Monseigneur le Marquis n'y sera pas, comment fera-t-on ? — J'ai le pouvoir. — Qu'appelez-vous le pouvoir ? — Je viendrai tous les dimanches, j'embrasserai l'arbre, et tomberai en crise. — J'irai encore embrasser l'arbre, c'est sûr. — Comment êtes-vous venu à Buzancy ? — J'avois la fièvre, j'ai été guéri, parce que je suis tombé en crise, et Monseigneur le Marquis a eu soin de moi. — Tenez,

Monsieur, à présent, il y a plus de dix personnes qui sont nourries au château ; je suis sûr que Monseigneur fait plus de cinquante francs de charité par jour. — Où demeure la petite Catherine? — Au château. C'est une fille bien gentille, elle ne voyoit rien : depuis qu'elle tombe en crise, elle est tout-à-fait guérie. — Monseigneur fait-il tomber en crise quand il veut? — Je vous ai dit qu'il faut la foi, et il pourroit bien arriver malheur à ceux qui se moqueroient. J'ai découvert, étant en crise, qu'il y avoit un homme qui n'avoit pas prié Dieu depuis huit jours, et qui n'avoit pas prié pour Monseigneur le Marquis ; ce n'est pas que je m'en souvienne, mais on m'a dit que je l'avois dit, et c'étoit sûr. — J'ai entendu qu'on disoit à une femme : Pourquoi n'êtes-vous pas en crise? Vous pouvez bien aller embrasser l'arbre et dormir. Elle a répondu : Monseigneur m'a ôté mes pouvoirs. — C'est vrai, Monseigneur peut, quand il veut, empêcher de dormir, en embrassant l'arbre. A travers toute cette conversation, que j'abrège, s'étoit mêlé un malade, nommé Bactel, garde de M. de Muret, ayant mal aux yeux depuis dix ans. Cet homme, incurable par des raisons trop longues à dire ici, nous assura qu'il guériroit, s'il tomboit en crise; qu'il le desiroit, et que, si l'on avoit chanté le *Salve, Regina*, il seroit infailliblement tombé; que quand Monsieur le Marquis l'avoit approché, il étoit tout ému. La fille du vinaigrier m'avoit déjà dit que quand M. de P*** entroit dans le cercle, elle étoit prête à se trouver mal, et le Clerc de la poste de Soissons, qui étoit venu à Buzancy, comme curieux, a perdu connoissance en voyant une femme en crise, tant les maladies de nerfs sont communicatives.

En voilà beaucoup plus qu'il n'en faut pour vous mettre au fait de ce qui se passe ici ; j'ai écrit ce que j'ai vu à la hâte, mais avec la franchise et la simplicité que vous me connoissez ; je me suis gardé de mêler mes réflexions au récit que je vous fais. Si vous me demandez mon avis, voici mes réponses :

A-t-on persuadé à M. de P*** qu'on lui donnoit un secret ? Un agent inconnu, et mauvais physicien, croit-il à la cabale des Juifs, aux neuvaines et à Jehova ? Peut-être.

M. de P***, trompé, cherche-t-il à tromper les autres, et pour réussir commence-t-il par la canaille pour arriver aux honnêtes gens ? Je n'en sais rien.

M. de P*** dépense-t-il de l'argent pour répandre la science et la secte ? Oui.

M. de P*** a-t-il le don funeste d'assoupir une femme, de lui communiquer le talent de deviner la maladie d'un autre en lui faisant sentir intérieurement, par sympathie, le siége du mal ? Non, non, très-décidément, non.

Un jeune homme, prenant dans ses bras une femme aux nerfs irritables, peut-il, frictionnant les vertèbres, le diaphragme, l'estomac, les papilles du sein, la région ombilicaire, occasionner une révolution dans le sujet qu'il masse, comme disent les Indiens ? Oui, sûrement ; si l'imagination est frappée par la crainte et l'espoir, ou par un délire sensuel qu'aucun mot de notre langue ne peut rendre, c'est alors que le sujet éprouvera un abandon dangereux, et le médecin pourra, avec une coupable audace.... Je m'arrête.... cette secte prendra parmi les femmes voluptueuses ou crédules : c'est sûrement un malheur ; mais je prévois que la capitale seule sera infectée de ces nouveaux mystères de la déesse de Syrie.

Depuis ma lettre écrite, il m'est venu, sur le Mesmérisme que j'ai vu, une idée simple que je vais vous communiquer, et c'est à-peu-près à quoi se réduiroit toute ma croyance mesmérienne.

On ne peut nier que l'aimant n'ait appaisé, dans bien des occasions, la rage de dent : voici l'explication de ce phénomène. Le tartre contient beaucoup de fer qui doit presser, brûler, déchirer le nerf, principe de la douleur. Un fort aimant, qui déplace ces parcelles de fer infiniment petites, doit donc soulager, jusqu'à ce que la même cause ramène les mêmes effets.

Il est assez prouvé que les vingt-quatre livres de sang qui coulent dans nos veines contiennent trois onces de fer ; c'est, si je me le rappelle bien, le résultat de l'analyse du sang faite par l'Académie des Sciences. Le fer est le grand teinturier de la nature, et colore les fleurs et le sang. Or, je suppose que l'on m'applique un aimant sur la poitrine ou sur l'estomac, n'est-il pas vrai que je fixerai dans cette partie une portion de fer qui circuloit dans mes veines alors? Il doit s'opérer une révolution ; plus les hommes seront maigres et sensibles, plus les particules de fer infiniment petites, mais enflammées et réunies, agiront avec force; les gens replets ayant communément la fibre plus molle, n'auront aucune sensation ; le soufre, l'aimant, les verges aimantées pourront être employés avec succès.

La science mesmérique, réduite à cette simplicité, n'est plus un secret : c'est une expérience de physique, on peut la varier de mille manières différentes, et y ajouter même tous les lazis du charlatanisme. Mais bientôt Parangue, Bleton et Mesmer marcheront sur la même ligne, et l'agent curatif, si fort en vogue, ne se dirigera pas plus aisément que les ballons aérostatiques.

Je suis, etc.

LETTRE

SUR

LA CULTURE ET L'INDUSTRIE

DES PAYS-BAS;

par Roberjot (qui depuis a été assassiné près
de Rastadt, par les housards de Sceklers).

Hambourg, le 17 floréal an vi de la République française.

Le Ministre Plénipotentiaire de la République française
près les villes Anséatiques ;

Au citoyen François (de Neufchâteau), Membre du
Directoire Exécutif.

Citoyen directeur,

Les immenses matériaux qui composent tout ce
qui a été écrit et dit sur l'établissement de l'Hospice des pauvres à Hambourg, ne peuvent être
traduits qu'en employant un temps considérable,
qui éloigneroit l'envoi des articles qui ont rapport
à l'administration et au régime de cette maison, et
vous priveroit de cette connoissance première qui
paroît faire l'objet de vos sollicitudes. J'ai donc

changé d'avis depuis que j'ai eu.l'honneur de vous
écrire ; je me suis rendu à l'Hospice, j'ai vu par
moi-même, j'ai questionné les personnes qui sont
à la tête de l'administration, et j'ai recueilli des
notes qui vous suffiront pour connoître, dans les
plus petits détails, l'organisation et le régime de
cet établissement. Elles seront courtes ; j'y mettrai de la méthode dans la description, et sous peu
vous recevrez mon travail.

Je vous avois annoncé, dans ma lettre, que je
vous fournirois quelques observations sur l'agriculture et l'industrie des pays qui composent la
ci-devant Belgique et la Hollande, que j'ai par-
courus en l'an III. Je viens remplir ma promesse.

Les objets principaux qui m'ont frappé, sont la
confection et l'entretien des canaux et des digues ;

Les espèces de bétail qui sont employées à l'agriculture, les méthodes usitées, le dessèchement des
marais ;

L'emploi de divers moulins pour le sciage des
bois, la réduction des bois de teinture en fécules.
colorantes, la préparation de la céruse, le nettoie-
ment des canaux, l'extraction de la tourbe, et leur
emploi dans une multitude de procédés, pour économiser la force et le prix de la main-d'œuvre.

La Hollande, sur-tout, et sous ce nom j'entends
parler de la Hollande proprement dite comme
province, fait naître au voyageur un sentiment
de surprise et d'admiration, qui le force à devenir
observateur. Ce pays, qui naguère étoit couvert

des eaux de l'océan, est une plaine immense, coupée par intervalle par de petits monticules ou dunes qui laissent des traces de la retraite de l'océan, et servent aux Géologues à marquer les époques de ce mouvement. Leur direction est de l'ouest à l'est. Le site du sol est un bas-fond naturellement aquatique; c'est par l'art que les Hollandais sont venus à bout de le rendre productif, en opérant son desséchement. Les moyens qu'ils ont employés sont les canaux qui traversent en tous sens cette province, et qui servent de dépôt aux eaux.

Il en est de deux sortes : les uns sont encavés, et représentent une tranchée profonde de douze à vingt pieds, avec une largeur plus ou moins grande : les autres ont été formés par l'apport du terrein pris dans leur voisinage, reposent sur le niveau du sol où ils ont été pratiqués, et ont des parois plus ou moins élevées, plus ou moins épaisses, suivant que l'on s'est décidé à pratiquer des routes ou des chaussées sur ces mêmes parois, qui sont de véritables encaissemens.

La manière de former les canaux de la première sorte ne présente rien d'extraordinaire ; elle se borne à maintenir les rives pour prévenir les éboulemens , à les tracer dans la ligne la plus droite pour éviter des dépenses considérables en ouvrages de confection, qui diminuent en raison de leur moindre largeur, à les alimenter par des conduits ou rigoles propres à faire charier les eaux. La conservation des rives est dûe à des pieux placés à petites distances, destinés à retenir des fascines ou des planches de chêne qui empêchent l'éboulement, à entretenir les gazons qui servent à lier le terrein. Ces opérations n'exigent pas une grande habileté, une surveillance assidue ; des réparations faites à propos préviennent facilement leur dégradation.

L'ancienneté de ces canaux a produit à la longue un dépôt de terre très-fine qui empêche à présent la filtration des eaux, et ces canaux ne nécessitent plus des dépenses majeures pour leur conservation.

Il n'en est pas de même des canaux élevés ; les travaux pour les construire ont été immenses, le temps employé à cet ouvrage a été très-long ; les premiers essais, par leur défectuosité, ont fait abandonner les premiers plans, et depuis plusieurs années on s'est décidé à prendre des précautions, à mettre de l'uniformité dans les moyens employés à leur confection, qui rendent ce genre d'ouvrage plus solide et plus parfait.

La diversité du sol a présenté des obstacles qu'il a fallu vaincre ; il est ordinairement sablonneux, il falloit donc donner de la ténacité à ce terrein, le lier et en faire un corps imperméable à l'eau. Il n'y avoit que deux moyens, et on en a usé. Le premier a été de rechercher les lits de terre-glaise que l'on rencontre quelquefois à des profondeurs plus ou moins grandes ; le hasard a servi le zèle

des Hollandais ; en traçant les canaux, en fouil-
lant la terre destinée à l'exhaussement, ces cou-
ches ont paru, on en a fait un mélange avec le
sable, et l'on a pratiqué des corrois qui retien-
nent parfaitement les eaux. On doit juger par-là
de l'énormité des travaux et des soins que l'on a
pris pour former ces chaussées.

Les premiers canaux ainsi formés, ont servi
à transporter les glaises qui manquoient dans le
voisinage de ceux qui restoient à faire, et par-là,
un premier obstacle vaincu a fait triompher des
autres.

Le second moyen qui a été mis en usage, lorsque la qualité de la glaise ne permettoit pas de
l'employer, a été de se procurer des productions
volcaniques que l'on réduisoit en poussière ou
moellons, en les pétrissant avec une terre plus
liante, pour en former une pouzolane artificielle
qui pût suppléer à cette terre glaiseuse si convenable à ces sortes d'opérations.

Les bords du Rhin ont offert cette ressource.
L'immense quantité de laves, de basaltes, de
pierres-ponces, qui se trouvent près la ville de
Bonn, ont servi à ces opérations ; la facilité du
transport de ces matières en a rendu l'emploi plus
économique. C'est donc avec ces produits volcaniques que les Hollandais ont trouvé le moyen
de consolider, de perfectionner ces canaux de
navigation qui rendent si florissante aujourd'hui
la Hollande.

Il restoit un obstacle à vaincre après l'achèvement de ces canaux, c'étoit de les alimenter. Leur élévation ne permettoit pas de les entretenir par des rigoles destinées à conduire les eaux ; il a fallu imaginer des procédés pour remédier à ces inconvéniens, et c'est-là où le Hollandais, actif et persévérant dans ses projets, a montré ce que peut le génie de l'homme, lorsqu'il est parvenu à un degré de civilisation et qu'il est aiguillonné par le besoin. L'effet des moulins à vent, qui est de ménager la puissance et la force de l'homme, en se servant du fluide atmosphérique, l'a conduit à employer les mêmes moyens pour ces sortes de travaux publics. Un changement dans le mécanisme de ces moulins s'est opéré sur-le-champ, et à l'aide de réservoirs pratiqués près des canaux, où l'eau, par sa tendance naturelle et de légères inclinaisons, est portée continuellement, de grandes roues fixées à l'axe, mises en mouvement par les ailes des moulins, et terminées par des plateaux concaves qui leur donnent la forme d'égouttoirs, versent sans cesse une quantité d'eau dans ces canaux. Elle sert à leur entretien, à prévenir leur dessèchement, à subvenir à la dissipation continuelle opérée par l'évaporation et le filtrage.

Ces premiers essais ont conduit à d'autres travaux : ce n'étoit pas assez d'établir des canaux sur divers points du territoire, il falloit les lier entre eux, leur donner des communications faciles, et les rendre tels que le passage de l'un à l'autre fût disposé de manière que le transport des denrées et marchandises ne souffrît aucun retard. La différence des élévations d'eau formoit une difficulté qui n'a été surmontée que par l'emploi des écluses. Celles qui ont été pratiquées sont construites avec une solidité qui s'oppose aux plus petites dégradations.

C'est sur-tout à l'écluse qui se trouve placée à la jonction du Zuidersée avec la mer d'Harlem, que l'on remarque l'habileté de ceux qui ont jeté le plan de cette écluse; la masse énorme d'eau qui pèse dans la haute marée sur ce chef-d'œuvre de l'art, n'a produit jusqu'à présent aucun effet qui fasse craindre la submersion d'une partie du territoire qui circonscrit cette grande nappe d'eau.

Un seul inspecteur est chargé de la surveillance et de la direction des travaux des écluses et des canaux. Il réside près cette grande écluse; c'est un savant distingué dans cette partie. J'ai fait parvenir dans le temps, au comité de salut public, les intéressans mémoires qu'il a faits sur les canaux; ils se trouvent aussi consignés dans le recueil des Mémoires d'une société savante de Harlem. J'ignore son nom pour le moment, mais il jouit d'une telle réputation, qu'il est aisé de le savoir.

Les canaux ont donc produit deux grands effets; celui de dessécher les bas-fonds qui étoient convertis en marais, et celui de faciliter le transport d'une grande quantité d'objets que l'on fait passer, à peu de frais, d'une ville ou d'un village à l'autre.

Les Hollandais, après avoir formé leurs canaux, entreprirent un ouvrage non moins digne d'eux ; ils ont, pour ainsi dire, maîtrisé la mer, en formant, entre leur territoire et son domaine, des digues assez fortes pour résister aux efforts de ses flots, et à la tendance qu'elle a de reconquérir un sol que les habitans ont fondé par leur sueur, leur patience et leur génie. Là, la nature ne leur avoit rien fourni ; c'est sur les bords de la Baltique, et avec les rochers de la Suède, qu'ils ont trouvé les matériaux propres à leur construction ; c'est des pays du nord qu'ils se sont procuré les bois propres au pilotage, et c'est avec les débris de ces rochers qu'ils employoient pour lester leurs navires, qu'ils ont progressivement élevé ces massifs que la violence des flots et l'action continuelle du roulis des eaux n'ont pu détruire : les îles de la Zélande, les côtes de la Hollande, de la Frise, etc. sont garnies de ce rempart indestructible. Plusieurs centaines de lieues constatent ce progrès de l'industrie, et sont un exemple de ce que peuvent les hommes, lorsqu'ils sont animés de l'amour de l'indépendance, et de la louable émulation de gagner des richesses par le travail et la patience.

La manière de les construire est aussi solide que simple ; elle consiste à enfoncer des pilotis, à les rapprocher assez pour que des blocs de rochers puissent être interposés facilement, et forment des glacis tellement liés, qu'ils ne puissent être enlevés et détachés de la masse entière *.

Les hautes marées, les grands événemens qui font hausser subitement la mer, ont forcé les habitans à employer ce moyen pour prévenir la submersion d'un sol acheté par tant de sacrifices.

La France ne présente pas des travaux de ce genre, quoique plusieurs parties des côtes de l'océan aient exigé les mêmes précautions : les ravages que fait la mer sur quelques points, les laisses de mer qui sont une usurpation, par moment, des portions d'un terrain précieux, nécessitent les mêmes ouvrages, et devroient porter les habitans à imiter l'industrieux Hollandais. C'est au Gouvernement à les encourager, et à diriger des travaux qui récompensent au-delà de toute expression des avances et des sacrifices que l'on peut faire. On préviendroit par-là de nombreuses contestations qui se sont élevées entre les vrais propriétaires de ces fonds, et ceux qui, se prévalant de la loi, fondent d'un autre côté leurs droits de propriété sur des travaux mal combinés et des réparations mal dirigées et peu solides, qui laissent à la mer la facilité de dégrader leurs

---

* Des vers attaquèrent, il y a quelques années, le bois des pilotis, au point que les digues furent dégradées d'une manière alarmante. Elles furent réparées sans pilotis, en leur donnant la forme de glacis à large base, avec une inclinaison de quarante degrés.

I. 12

ouvrages et d'usurper de nouveau un terrain que lui disputent les hommes.

Je vais vous entretenir à présent, de l'état de l'agriculture dans ces intéressans pays.

Mes observations se sont principalement portées sur les vaches et les chevaux, comme animaux employés à l'économie rurale.

Une chose qui frappe le voyageur, c'est que les individus de l'espèce de vache que l'on élève, se ressemblent tous par la couleur du poil, par la stature, par la charpente osseuse. Le fond du poil est blanc, fouetté ou marqué de taches noires ou brunes; on ne découvre nulle part des variétés; le climat et l'habitude ont sans doute opéré et déterminé ce choix. La vache est haute sur jambes, elle n'a pas cette belle forme qui est reconnue pour constituer la beauté de l'animal; mais en retour, elle donne abondamment du lait; c'est probablement aussi par cette cause que cette variété a obtenu la préférence. Cette observation a besoin d'être confirmée; il est probable qu'elle est fondée. Malgré le défaut d'expérience, on est porté à croire que des essais multipliés ont dirigé depuis long-temps le choix des Hollandais. On sait qu'il est des cultivateurs qui conservent précieusement les sujets d'une race qui fournit proportionnellement une plus grande abondance de lait; il n'est pas de cantons qui n'offrent cet exemple. Il est donc à présumer que les cultivateurs Bataves ont été déterminés à donner exclusivement la préférence à l'espèce qu'ils élèvent par le même motif.

Il est encore une cause qui a pu être assez puissante pour les fixer à ce choix; c'est que les individus acclimatés depuis nombre d'années, supportent sans accident les variations de la température, se sont accoutumés à la nature du fourrage, et ne souffrent aucune atteinte de l'humidité du sol sur lequel on les fait pâturer.

Quelle que soit la cause de cette prédilection particulière, il est vrai de dire que les vaches de Hollande fournissent une quantité prodigieuse de lait. La manière de les nourrir contribue aussi à l'augmenter, et à cet effet les provinces présentent des usages qui varient suivant les destinations qu'elles en font. Il est des vaches qui fournissent tous les jours vingt pintes de lait.

Les habitans des villages qui avoisinent les grandes villes cherchent à se procurer plus abondamment du lait; ceux qui sont plus éloignés s'attachent à avoir plus de beurre, et ceux qui sont encore plus distans cherchent à avoir du lait qui contient plus de parties caséeuses.

C'est par la nature des alimens qu'ils fournissent aux vaches, qu'ils obtiennent ces diverses qualités, en graduant les proportions de liquides et de matières nutritives. Veut-on que les vaches rendent beaucoup de lait ? on force leur nourriture en liquide légèrement mélangé avec des farines de diverses sortes de graminées ou légumes,

ou en herbes et plantes surabondantes en parties
aqueuses. Veut-on convertir le lait en fromage, et
lui donner les principes propres à en augmenter la
quantité? on diminue la dose de la partie aqueuse,
et l'on donne des raves hachées et bouillies, dans
lesquelles on mêle quelques brins de cumen, la râ-
pure de raifort noir, le sommet de la plante dite
oseille des champs. Cherche-t-on à se procurer
du beurre? on augmente dans la boisson la dose
de la farine, en donnant la préférence à celle des
haricots et fèves, en faisant bouillir des racines
coupées en morceau, de la pastenade et de toutes
les raves qui sont reconnues pour contenir plus
de parties sucrées et nutritives.

On doit même attribuer la différence des qualités du fromage, qui fait une branche de commerce considérable dans l'intérieur et chez l'étranger, à la méthode variée de nourrir et de soigner
les vaches, la manipulation étant la même.

Quant aux chevaux, ils sont généralement
beaux, mais ils ne sont pas également bons pour
le service; ceux de la Frise sont très-hauts sur
jambes, ils sont destinés pour les attelages. Parmi
les espèces, il en est une qui est très-recherchée,
elle porte le nom de chevaux Halddraver*; ceux-
ci soutiennent les plus grandes fatigues, ils sont
très-vîtes à la marche; il n'est pas rare de leur

---

* Les chevaux de véritable race des Halddraver, coûtent
quatre mille francs.

faire faire des trajets de vingt lieues par jour, sans
qu'ils paroissent être fatigués ; il conviendroit de
répandre cette espèce dans les départemens dont
le sol est bas et humide ; on remplaceroit celles
qui s'y trouvent, et qui sont affectées d'humeur
édémateuse aux jambes.

L'agriculture n'est pas avancée en Hollande ; les
genres de productions que l'on obtient dans les
pays de grande culture, ne sont pas ici toutes cultivées. Le pays offre des prairies très-étendues ;
on sème, dans quelques cantons, du froment, du
seigle, de l'orge ; on s'attache davantage à la culture des légumes. Le chou rouge ou violet, origi-
naire de Sibérie, entre pour beaucoup dans la
consommation ; on récolte une infinité de variétés
d'haricots, dont quelques-unes ne sont pas connues en France. Ces légumes produisent d'amples
récoltes ; on voit aussi quelques plantations de hou-
blon. C'est de la Pologne et des rives gauches du
Rhin ou de la ci-devant Belgique, que les habitans
tirent le blé nécessaire à leur consommation, à
leur commerce, à la fabrication des eaux-de-vie,
à la nourriture de leurs bestiaux.

Dans les neuf départemens réunis, l'agriculture
est poussée à un plus grand degré de perfection.
Elle n'est pas aussi avancée qu'en Angleterre, mais
elle est plus parfaite que dans les départemens de
l'intérieur, si l'on en excepte le département du
Nord.

La grande méthode employée par les cultiva-

teurs, est d'alterner les productions dans le même
champ, et d'éviter les jachères. Des labours faits à
propos, des engrais assez abondamment parsemés,
contribuent beaucoup, avec la fertilité naturelle
du sol, qui est léger et substantiel, à augmenter
les récoltes. Dans ces pays, le cultivateur ne suit
pas de routines ; il raisonne sur ses opérations, et
il n'est pas rare de lui voir réformer des usages
pour adopter une méthode plus parfaite. Le pays
ne présentant point d'inclinaison, on s'est occupé,
depuis quelques années, de former par intervalles
des pans inclinés, qui, se trouvant symétrique-
ment espacés, donnent un coup-d'œil qui flatte, et
contribuent à l'écoulement des eaux, si nuisibles
aux graminées dans les hivers rigoureux.

C'est sur-tout à la culture du colsat que les ci-
devant Belges ont porté la plus grande attention.
On le plante au fichet, au lieu de le semer ; et comme
ils se sont apperçu que ces choux étoient toujours
endommagés par les pluies du nord, qui, se portant
dans l'intérieur, occasionnent la pourriture du
cœur, vulgairement dit, et détruisent une grande
partie de la récolte, ils ont le soin de le coucher
au levant, en jetant à la fin de l'automne un peu
de terre sur le tronc, pour le faire incliner dans
cette direction ; et pour procéder à cette opération, ils ouvrent de vingt pieds à vingt pieds, une
tranchée profonde de vingt pouces, dont le terrein
est employé à chauffer la plante ; ils garantissent,
par ce moyen, le chou de la pourriture, défon-

cent le champ en entier dans l'espace de dix ans, puisqu'ils changent à chaque année l'emplacement de la tranchée, de manière qu'après cet intervalle, on se retrouve à celle qui a été ouverte dix ans auparavant; et c'est par cette opération qu'ils rendent le terrein de leurs champs plus meuble et mieux disposé à recevoir les grains de toute sorte que l'on y veut semer.

L'objet le plus important et le plus nécessaire à imiter, est celui du charonnage; il n'est pas de pays en Europe où les instrumens aratoires soient plus beaux. La forme en est agréable, et les habitans ont su réunir la beauté à la solidité; les poids les plus énormes sont transportés facilement, la charge est répartie avec précaution sur les essieux, et la disposition entière des chariots facilite singulièrement les efforts que font les chevaux pour les mettre en marche.

Il seroit donc convenable d'envoyer quelques élèves dans ces pays, de leur faire étudier les proportions, les coupes des chariots, pour les répartir ensuite dans les départemens, afin de former euxmêmes des élèves, qui opéreroient par la suite une réforme et des changemens utiles dans la partie du charonnage destiné à la culture des champs. Cet essai peut être tenté avec peu de frais; le succès auroit des avantages inappréciables.

Les harnois même qui sont employés, sont faits avec une simplicité et une solidité qui préviennent la surcharge de l'animal, et lui laissent toutes ses forces pour voiturer les objets qui doivent être transportés. Ce sont ces petits détails qui deviennent importans dans l'emploi des forces, et qui contribuent à la perfection de l'économie rurale.

La ci-devant Belgique est peut-être le pays où l'on trouve toutes les méthodes employées. On voit, en parcourant les départemens de l'intérieur, des usages que l'on croit n'être pas connus en France ; on s'étonne quelquefois de retrouver dans un village, qui n'a pas une renommée en agriculture, des procédés particuliers dont la propagation, faute de communications faciles, n'a pu se faire.

Des agronomes-pratiques et intelligens, parsemés sur les divers points de la République, et assujettis à parcourir les communes, à s'informer des usages, à examiner les instrumens aratoires, concourroient par leurs observations à des réformes promptes. Des cultivateurs intelligens et aisés n'attendent que des circonstances pareilles pour rectifier la culture de leurs pays. Les premiers devroient être des professeurs ambulans, qui devroient persuader, par un langage à la portée du cultivateur, et par la sagesse et la simplicité de leurs manières, ceux qui sont dominés par l'habitude, la routine et l'insouciance. Ils publieroient les découvertes qu'ils ne manqueroient pas de faire, et par ce moyen, les communications devenant plus faciles, l'économie rurale ne pourroit qu'acquérir le degré de perfection que l'homme d'état doit s'efforcer de lui faire obtenir.

Je reviens au troisième objet, le dessèchement des marais. C'est sur-tout dans la Hollande que l'on doit chercher des exemples de ce genre. Le sol, qui n'a été dans le principe qu'un bas-fond noyé par une trop grande quantité d'eau, est actuellement desséché, et produit une prodigieuse quantité de fourrage.

Pour enlever cette quantité d'eau et lui faciliter une issue prompte et renouvelée, on a employé des moulins de dessèchement, dont j'ai indiqué la construction et l'usage, et l'on a pratiqué des rigoles qui conduisent les eaux à un réservoir profond placé près de ces moulins ; un seul homme les soigne, les dirige, les répare, et contribue, par son activité et sa surveillance, à un prompt dessèchement. Ce moyen si simple devroit être employé dans plusieurs départemens couverts de marais infects, qui occasionnent des maladies endémiques dans leur voisinage.

On emploie aussi des moulins pour le sciage des bois. J'en ai vu qui occupoient vingt-quatre scies, qu'un seul homme dirigeoit; la même force servoit à extraire de l'eau les pièces qui devoient être converties en planches, les conduisoient sur le chantier, pour être soumises à l'action des sciés, et le mécanisme, aussi simple qu'étonnant par ses résultats, économisoit la main-d'œuvre à un degré inconcevable.

Je sais qu'il en existe en France; mais je suis assuré qu'il n'y en a pas qui produisent autant d'avantages et aussi économiquement.

Il conviendroit donc d'envoyer des mécaniciens et des ouvriers habiles pour en prendre des modèles, et en établir dans les mêmes dimensions. De quelle économie seroit pour nous, et sur-tout dans la marine, cette facilité de convertir en belles planches les troncs d'arbres que nous pouvons abattre dans nos forêts, ou que nous pouvons tirer de la Baltique par radeaux ! Nous cesserions d'être tributaires des nations étrangères, et nous y gagnerions, sous d'autres rapports, des profits immenses.

J'ai adressé, il y a trois ans, au Comité de salut public, deux gros volumes in-folio qui contenoient des gravures et des plans de toutes les coupes de moulins usités en Hollande. Je ne sais ce qu'ils sont devenus; mais cette collection, qui est très-rare, est bien précieuse à beaucoup d'égards.

Les arts en Hollande, et sur-tout ceux que l'Angleterre n'a pu détruire, sont poussés à un grand degré de perfection.

J'en ai donné au Comité de salut public, la description; il a jugé à propos de faire insérer, dans le temps, les procédés que j'ai indiqués, dans le journal des Arts, qui fait à présent une collection de douze petits volumes in-8°.

Vous y trouverez le procédé de convertir les bois de Campêche, de Fernanbouc , etc. en poussière très-fine, où la fécule colorante est à nu, et se trouve par-là plus propre à être dissoute par l'eau ;

Celui de fabriquer la céruse, de la sophistiquer, tel que cela se pratique en Hollande ;

Celui de préparer le bleu de tournesol qu'ils tenoient caché.

J'ai fourni également des Mémoires sur la manière de fabriquer les aiguilles, et de les polir à la manière des Anglais ;

De torréfier la calamine, pour la combiner ensuite avec le cuivre rouge pour former du laiton ;

Pour purifier l'alun ;

Pour fabriquer le sel ammoniac, dont nous sommes privés ;

Pour faire des cartons propres à lustrer les draps, qui ont été imités par le citoyen Delille, d'après la description que j'en ai donnée.

Il reste encore, citoyen Directeur, des objets intéressans à tirer de la Hollande. Je n'ai pas eu le temps de connoître les moyens de purifier le borax : cet article est de la plus grande importance pour la confection des cristaux, la teinture et la fusion des métaux. Je les ai obtenus enfin, et je crois pouvoir fournir bientôt le Mémoire qui en indiquera les procédés.

Nous ignorons les moyens de donner ce beau blanc à la toile, qui fait préférer dans le commerce les toiles de Harlem.

Il est encore une multitude de petits procédés

que nous ne connoissons pas, qu'il est aisé de se procurer, malgré l'attention scrupuleuse des Hollandais à les tenir secrets.

Quant à l'extraction de la tourbe, elle se fait avec une économie et des soins qui rendent inépuisables les tourbières de la Hollande. On ne quitte jamais un puits ou ouverture, que cette matière ne soit épuisée; ce n'est pas à la surface qu'ils s'arrêtent, comme cela se pratique en France; ils auroient bientôt perdu cette ressource par une aussi mauvaise opération. Plus lents dans leurs travaux, calculant mieux que nous pour l'avenir, ils ne quittent une première ouverture que lorsqu'on cesse de trouver ce précieux combustible.

Deux obstacles se rencontrent à l'exploitation des tourbières; l'abondance des eaux qui gagnent les travaux, et l'éboulement du terrein lorsqu'on est à une certaine profondeur.

Les moulins de dessèchement sont quelquefois employés; d'autres fois on se sert de puisards continuellement mis en mouvement par des roues que font tourner des hommes.

Les morceaux que l'on en extrait en forme de briques, sont placés à la surface du terrein; leur exposition à l'air produit bientôt leur dessication, et on les transporte ensuite près des canaux pour les conduire aux marchés les plus voisins.

La plus légère et la mieux entrelacée des brins d'une plante, dont je ne me rappelle pas le nom et qui la constitue tourbe, est celle à qui l'on donne la préférence. Cette plante s'élève continuellement à la surface du terrein, et la dessication de la portion de sa racine et de ses rameaux, faite dans l'année, fait qu'après un laps de temps, les ouvertures qui ont été pratiquées se remplissent, et qu'on peut faire une nouvelle exploitation. Cette observation a engagé les propriétaires à ne jamais épuiser entièrement les tourbières : on en laisse à-peu-près l'épaisseur d'un pied.

Voilà, citoyen Directeur, ce que j'ai à vous dire sur la Hollande et les ci-devant Pays-Bas autrichiens. Des artistes de tout genre, des agronomes, des observateurs qui voyageroient dans ces pays, ne pourroient que procurer à la France des avantages par l'importance de leurs découvertes ; ils transplanteroient des procédés intéressans, et nous empêcheroient dans la suite d'avoir recours aux pays qui sont plus avancés que nous en industrie.

Vous m'avez demandé en outre des renseignemens sur les ouvrages estimés qui traitent de l'Agriculture. Je m'empresse de vous les annoncer.

Schréber, qui est mort depuis quelque temps, a fait trois Recueils, qui sont rares aujourd'hui, sur différens objets d'Agriculture. A Leipsick.

Riem a donné la Bibliothèque d'Agriculture, telle qu'elle est en Saxe, qui passe pour le pays le mieux cultivé ; il a écrit sur les Abeilles, qui sont très-abondantes en Saxe et en Lusace.

Beckmann, de Goettingue, a donné la Bibliothèque économique, dont le professeur Ebeling, d'Hambourg, a fait une édition. Cet ouvrage est purement théorique.

Kreunitz, de Berlin, a fait l'Economie rurale, qui est de soixante volumes. Il est mort.

Je desire, citoyen Directeur, que ces observations puissent vous convenir et remplir votre attente.

Salut et respect,

R O B E R J O T.

P. s. Il existe, citoyen Directeur, un grand nombre d'excellens ouvrages en Agriculture, et des Traités qui renferment une multitude de procédés sur les arts, qu'il conviendroit de faire traduire. C'est une précaution qui a été prise par les Anglais, et dont ils ont tiré un grand avantage; c'est par ce moyen qu'ils ont essayé la fabrication du minium, qui passe pour être le meilleur pour la formation des cristaux : mais mes appointemens ne sont pas assez forts, dans un pays sur-tout où la cherté des denrées et des marchandises est trois fois plus forte qu'à Paris, pour entreprendre un travail aussi important. Il conviendroit d'avoir auprès de moi un traducteur habile, auquel il faudroit donner un traitement de deux mille francs, au moins; cette modique somme mettroit dans le cas de connoître les bons ouvrages d'Allemagne, qui ne sont pas assez répandus en France. On trouveroit sans doute à Paris des Imprimeurs pour les livrer à l'impression.

MÉMOIRE

SUR

LES ARMEMENS EN COURSE,

TIRÉ DES OISIVETÉS DE VAUBAN.

MÉMOIRE concernant la Course et les priviléges dont elle a besoin pour se pouvoir établir, les moyens de la faire avec succès sans hasarder d'affaire générale et sans qu'il en puisse coûter que très-peu de chose à Sa Majesté.

LA France, considérée par la situation où elle se trouve et par l'état présent de ses affaires, a pour ennemis déclarés l'Allemagne et toutes les puissances qu'elle contient; l'Espagne et tous les pays de sa dépendance en Europe, Asie, Afrique et Amérique; le duc de Savoie, l'Angleterre, l'Ecosse et l'Irlande, et toutes les colonies qui leur appartiennent aux Indes orientales et occidentales; la Hollande et tout ce qui dépend d'elle dans les quatre parties du monde où elle a de grands établissemens. Pour ennemis non déclarés, mais indirects et envieux de sa grandeur, le Danemarck,

la Suède, la Pologne, le Portugal, les Vénitiens,
les Génois, et une partie des Suisses qui, tous,
favorisent ses ennemis sous main par les troupes
qu'ils leur vendent, par l'argent qu'ils leur prê-
tent, par leur commerce, qu'ils protégent et met-
tent à couvert. Pour amis tièdes et impuissans, le
Pape, indifférent ; le roi d'Angleterre, chassé de ses
états ; le Grand-Duc de Toscane, les Ducs de Man-
toue, de Modène, de Parme, et l'autre partie des
Suisses, les uns fondus dans la mollesse d'une longue paix, et les autres peu affectionnés. Pour ami
utile et d'intérêts, le Grand-Seigneur seul, qui ne
l'est que par hasard, et parce que de son côté, il
s'est trouvé engagé dans une guerre qui lui donne
les mêmes ennemis que nous à combattre. Si, après
cela, on se donne la peine d'examiner la puissance
de tous les Etats ligués contre nous, on trouvera
que leurs forces sont formidables par rapport aux
nôtres, qu'elles les doublent et surpassent de beaucoup, et que si nous leur avons résisté des sept ou
huit années, et même fait des progrès considérables sur eux, ce n'a été que par la bonne conduite
du Roi et en faisant des efforts extraordinaires,
qui, venant à s'épuiser, pourroient lui ôter peu
à peu le moyen de les soutenir avec toute la hauteur du passé, et même le réduire à une fâcheuse
défensive par terre et par mer, qui, quoique vigoureuse et respectable, aura besoin d'un grand
bonheur et de beaucoup d'industrie pour se tirer
d'affaire, et se pouvoir long-temps soutenir contre

tant et de si puissans ennemis, qui, de leur côté, s'appercevant que nous foiblissons, redoubleront leurs efforts et continueront à s'éloigner de la paix. Je ne prétends pas parler de la défensive de terre, ce n'en est pas ici le lieu, et le Roi a ses vues particulières de ce côté-là, sur lesquelles Sa Majesté peut former différens desseins; mais bien de celle que nous pouvons faire par mer, qui paroît presque la seule d'où l'on ose se promettre quelqu'avantage, eu égard à la situation présente de ses affaires.

Il n'est pas besoin d'être un grand clerc pour savoir que les Anglais et les Hollandais sont les principaux arc-boutans de la ligue; qu'ils la soutiennent par la guerre qu'ils nous font conjointement avec les autres puissances intéressées, et qu'ils la fomentent sans cesse par l'argent qu'ils distribuent annuellement au Duc de Savoie, aux Princes d'Allemagne et aux autres alliés; car les Espagnols, non plus que l'Empereur, n'y contribuent que de leur crédit, de leur pays, et de leurs troupes; cela est évident, tout le monde le sait. Les autres alliés n'y tiennent que par les pensions qu'ils en tirent, par le gain qu'ils font sur la grosse paie de leurs troupes, et parce qu'ils y sont en quelque façon contraints par la rapidité du torrent qui les entraîne. Ainsi la France doit considérer les Anglais et Hollandais comme ses véritables ennemis, qui, non contens de la guerroyer ouvertement et à toute outrance par terre et par mer, lui suscitent

1.   13

tous les autres ennemis qu'ils peuvent, par le moyen de l'argent. Or, cet argent ne vient pas de leur pays, nous savons qu'il n'y a que celui que le commerce y attire : il ne provient pas non plus des fruits que la terre y produit; elle n'en rapporte que peu, et ce peu ne va pas jusqu'à leur fournir le nécessaire à la vie, tels que sont les blés, les vins, les eaux-de-vie, les sels, les huiles, les chanvres, les toiles, les bois, et mille autres sortes de denrées qui abondent dans le nôtre. Cependant toutes ces marchandises, et plusieurs autres qui s'y fabriquent, y abondent tellement, qu'ils en fournissent jusqu'aux parties plus reculées de la terre d'où ils rapportent en échange une infinité d'argent et d'autres marchandises précieuses qu'ils répandent avec grand profit par toute l'Europe; ce qui se fait presque tout par mer, et très-peu par terre. C'est par-là qu'ils l'ont établi et qu'ils le soutiennent dans toutes les parties habitées de l'Europe, de l'Asie, de l'Afrique et de l'Amérique, où ces nations l'exercent avec toute l'intelligence et l'habileté possible, par le moyen de la prodigieuse quantité de vaisseaux qui vont et viennent continuellement de chez eux, dans toutes les parties du monde où ils ont des comptoirs établis pour toutes sortes de marchandises, au moyen desquels ils se sont rendus les maîtres et dispensateurs de l'argent le plus comptant de l'Europe, dont la meilleure et la plus considérable partie leur demeure bien sûrement entre les mains, ce qui fait toute leur abondance et fournit aux moyens de nous continuer la guerre. C'est, en un mot, de-là que vient tout le mal que nous souffrons, et c'est ce mal qu'il faut combattre et contre lequel il faut employer toute la force et l'industrie possible, mais d'une manière intelligente et capable de le pousser à bout. Ce qui arrivera dans peu, si après avoir bien reconnu nos avantages et les moyens d'en profiter, on prend pour cela un parti convenable qui ne se trouvera point dans la guerre de terre; elle ne sauroit faire cet effet; car, bien que nos armées aient souvent triomphé des leurs, les succès n'ont point donné d'atteinte à leur commerce, parce qu'ils en font peu par terre, et que ce peu est hors de notre portée. Ce ne sera point par la guerre de mer en corps d'armée, vu que quelques efforts que nous ayons pu faire jusqu'à présent, les forces qu'ils nous ont opposées ont toujours été égales ou supérieures aux nôtres, et si pour cela leur commerce n'a pas laissé d'aller son train. Ce ne sera point non plus par nos conquêtes, puisque nous sommes réduits à la défensive; heureux si nous pouvons empêcher qu'ils n'en fassent sur nous ! Ce ne sera point encore par la dévastation et par le dégât que nous pourrions faire chez eux, puisque cela ne pourroit tomber sur les Anglais et Hollandais, dont les pays sont hors de notre portée; pas même sur ceux de l'Empereur, ni sur ceux de la plupart des Princes

d'Allemagne. Ce ne peut donc être que par la
Course, qui est une guerre de mer subtile et dé-
robée, dont les coups seront d'autant plus à craindre pour eux, qu'ils vont droit à leur couper le
nerf de la guerre. Ce qui nous doit être infiniment
avantageux, puisque d'un côté il est impossible
qu'ils puissent éviter la ruine de leur commerce
que par des frais immenses qui les épuiseront sans
pouvoir que très-faiblement y remédier; et que
d'autre ils ne pourront nous rendre la pareille,
puisque nous n'en avons que peu ou point d'étranger, qu'il est même à propos de négliger pour un
temps pour faciliter ladite Course; l'utilité qui
peut réussir de ce commerce n'étant en rien com-
parable à celle qui peut nous venir de la Course,
qu'il faut en toutes manières faciliter tant que la
guerre durera *.

Que si pour ne se point laisser de scrupule dans
l'esprit, on vient à examiner toutes les différentes
applications qu'on peut faire de nos forces navales, on trouvera que tous les armemens de mer
que le Roi peut faire ne sauroient avoir d'autres
vues que le siége de quelque place maritime, le

---

* L'année mil six cent quatre-vingt-quatre, le Roi ayant
guerre avec les Génois, Sa Majesté prêta ses vaisseaux gratis
à ses officiers de marine, qui en armèrent quarante, tant grands
que petits, au moyen desquels ils leur prirent, brûlèrent ou
coulèrent à fond trois cents bâtimens en six mois de temps: ce
qui les obligea à venir demander la paix, à quoi le bombar-
dement n'avoit pu les réduire. (Note marginale de Vauban.)

secours de quelqu'autre, l'empêchement des descentes dans notre pays, le moyen d'en faire dans
ceux des ennemis, la conservation de notre commerce et la destruction du leur : voilà bien sûrement toutes les vues générales qu'on peut avoir
sur la guerre de mer, et auxquelles doivent nécessairement se rapporter les partis à prendre.

Si nous étions maîtres de la mer, et que les forces
de terre y puissent correspondre, le Roi seroit à
même de choisir celle des vues qui conviendroit
le mieux à ses affaires, selon les conjonctures qui
s'offriroient, en conséquence de quoi Sa Majesté
pourroit former tels desseins qu'il lui plairoit ;
mais, loin d'en être les maîtres, nous n'en parta-
geons pas seulement la supériorité avec eux, et on
peut dire, sans se flatter, qu'elle est toute de leur
côté de manière à nous les pouvoir empêcher en
toute ou en la plus grande partie, puisqu'outre les
armées navales, égales ou supérieures aux nôtres
en grandeur et en nombre d'hommes et de vaisseaux, ils peuvent indépendamment d'elle mettre
nombre de grosses escadres à la mer capables d'appuyer les bombarderies qu'ils voudront entreprendre sur nos côtes, et même les descentes, sans
que nos armées, contenues par les leurs, y puissent mettre empêchement. L'expérience nous apprend, d'ailleurs, que malgré tous nos efforts, ils
n'ont pas laissé de faire leur commerce et de nuire
extrêmement au nôtre ; et nos forces de terre
étant encore inférieures aux leurs, il n'y a pas

d'apparence que nous nous puissions servir de
celles de mer pour faire des siéges ni pour secourir
les places maritimes, ni même pour empêcher les
descentes, et encore moins pour en faire. On peut
même ajouter que depuis sept ans que la guerre
dure, nous n'avons tiré aucun avantage de la mer
qui ait pu défrayer le Roi des dépenses qu'il y a
faites ; de sorte que si on veut bien y faire réflexion, on trouvera que tous les grands armemens lui ont été fort à charge, et que tous lui ont
tourné en pure perte, et que, selon toutes apparences, ils y tourneront toujours tant que les
Anglais et Hollandais continueront d'être unis
comme ils sont. Il faut donc donner un autre tour
à la guerre de mer, et voir par quel expédient nous
pourrons parvenir à la leur rendre dure et incom-
mode plus que du passé. Il ne sera peut-être pas
difficile de se contenter là-dessus si on veut s'en
donner la peine, et encore moins d'en trouver les
moyens : il n'y a qu'à voir la carte de l'Europe, et
bien examiner les situations et propriétés des
différens États qui la composent, spécialement de
ceux qui approchent ou environnent ce Royaume
par rapport à nos côtes et nos ports de mer. Si
après cela on fait réflexion au grand commerce
des ennemis, et au peu que nous en avons en comparaison d'eux, et à l'usage que nous pouvons faire
des galères dans l'Océan, on trouvera que la France
a des avantages pour la Course, qui surpassent en
tout et par-tout ceux de ses voisins, et qu'il n'y a.

pas d'Etat dans le monde mieux situé qu'elle pour la guerre de terre et de mer, mais spécialement pour celle de mer, qui peut le mieux nous convenir, qui n'est autre que la Course appuyée et bien soutenue, parce que tout le commerce de ses ennemis passe et repasse à portée de ses côtes et de ses ports plus considérables. (Par exemple) tout celui des Espagnols, des Anglais, Hollandais, et autres peuples du nord, en Italie, en Levant, en Barbarie, passe et repasse à portée de Marseille, de Toulon, et de tous nos autres ports de la Méditerranée; soit que ce passage se fasse loin ou près de nos côtes, c'est à-peu-près la même chose pour la Course, ces différences étant peu considérables à la mer. Dunkerque n'est pas moins bien situé pour courir sur le commerce d'Angleterre et d'Ecosse, des Pays-Bas catholiques en Hollande, Danemarck, Suède, Norvège, Moscovie et Groënland, et sur toutes les pêches de harengs, de morues et de baleines qui se font dans ces parages, aussi bien que sur le commerce de la Méditerranée, de l'Espagne, de l'Afrique et des Indes orientales et occidentales, qui échappent aux corsaires de Brest et de Saint-Malo, soit qu'ils passent par la Manche ou par le nord de l'Ecosse. Le Havre, Saint-Malo et Brest peuvent aussi investir par leurs corsaires l'Angleterre, l'Ecosse et l'Irlande, par la Manche et par l'ouest de l'Irlande, et par le nord d'Ecosse, comme Dunkerque par l'est d'Angleterre et de l'Ecosse, le nord et l'ouest des

Provinces-Unies et Pays-Bas catholiques. A considérer Brest en particulier, on trouvera qu'il est situé comme si Dieu l'avait fait exprès pour être le destructeur du commerce de ces nations-là, puisqu'il est plus que pas un autre à portée de le pouvoir incommoder, de quelque côté qu'il puisse venir, soit du sud, de l'ouest ou du nord. Il n'y a point de port de mer mieux placé ni mieux disposé : sa rade est très-sûre contre les mauvais temps et les ennemis, et s'assure tous les jours de plus en plus ; tous les vents y sont bons quand on est une fois dehors, et les ennemis ne sauroient jamais empêcher qu'on y entre et sorte, soit par le ras l'Iroise ou le Four, qui ont trois grandes entrées qu'ils ne sauroient toutes fermer, et devant lesquelles il ne fait pas bon demeurer long-temps. D'ailleurs il est également distant des extrémités du Royaume, et pour ainsi dire situé sur le milieu du grand chemin de tous les pays du nord à tous les pays du sud et de l'ouest. La France a encore plusieurs autres ports propres à la Course, où on la peut très-bien faire, tels que sont Dieppe et Honfleur, dans la Manche; Port-Louis, Nantes, la Rochelle, Rochefort, Bayonne dans l'Océan, et plusieurs autres moindres dans l'une et l'autre mer, dans lesquels on ne laisseroit pas d'armer. Enfin ce Royaume contient de quoi bâtir tous les vaisseaux desquels on peut avoir besoin, et dont il y a déjà grande quantité de faits qui peuvent servir ; un très-grand nombre de matelots, quan-

lité d'officiers qui ne demandent pas mieux que
d'y être employés, et beaucoup de gens capables
de fournir aux armemens, quand ils y verront
apparence de gain et d'honneur.

Nous savons qu'on l'a déjà faite, et qu'on la fait
actuellement, mais avec peu de succès par rapport
à ce que l'on pourroit faire de plus, parce que ce
n'est que par les foibles efforts de quelques particuliers peu intelligens et de peu de moyens qui
ne sont pas soutenus, et qui se trouvent le plus
souvent mal d'y avoir aventuré leurs biens, et
qui n'ont pas la force de se relever quand la Course
ne réussit pas dès le premier voyage, ou que leurs
vaisseaux sont pris par les gardes-côtes ennemis,
qui sont forts et bons voiliers, et qui, pendant
toutes les campagnes dernières, n'ont été combat-
tus d'aucuns des nôtres. Ce qui joint au peu de
protection qu'ils reçoivent, et aux vexations et
chicanes qu'on leur a fait souffrir dans les adjudications des prises, et par les grands droits que
les fermiers ont exigés d'eux, les a tellement rebutés, que j'ai vu ceux de Saint-Malo et de Dunkerque résolus de désarmer absolument, et de ne
la plus faire. Tout cela ne vient que de ce qu'on
n'a pas assez connu les avantages de la situation
de ce Royaume, et les bons effets que la Course,
protégée et bien menée, peut y produire; et enfin
de ce qu'on s'est fait une fausse idée du mérite des
armées navales, qui n'a point du tout répondu
à ce que le Roi en avait espéré, et n'y répondra

jamais tant que la ligue d'à présent subsistera, parce que vraisemblablement ils seront toujours plus forts que nous. Il faut donc se réduire à faire la Course, comme au moyen le plus possible, le plus aisé, le moins cher, le moins hasardeux, et le moins à charge à l'Etat, d'autant même que les pertes n'en retomberoient que peu ou point sur le Roi, qui ne hasardera presque rien; à quoi il faut ajouter qu'elle enrichira le Royaume, fera quantité de bons officiers et matelots au Roi, et réduira dans peu ses ennemis à demander la paix à des conditions beaucoup plus raisonnables qu'on oseroit l'espérer. Mais avant que d'en proposer les moyens, il est nécessaire d'écouter les plaintes de ceux qui prétendent avoir eu raison de s'en rebuter, ou de n'y pas hasarder leur bien, et en y faisant attention, commencer par retrancher toutes les vexations qu'on lui fait, et la privilégier en toutes manières. Car ce ne sera que par-là, et par des apparences presque certaines d'y pouvoir faire de gros gains, qu'on trouvera moyen d'y engager une infinité de particuliers; à quoi on parviendra, et même aisément, si le Roi, persuadé des vérités contenues en ce Mémoire, en agrée les propositions, et veut bien se faire une affaire de les faire mettre en exécution et de les soutenir vigoureusement : à quoi je dois ajouter que tout le monde est présentement en goût des armemens, à cause des grosses prises qu'on vient de faire.

ABRÉGÉ des défauts qui causent le relâchement de la Course, et qui empêchent d'y mettre ceux qui sont en état de la faire.

LES plaintes des Armateurs sont infinies, et non sans raison, puisqu'il n'y a guère eu de moyens de vexer qui n'aient été employés contre eux. Cela même est allé jusqu'à les considérer comme une espèce de voleurs qui ne méritoient autre protection que la tolérance; ce qui leur a attiré beaucoup de mauvais traitemens dans la plupart de leurs affaires, et tout cela pour n'avoir pas connu que de toutes les manières de faire la guerre, la Course est sans contredit la plus utile à l'Etat, la moins à charge et la moins dangereuse. Je n'exposerai ici que l'abrégé des défauts qui sont venus à ma connoissance, laissant le soin de les approfondir à ceux qui seront chargés d'en faire la recherche et de les corriger, à qui je pourrai, en ce cas, fournir de bons mémoires.

Le premier et le plus grand sujet de plainte est contre les fermiers-généraux, à cause des nouveaux droits qu'ils exigent sur toutes les marchandises provenant des prises, si outrés, que plusieurs Armateurs ont abandonné la Course pour ne la pouvoir plus soutenir, parce qu'il ne leur restoit rien, la plupart des prises leur tournant à perte, n'y ayant d'ailleurs eu sorte d'avanies et de violence qu'ils n'aient essuyées à cette occasion de la part desdits fermiers, qui, pour des riens, n'ont pas fait de façon de leur mettre des garnisons chez eux, et de les vexer, tantôt sur un sujet, tantôt sur l'autre.

Le second consiste à la défense de l'entrée des marchandises étrangères dans le Royaume, qui proviennent des prises, sous prétexte que les Armateurs en pourroient abuser en les y introduisant comme provenant des prises, et que d'ailleurs elles nuiroient aux manufactures du Royaume; prétexte frivole s'il en fut jamais, qui, supposé qu'il fût réel et bien fondé, le mal qu'il peut faire aux manufactures n'est nullement à comparer aux avantages qui peuvent revenir de la Course, qui sont bien d'une autre considération *.

---

* La considération des manufactures ne doit pas faire d'obstacle à la Course, puisque leur pis-aller sera d'en souffrir un peu pendant quelque temps, mais non d'en être anéanties; le dommage qu'elles en recevront ne peut entrer en comparaison avec le bien qui proviendra de la Course par le secours de laquelle nous devons espérer l'enrichissement du Royaume, la ruine de nos ennemis, ou la paix devant qu'il soit peu. Les droits du Roi n'en souffriront point, puisqu'il n'y a qu'à en imposer sur les marchandises provenantes de la Course, comme sur celles du crû du Royaume. Il n'y a d'ailleurs pas apparence que les Corsaires puissent faire la contrebande en pleine mer pour introduire les marchandises étrangères dans le Royaume, sous prétexte de la Course; car où prendre les rendez-vous pour pouvoir trouver les correspondans à point nommé? Comment se mettre à couvert du rencontre de

Le troisième est le préjudice qu'ils reçoivent par le commerce masqué des Espagnols, Anglais, Hollandais, Hambourgeois, Brémois, Lubégeois, etc. qui le font tous sous les bannières de Danemarck, Suède, Portugal, Gênes, Venise, etc. soit par le moyen des commissions obtenues sous de faux donnés à entendre ; ou par des lettres de naturalité dans les pays neutres, obtenues depuis la dernière guerre déclarée ; ou par les ventes simulées, au moyen desquelles ils tirent des certificats comme quoi le vaisseau appartient à des naturels de ces pays ; ou en y faisant bâtir des vaisseaux, suivant leur fabrique, qui appartiennent aux Hollandais, quoique construits dans les pays neutres ; ou en prenant des maîtres d'équipages originaires desdits pays, et quelques pilotes ou matelots, par le moyen desquels ils font entendre qu'ils en sont ; ou en s'entendant avec des

---

ceux qui ne sont pas de l'intelligence ? et comme quoi se cacher aux équipages ? Je ne vois là nulle apparence qui me persuade de sa possibilité : supposé cependant que cela se puisse, ne faut-il pas toujours revenir au port, où la prise, vraie ou fausse, sera aussi-tôt saisie par les gens de l'Amirauté ? les marchandises scellées sans même que les Corsaires et Armateurs ayent la liberté d'y toucher, et le tout inventorié, plaidé, adjugé et vendu au plus offrant ; les droits payés, les Armateurs remboursés, et le reste partagé entre les Armateurs et les équipages : auquel cas, que deviendroient les marchandises de la contrebande ? et où en seroit le profit ? (Note marginale du manuscrit de Vauban.)

ambassadeurs et officiers de ces Etats qui les ré-
pètent, et avec lesquels ils trompent amis et ennemis; c'est de-là enfin qu'ils tirent leurs fausses
commissions, congés, certificats, et tous les connoissemens qui peuvent nous tromper et nous
donner lieu de croire que les prises sont danoises,
suédoises, etc.

Le quatrième consiste à la trop grande quantité
de passe-ports qu'on donne aux Espagnols, Anglais et Hollandais pour venir commercer en
France, dont ils abusent tous; ce qui diminue
considérablement le nombre des prises.

Le cinquième est la lenteur des adjudications,
qui cause le dépérissement des marchandises, re-
bute les matelots par la trop longue attente de
leur part, retarde la jouissance de ce que les Armateurs ont gagné, et les empêche d'augmenter leurs
armemens et d'en faire de nouveaux.

Le sixième consiste aux arrêts de révisions,
qui sont considérés des Armateurs comme leurs
véritables coupe-gorges; et, en effet, ils ne se
trompent pas, vu que tels arrêts, donnés des
quatre et cinq mois après les adjudications finies,
les matelots payés, le prix de la vente dissipé, et
en un mot l'affaire consommée, la perte n'en
peut plus tomber que sur l'Armateur, qui, ne
pouvant avoir son recours contre les matelots
congédiés, et mille autres gens qui ont tiré chacun de leur côté, il s'ensuit que tout retombe sur
lui, et qu'il en est accablé.

Le septième est le dixième de monseigneur l'Amiral sur le total des prises, droit d'autant plus onéreux, que sa part ne lui donne aucune assistance aux Armateurs, qui puisse en quelque façon légitimer ce droit qui leur paroît injuste et le plus mal fondé de tous, puisque toutes les raisons qui pourroient le justifier lui manquent absolument, même jusqu'au prétexte, n'y ayant que la seule autorité du Roi qui ait pu l'établir, quoique directement contraire à ses propres intérêts et à ceux de l'Etat, puisqu'il nuit extrêmement à la Course. Cependant ce droit est exigé avec toute la rigueur possible par les officiers de monseigneur l'Amiral, qui très-souvent veulent le tirer en denrées ; ce qu'ils font pour vexer les Armateurs, et s'attirer des présens, outre ce droit qui fait tant de bruit. Ils se plaignent encore que monseigneur l'Amiral se fait payer 60 livres pour la commission, et 50 pour l'attache.

Le huitième consiste aux présens qu'on exige des Armateurs ; faute de quoi leurs affaires traînent et se perdent le plus souvent, et se terminent à leur dommage et au profit de ceux qui savent mieux donner qu'eux. On prétend même que ces présens ne se terminent pas aux villes maritimes, et qu'ils en font faire jusqu'à Paris.

Le neuvième est l'abandon des Corsaires par terre et par mer, parce que personne ne les protége ; au contraire, tout le monde court sur eux par mer, parce qu'ils ne sont pas protégés des vaisseaux du Roi qui n'ont point navigué dans l'Océan en corps d'armée, ni par escadres depuis deux ans : il n'y a même eu que fort peu de gardes-côtes, très-foibles et hors d'état de paroître devant ceux des ennemis, qui sont beaucoup plus nombreux et plus forts.

Le dixième est le dérèglement des matelots, qui, n'étant engagés que volontairement, se font donner de grosses avances; et quand on rencontre l'ennemi, si l'affaire leur paroît dure, ils ne veulent pas se battre, et se rendent facilement, parce qu'ils ont peu de chose à espérer des prises sur lesquelles ils ont touché de grandes avances ; à joindre que, dans les abordages, ils pillent tout ce qu'ils peuvent, et font de grands désordres. Il y a beaucoup d'autres défectuosités dans la Course, qui l'ont ruinée, et qui ont besoin de correction, que j'omets exprès pour n'être pas si long, mais qui se retrouveront quand Sa Majesté aura pris résolution d'en faire un règlement.

Voilà donc un extrait des vexations plus communes de la Course, qui chassent les Armateurs, et font que le peu qu'il y en reste se rebutent et ne la veulent plus faire.

Venons à l'exposition de ce qui peut la relever et fortement exciter ceux qui ont le moyen de la faire.

Le premier est de la rendre libre, en sorte que tous ceux qui voudront armer seuls ou en compagnie, le puissent faire indépendamment sous les conditions générales qu'il plaira au Roi d'y imposer par un bon règlement.

Le deuxième, qu'il plaise à Sa Majesté d'accorder successivement une des classes de matelots toute entière à la Course, et que la levée pour les Armateurs s'en fasse par les commissaires, de même que celle qui se fait pour les vaisseaux de Sa Majesté; et que leur paie et nourriture soient réglées de même, avec la même autorité aux officiers sur la désertion et désobéissance, comme sur ses propres vaisseaux; ce qui est d'autant plus raisonnable, que l'objet de la Course ayant pour but la destruction de ses ennemis, aussi bien que toutes les autres manières de faire la guerre, elle n'a pas moins besoin de discipline; bien entendu que quand il s'agira d'un conseil de guerre où il ira de la vie ou de l'honneur des criminels, il est à propos qu'ils soient jugés par les officiers de Sa Majesté.

Le troisième, que la part des équipages soit réglée par tiers, comme en Angleterre, Dunkerque et Ostende, ou par la solde, comme sur les vaisseaux de Sa Majesté, avec la robe-taillée, contenant l'équipage des matelots des navires pris et le dixième pour les officiers, dont ils seront déchus toutes et quantes fois qu'il se trouvera des coffres rompus entre deux ponts, dans le fond de calle, dans la chambre du capitaine, ou quelque autre excès non permis.

Le quatrième, qu'il soit permis de rançonner

I.   14

toutes sortes de vaisseaux ennemis qu'ils trouveront à la mer, parce que le plus souvent il se
trouve des prises médiocres, dont la valeur n'est
pas capable de rembourser l'armement, de qui
l'amarinage affoiblit les équipages, et la conduite
dans les ports leur fait perdre un temps considérable et manquer celui des bons parages, outre qu'il
se trouve des vaisseaux chargés de marchandises
qui sont de nul ou de médiocre débit en France ;
à joindre que l'argent nouveau doit être toujours
reçu agréablement dans le Royaume, par préférence aux marchandises inutiles ou peu nécessaires,
quand il n'y va que d'une différence médiocre.

Le cinquième, que les droits établis depuis
1687, sur les marchandises prises en Course, soient
réduits à la moitié, sans quoi elle ne peut subsister, puisqu'un vaisseau de cinquante pièces de
canon, dont l'armement aura coûté 20 mille écus,
et qui aura fait une prise de sucre de la valeur d'autant, payant les droits sur le pied qu'ils sont, se
trouvera en reste de 21 mille livres, en même temps
que les fermes du Roi profiteront de 37 mille livres;
au lieu qu'étant réduits à la moitié, l'Armateur per-
droit peu de chose, et les fermes du Roi en tireront
encore 18 mille 750 livres, qui est un gain très-
honnête.

Le sixième, que les marchandises provenant
des prises soient traitées comme du crû du Royaume, puisqu'en vertu des arrêts d'adjudication,
elles appartiennent aux sujets naturels du Roi, à

titre de conquête, et que, sans la Course, le Royaume en manqueroit; au lieu que, par la Course, elles y seront plus abondantes qu'en pleine paix *.

Le septième, que tous les vaisseaux pris en Course puissent être vendus aux amis et ennemis sans restriction, puisque c'est un moyen de faire entrer l'argent dans le Royaume, qui n'est pas à négliger, et qu'on ne saura à la fin où les mettre, parce que les ports en seront incessamment pleins,

---

* LA CONTREBANDE. — Il est défendu en France de faire entrer dans le Royaume certaines marchandises étrangères, telles que sont les étoffes de soie, laines, toiles, chapeaux, bas, draperie, etc. qui cependant s'y vendent au moyen de la contrebande qui se fait; ainsi un marchand achète cent pièces de drap d'Angleterre, dont il fournit sa soumission au Directeur des droits du Roi, qui a une clef du magasin où elles sont. Dans ce temps, ou après, il arrive un vaisseau Génois, Portugais, ou de quelqu'autre nation : ce marchand convient avec lui de son fait, moyennant quoi il fait charger ses cent pièces de drap en présence du Directeur, s'obligeant de faire venir un certificat du Consul, de la décharge qui en aura été faite dans celui de ces lieux où il en a apparemment destiné l'envoi, après quoi il prend son temps pour retourner au vaisseau où il paie un demi-fret au capitaine. Celui-ci lui rend les cent pièces de drap avec des connoissemens et copie de sa soumission qu'il envoie à son correspondant qui, à l'arrivée de ce vaisseau, les présente au Consul. Le Consul les vise et en donne sa déclaration, en lui payant son droit; moyennant quoi voilà la Contrebande achevée et les cent pièces de drap rentrées chez leur marchand, qui prend son temps pour s'en défaire, comme il le juge à propos. (Note marginale du manuscrit de Vauban.)

celui de Dunkerque l'étant déjà jusqu'au Risban ; à joindre que des vaisseaux que l'on prend, il y en a souvent d'inutiles pour la navigation de France et dangereux pour l'échouage, et qu'enfin on aura peine à s'en défaire en ce Royaume, où il ne s'y fait pas assez de navigation pour les pouvoir tous employer.

Le huitième, que les arrêts qui adjugent les prises soient plus promptement expédiés, pour empêcher le murmure des matelots et la dépense des Armateurs, qui se morfondent et se consomment à la suite du conseil pendant que les prises dépérissent.

Le neuvième, qu'il ne soit plus parlé d'arrêts de révision en commandement, ou que du moins ils soient plus rarement accordés, et seulement par forme de requête civile, fondée sur la découverte de quelque pièce nouvelle bien légalisée et trouvée dans le vaisseau pris, toutes autres pièces devant être réputées fausses ou suspectes, attendu que quand on navigue de bonne-foi, les vaisseaux neutres portent les pièces justificatives contenant la propriété des marchandises chargées par les amis, et que du moment que quelqu'un manque d'éclaircissement, c'est une preuve de dissimulation et de fraude qui mérite confiscation.

Le dixième, que le dixième de monseigneur l'Amiral soit réduit au vingtième du total ou au dixième du profit des prises après les frais payés, l'armement remboursé aux Armateurs. La raison de cette réduction est fondée sur ce que le dixième de monseigneur l'Amiral lui produit plus que ne feroit le sixième d'un intéressé qui risque son bien et le perd souvent; au lieu que monseigneur l'Amiral ne hasarde jamais rien, et profite de tout; que s'il ne profite de rien, l'armement tout entier tourne en pure perte pour les Armateurs; ce qui fait que son dixième lui est aussi avantageux que le pourroit être le quart d'un particulier qui seroit intéressé pour cette somme dans tous les armemens du Royaume. Au reste, on ne doit pas se persuader que cette réduction puisse préjudicier à ses droits; je suis fort éloigné de cette intention, étant très-certain que quand ils cesseront d'être onéreux pour un Armateur qui se trouve à présent, il s'en fera dix; et pour lors les profits qui lui viendront de ce droit augmenteront au double et au triple, quelque modération qu'on puisse y apporter *.

---

* Quand on a travaillé à ce Mémoire, on ne savoit pas que monseigneur l'Amiral n'avoit d'autres appointemens que le dixième des prises; ce qui est surprenant, puisqu'étant officier de la Couronne, il n'y a pas de raison de ne lui en pas régler aux dépens de l'État, et non lui donner à prendre sur le bien des particuliers, qui hasardent leur bien et leur vie pour le service du Roi, dans l'espérance du gain dont ils sont en partie frustrés par les droits qu'on lève en son nom. Que Sa Majesté lui donne donc des appointemens comme au Grand-maître d'Artillerie; et en conséquence de ces appointemens, que ces droits soient du moins réduits au vingtième du net des prises;

L'onzième, qu'il soit défendu aux receveurs de monseigneur l'Amiral de lever son droit en espèces, et à tous les officiers de l'Amirauté, et tous autres généralement quelconque, de recevoir ou se faire donner des présens par les Armateurs, sous quelque prétexte que ce puisse être, à peine de privation de leur charge et de punition exemplaire en leur personne.

Le douzième, que tous les frais de justice et magasinage, décharge et amarinage, soient réglés à tant par cent du profit des prises, afin que chacun étant intéressé pour son compte à la Course, les devoirs en soient plus assidus, et que tout s'y exécute avec diligence et fidélité, sans chicane ni malversation.

Le treizième, que toute navigation pour commerce étranger, hors celle qui est nécessaire à la subsistance de nos Colonies de l'Amérique, soit interdite pendant cette guerre, puisque ni plus

---

tous frais payés, monseigneur l'Amiral y trouvera son compte en ce que les appointemens étant perpétuels en paix et en guerre, cela sera mieux et beaucoup plus sûr pour lui ; à quoi il faut ajouter que la diminution de ce droit onéreux, joint au bon ordre qu'on y pourra ajouter, si on veut bien se conformer aux avis de ce Mémoire, engagera bien plus de gens à faire la Course, et qu'il se fera par conséquent beaucoup plus de prises ; le Roi même y gagnera considérablement, parce que les ennemis s'en trouveront plus mal, et que la grande quantité de denrées qui proviendront de la Course augmentera ses droits en enrichissant l'Etat. (Note marginale du manuscrit de Vauban.)

ni moins le grand nombre de vaisseaux ennemis n'en laisse échapper que peu ou point des nôtres, et que l'impossibilité de pouvoir trouver des matelots suffisamment pour les armées navales et la Course, doit exclure ce commerce, qui est aujourd'hui la partie foible de l'Etat, qui ne regarde que quelques particuliers, vu que la Course, toute misérable qu'elle a été, a plus apporté de denrées en France depuis la guerre, que ce commerce pendant la paix la plus affermie.

Le quatorzième, qu'il plaise à Sa Majesté de destiner un certain nombre de ses vaisseaux, forts de quarante, cinquante à soixante canons, pour garder la côte et favoriser les Corsaires dans les parages plus ordinaires *.

Le quinzième, que les Commissaires de la Marine, avec deux Armateurs choisis entre les principaux dans chaque port, tiennent registre du nom et rang des vaisseaux destinés pour la Course,

---

* On se trompe de croire que les vaisseaux de Sa Majesté, accordés à des particuliers par des recommandations intéressées, favorisent la Course, puisque les Armateurs ne songent qu'à leur intérêt, et que le Roi sous leur commandement risque ses vaisseaux sans profit ; au lieu que si les mêmes vaisseaux étoient en escadres, ils donneroient la chasse aux gardes-côtes ennemis, et pourroient faire des prises pour le compte de Sa Majesté. De plus, il est de fait que depuis que Sa Majesté a commencé d'accorder ses vaisseaux à des particuliers, il ne s'en est pas construit un seul de trente pièces pour la Course.

(Note de Vauban.)

afin d'en faciliter le départ et hâter la levée des équipages ; les Commissaires et les deux Armateurs mutuellement surveillans les uns des autres pour empêcher toutes préférences intéressées, et tenir la main à ce que les matelots soient honnêtement satisfaits.

Le seizième, que l'arrêt de 1673, en faveur des Armateurs français contre les capres, corsaires et vaisseaux de guerre ennemis, qui leur accorde cinq cents livres par canon pris sur eux, soit remis en vigueur, sinon pour cinq cents livres, du moins pour trois cents livres, puisque c'est un moyen aux Armateurs de nettoyer en partie la côte de Corsaires, et de se dédommager de leur perte quand ils n'ont rien trouvé ; et cela ne sera pas d'un petit secours pour nos gardes-côtes, et fera que les Corsaires, qui se sentiront un peu forts, ne feindront point d'attaquer tous ceux qui leur paroîtront plus foibles et même égaux ; au lieu que présentement ils les évitent comme gens avec lesquels il n'y a que des coups à gagner.

Le dix-septième, que le choix des officiers pour la Course soit à la nomination des Armateurs, qui n'en recevront aucun de ceux qui leur seront recommandés, que par le consentement unanime de toute la société ; et ce pour éviter les mauvais sujets qu'on y introduit, et qu'on leur fait après valoir comme de bons.

Le dix-huitième, que les prises qui se feront depuis dix mille livres en bas puissent être adjugées par les officiers de l'Amirauté des lieux où elles seront amenées ; ce qui fera deux bons effets, l'un que les Armateurs seront plutôt en état de remettre à la mer, et l'autre que les mêmes Armateurs, qui peuvent être des matelots ou gens de peu de considération, ne seront pas obligés d'aller à Paris pour suivre un procès qui leur mange partie, laisse dépérir l'autre, et leur fait perdre bien du temps qui pourroit être mieux employé ; au lieu que la prompte expédition sur les lieux leur donnera courage d'armer promptement de nouveau avec des doubles chaloupes et petits bâtimens proportionnés à leur force, qui ne laisseront pas de faire bien du mal à l'ennemi *.

Le dix-neuvième, que si un ou plusieurs vaisseaux de Roi, attaquant des vaisseaux ennemis, sont joints par un ou plusieurs de nos Corsaires accourus au bruit du canon, et que ceux-ci se mettant en devoir de les secourir, attaquent les ennemis de leur côté, et contribuent à la victoire et prise de leurs vaisseaux, il paroît juste qu'on leur en fasse part, laquelle peut être réglée sur la proportion du nombre des canons. Mais si un Corsaire attaquant un vaisseau ennemi, est secouru,

---

* Cet article regarde principalement les petits corsaires, matelots et officiers mariniers qui n'ont jamais vu Paris, et ne savent lire ni écrire, ni rien de la conduite qu'il faut tenir dans la poursuite des affaires, mais qui dans leur métier son capables de faire des entreprises très-hardies, quand il y va de gagner et d'y faire leurs affaires. (Note de Vauban.)

après le combat commencé, par un ou plusieurs, vaisseaux du Roi, qui lui en facilitent la prise, il me paroît que ceux-ci n'y doivent point prendre part sur le pied des canons, parce que leur nombre est si disproportionné à celui des Corsaires, que leur part en serait absorbée *; mais on pourroit régler cela sur le dixième du net de la prise, ou à quelque chose de moins, pour les vaisseaux du Roi, bien entendu que cela ne doit avoir lieu que pour ceux qui ont combattu, et non pour ceux qui n'auront pu arriver assez tôt, ou n'y auront paru que comme spectateurs; c'est ce qui doit être bien éclairci pour éviter toutes contestations.

Le vingtième, finalement qu'il plaise au Roi de commettre un certain nombre de personnes intelligentes pour travailler au dévoilement du commerce masqué, pour ensuite prendre les résolutions nécessaires à pouvoir prévenir les abus et tromperies que les ennemis nous font continuellement par toutes les faussetés et dissimulations dont ils usent, qui demandent beaucoup d'éclaircissemens, et ensuite une ordonnance qui expose nettement et amplement les moyens par lesquels Sa Majesté prétend y remédier.

Toutes ces demandes, et plusieurs autres de moindre conséquence qui se trouveront quand il

---

* En Levant, quand un gros vaisseau associe un petit avec lui, on ne compte que par les hommes et point par le canon, ce qui donne lieu aux petits de ne pas éviter le gros. (Note du manuscrit de Vauban.)

sera question de travailler à un règlement final, ont tant d'enchaînement, que les unes, accordées sans les autres, ne sauroient produire l'effet qu'on en espère pour l'établissement de la Course ; mais j'ose bien aussi assurer que si Sa Majesté a la bonté d'y acquiescer, et de faire faire ensuite un bon règlement sur cela, elle en verra dans peu des effets qui la surprendront agréablement.

Après avoir réglé l'affranchissement de la Course, il sera nécessaire d'en régler la conduite, et, pour cet effet, d'observer que ladite Course étant une guerre libre et de caprice, qui se fait pour le Roi aux dépens des particuliers, on ne doit point la gêner ; il suffit qu'elle se fasse dans les règles ordinaires, et qu'elle soit vigoureuse et bien soutenue. Mais pour parvenir à la rendre florissante, il y a plusieurs choses à observer pour la pouvoir accommoder à la force et à la foiblesse de ceux qui la peuvent entreprendre et la nécessité de la mettre en état, qui est pressante, puisque de toutes les manières de guerroyer, c'est celle qui promet le plus pour bientôt mettre nos ennemis à la raison. Il faut donc établir un système, sur le pied duquel toutes sortes de gens qui auront de quoi y mettre, puissent le faire et y trouver leur compte. Ce système peut, à mon avis, se réduire aux moyens suivans, dont le premier considère le Roi comme le premier Armateur qui a quantité de matériaux assemblés dans ses arsenaux et beaucoup d'ouvriers tout prêts, portés sur les lieux où il est bien plus facile de bâtir promptement que par-tout ailleurs. C'est pourquoi j'estimerois fort qu'on fît une ou plusieurs sociétés, à la tête desquelles on mettroit l'Intendant de la Marine du lieu, ou un Commissaire général et deux ou trois autres Armateurs choisis pour directeurs, qui, outre la part qu'ils pourroient avoir dans les armemens comme les autres Armateurs, auroient encore des appointemens réglés aux dépens de la société, pour la peine d'en diriger les armemens et d'en faire la régie. Cela demande un réglement particulier, consenti par les premières sociétés qui se formeront, qui servira de modèle pour toutes les autres. Ces sociétés ou compagnies se pourroient établir à Brest, au Havre, Dunkerque, Rochefort, Bayonne, Toulon et Marseille, et en un mot par-tout où il y aura des arsenaux et des Intendans ou Commissaires de Marine ; ces établissemens à-peu-près formés sous pareilles conditions que celles demandées en dernier lieu, le Roi fournissant les matériaux à bâtir et les équipages, et les Armateurs les façons du vaisseau, les vivres et les paiemens des équipages. On remarquera qu'il y faudroit recevoir toutes sortes de gens qui auroient de quoi y mettre depuis cinq cents livres en sus, afin d'être plus en état de faire de gros armemens et des entreprises de long cours, qu'il faudra tenir très-secrètes, et seulement confier aux directeurs et gens choisis pour l'exécution ; encore ne faudra-t-il leur déclarer qu'après être embarqués.

Le deuxième moyen est celui des sociétés volontaires de ceux qui feront bâtir des vaisseaux à leurs dépens, sans que le Roi y fournisse rien. Ceux-ci se conduiront suivant l'intention du réglement général de la Course, comme ils l'entendront, sans qu'on leur puisse rien prescrire que ce qui sera contenu audit réglement.

Le troisième est pour ceux qui veulent la faire seuls et indépendamment, et sans société, à qui elle doit être aussi permise sous mêmes conditions, afin que tous ceux qui auront de quoi la faire, soit d'une façon ou d'autre, puissent trouver lieu de se contenter.

Outre ce que dessus, le Roi peut encore faire faire la Course pour son compte particulier en de certains temps par les meilleurs voiliers de ses vaisseaux, en y intéressant les officiers et matelots pour un tiers, comme les Corsaires de Dunkerque, ou en leur donnant la solde ordinaire et le dixième des prises pour les officiers et équipages, afin de les obliger à s'évertuer, et faire sur cela tous les devoirs possibles.

Tous ces moyens mis en œuvre et bien placés, il est certain que dans très-peu de temps il se fera un très-grand nombre d'Armateurs, qui peu à peu formeront des compagnies considérables, capables d'aller chercher les ennemis jusque dans les parages les plus éloignés, non-seulement de l'Europe, mais encore de l'Asie, de l'Afrique et de l'Amérique, qui est le vrai moyen de les pousser bientôt à bout, malgré toutes leurs précautions.

Mais cette manière de guerroyer ne seroit pas suffisante si elle n'étoit appuyée, vu que si-tôt que l'ennemi s'appercevra de ce grand nombre de Corsaires, il prendra des mesures pour s'en garantir, en faisant son commerce par convois, et par mettre quantité de gardes-côtes en mer, forts et répandus par-tout, et apparemment quantité de grandes et petites escadres, au moyen desquelles ils attaqueront nos Corsaires et notre commerce côtier, qu'ils ruineroient facilement, si, de notre part, nous ne prenons de bonnes mesures pour les en empêcher. Or, ces mesures pourront, à mon avis, se réduire à trois grosses escadres ; savoir, une de huit, dix, douze à quinze vaisseaux de trente à cinquante canons, de deux ou trois frégates de douze à quatorze ou dix-huit pièces, et quelques brûlots mouillés tout l'été dans la rade de Dunkerque ou dans le port, commandée par un chef-d'escadre. Une autre dans la rade de Brest, de quinze, vingt, vingt-cinq à trente vaisseaux du port de soixante à quatre-vingts canons, quatre à cinq frégates légères de dix-huit, vingt à vingt-quatre pièces, et les artifices de dix-huit à vingt petits brûlots tout prêts dans les magasins ; cette escadre commandée par un des vice-amiraux, un lieutenant-général et deux chefs-d'escadre, toujours prêts à mettre à la voile. Une autre escadre de quinze à dix-huit vaisseaux du port de cinquante à soixante canons, mouillés dans la rade de Toulon, commandée par un lieutenant-général et un chef-d'escadre, avec quelques brûlots et galliotes à bombes, quatre frégates ou corvettes pour pouvoir envoyer aux nouvelles.

On suppose, premièrement, que ces trois escadres seront mouillées dans les parties les plus avantageuses des rades ; secondement, qu'elles s'y tiendront toujours en état de mettre à la voile ; troisièmement, que les officiers et équipages s'y tiendront aussi assidus qu'en pleine mer ; et, quatrièmement, que les entrées de ces rades, qui sont déjà bien précautionnées de batteries qui croisent sur les passes, le seront encore davantage par augmentation de batteries, de bombes et de canons, et qu'elles seront des plus avantagées de ce qui peut dépendre de la marine, comme de brûlots disposés pour prendre l'avantage du vent des escadres, et mouillages reculés pour donner jour aux batteries de terre ; et tout cela me paroît aisé et très-sûr. Premièrement, à commencer par la rade de Dunkerque *, elle est fermée par le banc-brack, par-dessus lequel aucun gros vaisseau ne peut passer en quelque temps que ce soit ; il n'y a

---

* Cette rade n'est pas si assurée que les autres ; mais M. Baert, qui connoît parfaitement ces mers, prétend que ce n'est pas une affaire, et qu'on ne laissera pas d'en faire le même usage ; il prétend même qu'avec une escadre de sept à huit vaisseaux de trente à cinquante canons, il obligera les Anglais et Hollandais d'en mettre plus de trente à la mer, et s'il ne laissera pas de sortir. (Note de Vauban.)

que les très-médiocres, encore n'est-ce que dans
certains temps. Il n'y a donc que les passes, qui sont
opposées de manière qu'un même vent ne peut
servir aux deux à la fois. Il faut de plus entrer en
colonne, et ensuite présenter le flanc aux batteries des châteaux Verd et de l'Espérance, en faveur desquels l'expérience s'est déclarée les deux
dernières campagnes ; de manière à faire comprendre que quand on voudra joindre l'effet des
vaisseaux et brûlots au leur, il n'y aura que malheur et perte à souffrir pour les ennemis qui voudront y mettre le nez. Secondement, le goulet
qui fait l'entrée de la rade de Brest, sera dans peu
bordé de deux cents pièces de canon et de beaucoup de mortiers ; ce qui peut être encore augmenté de trente pièces de gros canons : moyennant
quoi, cette entrée deviendra si terrible, qu'il n'y
aura point d'armée, si forte qu'elle puisse être, qui,
ayant essuyé tout le feu pendant son entrée, n'en
fût fort délabrée, et aisée à achever de battre ; et
si aux avantages du goulet on ajoute celui d'une
vingtaine de brûlots placés, les uns dans les anses
du Maingan et de Portnic, et les autres derrière
la Cormorandière, et que l'escadre, qui se trouvera en rade, se mette de bonne heure sous voile,
et prenne bien l'avantage du vent et des batteries
de la côte, il est certain que l'ennemi y auroit fort
à souffrir, et qu'il seroit presque impossible que
son armée pût s'empêcher d'y recevoir un terrible
échec, d'autant plus certain que ce ne serait pas

assez d'y entrer, il en faudroit sortir quand on pourroit, et en attendant, beaucoup souffrir des batteries de la côte, et encore plus du goulet en sortant; ce qui me persuade et doit persuader tout autre, que jamais il ne s'exposeroit à tenter pareille aventure, pour peu qu'il soit capable de réflexion. Troisièmement, la rade de Toulon est encore plus sûre que les précédentes, et pour peu qu'on ajoute aux précautions prises la dernière campagne contre l'effet des bombarderies, on achèvera de la mettre en état d'y pouvoir tenir son escadre en sûreté ; et si, pour plus grande précaution, on veut bien y joindre quelques galères, en considération des brûlots, il est certain qu'elle y pourra demeurer en sûreté comme dans le port même.

Mais si, à la disposition de ces trois escadres de vaisseaux, le Roi veut bien y ajouter un corps de galères, tel que nous le dirons ci-après, Sa Majesté aura la satisfaction d'avoir pris toutes les précautions possibles pour la défense de ses côtes, et pour la protection de la Course et de son commerce, ainsi que nous ferons voir par la suite de ce discours.

Les Galères.

On doit être revenu de l'erreur ridicule de croire que les galères ne sont pas propres pour la mer océane, puisqu'il y a des endroits le long de nos côtes, où non-seulement elles peuvent très-bien naviguer quatre mois de l'année; savoir, la moitié de mai, juin, juillet, août, et la moitié de septembre, mais encore dans les autres saisons, tout comme dans la Méditerranée, et encore plus sûrement, puisqu'il y a bien plus de ports, de rades et d'abris propres pour elles dans nos mers du Ponant que dans celles du Levant. Les endroits plus favorables pour les galères sont depuis l'embouchure de la Garonne jusqu'à celle de la Seine. Il y a bien encore le port d'Arcachon et Bayonne dans la côte de Guyenne et des Basques; Cherbourg, la Hougue et les îles Saint-Marcou qui se peuvent accommoder; la Seine, Dieppe, l'entrée de la Somme et la rade de Dunkerque. Ceux-ci ne sont pas, à la vérité, bons à tous les jours, ni tels qu'il faille trop compter dessus; mais ils sont tous bons pour étaler quelques marées; et, en tout cas, on seroit à même, dans un besoin, de les faire entrer dans le bassin de Dunkerque. Quant à Bayonne et Arcachon, elles y seront fort en sûreté si-tôt qu'elles seront entrées dans le port de l'un et dans la rivière de l'autre. Ceux-ci, non plus que ceux que je viens de dire, ne doivent regarder que les entreprises extraordinaires et un peu hasardeuses; car, pour l'ordinaire, la vraie situation des galères pendant la campagne, doit être sur les côtes septentrionales et méridionales de la Bretagne, environ les îles de Bas et de Brehat d'une part, et les îles de Glenan, Port-Louis et le Morbihan d'autre, parce

que là elles sont dans les parages plus avantageux
et dans le milieu de la côte, presque également à
portée des deux extrémités du Royaume. On peut
même les séparer en deux escadres, l'une du sud,
l'autre du nord, qui, n'étant éloignées que de
peu, se rejoindront facilement. On pourra les
faire joindre, en cas d'entreprise, aux vaisseaux
de l'un ou de l'autre côté du Ponant, comme celles
qui resteront à Marseille à l'escadre de Levant, pour
agir suivant les résolutions qu'on aura prises.

Il ne faut plus dire que les chiourmes ne peuvent
pas subsister dans ce pays-ci; j'ai vu celles des six
galères de l'Océan, elles se portent fort bien, et
je ne demanderois pas une meilleure santé ni plus
d'embonpoint que j'en ai vu dans les forçats de
ces galères, qui même se plaisent mieux en Bretagne qu'en Provence. On ne doit pas, pour s'en
défendre, citer les besoins que nous pouvons
avoir en Levant : il se peut que le Roi a des intentions de ce côté-là ; mais je n'en vois aucune qui
ne se puisse exécuter avec les vingt ou vingt-deux
galères qui y resteront, puisqu'il ne s'agit pas de
faire des siéges, et que nous n'avons point de
places détachées du Royaume à secourir. Il n'est
donc question que de défendre Marseille et Toulon de la bombarderie ; ce qui se peut faire avec
vingt galères comme avec quarante, étant beaucoup plus question d'une manœuvre bien adroite
que du grand nombre.

Quant aux autres petites places de cette côte

que l'ennemi pourroit bombarder, elles ne valent
pas la peine que le Roi y hasarde ses galères, ni
le mal que l'ennemi pourroit y faire ne seroit pas
si grand que la dépense à quoi il seroit obligé pour
cela, vu que la considération de l'escadre armée
de Toulon, qui se pourra augmenter, et celle des
vingt ou vingt-deux galères qu'on y pourra
joindre, l'obligeroit à un armement considérable
qui lui coûteroit beaucoup plus que le mal qu'il y
pourroit faire ne lui apporteroit de profit. Ainsi,
quand le Roi partagera les chiourmes de ses galères en deux corps, et que l'un sera employé en
Levant, et l'autre en Ponant, il est très-sûr que
celui de Ponant sera incomparablement mieux
employé, et plus utilement que celui du Levant.
Je ne vois donc nulle raison capable de pouvoir
dissuader le Roi de faire passer dix, douze ou quatorze chiourmes en Ponant, pour, avec les six
qui y sont déjà, en composer un corps de dix-huit
à vingt. Je ne prétends pas proposer un passage
de douze ou quatorze corps de galères de la Méditerranée dans ces mers-ci, mais bien d'y en bâtir; et puisque le corps d'une galère, de marché
fait, ne coûte que quatorze mille livres à Marseille,
où les bois sont fort rares, vraisemblablement
elles se feront ici à meilleur marché. Et si on ne
peut pas les faire toutes la première année, on en
peut faire la moitié celle-ci et l'année prochaine
l'autre, et bien recommander les six qui ont servi
les deux dernières campagnes; observant de les

faire comme les meilleures de Provence, et non autrement, et de les mâter plus haut, parce que celles-ci ne le sont pas assez, et de les toutes faire à deux timons, et non à trois; le grand coursier de chaque galère de dix à douze pieds de long et de trente-six livres de balles, et les deux moyens de dix pieds de longueur et de dix-huit livres de balles, supprimant les bâtardes comme beaucoup moins utiles. Les galères, accommodées de la sorte, vaudront incomparablement plus pour le combat que les ordinaires, et entreront facilement dans toutes les rivières sans être obligées à revenir, ou faire les fils courts pour en sortir.

PROPRIÉTÉS générales des Escadres de Vaisseaux, disposées dans les Rades de Dunkerque, Brest et Toulon, suivant les propositions précédentes.

LES propriétés générales des trois escadres seront, premièrement, leur propre sûreté dans des rades fortifiées, où l'ennemi ne pourra les insulter; secondement, de l'obliger à faire son commerce par convois, avec des escortes d'un tiers ou de la moitié plus fortes que ces escadres; ce qui d'une part occupera la plus grande partie de ses vaisseaux de guerre, et d'autre ruinera ses marchands par les longues attentes, et par arriver tous ensemble au lieu de leur débit, dans l'obligation de vendre à bas prix et d'acheter cher; troisièmement, d'appuyer la Course par les déta-

chemens continuels qu'elles enverront dehors ,
avec ordre de se joindre les uns aux autres, et même
avec les Corsaires , en cas de besoin ,'et se séparer
suivant les occasions ; quatrièmement , de sortir
quelquefois tout entières quand la chose le mé-
ritera , ou qu'il s'agira d'une entreprise considérable , soit sur les grandes flottes prochaines , ou
pour aller chercher l'ennemi dans ses parages
plus éloignés , ce pourquoi elles seront toujours
prêtes , ne s'agissant dans ces cas que de caréner
de frais et d'augmentation de vivres. Ces escadres
enfin feront tous les effets alternatifs d'une armée
en corps et séparée, et une guerre fort vive , prendront souvent des vaisseaux ennemis , en feront
prendre beaucoup d'autres, et pourront éviter
toutes affaires générales , qui est la manière de
guerroyer qui convient bien mieux à l'état présent des affaires de Sa Majesté.

Il est très-certain qu'il en coûtera beaucoup
moins qu'à la mer, parce qu'il ne seroit pas nécessaire d'armer les plus grands vaisseaux ni d'équi-
per un hôpital , non plus que des vaisseaux chargés de vivres et d'agrêts pour l'armée, puisqu'ils
seront mouillés dans les rades près des places où
il y a des arsenaux garnis de tout ce qui peut leur
faire besoin ; à joindre qu'ils seront exempts de
tous les grands mouvemens de la mer, qui souvent
démâtent ou rompent quelque chose dans les
vaisseaux.

Leur situation fera que les convois seront toujours prêts, et que nos flottes de commerce n'attendront point, ne se consommeront pas en retards, et ne hasarderont plus comme elles ont fait, parce qu'on sera toujours en état de leur donner de bonnes escortes. Comme elles seront toujours prêtes à faire voile, les ennemis en seront incomparablement plus retenus et circonspects qu'ils ne l'ont été ci-devant, et cela fera qu'ils n'oseront se familiariser avec nos côtes, comme ils ont fait les années dernières, ni entreprendre de bombarder, notamment si elles se peuvent joindre à un corps considérable de galères.

On évitera, par ce moyen, toutes les petites et moyennes descentes ; j'entends par moyennes celles de deux à trois mille hommes qui se peuvent faire le long des côtes, pour piller les petites villes et gros lieux non fermés dont toute ladite côte est remplie.

On pourra augmenter les batteries de Cherbourg, et en faire sur la plate, qui est un rocher vis-à-vis ; de manière que les galères pourront étaler quelques marées dans sa rade avec assez de sûreté.

On pourra aussi augmenter les batteries de la Hougue, et en faire avec des tours sur les petites îles de Saint-Marcou, à l'entour desquelles il y a de très-bons mouillages pour les galères, et en un mot accommoder cette côte, si dangereuse pour les descentes, de manière à ne les y plus tant appréhender quand on y pourra tenir les galères dans une espèce de sûreté.

On pourra encore renforcer les batteries de Dieppe, celles de Calais et de Dunkerque, en faire de nouvelles à l'entrée de la Somme, pour en assurer davantage les mouillages.

Le moindre effet de l'escadre de Dunkerque sera d'obliger les ennemis d'en tenir une deux fois plus forte entre les bancs au-delà du Brack, pour empêcher la nôtre de sortir de la rade, qui ne laissera pas de le faire en prenant son temps pendant les marées, comme ils ont plusieurs fois fait.

Celle de Brest obligera les flottes ennemies à ne plus marcher sans convois, qu'il faudra faire deux fois plus forts que l'escadre mouillée ; autrement il y aura toujours lieu de craindre que se joignant aux galères, elle n'attaque les flottes. Mais parce que le nombre des vaisseaux marchands est infini, ils ne pourront pas faire la vingtième partie de leur commerce par convois ; il faudra de nécessité que le plus grand nombre se fasse à l'aventure, ce qui deviendra la proie des Corsaires ; et pour celle qui se fera en flotte, les marchands n'en seront pas moins ruinés, parce qu'ils seront obligés d'attendre que la flotte soit assemblée pour partir, et qu'arrivant tous ensemble en un même lieu, ils y apporteront l'abondance ; ce qui les obligera de vendre à bon marché et d'acheter cher, parce qu'ils seront beaucoup de vendeurs qui viendront tous acheteurs pour les retours : cela joint aux dépens du long voyage, et au change qui va toujours son train, les ruinera : outre que de telles flottes sont souvent dérangées par les mauvais temps qui les écartent, il y a de plus toujours des traîneurs et mauvais voiliers ; de sorte qu'il est impossible qu'il n'en tombe toujours beaucoup entre les mains des Corsaires.

Si l'escadre de Provence est forte de dix-huit navires, il est constant que la flotte de Smyrne n'entrera point dans la Méditerranée qu'elle ne le soit de trente au moins ; encore ne se tiendra-t-elle pas trop assurée, à cause qu'elle se pourroit augmenter : de sorte qu'à supposer seulement les convois de deux flottes marchandes ; savoir, une dans l'Océan, et l'autre dans la Méditerranée, avec ceux des bancs de Dunkerque, je vois déjà cent navires de guerre à la mer, à quoi la situation de nos escadres obligera nos ennemis. Or, il en faudroit plus de quatre fois autant pour pouvoir fournir à tous leurs autres besoins, sans même trop compter sur celles de Guinée, des Indes orientales et occidentales, des charbonniers, des pêcheurs de harengs, de morues, de baleines, du commerce de Moscovie, et une infinité d'autres particuliers qui vont et viennent à l'aventure, et auxquels il est impossible qu'ils puissent fournir ; si bien que loin d'être en état d'inquiéter nos côtes, ils ne pourront fournir, à beaucoup près, au nécessaire de la conservation de leur commerce.

Ces escadres mouillées (je dis les nôtres), et les commandans bien instruits de ce qu'ils auront à faire, pourront, selon les nouvelles qu'ils apprendront, détacher trois, quatre, cinq, six, sept, huit vaisseaux, quelquefois dix, pour escorter les Corsaires, et combattre les petites escadres ennemies qui les attendront sur les retours, donner la chasse à leurs gardes-côtes, et, selon les temps et les occasions, se faire voir sur leurs côtes et prendre le large. Elles pourront encore sortir tout entières des rades, et se faire voir dans leurs parages plus fréquentés, dans leurs rades et sur leurs côtes, tomber quelquefois sur leurs flottes quand on les saura médiocrement escortées ou inférieures aux nôtres. De cette manière, sans hasarder d'affaires générales, on sera presque tous les jours aux mains avec eux et, si l'on prend bien ce temps, toujours avec avantage, parce qu'étant près de nos retraites, on sera à même d'éviter le combat quand on se sentira les plus foibles. On pourra aussi se rallier avec des flottes de Corsaires, et selon la disposition prochaine ou éloignée des ennemis, entreprendre au loin ou aller attendre le retour des gallions, ou de quelque autre flotte considérable dont on aura eu avis. Il est enfin très-certain que ces trois escadres, disposées de la sorte, peuvent donner d'étranges inquiétudes chacune de leur côté, selon les différentes dispositions où on verra l'ennemi, et les nouvelles qu'on en apprendra, pour lesquelles il faudra être fort attentif; et, pour toute conclusion, ces escadres pourront courir sur les marchands comme sur les vaisseaux de guerre, quand elles n'auront rien de meilleur à faire, soit en gros ou en détail.

A l'égard des galères, si ce corps est nombreux, on pourra le partager en deux escadres, comme il a été dit ci-devant, dont l'une sera sur la côte méridionale de Bretagne, et l'autre sur la septentrionale.

Les propriétés des galères seront, premièrement, de se joindre aux vaisseaux, quand besoin sera, pour entreprendre avec eux; secondement, de répandre, par leur réputation, la terreur sur les côtes d'Angleterre et de Hollande, et les obliger à garder des troupes pour la défense de leurs côtes aux dépens de leurs armées de terre, qui en seront affoiblies; troisièmement, de pouvoir insulter quand on voudra les îles de Jersey, Garnesey, d'Origni et Wigth; quatrièmement, de pouvoir entrer, si le cas y échet, étant appuyées des vaisseaux, dans la Tamise, la Meuse ou l'Escaut, même dans le Texel, ou du moins en faire la peur; cinquièmement, de nettoyer nos côtes de Corsaires; sixièmement, d'escorter notre commerce côtier depuis l'embouchure de la Seine jusqu'à celle de la Garonne; septièmement, de tourmenter la côte de Biscaye; huitièmement, empêcher les bombarderies; et, neuvièmement, les descentes: le tout sans beaucoup risquer et sans augmenter les dépenses de l'Etat, ni affoiblir nos forces de la Méditerranée, où il s'agit moins d'entreprendre que de conserver.

Comme leur fait (des galères) n'est guère de s'éloigner au plus de quatre à cinq ou six lieues de la côte, et que les mouillages, ports et abris sont pour l'ordinaire à cinq ou six lieues les uns des autres, il leur sera aisé de prévenir les mauvais temps, et la côte étant pleine de rochers qui la rendent dangereuse pour les grands navires, jusque bien avant dans la mer, et qu'elles peuvent voguer à dix pieds d'eau, cela fera que rarement les grands vaisseaux les pourront approcher d'assez près pour leur faire du mal, et qu'elles trouveront toujours où se ranger si on les met en des escadres séparées. Leur effet sera de donner la chasse aux petits Corsaires biscayens et flessinguois qui ravagent la côte de Saintonge et de Poitou, et à tous autres qui se trouveront à leur portée; d'escorter notre commerce côtier depuis la sortie de la Garonne jusqu'au cap de la Hougue, même jusqu'à l'embouchure de la Seine; chasser les Jersois de la côte de Normandie; s'emparer de leurs gardes-côtes quand ils seront un peu foibles, et qu'ils se hasarderont à venir regarder nos côtes de trop près.

Que si l'ennemi se met encore en devoir d'entreprendre quelque bombarderie, comme Saint-Malo, Brest, le Havre, Calais ou Dunkerque, notamment Brest et Saint-Malo, elles pourront se réunir et s'y jeter malgré les vaisseaux ennemis, en rasant la côte au plus près; moyennant quoi, il est sûr qu'ils n'y tiendront pas. On peut

même assurer qu'ils ne l'entreprendront point
quand ils nous sauront un corps de galères considérable dans cette mer. Elles empêcheront, par
la même raison, les descentes sur les côtes de
Bretagne, de Poitou et même de Normandie. Vers
la Hougue, si elles étoient un peu soutenues par
les batteries qu'on y peut ajouter, je ne crois pas
que l'ennemi osât jamais entreprendre d'y descendre, pourvu que la terre secondât aussi de son
côté. Que si elles se pouvoient joindre aux escadres de Brest et de Dunkerque assemblées, elles
pourroient, suivant les temps et les occasions, se
faire voir sur la côte d'Angleterre et aux Dunes;
entreprendre sur les îles de Jersey et Garnesey,
même sur l'île de Wigth; entrer dans la Tamise,
dans l'Escaut et dans la Meuse; jeter l'épouvante
dans la Zélande, et sur les côtes de Hollande et
d'Angleterre. Il est du moins certain que la peur
qu'ils y causeroient obligeroit les ennemis à ne se
pas dégarnir aussi absolument de troupes qu'ils le
font, et qu'ainsi leur armée de terre en seroit moins
forte de plus de quinze à vingt mille hommes. Et,
pour achever de le dire en peu de mots, moyennant ces escadres de vaisseaux et de galères, il n'y
aura plus lieu de craindre la bombarderie sur nos
côtes, ni les descentes. Notre commerce ne sera
plus inquiété, nos Corsaires seront bien soutenus,
et la Course enrichira le Royaume et appauvrira
les ennemis; et, selon le temps et les bons avis,
on pourra faire, par ce moyen, de belles entre-

prises, qui est, à mon sens, tout ce qu'on peut espérer de mieux d'une guerre de mer, qui, ne voulant point hasarder d'affaire générale, n'envisage que les moyens de nuire à l'ennemi par une bonne et vigoureuse défensive. Voilà enfin l'usage des galères unies et séparées des vaisseaux, à quoi on peut ajouter ce que les temps et les occasions fourniront de plus; car il ne faut pas douter qu'il n'y en arrive souvent, et beaucoup, qui d'elles-mêmes apprendront ce qu'il y aura de mieux à faire.

On pourra ajouter au contenu de ce Mémoire, que si la Course est entreprise suivant ce projet, bien menée et encore mieux soutenue, le Roi entrant d'ailleurs pour le cinquième du net des prises dans les armemens de dix-huit ou vingt vaisseaux de ceux qu'on a nouvellement bâtis, et qu'on pourra continuellement augmenter, y joint quelques autres de ses meilleurs voiliers, Sa Majesté y gagnera la moitié ou les deux tiers de la dépense de ce que l'armement de ces trois escadres lui aura coûté.

De la ville d'Alger.

La fameuse ville d'Alger, jadis si peu de chose, est aujourd'hui si considérable, qu'elle ose bien faire une guerre perpétuelle à l'Espagne et à l'Italie, très-souvent à la France, à l'Angleterre et à la Hollande, à qui elle a presque toujours vendu la paix. Cette ville, dis-je, qui traite de pair avec les Puissances les plus considérables de la chrétienté, n'est parvenue au degré de puissance où nous la voyons, ni par son commerce, ni par les conquêtes, ni par l'étendue de terre de sa domination ; elle ne s'est pas fait considérer par la force de ses armées de terre et de mer , mais uniquement par la Course perpétuelle qu'elle fait, et qui l'a élevée au point où nous la voyons, quoique très-mal située pour cela. C'est un exemple visible de notre temps, et qui, pour ainsi dire, nous crève les yeux. Nous avons présentement les mêmes ennemis qu'elle à combattre ; nous sommes incomparablement mieux situés pour la Course, nous avons de quoi faire l'équivalent de sept à huit villes d'Alger; pourquoi ne ferions-nous pas la même chose, et avec beaucoup plus de succès, puisqu'il n'y a qu'à vouloir ?

Extrait de la coutume d'Angleterre.

I.

LES Rois d'Angleterre ont accordé de tout temps au Grand-Amiral d'Angleterre le dixième des prises pour leurs droits qui se paient en nature à leurs receveurs, qui sont chargés de tous les frais de justice. Lesdits droits se paient en déchargeant le vaisseau, et en chaque qualité de marchandise.

I I.

Lorsque le Parlement enregistre la commission du Grand-Amiral, il lui remet ou fait présent de l'entrée ou douane de toutes les marchandises provenant de la Course, prises sur les ennemis de la Couronne, avec la commission; et à ce sujet l'Amiral met le droit du quinzième sur les dernières prises, qui revient de son profit. Au moyen de ces droits du dixième et du quinzième, qui revient au sixième, les Armateurs sont libres de faire entrer, vendre et débiter leurs marchandises à qui ils veulent et quand bon leur semble, n'étant tenus ni des frais, ni des déclarations, ni d'aucun retardement.

I I I.

Il est défendu à tous sujets d'acheter un navire étranger pour charger des marchandises du pays, et les porter dehors; il n'y a que les vaisseaux construits dans le pays qui ayent la permission d'en pouvoir sortir des marchandises; mais les navires pris en Course sur les ennemis de l'Etat, et vendus par l'Amirauté, ont les mêmes droits que ceux bâtis en Angleterre, et s'appellent navires privilégiés.

I V.

Toutes marchandises étrangères, quoique prohibées, étant prises en mer sur les ennemis de l'Etat, seront vendues et débitées dans le pays sans aucun empêchement, ayant acquitté les droits de l'Amiral.

V.

Les équipages vont à la part et ont le tiers des prises ; les deux autres tiers sont pour les Armateurs et pour le vaisseau ; le capitaine a vingt-quatre parts et la chambre du capitaine, les officiers ont des parts à proportion.

COUTUME de la mer observée par les Armateurs de Dunkerque.

SUPPOSÉ qu'un vaisseau de douze pièces de canon et de quatre-vingt-six hommes d'équipage ait fait une prise de 40 mille livres, les premiers droits qu'on paie, arrivant dans le port, sont les frais ordinaires, consistant en pilotage, amarinage.

Quand une frégate fait une prise, le capitaine de ladite frégate met un officier de son équipage dedans avec neuf ou dix hommes, selon la grandeur du vaisseau, et leur donne copie de sa commission ; et ces gens-là, amenant la prise à bon port, on leur paie le droit d'amarinage.

Décharge des marchandises, magasinage, droits de l'Amirauté; poursuites à Paris pour obtenir l'arrêt de vente; le dixième de monseigneur l'Amiral; tous frais indispensables et dont personne n'est exempt, lesquels se paient comme ci-après :

Pour le pilotage. . . . .   50 #
Amarinage. 3oo
Décharge. 6o
Magasinage.   100
Droits de l'Amirauté et vente. . . .   4oo
Poursuites à Paris pour obtenir
    l'arrêt. 6oo
                TOTAL. . . . . . .   1,51o #

A déduire sur le capital, 4o,ooo liv.
                RESTE. 38,49o
Dont il faut ôter le dixième de mon-
    seigneur l'Amiral, montant à. . .   3,849
                RESTE.   34,641
Duquel le dépositaire prend encore
    le quarantième, montant à. . . .   866 # 6ˢ 6ᵈ
Partant, reste à faire état de 33,779 l.
    19 sous 6 deniers qui se partagent
    en trois parties égales, dont un
    tiers pour les matelots et les deux
    autres pour les Armateurs : le tiers
    des matelots montant à. . . . . .   11,258 # 6ˢ 6ᵈ
se partage comme ci-après :

Au Capitaine.	35 parts.
Au Lieutenant.	20
Au premier Pilote.	18
Au maître Charpentier.	15
Au deuxième Charpentier.	12
Au maître Canonnier.	15
Au second Canonnier.	10
Au Chirurgien.	15
Au Contre-maître.	12
A son compagnon.	10
Au Capitaine d'armes.	15
Au Cuisinier.	12
A soixante Matelots à raison de neuf parts chacun.	540
A huit Volontaires, à cinq parts chacun.	40
A six Garçons, à deux parts chacun.	12
Total équipage..... quatre-vingt-six hommes.	

PARTS. 781

Auquel il faut ajouter les paies de l'Etat-major et les aumônes.

SAVOIR :

Au Gouverneur ou Commandant. .	5
Au Major.	3
Aux Aides-Majors.	2
A la Grande-Eglise.	1
Aux Pauvres.	1
Aux Capucins.	1

Aux Récollets. . . . . 1 parts.

Aux Carmes. 2

Aux Minimes. 1

A l'Hôpital. 1

TOTAL GÉNÉRAL. . . . . . 798 parts.

Dont 11258 livres 6 sous 6 deniers divisés en 798 parts, donnent pour chacune. . . . . $14^{\#} 10^{s}$

Sur quoi les Armateurs déduisent les avances qu'ils ont faites aux matelots.

Les deux tiers appartenant aux Armateurs, montant à. . . . . $22,576^{\#} 12^{s}$

Sur quoi il faut rabattre les dépenses qui suivent :

Pour les vivres, à raison de 7 sous 6 deniers par jour pendant six semaines, à quatre-vingt-six hommes. 1,354   5

Extraordinaires du Capitaine. . . . 100

Poudres. 600

Balles, grenades, mèches et autres artifices *, pour. 600

DÉPENSES. . . . . $2,654^{\#} 5^{s}$

Partant, reste de profit pour les Armateurs. . . . . $19,922^{\#} 7^{s}$

---

* Qui fournit le vaisseau, fournit aussi les armes.

Que si la Course se fait sur un vaisseau du Roi emprunté, il faudra rabattre la moitié de cette somme pour le tiers de Sa Majesté, montant à. . . . . 9,961$^{#}$3^{s}6^{d}

Et partant, les Armateurs n'auront pour eux que. . . . . 9,961$^{#}$3^{s}6^{d}

N. B. Premièrement, que s'il se rompt quelques cables ou cordages, le dédommagement se prend sur le tiers des matelots ;

Secondement, que si le vaisseau se perd, le Roi en porte la perte moyennant le tiers qu'on lui paye ;

Troisièmement, que si la Course ne produit rien, les Armateurs en sont pour les frais des vivres, des agrêts et des avances faites aux matelots.

LETTRES ET MÉMOIRES

sur la conservation des blés et les greniers
d'abondance qui existoient à Genève,

au citoyen FRANÇOIS (de Neufchâteau), membre
du Directoire Exécutif.

CITOYEN DIRECTEUR,

Pour répondre au desir que vous avez de réunir
de toutes parts tous les renseignemens qui peuvent devenir utiles au meilleur ordre d'administration intérieure et d'économie sociale à introduire dans la République, d'après les exemples
des autres pays et les expériences de l'Europe,
j'ai l'honneur de vous envoyer le seul règlement
un peu élémentaire que j'aie pu me procurer sur
la Chambre des Blés de Genève, et deux Mémoires
qui, pour répondre à votre desir, ont été composés par un ancien et par un nouvel administrateur de cet établissement.

L'un vous paroîtra le fruit des observations
d'un homme de génie, penseur profond et cependant assez sceptique, qui sagement balance les
avantages et les inconvéniens de l'administration
dont il perfectionna lui-même autrefois l'organi-

sation; mais qui, dominé par un sentiment secret de vanité nationale, suppose qu'aucune autre ville que Genève ne pourroit peut-être donner assez de soins à une semblable entreprise pour en assurer le succès.

Le n°. II, moins bien travaillé, moins lumineux, donne pourtant une idée plus exacte de la gestion matérielle de la Chambre des Blés. Ne soyez point surpris si son auteur, lorsqu'il aborde quelque donnée générale, diffère essentiellement d'opinion avec son prédécesseur : l'esprit de controverse est celui de tout bon Genevois; les deux vôtres n'étoient pas faits pour déroger à la règle. Néanmoins, l'un et l'autre, également amis de la vérité, vous mettront, je l'espère, citoyen Directeur, à portée de la découvrir.

Les administrateurs de cet établissement, non plus que ceux de l'hôpital, ne rendent publiquement aucun compte détaillé de leur manutention. Ils se bornent à en présenter tous les ans les résultats : et la Nation genevoise, toujours pénétrée d'une juste confiance dans leur intégrité, s'est jusqu'à présent contentée de connoître par ces deux mots, BÉNÉFICE OU PERTE, leur état de situation. Ils sont un peu moins succincts vis-à-vis du Gouvernement; mais la plupart de leurs rapports, basés simplement sur des achats ou des ventes, n'offrent aucune notion intéressante.

Par votre lettre du 26 germinal, vous demandiez encore, citoyen Directeur, si l'on s'étoit occupé à Genève des moyens économiques de pourvoir à la subsistance et au travail des pauvres, et si l'on y a essayé les cuisines du comte Rumford ? Le n°. III répond assez précisément à ces questions. Si les développemens qu'il présente ne vous satisfaisoient pas, daignez m'en instruire, et je m'efforcerai d'en recueillir de plus complets. La Société des Arts, dont je suis membre, vient de faire exécuter en petit, un fourneau à la Rumford : je presse le rapport de son essai, pour pouvoir le mettre sous vos yeux.

N°. I.

MÉMOIRE du citoyen MICHELY DUCRET, ancien Syndic, sur l'organisation et le but de la Chambre des Blés établie à Genève.

LES premiers essais de l'établissement connu à Genève sous la dénomination de Chambre des Blés, datent du commencement du siècle passé. Ce ne fut d'abord qu'une société de particuliers, qui crurent pouvoir associer à des gains légitimes l'espoir de servir leur patrie et d'en bien mériter. Le Gouvernement favorisa leurs efforts sans y prendre une part active; mais bientôt cette association ne présenta aux intéressés qu'une perte inévitable ou un monopole qui deviendroit odieux. La population de Genève ayant augmenté considérablement depuis la fin du siècle dernier, on s'occupa sérieusèment des moyens de pourvoir à sa subsistance, et de l'assurer dans des années de disette. On dut chercher au-delà des montagnes qui environnent le bassin où se trouve Genève, l'excédent des subsistances que ses environs ne pouvoient pas lui fournir. On reconnut aussi que l'approvisionnement de ses greniers d'abondance étoit bien plutôt un devoir rigoureux de son administration, qu'une spéculation de commerce. L'expérience avoit appris que des négocians n'en prendroient l'entreprise que sous l'espoir fondé d'un gain honnête; que les pertes étant inévitables dans le laps de plusieurs années, il falloit des capitaux considérables pour les braver; qu'en étendant l'approvisionnement au point où il étoit devenu nécessaire, on devoit préalablement construire ou y destiner de grands emplacemens, essuyer dans la conservation des blés de grandes avaries, et finir par les débiter à un prix moyen, aussi éloigné de la grande disette que de celui d'une grande abondance; que pour se procurer une vente journalière qui permît les remplacemens, et pour prévenir l'altération inévitable de cette denrée, il falloit rendre permanens des débouchés sûrs qui pussent s'augmenter ou se resserrer à raison des besoins, du prix et de la rareté de la denrée; que sans négliger les occasions favorables pour ses achats, on devoit baser son approvisionnement sur une moyenne absolue, et en remplir les vides sans être trop circonscrit par des déboursés plus ou moins onéreux;

que ce seroit nuire au marché de la ville que de
faire ses emplettes dans l'arrondissement qui la
circonvenoit, et dont le produit pouvoit lui parvenir chaque jour; que, pour en poser les limites,
il seroit convenable de les repousser à six ou sept
lieues, et s'en éloigner encore davantage s'il étoit
question d'emplettes considérables; que les particuliers, à Genève, ayant l'habitude de s'approvisionner de blé par eux-mêmes pour l'année
entière, on s'écarteroit de l'intérêt général en rendant cet approvisionnement domestique plus rare
et plus cher, par la concurrence d'un accapare-
ment public; que, dans un cas de disette, cette
provision particulière des habitans entroit en ligne
de compte, et qu'elle déchargeoit d'autant les greniers publics, qui se bornoient alors à seconder
la classe nécessiteuse et les journaliers.

Ces considérations engagèrent le Gouvernement à faire de cet établissement un département
public, dirigé par ceux de ses membres qui réunissoient un zèle actif à des lumières acquises sur
l'objet lui-même. On entrevit que l'expérience,
la tradition des maximes et principes consacrés
par l'administration de ce département, supplée-
roient, au besoin, à l'inexpérience de quelques-
uns de ses membres; que là plus qu'ailleurs il ne
falloit pas que leur rotation fût trop fréquente, et
que leur amovibilité se trouvât réunie aux mêmes
époques. On plaça sous sa dépendance et sous sa
surveillance les boulangers, pannetiers, pâtis-

siers, fourniers et meûniers; on s'assura que les premiers n'écouleroient que des blés de la Chambre, qui leur seroient remis à un prix relatif à la taxe de celui du pain, qui se détermineroit à des époques plus ou moins fixes. Chacun d'eux avoit un compte ouvert qui se soldoit tous les mois, et les avances qu'ils recevoient à crédit étoient limitées : on inspectoit d'ailleurs leur fabrication et leur poids. Les pannetiers et pâtissiers étoient abonnés avec la Chambre pour prendre chaque année dans ses greniers une quantité convenue de grains. Les fourniers devoient cuire le pain des particuliers, et n'en point fabriquer pour leur compte ; enfin les meûniers étoient surveillés pour leurs moutures, et la police de la Chambre cherchoit à déjouer leurs infidélités, souvent difficiles à atteindre.

La Chambre des Blés établit pour son propre compte une boulangerie ; elle prit l'entreprise du pain de munition pour la garnison de Genève, qui étoit alors au nombre de sept cent vingt hommes; elle fit l'essai de différens procédés pour perfectionner la panification, et en diminuer les frais; elle écouloit ensuite dans le public, par des bureaux particuliers, le produit de cette fabrication secondaire; sa gestion étoit gratuite, ou les émolumens que percevoient ses membres étoient minimes, et sans proportion avec leurs occupations ; elle n'avoit de salariés qu'un receveur-général pour les grains, quelques commis ou inspecteurs subalternes préposés sur ses dépôts de farine, sur ceux du pain, sur sa vente et sur les moulins, et un caissier qui tenoit les écritures, et qui servoit de secrétaire dans les séances de son administration.

1°. Les fonds consistoient dans les greniers, ou emplacemens bâtis que le Gouvernement lui avoit affectés, ou qu'il construisoit : cet objet représentoit une première mise de sept à huit cent mille livres de France.

2°. Dans les deniers de la caisse dormante de la Nation genevoise, dont ladite Chambre avoit le maniement, et qu'elle faisoit valoir à son profit * sous certaines restrictions de prudence et de sûreté. C'étoit ce département qui faisoit office de trésorerie nationale ; il recevoit une partie des impositions, les autres caisses versoient dans la sienne, et réciproquement le département des finances tiroit sur elle dans ses besoins journaliers. Ce compte, en débit et crédit, se balançoit chaque année, et la Chambre des Blés plaçoit au compte de son avoir, le blé et le sel qu'elle avoit dans ses magasins, comme l'argent comptant ou les créances qu'elle avoit dans ses coffres. Ces divers objets se sont fréquemment élevés à trois millions de capital, argent de France.

3°. Enfin dans ses emprunts, car le Gouverne-

---

* Cet objet pouvoit aller à trente mille livres de France par an.

ment lui en laissoit la latitude pour activer ses opérations, son crédit étoit si grand et sa manutention si bien investie de l'opinion publique, qu'elle empruntoit à un intérêt fort au-dessous de celui du commerce, et que ses appels étoient promptement remplis.

Achat, et soins de garde et de conservation.

L'on calculoit que la population genevoise de la ville et de sa banlieue, portée à vingt-cinq mille ames, consommoit chaque année quatre-vingt-dix mille coupes * de blé ; que son territoire, réuni autour de ses murs ou enclavé, en pouvoit fournir trente mille coupes ; que le surplus venoit de l'étranger ; que le débit de la Chambre des Blés, en compensant les années d'abondance par celles de disette, excédoit trente-trois mille coupes ; que le maximum de son approvisionnement s'élevoit de quatre-vingt-dix à quatre-vingt-treize mille coupes, ses greniers n'en pouvant pas recevoir une plus grande quantité ; que cette provision, sans remplacement, auroit suffi à son débit pour trois ans, et que la moyenne de sa provision ordinaire étoit de soixante à soixante-dix mille coupes, tant en grain qu'en farine.

Ses achats ordinaires, quand l'exportation des

---

* La coupe est une mesure de quatre mille pouces cubes ; elle pèse au moins cent vingt-quatre livres poids de marc.

blés étoit permise en France, se faisoient dans le
département de l'Ain ; la ci-devant Savoie en four-
nissoit peu, et à raison de l'exiguité de ses récoltes, et parce que toute la plaine qui avoisine
Genève, l'apportoit dans ses marchés, ou le faisoit
passer en Suisse, qui, hors d'état de se nourrir
par elle-même, en toléroit le transit chez elle,
mais n'en permettoit jamais aucune exportation.

Les blés apportés à Genève pour ses greniers
étoient soumis à une inspection exacte avant d'y
être reçus ; on les cribloit, afin de les nettoyer de
toutes autres graines inférieures et de la poussière.
Les criblures étoient pour le compte des fournis-
seurs ; on les étendoit ensuite pour les sécher
complettement, et ce n'étoit qu'après ce préalable,
qu'ils étoient placés en magasin. Pour rendre cette
manipulation plus facile, les bâtimens qui leur
étoient destinés étoient divisés dans leur hauteur
par plusieurs étages ; on recevoit d'abord les sacs
dans les combles de ces bâtimens, où ils étoient
élevés au moyen d'une espèce de cabestan ; et de-
là les grains redescendoient successivement par
des couloirs à trappes qui étoient ménagés dans
les plafonds. Les blés s'entassoient dans le milieu
des salles à la hauteur de deux pieds et demi, en
évitant qu'ils fussent en contact avec les murs.
On laissoit des espaces de quelques pieds autour
de chaque tas pour l'aborder aisément ; le poids
en étoit si considérable, qu'il falloit fortifier les
planchers avec des colonnes ou piliers qui, par

eur correspondance dans tous les étages, abou-
issoient enfin au point d'appui du sol inférieur.
Les magasins de construction moderne étoient
plafonnés en gypse, et les murailles enduites de
même ; cette augmentation de dépense en facili-
oit la propreté, les insectes ne pouvoient pas se
nicher aisément dans les murs et plafonds, et ils
y étoient promptement apperçus. Tous les greniers
étoient fort aérés, et percés principalement dans
la direction du nord au sud ; les jours extérieurs
n'étoient pas grands, ils étoient garnis au-dehors
de treillis en fer fort serrés, et munis en dedans
de volets très-épais pour se garantir également
des vents, de l'humidité atmosphérique et de
l'excès de la chaleur. La conservation des blés
en magasin exigeoit un travail constant ; chacun
des tas étoit remué et criblé deux fois dans l'année, tant pour obtenir une dessication plus ou
moins parfaite, que pour en empêcher la fermentation et purger les blés des insectes qui les attaquent. La Chambre avoit à ses gages une dixaine
de brasseurs qui en faisoient le travail. Les blés
que l'on vouloit conserver étoient ainsi manipu-
lés pendant six ou sept ans. On évaluoit leur déchet à deux pour cent par an ; plus tard, ils acqué-
roient un point de dessication qui les rendoit
moins susceptibles d'être piqués par les insectes ;
leur déchet diminuoit, et ils passoient de l'état
de blés tendres à celui de blés durs, dénomination qu'on avoit adoptée pour spécifier leur

qualité. Mais, au surplus, la nature substantielle
des blés influoit infiniment sur la faculté de leur
conservation, et, en thèse générale, ceux des
pays chauds et secs se gardoient plus sûrement
que ceux des pays humides et froids. Les frais prodigieux de leur garde firent adopter pour un moment la méthode de les étuver. On construisit les
fours nécessaires à cette opération, et on espéra
qu'elle les rendroit inaltérables : les résultats de
cette méthode conservatrice, qui fut suivie pendant plusieurs années, présentèrent d'abord une
grande dépense de combustibles, une perte considérable sur le poids et le volume du grain, privé
par-là de l'humide radical, qui en est une des
parties constituantes; plus de difficulté à le réduire en mouture, un plus grand travail pour en
faire du pain, et de grands déchets dans toutes ses
métamorphoses.

L'on savoit alors, ou l'on a su depuis, que le blé
étuvé perdoit toute germination, et qu'il ne pouvoit plus être que comestible; inconvénient assez
capital, puisque, dans telle circonstance de grêle
ou de tempête, les greniers d'abondance pourroient fournir des semences aux cultivateurs. On
crut s'appercevoir plus tard que ce même blé
étuvé, s'il étoit à l'abri des ravages des charan-
sons, n'étoit pas inattaquable à la longue par d'autres insectes; que les grains se brisoient facilement et se réduisoient en poussière; que, sous ce
dernier rapport, le système de l'étuve ne garan-

tissoit pas des déchets. Comme l'expérience prou-
voit, d'un autre côté, que des blés travaillés pendant six ans selon la méthode énoncée plus haut,
étoient aussi profitables à garder que ceux qui
avoient passé à la chaleur de l'étuve, la Chambre
y avoit renoncé depuis vingt-cinq ans.

On essaya d'extraire des blés de Sicile ou de
Barbarie par la voie de Marseille, les jugeant, par
leur dureté constituante, plus à l'abri des avaries
que les autres. Le premier prix d'achat n'étoit pas
considérable, mais leur transport par mer, et
leur charroi par terre de Marseille à Genève,
les rendoient très-chers. Bref, l'on se procura
treize à quatorze mille coupes de cette qualité,
qui ont été gardées plus de vingt ans. Quoique
cet essai ait répondu à bien des égards aux motifs
qui l'avoient déterminé, on a obtenu la preuve
que ce genre de blés durs étoit exposé en fin
de compte à la piqûre de quelques insectes d'espèces inconnues jusqu'alors.

Quand la Bresse ou les provinces voisines n'ont
pas pu fournir à l'approvisionnement des greniers
de Genève, la Chambre des Blés en a tiré de la
Souabe et du Haut-Rhin, qui lui arrivoient par
voiture jusqu'au lac Léman. Ce genre d'approvisionnement, qui a été fréquent depuis dix ans,
devenoit très-dispendieux par les frais extraordinaires de transport, de commission, d'agence et
d'embarcation qu'il supportoit.

La Chambre des Blés, ayant elle-même l'exploitation d'une boulangerie considérable, conservoit toujours une grande provision de moutures, dont elle cherchoit à empêcher la fermentation par tous les moyens connus. Elle fit l'expérience d'entasser fortement une assez grande quantité dans des barriques neuves, qui étoient disposées ensuite dans des salles fort sèches, et d'une température fraîche. C'est ainsi qu'on transporte les blés dans toutes les Antilles; et si ce mode de conservation étoit sûr, il auroit l'avantage d'emmagasiner dans le même espace beaucoup plus de farine que de grain, et, dans l'écoulement journalier, d'être moins dépendant des moulins, de la crue ou de la baisse des eaux qui les font cheminer. Mais cette tentative ne donna en résultat qu'une conservation assez équivoque de douze ou de quinze mois; cependant les farines avoient été tamisées et purgées de son et de recoupes, comme cela se pratique pour les embarcations d'Amérique. Peut-être que ce procédé est bien plus fondé sur la difficulté du blutage après le tassement, que sur le principe de la conservation; car les cultivateurs sont d'avis que les moutures à la grosse se conservent mieux que celles qui sont blutées et séparées en fleur et gruaux.

Vente et débit.

La Chambre des Blés, par ses achats nombreux dans les années d'abondance, et par sa réserve dans celles qui ne l'étoient pas, se procuroit le blé sur une moyenne de plusieurs années, à un prix inférieur à celui des marchés de Genève. Ces derniers, comme on l'a remarqué plus haut, étoient fournis au tiers par les provinces qui l'avoisinoient. Quand l'exportation étoit gênée ou défendue, il falloit bien que la denrée supportât les frais d'un apport clandestin et ceux de ses risques. Le pain étoit donc nécessairement plus cher dans Genève que dans les départemens environnans.

Dans cet état des choses, la Chambre des Blés, pour parer aux écoulemens de pain qui auroient fait concurrence avec le débit ou la revente de ses greniers d'abondance, empêchoit l'entrée dans la ville du pain fabriqué chez l'étranger. Cette mesure de rigueur se relâchoit dans les époques de disette ou de grande cherté ; mais si pour lors le prix du pain, à l'extérieur, étoit au-dessus de celui de la ville, elle en gênoit la sortie pour prévenir un trop grand débit. L'écluse étoit donc alternativement ouverte ou fermée, ouverte pour ramener ou soutenir l'abondance dans les marchés de Genève, et fermée pour en empêcher le dénuement.

Quand le prix du pain passoit quatre sous de France la livre de seize onces, la taxe pour le pain bis n'alloit pas au-delà, et l'on en faisoit fournir pour un prix inférieur, dans les bureaux de débit, à la classe indigente ; on multiplioit alors les précautions de détail, afin d'obvier aux fraudes. La petitesse de la ville, sa division en plusieurs sections, la multiplicité de ses commissaires ou officiers de quartiers, et la police constante des maisons de charité dans la distribution de leurs secours, rendoient cette mesure extraordinaire moins compliquée qu'elle ne le paroît d'abord. C'étoit d'ailleurs un acte de bienfaisance pratiqué dans le sein d'une grande famille, dont tous les individus avoient entre eux des relations, et qui n'échappoient pas au zèle et à la multitude de ses surveillans.

Cette circonstance a été assez fréquente depuis trente ans, et les époques de sa durée ont été souvent fort longues : pour lors la Chambre écouloit beaucoup trop ; et si les années qui suivoient n'étoient pas abondantes en blé, si la sortie en étoit interdite en France, ses remplacemens étoient forcés et ruineux. Quand elle s'approvisionnoit dans les départemens environnans, le commerce, par ses ramifications, ramenoit à Genève une partie de ses déboursés ; mais de grandes emplettes de blé en Allemagne ou dans les ports de la Méditerranée avoient une grande défaveur sous ce dernier rapport.

La Chambre débitoit presque tous ses approvisionnemens en pain par sa propre fabrication et par celle de ses ressortissans ; cependant, pour empêcher un surhaussement de prix excessif ou un vide absolu de blé dans le marché, elle y en

faisoit verser quelquefois en petite quantité, et
sa retenue étoit motivée sur l'appréhension d'écarter, par une concurrence à perte, les marchands
qui avoient coutume d'y porter leurs grains. Elle
craignoit d'ailleurs d'offrir aux particuliers habi-
tués à s'approvisionner eux-mêmes, la facilité de
compter sur la provision publique; et fidelle aux
principes de son établissement, elle ne vouloit
atteindre que la classe indigente, ou parer à des
besoins publics imprévus. Si elle faisoit une espèce
de monopole sur la vente du pain, qui offroit
quelque bénéfice en temps ordinaire, c'étoit pour
pouvoir le donner dans des temps de disette ou de
cherté, fort au-dessous de son prix, à tous autres
qu'aux gens aisés. On peut dire que la classe de
ces derniers conspiroit contre elle-même en faveur
des pauvres.

Pour résumer ce tableau, on se rappellera que
la Chambre des Blés avoit une première jouissance de greniers et magasins sans frais; qu'elle
en avoit une seconde sur les revenus de la nation,
qu'elle manioit à son profit; qu'elle s'aidoit du
commerce pour favoriser ses achats ou ses re-
mises; qu'elle débitoit souvent ses grains plus
haut, en apparence, qu'elle ne les avoit achetés;
et qu'en dernière analyse, son établissement ne se
seroit pas soutenu sans les secours du Gouvernement, et sans ceux des emprunts contractés à bas
prix et remboursés aux époques de sa convenance. Ce genre d'administration, pour assurer la

subsistance d'une petite peuplade de trente-quatre
mille ames, n'a point été le résultat d'une seule
conception. La situation locale de Genève, ses besoins et ses ressources ont graduellement formé
le système qu'elle a suivi depuis quatre-vingts
ans; et il n'est pas difficile de pressentir jusqu'à
quel point on peut l'adopter dans tout autre
pays.

Genève s'étoit procuré des emplacemens à grands
frais. Le sol, dans l'intérieur de la ville, étoit fort
cher, et les constructions y sont encore très-coû-
teuses. Ailleurs les bâtimens nécessaires se trouveront peut-être; il ne s'agira que de les utiliser
pour l'objet des blés; ce qui ne présente qu'une
dépense fort inférieure à celle de leur première
construction. Genève s'approvisionnant au plus
près à quinze ou vingt lieues de chez elle, et souvent bien plus loin, avoisinant des provinces peu
fertiles en blé, ou casuelles dans leurs récoltes,
louvoyant sans cesse contre des défenses d'exportation, et étant trop foible pour obtenir des
Gouvernemens voisins une réciprocité de secours, avoit du désavantage dans ses achats; il
étoit diminué ou modifié par l'industrie de ses
agens, qui, pour l'ordinaire, la servoient fidèle-
ment et à très-grand marché, par la facilité qu'elle
trouvoit à se procurer des fonds à un intérêt bas;
par le crédit dont son administration jouissoit,
qui souvent lui a tenu lieu d'argent, ou qui lui a
permis de l'attendre sans ralentir ses opérations;

par la confiance qu'elle inspiroit à ses fournis-
seurs, qui pouvoient toujours escompter au pair,
par le commerce, les traites qu'ils tiroient sur
elle pour leur paiement. Cette réunion de circonstances a donc donné à la Chambre des Blés une
prime constante sur toutes les autres sociétés phi-
lanthropiques qui se sont formées à Genève pour
tenter la même entreprise, et qui en avoient obtenu
l'aveu du Gouvernement. Cet établissement rou-
loit au moins sur quinze à dix-huit cent mille
livres de France de capital, et présentoit, sur une
partie de ses approvisionnemens, une avarie de
deux pour cent par an ; il étoit régi économiquement par une administration de toute pureté ; il
étoit surveillé par un public instruit, inquiet et
pointilleux, qui l'envisageoit comme sa propriété.
Nulle fraude dans les achats, nulle perte ni gas-
pillage dans la conservation des blés ; les ouvriers
qui les travailloient en étoient les gardiens ; les
greniers étoient ouverts et inspectés chaque jour ;
le receveur des grains répondoit sur sa propre
fortune, augmentée d'un cautionnement considérable, des dégâts, pertes et non valeurs qui pouvoient lui être imputés. Il étoit intéressé par le
genre de ses émolumens à la conservation du dépôt qui lui étoit confié, et l'on avoit combiné avec
sagesse d'autres précautions pour s'assurer de son
exactitude scrupuleuse dans le mesurage des grains.
Toutes les branches de la police qui concerne les
blés étoient subordonnées à l'administration de la

Chambre. Le systême suivi par le Gouvernement
pour la subsistance journalière des habitans, étoit
combiné ou assujéti à celui d'un écoulement mo-
déré, mais soutenu, de cet établissement. Enfin sa
gestion ressembloit plutôt à une distribution journalière de vivres, à bord d'un vaisseau de guerre,
qu'à une institution sociale tracée à grands frais
et exécutée de même. Cependant cet établissement
dévoroit, en sus de la balance de ses profits et de
ses pertes, cinquante mille livres de France de
jouissance annuelle. Pourroit-il se réaliser sur
les mêmes principes dans les départemens de la
République Française? S'il s'en formoit de pareils
par l'association de quelques capitalistes, seroient-
ils régis avec la même économie? se contente-
roient-ils des mêmes gains, ou plutôt braveroient-
ils les mêmes pertes? et si le Gouvernement venoit à leur secours, seroit-ce sans inconvénient?
Assujettiroit-on, par exemple, la vente et revente
du pain dans une grande ville aux mêmes réglemens? L'espèce de monopole qu'un établissement
pareil présente au premier coup-d'œil, seroit-il
enduré? Verroit-on promptement et sans nuage
qu'il est racheté, dans des années de disette, par
une sûreté de subsistance qui repousse le besoin,
et la peur du besoin souvent plus exagérée que
le besoin lui-même? Des établissemens de ce genre
seroient-ils stables ou éphémères? s'ils étoient
trop gouvernés par les autorités, à moins qu'elles
n'en fissent partie, chemineroient-ils aisément?

seroient-ils suffisamment investis de la confiance publique? seroient-ils liés aux grandes idées du commerce extérieur, et indépendans comme lui, ou municipalisés au profit particulier des départemens et arrondissemens où ils se trouveroient? Dans des années de disette, leurs opérations légitimes seroient-elles libres, et ne risqueroient-ils pas de les voir entravées par les citoyens et par les magistrats? Ces considérations particulières ont quelque poids; elles ramèneroient à croire que des établissemens aussi minutieux et aussi compliqués s'identifient plus sûrement aux petites peuplades qu'aux grandes nations, et que celui dont il est question offre peut-être quelques maximes ou quelques exemples susceptibles d'être généralisés sur la garde et la manipulation des blés et que les régies ou compagnies qui ont l'entreprise des vivres pour les armées de terre et de mer peuvent s'approprier.

N. B. Quand les provinces voisines de France et de la ci-devant Savoie ont été menacées d'une disette absolue, la Chambre des Blés, autorisée par son Gouvernement, leur en a fourni, en stipulant seulement que la restitution s'en feroit les années suivantes, en même nature de grain, ne voulant point souiller un procédé de bon voisinage par l'apparence du gain; elle préféroit d'ailleurs d'en prêter une certaine quantité en masse, plutôt que de tolérer une vente abusive de pain hors de la ville, qui auroit dégénéré bien vîte en un monopole qui auroit enrichi les revendeurs et froissé les indigens.

N°. I I.

Mémoire du citoyen GERVAIS, ancien Syndic, sur la manutention de la Chambre des Blés établie à Genève.

L'établissement des magasins de blé à Genève, est très-ancien ; il y a peu de réglemens sur leur manutention intérieure, et depuis l'année 1739, on n'a pris que des arrêtés en conseil et dans l'administration, en raison des circonstances. C'est donc à un long usage et à des connoissances résultantes de l'expérience, qu'on a dû le succès de la Chambre des Blés, son utilité, ses ressources.

Ce qui étoit difficile à Genève, seroit aisé ailleurs ; et pour former des magasins et les entretenir, espérer la réussite de l'entreprise, on peut diviser la matière en deux parties ; 1°. l'achat et la conservation des grains ; 2°. la vente et le renouvellement.

Pour conserver les blés, il faut des bâtimens exprès, bien aérés par des fenêtres au nord, planchéié en çarons ou bois bien unis, de trois ou quatre étages.

Chaque étage doit pouvoir contenir douze ou quinze mille coupes, mesure de notre ville, dont le poids est de cent dix à cent quinze livres de dix-huit onces. Le blé doit y être étendu en un seul tas de la hauteur de deux pieds et demi en été, et de trois et un quart en hiver, avec un espace suffisant autour pour l'éloigner des murs et pour que les ouvriers puissent travailler librement.

Des magasins peuvent être gérés par un seul receveur et quatre ou cinq maîtres brasseurs.

Le receveur doit être exact et fidèle, et les brasseurs laborieux et vigilans ; ces derniers, dans les cas pressans, peuvent se servir d'ouvriers manœuvres, choisis parmi les citoyens qui aspirent à la place de brasseur, en leur donnant une paie de trente à quarante sous pour chaque jour de travail.

La paie du receveur, supposée de. . . . 1,800 #
Les brasseurs, à 700 livres pour quatre
    maîtres. 2,800
Les extras pour manœuvres. 1,000
          TOTAL. . . . . 5,600 #

On pourra donc avec cinq mille six cents livres payer les frais nécessaires à l'entretien de cent vingt mille mesures de blé.

La diminution et perte en poussière sur cette masse sera d'un et demi pour cent la première année ; mais si le blé est d'une bonne qualité, elle sera moindre, et se réduira enfin à un huitième pour cent dans les années suivantes.

Le travail du receveur sera de n'acheter le blé qu'après un sévère examen ; de n'en recevoir que de très-pur ; d'assister au mesurage, et ne faire mesurer qu'après avoir fait passer au crible. Son magasin formé, il devra le visiter presque tous les jours ; faire repasser son blé au printemps et en automne, dans des cribles très-serrés, qui ne laissent échapper que la poussière, et employer ses brasseurs à le faire remuer avec la pêle pendant les chaleurs. Cette dernière opération s'accélère à mesure que les chaleurs augmentent.

Des magasins formés et remplis de cette manière, coûtent peu au Gouvernement ; il est même possible, sans surcharger la nation, de les entretenir sans perte.

Il étoit ordonné à Genève à tous les aubergistes, cabaretiers, ouvriers étrangers d'acheter le pain aux bureaux établis par la Chambre. Cette mesure, qui en nécessitoit d'autres que les principes actuels ne sauroient admettre, produisoit dans les temps ordinaires un écoulement de blé suffisant à l'entretien des greniers ; l'Etat gagnoit rarement, et le gain étoit toujours emporté par les années suivantes.

La nécessité de faire arriver les blés de fort loin, ceux achetés en Allemagne, dont un trajet par terre de cinquante lieues portoit le prix à six à sept livres au-dessus du prix courant ; les avaries, l'entretien des bâtimens, tout contribuoit à diminuer les gains de la Chambre.

Mais, dans la République Française, par exemple, où les achats peuvent se faire sans aucun monopole dans les années abondantes, en profitant de l'excédent des récoltes, où il est rare de les voir manquer plusieurs années de suite, où tout le pain se fabrique par des boulangers habiles, une prime légère, payable par l'acheteur et par le vendeur, suffiroit pour mettre le Gouvernement à l'abri de toute perte.

Pour suppléer à l'ordonnance de Genève, qui obligeoit les cabaretiers, traiteurs et étrangers à prendre du blé dans les greniers, il seroit nécessaire de fixer un nombre de mesures que chaque boulanger du district recevroit des greniers de l'Etat. Le prix seroit celui du cours, il le paieroit comptant; plus, trois sous par mesure applicables aux mesureurs.

Une revente de trente mille coupes par année est plus que suffisante pour l'entretien de cent vingt mille; elle suppose le renouvellement total dans quatre années, et le produit de la prime seroit de quatre mille cinq cents livres.

Le vendeur paieroit aussi aux mesureurs trois sous par coupe livrée; ce qui, en supposant l'entrée et la sortie égales, donneroit encore quatre mille cinq cents livres; en tout, neuf mille livres, en allégement des frais de l'Etat.

On demandera sans doute, comment les vendeurs , obligés de payer trois sous par coupe, chercheront à faire des marchés avec les rece- veurs? Qu'on ne s'y trompe pas, ils y trouveront encore de l'avantage.

C'en est un, 1°. de vendre en gros et sans risque, 2°. d'épargner des frais de route et transport; car, tel qui porteroit sa denrée au marché en plusieurs parties et voyages , n'en fait qu'un pour vendre quelquefois la totalité.

Quant aux boulangers, il leur importeroit peu d'être obligés de prendre annuellement une cer- taine quantité de blé dans les greniers en payant trois sous par mesure, sur-tout si la graine, bien soignée, étoit sèche et susceptible d'être arrosée avant la mouture.

La diminution du blé en magasin, est l'incon- vénient majeur ; il est difficile de réparer ce vide; cependant l'adresse et la fidélité des mesureurs le rend moins sensible ; l'on a vu quelquefois, et sans fraude, des masses de blé bonifier à la sortie, de un pour cent *.

S'il est possible d'établir des magasins, et de se mettre à l'abri des craintes de la famine en ache- tant dans le pays l'excédent des récoltes, il est bien difficile d'empêcher cette opération de pro- duire une hausse dans les prix; les hommes avides

---

* Cela suppose qu'on mesure au quart. Dans les lieux où l'on pèse, le blé varie en perte ou en gain, selon l'exposition des greniers et la variation de l'atmosphère.

de gain profitent toujours du premier moment : pour éviter ce danger, il étoit ordonné à l'Administration des Blés à Genève de n'acheter qu'à la distance de douze lieues de la République.

Des établissemens de ce genre près des villes maritimes, loin d'augmenter les prix, pourroient souvent les faire baisser : il ne faudroit que savoir choisir le moment pour les achats. L'on a observé dans les greniers de Genève que le blé qui a été bien soigné peut, après les trois ou quatre premières années, se conserver encore dix ou douze ans sans faire de déchet *, et dans ce cas offrir un vaste champ à la spéculation.

Ceci n'entrant pas dans le plan proposé, j'abandonne les accessoires, et n'ai plus qu'un mot à dire sur la manière d'administrer.

A Genève, comme dans toute République, il est aisé de rendre les magasins utiles et profitables à la Nation ; le moyen est simple, c'est qu'aucun citoyen ne puisse faire fortune en gérant, achetant ou soignant les blés.

A l'exception du receveur et des ouvriers, l'Administration supérieure de Genève étoit gratuite ; des citoyens choisis, assemblés au plus une fois par semaine, traitoient les matières, prenoient des résolutions et inspectoient les subalternes : le secrétaire même n'étoit pas payé.

Ce travail, vraiment patriotique, se réduit à

---

* Un huitième de mesure pour cent.

si peu de chose pour les chefs dans les temps ordinaires, qu'on peut accorder sa confiance à des
citoyens employés dans d'autres parties de l'Administration, réduire ainsi la dépense, et pourvoir
aux besoins d'une nation sans la rendre victime
des monopoleurs.

N°. III.

LETTRE du citoyen JOLY, ancien Directeur de
l'Hôpital de Genève, relativement au travail et à la
nourriture des pauvres.

CITOYEN,

J'ai médité les deux questions que vous m'avez
fait l'honneur de me proposer ; je viens vous assurer de noûveau que ma réponse verbale est la
seule que je puisse confirmer avec vérité. Je n'ai
connu, pendant les douze années que je me suis
occupé de l'administration de l'Hôpital, aucune
manufacture, ou maison d'industrie, où l'on occu-
pât les pauvres : les registres de cette Maison m'ont
appris que les essais en ce genre n'avoient pas été
heureux. Je n'ai pas connu de méthode économique qui puisse se ranger dans la classe des systêmes nouveaux et transmissibles pour être imités. Tout s'est réduit chez moi à admirer les bons
effets d'une administration zélée, pure et remplie
d'intelligence.

Pendant deux cent soixante et un ans, on a trouvé des citoyens qui, sous le nom de directeurs, administroient gratuitement le bien des pauvres, recevoient les deniers, accordoient, chacun dans leur quartier, les secours provisoires, et déterminoient dans leurs assemblées hebdomadaires les pensions fixées pour l'année courante, ainsi que toutes les dépenses pour l'intérieur de l'Hôpital.

Le résultat a été, qu'après avoir réduit en tableaux détaillés les frais de toute espèce, on ne craignoit aucune comparaison avec les comptes rendus des autres Hôpitaux de l'Europe. Je n'ai eu connoissance que d'un seul Hospice établi à Montpellier par les Protestans, où les frais de chaque journée de malades fussent moindres qu'à Genève dans la proportion de 9 à 12, tandis que les vivres au marché auroient été entre les deux villes au moins de 8 à 12, ce qui auroit détruit l'avantage apparent de la comparaison entre les Hôpitaux. Mais que sont ces mesures pour bien juger ces établissemens ? Rien, absolument rien que des présomptions trompeuses. La mortalité même ne seroit pas une meilleure pierre de touche ; notre infirmerie en fournit la démonstration : nous ne perdions qu'un malade sur soixante dans la salle des militaires, tandis que dans celle des bourgeois, cela alloit à 1 sur 8, et 1 sur 7 chez les femmes. L'explication de ces faits ne se tire ni des soins, ni des moyens curatifs, qui étoient les

I.   18

mêmes ; elle se tire de la répugnance que les malades de la ville éprouvent à se rendre à l'infirmerie, d'où il résulte qu'on y reçoit le plus souvent des cadavres.

Il faut en convenir cependant; au défaut d'observations détaillées sur la propreté, les alimens,
les traitemens que les malades éprouvent, sur la
disposition des habitans d'une ville à se rendre à
l'Hospice, on ne peut guère s'attendre à d'autre
mesure de comparaison que les frais et la mortalité.

Vous le savez, citoyen * * *, c'est l'année
dernière que les travaux du comte Rumford
nous ont été connus par les extraits de la Bibliothèque britannique. Nous sentîmes les effets de
cette électrisation ; et dès la visite qu'un de nous
lui rendit, nous eûmes des conférences, où l'on
discuta avec attention quel parti on pouvoit tirer
de ses découvertes intéressantes, et comment il
seroit utile de les appliquer. Il nous falloit des
capitaux ; nous sentîmes avec amertume que la
prospérité dont nous avions joui avoit disparu.
Il falloit déterminer si les cuisines économiques
seules, ou une maison d'industrie, fixeroit nos
regards. Nous nous proposâmes de nous approprier les premières par des expériences qui ap-
prissent à nos maçons à s'en servir ; les obstacles
de toute espèce se sont multipliés au point que
rien d'essentiel n'a pu se faire.

Si nous avions eu un succès un peu remarquable

sur l'économie des combustibles, dont on peut réduire la dépense au quart, et que nous eussions pu accoutumer nos compatriotes pauvres à l'usage des soupes économiques, notre plan étoit d'en étendre l'emploi, autant que possible, dans le cas de cherté de denrées, ou de stagnation du commerce; hors ces cas de besoin public, il ne nous paroissoit pas que cette méthode dût s'employer ailleurs que dans les Hôpitaux. Nous voulions séparer les nouveaux établissemens à faire des anciens : quelque respectable que soit le but de ceux-ci, l'expérience nous a appris qu'ils confirment plus la pauvreté qu'ils ne l'écartent : notre souhait auroit été de trouver un travail d'autant plus profitable, qu'il y auroit eu moins à en déduire pour les frais d'entretien.

Notre principe auroit été de ne rien donner, de payer; notre but, d'exciter le goût de la propriété; notre souhait, de retenir, par un accord libre, une partie des salaires pour en former un fonds tontinier au profit des contribuans. Le travail, dans la force de l'âge, les eût mis ainsi à l'abri des inconvéniens de la vieillesse et des accidens. Ce projet de maison d'industrie nous fit découvrir ses difficultés, et les causes des mauvais succès qu'on avoit eus précédemment. Nous n'avions pas, comme à Munich, la perspective d'habiller vingt mille hommes de troupes réglées; ni un souverain qui, avec la certitude d'économiser sur les fournitures, pût nous avancer un capital

pour favoriser l'établissement. Nous n'étions
pas, comme Hambourg, un port où les matières premières abondent, et d'où le commerce
peut expédier les objets manufacturés. Nous n'a-
vions pas la perspective d'un privilége exclusif
à tourner au profit des pauvres. Il falloit éviter
de nuire à nos concitoyens déjà établis ; renoncer
à employer d'autres mains que celles absolument
inutiles aux autres branches d'industrie ; écarter
tout moyen de contrainte, insupportable sur-tout
dans un petit état républicain ; ménager la fierté
de nos compatriotes, qui ont laissé servir les manufactures de toiles peintes par des étrangers,
plutôt que de s'en occuper. Nous étions réduits à
entreprendre l'établissement le plus sûrement ruineux qu'on pût imaginer. Cela borna tous nos
projets à l'éducation des enfans pauvres, et c'est
de quoi nous nous serions occupés, si les cuisines
économiques avoient pu être établies.

Vous jugerez, citoyen * * *, combien j'étois
excusable. Dans ma réponse négative aux questions proposées, j'ai été réduit à substituer des
projets à des expériences, et des vœux aux succès
que j'aurois aimé annoncer. Aussi ai-je préféré
la forme épistolaire dans ma réponse, à celle
d'un Mémoire que j'aurois voulu être en état de
faire.

Salut et respect,

J O L Y, ancien Directeur de l'Hôpital.

LETTRE

sur l'état actuel de l'Imprimerie à Mayence.

Mayence, le 12 pluviose an vi de la République française, une et indivisible.

Au citoyen FRANÇOIS (de Neufchâteau) , membre du Directoire Exécutif.

CITOYEN DIRECTEUR,

J'eusse bien desiré pouvoir vous donner plutôt les renseignemens que vous me demandez, par votre lettre du 21 nivose, sur tous les objets intéressans que vous y spécifiez; mais de premiers travaux, indispensables pour l'organisation des administrations centrales, municipales et judiciaires, ne m'ont pas permis de les recueillir. J'ai néanmoins quelques apperçus à vous offrir sur l'état actuel de l'Imprimerie dans Mayence, où tant d'autres croient qu'elle a pris naissance; point sur lequel on m'a fait espérer que je pourrois tirer quelques renseignemens d'un des professeurs de l'Université. Si réellement cette ville est son berceau, on peut dire qu'elle y est retombée dans l'enfance. Les Imprimeurs y sont en très-petit nombre, et ne paroissent pas instruits. L'arrivée des Français les a tirés de leur engourdissement, et a fait changer un peu la destination des caractères. Avant cette époque, on n'imprimoit guère que quelques livres de prières, des calendriers, les journaux du pays, et des affiches, soit pour les autorités, soit pour les spectacles.

Les caractères français y sont généralement mauvais, excepté quelques-uns tirés récemment des fonderies de Strasbourg. Et pour imprimer nos loix en forme de règlement, il a été nécessaire de tirer de cette même ville des compositeurs français : c'est bien s'humilier devant sa rivale.

Les presses tiennent encore à leur première origine; elles sont restées dans leur imperfection, et ce seroit un véritable cadeau que l'on feroit à ce pays, si l'on y envoyoit un modèle en grand d'une presse telle qu'il s'en construit à Paris. Dans l'état où elles sont actuellement, elles sont très-fatigantes pour l'ouvrier, et conséquemment peu expéditives.

Les chassis y sont construits encore d'une manière antique et peu commode; on n'y serre point le caractère avec des coins chassés au marteau; mais on les retient avec des vis placées de distance en distance dans l'épaisseur du chassis, ce qui les rend très-difficiles à manier.

L'encre que l'on emploie est sans doute mal préparée, ou les papiers sont trop mouillés; car l'impression jaunit et acquiert, presqu'au sortir de la presse, une teinte de vétusté.

Mais en ne trouvant point belles les impressions qui se faisoient à Mayence, je croyois du moins pouvoir me dédommager par l'inspection des premiers monumens de l'art du Typographe : point du tout, les objets les plus précieux ont été enlevés par les ordres de l'Electeur avant la première entrée des Français, ou brûlés, pendant le siége de 1793, par le feu des Prussiens. Il reste très-peu de choses des anciennes éditions que possédoient les Bibliothèques de Mayence, et un Catalogue qui, seul, n'est conservé que pour nous causer des regrets.

Sur la demande de la Bibliothèque nationale, transmise par les Plénipotentiaires de Rastadt, j'ai fait réserver quelques objets qui ont échappé à l'incendie, et j'ai indiqué à nos Plénipotentiaires la route que l'on m'a dit avoir fait tenir à ceux qui ont été enlevés, pour qu'ils puissent les réclamer.

J'aurai l'honneur, citoyen Directeur, de ne pas borner à la seule ville de Mayence, mes observations sur cet art si intéressant, auquel nous devons la propagation des lumières, et que la reconnoissance nationale honore dans toutes les fêtes de la Révolution.

A mesure que j'aurai acquis des connoissances particulières sur les autres objets que m'indique votre lettre, je m'empresserai de vous les offrir.

Salut et respect,

Le Commissaire du Gouvernement dans les pays conquis entre Meuse, Rhin et Moselle,

R U D L E R.

LETTRE

pour annoncer l'envoi de l'Esprit des Bibliothèques.

Versailles, le 3 fructidor vi^e année.

CITOYEN MINISTRE,

J'ai eu l'honneur de vous adresser, le 13 thermidor dernier, le nilomètre de la France républicaine. Je vous adresse aujourd'hui, citoyen Ministre, les bases du Plan instructif de toute la Littérature, que vous m'avez demandé. Ces bases formeront un seul tableau ; les six genres qui l'embrassent dans sa totalité, ont six sous-ordres chacun, qui formeront trente-six tableaux moyens, placés chacun dans le lieu ou le rang qui leur convient ; et cette réunion formera le PRÉCIS DE LA SCIENCE UNIVERSELLE. C'est à l'homme d'Etat à prononcer sur le mérite et l'utilité de ce travail, *mole parvum, rebus ingens.* Vos questions embrassent toutes les parties du bien public. Il n'est pas aisé d'y répondre : mais on est heureux d'entrer dans les grandes vues qui vous les font proposer.

Salut, estime et respect,

N. G. LECLERC.

L'ESPRIT DES BIBLIOTHÈQUES,

OU

PLAN INSTRUCTIF DE TOUTE LA LITTÉRATURE,

adressé au citoyen FRANÇOIS (de Neufchâteau),
Ministre de l'Intérieur ;

Par le cit. LECLERC, auteur de l'Histoire de Russie.

CE qui existe, ce qui arrive, ce qu'on peut dire,
faire et imaginer, tout enfin est matière de livres.
Objet immense, source inépuisable de connoissances, terme inaccessible à la vie la plus longue
et aux études les plus assidues, mais dont l'homme
de lettres peut et doit se faire un plan méthodique,
afin de savoir caractériser et réduire à des classes
convenables ce nombre prodigieux d'écrits qu'on
a donnés et qu'on donne tous les jours au public.

C'est sur-tout ici que l'arrangement est indispensable ; il y fait le principal mérite.

Débrouiller le chaos de la bibliographie, former
de toutes ses parties une architecture entendue,
qui ne soit pas moins ornement pour l'esprit que
richesse pour la mémoire ; voilà ce dont il s'agit.

Un tel système comprend tout, le mauvais

ainsi que le bon, parce que n'étant point question
de choisir, mais simplement de rassembler et
mettre en ordre, il faut tout placer ; la moindre
exclusion rendroit l'ouvrage imparfait. Le choix
des livres sera indiqué dans un autre travail non
moins intéressant pour une éducation nationale,
telle qu'elle doit être pour produire les fruits
desirés.

Qu'on n'oublie donc pas ici que la littérature
de tous les temps, de tous les lieux, de toutes les
nations, de toutes les matières, de tout ce qu'il
est possible à l'imagination humaine de soumettre
à la faculté d'écrire, ne souffre pas qu'on mette
rien au rebut, et qu'une exception est faute essen-
tielle à celui qui a la totalité pour objet. C'est par-
là que notre système général sera utile à toutes
sortes de personnes, car nous parlons ici à l'univers entier.

Quant à la forme, nous croyons qu'elle doit
être également propre à réunir les parties avec
symétrie, comme à détailler le tout avec méthode.

Voici ce plan tel que nous l'a dicté la considération immédiate du sujet, indépendamment de
ce qui est usité.

Nous avons publié l'histoire naturelle de l'homme, et la marche de l'esprit humain dans les développemens graduels et successifs de nos facultés physiques et morales ; nous allons considérer
l'homme sous d'autres rapports qui ont trait di-
rect à ce travail.

Observons d'abord que l'homme né avec une imagination tendre, doué de sens délicats, placé au milieu d'une multitude d'êtres étrangers au sien, inquiet sur sa destinée, agité par ses doutes, intimidé par les images effrayantes qu'on lui présente, redoutant ses propres fantômes, flottant au gré de mille différentes idées aussi confuses qu'incertaines ; enfin, vivant entre la lumière et les ténèbres, sent par-tout sa foiblesse, malgré la supériorité qu'il affecte. Ignorance, crainte, supposition, raisonnement, tout lui inspire la défiance de lui-même, et le porte à chercher un protecteur puissant.

Si, dans cette recherche, il sait vaincre la pusillanimité, s'affranchir des préjugés d'une fausse éducation, et se laisser uniquement guider par la portion de raison qui lui a été attribuée, il arrive en droite ligne jusqu'à la source de cette raison. Comme il ne s'est pas fait lui-même, le premier principe se manifeste, et la divinité se montre à lui avec tous les apanages de l'Être éternel et infini, créateur et conservateur du monde physique et moral.

Si l'homme est préoccupé d'une basse et ridicule terreur, ou esclave d'une habitude que l'enfance n'a pas permis d'examiner, il se perd dans un abîme d'erreurs, et devient le jouet du fanatisme ; heureux si, dans cet état de misère, la révélation parvient jusqu'à lui pour lever le voile dont sa raison est offusquée !

Mais, soit que la force de la démonstration persuade à l'homme l'existence de Dieu, ou que la foi la lui découvre, ou que la crainte la lui inspire, il met tous ses soins à se rendre ce Dieu propice par le culte qu'il croit lui être le plus agréable.

Voilà précisément ce qu'on nomme RELIGION; objet important chez tous les peuples, aussi bien dans la vie privée que dans l'état civil, très-varié néanmoins par les dogmes ainsi que par les pratiques, chaque nation s'étant distinguée par la religion comme par le langage.

Tout ce qui la concerne, soit dans le général, ou dans le détail de ses différences, soit pour la maintenir ou pour la combattre, est le premier chef d'érudition et de notre plan de littérature, sous le titre de THÉOLOGIE.

Second point de vue. — La consécration des temples fut sans doute une consolation pour les mortels, et leur vue s'étant portée vers la Divinité, ils connurent les avantages qu'une solide piété pouvoit leur procurer. Mais appercevant en même temps la distance qu'il y a de l'homme à Dieu, ils ne furent pas parfaitement rassurés contre tous les maux dont ils pouvoient être atteints; et quelque confiance qu'ils dussent avoir en la bonté divine, ils sentirent bien que cet Être souverain se réservoit le droit suprême de faire ses volontés, et non les leurs; qu'en leur offrant les secours puissans de sa providence, il ne leur promettoit pas une action immédiate, ni ne l'assujettissoit à tous leurs desirs, et dans toutes les circonstances de leurs besoins. Ils cherchèrent donc, dans la protection de leurs égaux et de leurs voisins, un appui qui, quoique moins fort, fût plus sensible, plus à leur portée, et plus dépendant de leur volonté.

Cela forma la SOCIÉTÉ, dont les commencemens n'eurent d'autres motifs que les secours mutuels et les services réciproques ; mais dont les progrès formèrent des patries, des états, des empires ; produisirent des loix et des coutumes desquelles il ne fut plus permis de s'écarter ; placèrent le bien public à la tête des devoirs du citoyen, soumirent le particulier à l'autorité du prince et du magistrat ; donnèrent enfin au Gouvernement diverses faces, selon que l'administration fut conduite ou par le goût de l'ordre, ou par les vues de l'ambition. De sorte que tout ce qui regarde la société, ses formes, ses intérêts, ses loix et ses usages, fait le second chef de ce systême sous le titre de NOMOLOGIE.

Troisième point de vue. — Quoique le culte et la police remédient aux horreurs de la solitude par les liaisons qu'ils établissent entre les hommes, qu'ils les décorent même d'un état décent, et leur rendent la vie plus intéressante, cela ne remplit pas leurs desirs ; la vanité qui les flatte autant que la volupté les attire, leur montre d'autres avantages, qui, quoiqu'étrangers à leur être, animent

vivement leur ardeur. Peu satisfaits du petit volume de leur personne et de la courte durée de
leur existence, ils cherchent la réalité jusqu'au-
delà de la vie et des dimensions humaines. Pour
cet effet, ils travaillent à se copier dans l'idée
d'autrui, et fondent sur le plan de cette image,
une manière d'être à laquelle ils donnent les noms
de GLOIRE et de RENOMMÉE.

La réputation et la renommée sont deux vies
qui respirent sur les lèvres d'autrui. Cette respiration d'emprunt n'est que de la vogue et du bruit
pour les hommes ordinaires; mais pour les gens
de lettres, la renommée est tout : à qui sacrifie
le présent, il faut l'avenir entier pour dédommagement. La Nature tonne à l'oreille de l'homme
de lettres, quand elle murmure à peine à celle
des gens du monde. Les premiers se disputent
une maîtresse dont les charmes s'accroissent du
nombre des amans qui l'entourent et des faveurs
qu'elle accorde, je veux dire la gloire. Mais, dira-
t-on peut-être, la gloire n'est que fumée...... Je
répondrai, l'homme aussi n'est que poussière,
souffrez qu'il l'anoblisse.

En général, l'esprit ne peut se passer d'idées,
et les idées ne peuvent se passer de talent : c'est
lui qui leur donne l'éclat et la vie; or, les idées
ne demandent qu'à être bien exprimées, et, s'il
est permis de le dire, elles mendient l'expression,
et les idées sont des fonds intellectuels qui ne
portent intérêt que dans les mains du vrai talent :

l'homme sans talent est le suicide de son esprit, puisqu'il ne sait que tuer ses idées.

Qu'on ne s'étonne donc plus si la façon d'exister des savans devient pour eux un si puissant mobile, que bien loin de regarder la gloire, la réputation, la renommée comme chimériques, ils les préfèrent même à leur existence réelle, leur faisant souvent le sacrifice de leur vie. Est-ce sagesse? est-ce vanité? je le laisse à décider. Vaudroit-il mieux végéter comme l'huître entre les écailles de l'apathie?

Quoi qu'il en soit, il est hors de doute que c'est une grande douceur, et que la réalité sans l'imagination est quelque chose de bien sec. Si l'on ne se regardoit qu'en soi-même, et jamais dans l'idée d'un spectateur, tous les soins se borneroient aux soins de la vie, ou à la seule conservation de l'être. Le cœur n'étant piqué par aucun sentiment, ni le génie réveillé par aucune idée flatteuse, les plus belles qualités seroient bientôt anéanties. Où l'émulation manque, la nonchalance triomphe: quand l'occupation n'est pas soutenue par l'envie de plaire, elle devient peine; et si la paresse n'est pas troublée par le blâme, elle fait les délices des paresseux. S'occuper de l'idée qu'on a de nous, est donc une occupation utile, et dès-lors nécessaire à l'homme, qui doit remplir dignement sa destination sur la terre. S'il se repaît de fumée, on conviendra avec moi qu'elle est un parfum gracieux qui répand le plaisir sur ce qui en est

assaisonné, et sans lequel l'existence même ne seroit plus qu'une source d'ennuis. Ce goût rend les
hommes jaloux de leur honneur, sensibles à l'estime des autres, et curieux de ce qui les regarde;
de façon qu'ils s'occupent de lumières, de découvertes, des actions, des événemens, et qu'ils travaillent à s'en instruire où à les publier. Il résulte
de ce précis élémentaire un troisième objet d'érudition, sous le titre d'HISTORIOGRAPHIE.

Quatrième point de vue. — Le spectacle pompeux
de l'Univers et les merveilles de la Nature, frap-
pent assez fortement pour attirer les regards curieux et attentifs de l'homme penseur, et l'engager dans une spéculation judicieuse de la diversité,
de la disposition, des propriétés, et des ressorts
secrets qui placent et font agir tous les êtres dans
l'immensité qu'ils composent.

L'esprit est une flamme intérieure dont l'activité cherche continuellement des objets à qui
s'attacher : ces objets se montrent et se cachent
à notre vue ; ils se montrent assez pour piquer
la curiosité, mais trop peu pour la remplir, et
c'est un bonheur pour l'homme. S'ils se décou-
vroient entièrement à sa vue, il auroit rempli
la carrière de sa vie en un seul jour; mais animé
par ses premières découvertes, aidé de l'expérience, de l'analyse et du raisonnement, l'esprit
se livre à ces recherches profondes qui font ce
qu'on nomme proprement SCIENCES, objet dis-

tingué, formant dans notre Plan le quatrième chef général sous le nom de PHILOSOPHIE.

Cinquième point de vue. — C'est sans doute par l'acquisition des connoissances et par l'amas des vérités, que l'esprit s'enrichit et que le génie crée. Mais, ici comme ailleurs, il faut faire usage de ce qu'on possède pour en tirer de la satisfaction. Cet usage ne se trouve que dans la communication avec les autres êtres de notre espèce; et cette communication ne pouvant se faire par une voie plus naturelle ni plus commode, que par le moyen de la parole, il en résulte dans les hommes un fort penchant à vouloir briller, flatter et amuser par le discours.

L'on ne doit donc pas être surpris s'ils se sont appliqués à cultiver le langage, et si quelques-uns, préférant les amusemens du bel-esprit au travail pénible des recherches savantes, se sont attachés à l'éloquence, à la pureté des expressions, enfin à tout ce qui dépend du feu de l'imagination, et à ce qui concerne les règles et les graces de la parole, compris sous le titre général de PHILOLOGIE.

Sixième point de vue. — Puisque le bonheur est le but que tout être sensible et intelligent envisage, il est naturel que l'homme ne néglige rien de tout ce qu'il croit être propre à le rendre heureux. C'est par le desir du bien-être, et par la nécessité de pourvoir à ses besoins réels ou imaginaires, que son industrie a été excitée; qu'en étudiant également ce qui plaît aux sens, comme ce qui orne l'esprit, il a donné naissance aux arts, ressource infaillible contre l'indigence pour le commun des citoyens, et divertissement innocent pour l'opulence, pour ceux qui veulent se faire des amusemens tranquilles, avec lesquels le repos et la santé soient toujours d'accord.

Qu'on ne cherche point ici le sublime de la spéculation, ni la délicatesse du bel-esprit; les arts sont assez recommandables par les avantages et les commodités qu'ils procurent. Tout ce qui les regarde fera le sixième et dernier objet général dans notre systême, sous le titre de TECNOLOGIE.

Pour déterminer et conduire aisément le coup-d'œil dans une grande Bibliothèque, ou dans une nombreuse énumération, il convient d'affecter d'une note distinctive chacun de ces six genres de littérature, afin que par ce moyen on puisse, au premier aspect, appercevoir le sujet qu'on cherche. Nous ne voyons pour cela rien de plus convenable que nos six voyelles tracées en caractère capital sur le dos des livres, et à côté de leur intitulé dans le catalogue, de façon que chaque genre ait la sienne dans l'ordre suivant :

A. THÉOLOGIE.   O. PHILOSOPHIE.

E. NOMOLOGIE.   U. PHILOLOGIE.

I. HISTORIOGRAPHIE.   Y. TECNOLOGIE.

Cette première division, toute simple qu'elle est, répond exactement à toute l'étendue de la littérature, n'y ayant aucune sorte d'ouvrages qu'on ne puisse rapporter à l'un de ces six chefs; mais, quoique juste, cette division est encore trop générale pour démêler les différences de tout ce qui est écrit, et y établir un ordre parfait.

Il faut donc entrer dans un plus grand détail, et diviser chacun de ces genres en ses espèces, conformément à la nature de l'objet, et sur un plan qui soit aussi commode dans ses routes, que docte dans sa structure. Nous allons le montrer par un exemple plus persuasif que le raisonnement, et cet exemple suffira pour prouver l'uniformité de notre analyse dans les développemens des sous-ordres ou espèces, relatifs à chacun des genres. La philosophie va nous en fournir la preuve.

Un Bibliothécaire veut classer la nombreuse énumération des philosophes anciens et modernes, et les placer sur des tablettes distinctes; quel ordre suivra-t-il pour se conformer à notre plan? il suivra l'ordre chronologique sans doute, et placera au-dessus de la première tablette cette inscription : PHILOSOPHIE GRECQUE. Les philosophes grecs placés d'après leur ancienneté, seront suivis des philosophes latins, indiqués de même par l'inscription, PHILOSOPHIE LATINE. Après ceux-ci seront placés les philosophes modernes, annoncés par une inscription correspondante. Les espèces dérivées du genre doivent suivre. Mais n'anticipons pas sur l'ordre que doit suivre le Bibliothécaire, et prouvons d'abord que six aspects de la nature ont partagé la philosophie en autant de classes ou espèces de sciences.

Le plus simple et premier aspect présente une multitude d'êtres contenus dans un espace, d'où naît l'envie de calculer les uns et de mesurer l'autre ; de façon que le nombre et la grandeur deviennent une occupation de l'esprit, et sont véritablement des connoissances préliminaires et nécessaires à l'étude de la nature.

Cette envie, suivie d'un regard plus attentif, fait qu'on se figure le monde comme un vaste pays où l'on voudroit voyager pour en découvrir les diverses régions, s'en faire une image nette et un plan régulier. Ce second coup-d'œil distribue d'abord la totalité en deux portions tout-à-fait différentes ; l'une au-dessus de nos têtes, d'une étendue immense, d'où arrive la lumière, et dans laquelle nous ne pouvons voyager que des yeux ; l'autre sous nos pieds, sur laquelle nous nous promenons, et dont les cantons les plus éloignés ne nous sont peut-être pas inaccessibles. Ainsi la description du ciel et de la terre fait une nouvelle matière à traiter.

On ne sauroit parcourir les parties générales de l'univers, sans faire succéder à l'idée de région celle d'habitation, en rencontrant sur la route tant de sortes d'êtres successivement produits et renouvelés ou par voie de génération, ou par voie de végétation ; en même temps qu'ils sont à nos

yeux un spectacle admirable, ils sont aussi un trésor inépuisable de biens et de richesses. Leurs
descriptions amusantes font le travail des NATU-
RALISTES.

Toutes ces productions prouvent sensiblement
que la nature, loin d'être oiseuse, est toujours
agissante, sans cesse occupée à des opérations
nouvelles, ou continuellement renouvelées. Ce
travail constant et infatigable la fait envisager
dans un état d'action, dont la connoissance devient
intéressante par le desir de dévoiler ses mystères,
et de voir le derrière de son théâtre. Cela engage
également à examiner les effets pour en découvrir
les causes, et à mettre les causes en œuvre pour
en produire les effets. Entreprise dont le succès
répond rarement à l'espérance, et qui demande
un raisonnement assez fort pour être à l'épreuve
de la fausse lueur des systêmes, ainsi que des yeux
attentifs, long-temps exercés, et assez fins pour
ne point échapper le moindre des chaînons dans
la suite et l'enchaînement des ressorts qui agissent,
depuis l'objet que l'on considère jusqu'au dernier
principe du mouvement. Mais si le temple de la
nature est ouvert à tous, peu d'hommes l'ont prise
sur le fait. On passe difficilement du vestibule au
sanctuaire : Dieu nous a donné l'opinion, et s'est
réservé la science de la création et de la conservation des êtres.

L'étude de l'action de la nature conduit infaill'-
blement à celle de l'état de la vie, dont cette na-

ture jouit dans l'être animé qui est le sublime de sa perfection. Une curiosité bien placée par l'intérêt qu'on prend et qu'on doit prendre à sa conservation, détermina l'homme studieux à fouiller, à approfondir la machine animale, pour savoir en quoi consiste la vie, quels en sont les ressorts, ce qui en fait la bonne économie ou la santé, et pour découvrir aussi les causes et les degrés de sa langueur ou de sa destruction, ainsi que tout ce qui est capable d'en maintenir l'équilibre, et d'en réparer les altérations.

Après avoir contemplé la nature dans les diverses faces que nous venons de présenter, et avoir bien cultivé le champ de la philosophie par de profondes réflexions et de longues suites de méditations, seroit-il possible d'oublier précisément le plus admirable de tous ses aspects, celui où s'appliquant et cherchant à connoître, elle paroît toute spirituelle ? Cet état sublime d'intelligence et de raisonnement pique sans doute la curiosité autant qu'aucun autre ; aussi n'est-il pas négligé. L'esprit humain se replie souvent sur lui-même et sur ses opérations, s'étudie et travaille sur son propre fond, non-seulement pour se comprendre, ainsi que tout ce qu'il imagine être, comme lui, au-dessus de la sphère corporelle, mais encore pour se faire une méthode de penser et de raisonner qui serve à le conduire sûrement au vrai et au bon.

Ces six aspects de la nature ont partagé la phi-

losophie en autant de classes ou espèces de sciences
qu'on nomme

MATHÉMATIQUES.   PHYSIQUE.
COSMOGRAPHIE.   MÉDECINE.
PHYSIOGRAPHIE.   SPIRITOLOGIE.

Le Bibliothécaire, après avoir arrangé et placé
les philosophes modernes, placera de même sur
des tablettes distinctes, chacune des six espèces de
science qui comprennent les six aspects de la nature, et dans l'ordre où nous les avons placées.

Un tableau imprimé en gros caractères, indiquera les objets que chaque science renferme. Ces
tableaux indicatifs et explicatifs à la fois, don-
neront des idées claires, distinctes de chaque ra-
mification de l'arbre de la science universelle. Les
cinq autres objets généraux dont nous avons donné
l'origine et les développemens, seront traités de la
même manière que celui de la philosophie et de
ses filiations.

Un grand tableau présentera ces six objets généraux, et trente-six tableaux particuliers com-
prendront les trente-six espèces ou sous-ordres
qui en sont les dérivés.

Si ce n'est pas là l'esprit de toutes les Bibliothèques possibles, le précis de la science universelle, un plan méthodique et instructif de toute
la littérature, nous invitons tous les savans de
l'Europe à s'occuper du même travail d'après une

meilleure méthode, et en moins de mots possible : nous serons des premiers à les applaudir.

En attendant ce chef-d'œuvre à faire , c'est aux lecteurs éclairés , et à ceux même qui desirent de s'instruire , au lieu d'errer dans l'immensité de la littérature comme dans un labyrinthe plein de routes confuses , c'est à eux à juger de ce plan vaste et concis , exact et simple ; à en profiter, s'ils le trouvent, comme nous l'espérons , d'un usage avantageux.

ADRESSE

sur l'ordre naturel et social, considéré sous le rapport
de sa tendance à produire le bien universel,

lue devant la Société des Tammany, à leur anniversaire,
le 12 mai 1798.

PAR GEORGE LOGAN.

Faire le bien, c'est le recevoir.

A Philadelphie, &c.

CONCITOYENS,

Un esprit de philanthropie nous porte à desirer
en général le bonheur du genre humain; mais la
justice et la saine politique nous prescrivent de
vouloir, d'une manière plus spéciale, la prospérité, le bonheur et l'indépendance de nos compatriotes. Cette règle nous est tracée par la loi de la
nature, sanctionnée par la raison, comme la seule
base sur laquelle nous puissions, sans enfreindre
la justice, fonder notre bonheur et notre sûreté
individuelle.

Les anciens se sont presqu'universellement
accordés à dire que l'homme a été formé pour la
société, et conséquemment qu'il est tenu d'observer et de pratiquer tout ce qui tend au bien de la

communauté dont il est membre. Ce principe n'avoit point encore cessé d'être généralement respecté, lorsque Hobbes et autres esclaves des tyrans, mirent en avant leur détestable opinion. Ils prétendirent que l'état de nature étoit pour l'homme un état de guerre; que tous les hommes étoient ennemis l'un de l'autre, et conséquemment qu'ils ne pouvoient être gouvernés que par la crainte. Plusieurs écrivains d'un mérite éminent, ont combattu cette doctrine ; ils ont établi, sur des principes plus conformes à la raison, l'obligation imposée aux hommes de s'entr'aimer et de se prêter mutuellement assistance. Le docteur Sharrack d'Oxford, publia en 1660, un fort bon écrit sur les devoirs de l'homme, pris dans la loi de la nature. Il paroît que le docteur Sharrack fut ainsi un des premiers qui ait tenté de remplir le vœu du lord Verulam, qui se plaignoit souvent « de ce » qu'on n'avoit pas encore cherché à établir quel- » que principe fixe et inébranlable qui pût servir » de base à la morale ». Il prétendoit que la fin de toute action louable étoit d'écarter le mal-aise loin de l'homme vertueux, et de le faire jouir de la paix et d'une douce sérénité. Le sage et bienfaisant évêque de Cumberland publia, quelques années après, un excellent Traité sur le même sujet, dans lequel il établit que le plus haut degré de bien-veillance de chaque être doué de raison envers tous les autres, forme le plus heureux état de cha-cun et de tous ; que sans cette bienveillance générale, l'homme ne peut jamais atteindre à cet état de félicité, et conséquemment que le bien de tous, est la loi suprême.

Le comte de Shaftbury considère tout l'univers comme formant un seul système, composé d'une infinité d'autres systèmes, tous composés de systèmes subalternes. Ainsi notre système solaire a ses globes divers, chacun desquels fait partie du système général. Quoi qu'il en puisse être dans les autres globes, nous savons du moins que le nôtre est un composé de plusieurs systèmes, formés d'autres systèmes individuels, dont chacune des différentes parties peut être parfaite en elle-même (ainsi un œil est parfait, une main est parfaite); mais doit être aussi considérée dans ses rapports avec le tout, dont elle est partie immédiate, en suivant la gradation du petit au grand, du grand au plus grand, et ainsi de suite jusqu'au tout.

Tous ces corps lumineux que nous voyons dans le ciel, quels que soient leur nombre et leur distance de nous, communiquent nécessairement avec notre globe, et il est très-probable qu'ils se secondent tous mutuellement et s'entr'aident à remplir leur destination. Il est donc également probable qu'ils ne forment tous qu'un seul système universel; ils doivent donc tous être également proportionnés et adaptés à l'action des autres; car autrement ils s'entre-détruiroient et ne produiroient que désordre et confusion.

Nos observations sur le cours des planètes, qui

font partie du système de notre propre globe, nous ont appris que leurs forces centrifuges sont tellement combinées avec leurs forces de gravité et d'attraction, qu'elles ne peuvent se mouvoir que dans une direction presque circulaire, et qu'elles suivent cette direction avec une telle constance, que l'on peut calculer, à une heure près, toutes les éclipses des corps lumineux, tant passées que futures, avec autant de certitude que celles de la présente année.

Dans la partie animale et végétale de la création, chaque espèce est fournie de vaisseaux, de glandes et de sucs, adaptés à sa nature et à la perfection de son existence. On observe aussi dans cette partie la même constance et cette imperturbable continuité, dont le résultat, visible à nos yeux, est qu'il n'a presque point existé sur ce globe d'espèces d'animaux ou de végétaux, qui, ayant été connus avec certitude, ne s'y retrouvent encore aujourd'hui.

Telle est la merveilleuse régularité de toute la nature. Les plus petites parcelles de matière sont si uniformes dans leurs opérations, que l'on connoît d'avance les effets qu'elles produiront en telles et telles circonstances, quoique ces particules soient si légères qu'elles échappent à la subtilité de nos sens. Un grand nombre d'expériences ont constaté, par exemple, qu'une parcelle de lumière est matière ; mais cette parcelle est si inconcevablement déliée, que le docteur Barrow, en trai-

tant ce sujet, est d'avis qu'une parcelle de lumière
est aussi inférieure en volume à un grain de sable,
qu'un grain de sable est lui-même inférieur au
monde entier.

Ainsi, depuis les objets d'une immense grandeur jusqu'aux plus petits atomes que l'imagination puisse concevoir, on voit par-tout régner
l'ordre, la proportion, la justesse et la convenance
tant dans leurs rapports mutuels que dans leur
destination particulière, et cet ordre est éternel.
Tout dans la nature se rapporte à une fin déter-
minée, et quoique les objets créés varient entre
eux jusqu'à l'infini, ils sont tellement combinés
et tellement conduits, que tous concourent au
grand but, qui n'est autre que le bien général.

Quand on considère ce bel ordre établi dans le
monde physique, il est impossible de croire un
seul moment que l'homme, formé pour être le plus
bel ornement de la création, puisse être condamné
à vivre dénué de toutes connoissances morales et
politiques, et à gémir sous le joug de l'injustice et
de l'oppression. Dieu, au contraire, a déclaré lui-
même la perfectibilité de la nature de l'homme,
lorsqu'il apparut à Abraham, et lui dit : « Je suis le
» Dieu tout-puissant; marche devant moi, et sois
» parfait ». Notre divin sauveur, Jésus-Christ, a
confirmé cette doctrine dans un discours qu'il fit
à ses disciples, et dans lequel respirent la philanthropie universelle et les sentimens les plus purs
de vertu, de vérité et de justice. « Soyez donc

» parfaits, leur dit-il, même comme notre père qui » est aux cieux est parfait ». Cette opinion de la perfectibilité de l'homme et de son droit naturel au bonheur, même en ce monde, est non-seulement fondée sur la respectable autorité des saintes écritures, elle l'est aussi sur la raison. Si nous la consultons, la raison nous dira que la fin que Dieu s'est proposée, par rapport à ses créatures et particulièrement à l'homme, est incontestablement un état de perfectionnement et de bonheur dans ce monde. De quelque côté que nous tournions les yeux, nous ne voyons dans la nature aucun être qui ne soit gouverné par des loix analogues à son existence, et qui ne soit pas organisé tout exprès pour obéir à ces loix et pour en obtenir tous les secours qu'exigent la nature de son être ou le mode immuable de son existence. L'homme n'a point été négligé par son créateur. Les facultés qu'il a reçues en partage, lui donnent l'empire du monde ; il a droit d'aspirer à la prospérité et à un ordre de choses qui lui assure la jouissance de ses droits.

Quelle que puisse être la différence des opinions sur la perfectibilité de l'espèce humaine, tout le monde s'accorde à déplorer sa misère. Dans tous les pays du monde ce sont les magistrats exécutifs qui l'ont dégradée ; ce sont eux qui constamment ont empiété sur les libertés des peuples, et, après leur avoir filouté leur souveraineté, les ont réduits à la plus affreuse misère. Des guerres, créées

par ces magistrats ambitieux, ont été entreprises
pour leur propre agrandissement et pour l'exten-
sion de leur pouvoir plutôt que pour la protection
de leur pays. Les peuples avilis, poussés au désespoir, ont eu pour toute consolation la promesse
d'un bonheur éternel, faite par des prêtres intéressés, qui prenoient part, avec le gouvernement,
au pillage des citoyens.

Pour se soustraire à cette combinaison d'outrages et de tromperies, nos ancêtres ont fui dans
les déserts de l'Amérique, où du moins ils ont
pu, sans insultes et sans affronts, maintenir leurs
opinions politiques et religieuses. Les Indiens
natifs les ont accueillis amicalement, et leur ont
permis de jouir, sans restriction, de tous les avantages dont ils jouissoient eux-mêmes. Quoique
Guillaume Penn eût reçu du roi d'Angleterre,
conformément au droit que se sont arrogé les
gouvernemens d'Europe, la donation du territoire de Pensylvanie, et qu'il en eût été déclaré
seul propriétaire, cependant, animé par cet esprit
de justice qui distingue toutes les actions de sa
vie, il ne prit possession de ces terres qu'après
les avoir achetées des naturels du pays. Ainsi la
colonie fut maintenue paisible et florissante. Les
seules difficultés qu'elle eut à surmonter lui furent
suscitées par les ordres et les réglemens arbitraires
du Cabinet britannique, réglemens qui interdi-
soient nos réglemens municipaux, arrêtoient le
progrès de nos manufactures, et restreignoient

notre commerce. Ainsi l'Angleterre jouit, à notre grand détriment, d'un monopole sur les produits de notre industrie. A la fin, lasse de souffrir ces insultes répétées, la Pensylvanie s'unit aux autres colonies ses sœurs, et fortes de l'appui du Peuple français, de ce Peuple brave et généreux, qui n'a épargné pour nous servir ni ses trésors ni son sang, nous sommes devenus libres, et les Etats-Unis forment aujourd'hui une république indépendante. Après avoir ainsi secoué le joug du Gouvernement britannique, fédérés désormais avec nos frères des autres Etats pour nous prêter mutuellement secours et protection, il est du devoir de chacun de nous d'encourager les ouvriers et fabriquans de notre pays, non pas en excitant le Gouvernement à établir, dans cette vue, des réglemens prohibitifs contre l'importation étrangère, mais plutôt en utilisant nos propres manufactures.

Les avantages physiques et locaux dont nous jouissons, nous offrent les moyens de nous fournir nous-mêmes, sans le secours d'aucune autre nation, de la plupart des principaux articles, tant d'utilité que de nécessité première. Ceci posé comme un fait incontestable, les citoyens des Etats-Unis sont coupables en quelque sorte de ne pas tirer tout le parti possible des circonstances dans lesquelles ils se trouvent placés. La prospérité et la puissance d'une société civile sont toujours le résultat de l'indépendance et de la prospérité de

ses membres ; et comme chaque citoyen doit son
secours pour soutenir les réglemens municipaux
par lesquels la propriété de tous est protégée, de
même il est du devoir, je dis plus, il est de l'intérêt de chaque individu, de soutenir la prospérité
et l'indépendance de ses concitoyens. On compte
que les ouvriers et manufacturiers composent un
vingtième de notre population ; les marchands,
agens, etc. encore un vingtième, et que les dix-
huit autres vingtièmes sont occupés à l'agriculture. Ces hommes dont les inclinations les portent à des occupations manufacturières, et qui
craignent les soins et les fatigues de la vie agricole,
seront flattés de voir que leurs concitoyens donnent la préférence aux produits de leur industrie
sur ceux des manufactures étrangères. Les marchands, en leur qualité d'agens ou commission-
naires, prétendent au contraire, que, pour l'intérêt même des cultivateurs américains, les occupations manufacturières doivent être découragées
dans les Etats-Unis. Ces sortes de gens ne tiennent
point à une patrie ; on doit les regarder comme
citoyens du monde, plutôt que comme ceux d'une
république particulière. Envoyer en Angleterre
de l'argile, de la pierre calcaire, du froment, pour
nous être ensuite renvoyés, l'une en briques, l'autre en chaux, l'autre en farine, ne seroit pas un
usage plus absurde que d'exporter en Europe,
comme nous l'avons fait pendant nombre d'années,
notre graine de lin, notre fer et nos fourrures,

pour être ensuite renvoyés en une infinité d'articles manufacturés, qui auroient pu l'être également parmi nous. L'exportation de nos matières
crues pour les manufactures d'Europe, peut sans
doute exciter une grande activité dans nos ports
de mer, produire un grand mouvement dans la
navigation, et grossir ainsi les affaires et la fortune des marchands ; mais elle ne peut certainement rien ajouter à la richesse générale ni à l'indépendance du pays.

Les fermiers qui composent, comme je l'ai dit,
les dix-huit vingtièmes du peuple des Etats-Unis,
sont dans une situation si avantageuse, qu'ils peuvent aisément tirer de leurs propres fermes et
manufacturer eux - mêmes toutes les étoffes de
laine et toutes les toiles nécessaires à leurs familles.
Tous ces objets leur reviendront à beaucoup meilleur marché qu'aucune des marchandises de ce
genre que leur fournit l'importation, vu la supériorité de la fabrication domestique, tant pour la
qualité que pour l'usage, sans parler de l'utile
emploi du temps. Indépendamment de ce fait, dont
on doit sentir l'importance, les fermiers sont encore particulièrement intéressés, sous un autre
rapport, à encourager les ouvriers et fabricans
des Etats-Unis. C'est pour eux un moyen de se
procurer à leurs portes, pour tout l'excédant des
produits de leur industrie agricole, un marché
usuel et sûr, qui ne pourra être interrompu par
la concurrence étrangère, ni détruit soit par les

mesures impolitiques de notre gouvernement exécutif, soit par les loix arbitraires des gouvernemens étrangers.

Le travail de nos concitoyens, aujourd'hui occupés dans les manufactures, doit être sans doute
payé plus cher que n'est payé celui des sujets du
roi d'Angleterre, tant en Europe que dans les
Indes; mais l'homme qui connoît le prix de l'indépendance réelle de son pays, ne peut être arrêté
par cette considération. La justice doit présider
aux conditions d'un échange qui doit être également
ment avantageux aux deux parties. Il faut que
l'ouvrier retire de son travail de quoi vivre dans
une honnête aisance, de quoi donner de l'éducation à ses enfans; il faut aussi qu'il puisse mettre
quelque chose de côté pour le soutien de sa famille
en cas d'accident. Tel n'est pas le sort des ouvriers
en Angleterre; il y en a même fort peu qui reçoivent un salaire proportionné à leur travail. On
consulte peu l'équité dans la distribution des ré-
compenses dues à leur zèle ou à leur habileté. On
fait au contraire des calculs dont le résultat est
toujours de réduire l'ouvrier à la plus étroite subsistance. Depuis sa naissance, il est condamné à
un travail perpétuel; on ne lui laisse pas même
dans l'enfance le temps nécessaire pour se fortifier et se distraire par des exercices corporels, ou
pour cultiver son esprit. Ainsi le pauvre, à l'industrie duquel la Grande-Bretagne doit la prospérité si vantée de ses manufactures, est forcé, par

des réglemens tyranniques, à un travail si excessif, que, réduit à une existence purement animale, il n'a plus la faculté de prendre intérêt à la prospérité de son pays, ni celle de le servir au moment du danger.

En parlant des possessions anglaises dans l'Inde, M. Bolts et le colonel Dow sont de la même opinion sur le traitement rigoureux qu'ont à supporter les ouvriers des manufactures. « Les Gomastahs ou agens de la compagnie, dit le premier*, ne regardent pas, généralement parlant, comme une chose nécessaire à la conclusion du marché, que les pauvres tisserands y consentent, lorsque ceux-ci sont employés pour l'habillement de la compagnie. Souvent ils leur font signer ce qu'ils veulent, et lorsque quelques tisserands ont refusé de prendre l'argent qui leur étoit offert, il est bien connu que quelquefois ils ont été garrottés avec leurs propres ceintures, et chassés ignominieusement. Pour l'ordinaire, un certain nombre de ces tisserands sont aussi enregistrés sur les livres des Gomastahs de la compagnie, et ne peuvent travailler que pour elle. Ils passent ainsi, comme autant d'esclaves, de la domination d'un Gomastah à celle d'un autre, perpétuellement en butte à la méchanceté du dernier venu. Les dévideurs de soie crue ont été aussi traités avec tant d'injustice, que quelques-uns se sont coupé le pouce pour n'être plus forcés à dévi-

---

* Bolts' India affairs, pag. 193, 194.

der de la soie ». C'est à ces horribles excès que nous devons le triste avantage d'avoir à si bon marché les ouvrages manufacturés des possessions anglaises.

Si nos affaires publiques présentent aujourd'hui un aussi sombre aspect, il faut indubitablement l'attribuer à ce que les citoyens des Etats-Unis ont trop négligé les principes représentatifs du gouvernement fédéral, et qu'ils n'ont vu que dans un seul homme le salut de la chose publique. Les mêmes causes produiront toujours, avec le temps, les mêmes effets. Toutes les fois que des hommes, abusant de cette volonté libre qui leur fut donnée, pour leur propre bien-être, par l'auteur de l'univers, détruiront eux-mêmes cet ordre naturel, la confusion et la détresse seront toujours, dans le monde moral comme dans le monde physique, la punition de leur erreur. Lorsque les Juifs, ce peuple si éminemment favorisé, demandèrent un Roi pour les gouverner, cette demande fut aux yeux de Dieu, une offense non-seulement envers Samuel et les anciens, mais aussi envers lui-même ; il fut irrité de voir en eux ce desir d'imiter les mœurs corrompues des autres nations, et de pervertir l'ordre naturel qu'il avoit établi pour le bonheur de l'univers entier. Dieu leur donna donc un Roi dans sa colère, un Roi qui fut pour eux un fléau, comme tous les Rois ont été des fléaux pour le genre-humain depuis cette époque jusqu'à nos jours. Le pouvoir royal, après avoir

pesé sur l'Europe pendant des siècles, éclairé
maintenant dans ses plus secrets replis par la
lumière qu'ont répandue les révolutions américaine et française, tire vers sa fin. Il est bien à
desirer que les citoyens des Etats-Unis soient sur
leurs gardes et qu'ils ne souffrent pas que l'apparence même du pouvoir royal puisse revenir
parmi nous, obscurcir les brillantes perspectives
de notre révolution. La liberté de notre pays doit
avoir pour base cette égalité prescrite par la nature, qui ne reconnoît point les distinctions de
maîtres et d'esclaves. Quelles que puissent être les
suggestions de l'intérêt personnel, les subtilités des
sophistes, il n'en sera pas moins certain que l'égalité, conforme à la saine raison, celle qui assure
indistinctement à tous les citoyens la jouissance
de leurs droits civils et l'avantage d'être gouvernés
par des loix impartiales, donne de la dignité au
caractère de l'homme, et l'excite à des actions dignes de sa glorieuse origine.

Enfin, Républicains, montrons-nous soigneux
de venger les droits de l'humanité opprimée et
d'écarter loin de nous l'idée de toute injuste distinction. Sachons nous affermir dans les principes
de la philanthropie, de la justice et de l'égalité, et
dans la haine de ces systêmes d'oppression qui,
pendant trop long-temps, ont couvert de ténèbres
la surface des contrées européennes.

Hâtons-nous d'accomplir dès aujourd'hui ce
que la dissémination des lumières et de la vérité

accomplira infailliblement demain. Ne nous amusons point à épier les occasions et les événemens; l'ascendant de la vérité est indépendant des événemens. Gardons-nous d'user de violence; la force n'est point la conviction. La violence déshonoreroit la cause de la justice. Ne laissons pénétrer dans nos cœurs, ni mépris, ni animosité, ni ressentiment, ni desir de vengeance. La cause de la justice est la cause de l'humanité. Le cœur de celui qui la défend doit être rempli des plus purs sentimens de la bienveillance universelle. Nous devons aimer cette cause, parce qu'elle est celle du genre humain; nous devons desirer le règne de la justice, parce qu'il n'est point d'homme sur terre qui, contemplant avec patience le progrès tranquille et naturel des choses, ne soit plus heureux par l'espoir seul de voir enfin arriver le règne de la justice.

INTERROGATOIRE DE LESAGE,

tiré des papiers trouvés à la Bastille.

INTERROGATOIRE fait par nous CLAUDE BAZIN, Chevalier, Seigneur de Bézons, Conseiller du Roy ordinaire en tous ses Conseils, et GABRIEL NICOLAS DE LA REYNIE, Conseiller du Roy en ses Conseils, Maistre des Requestes ordinaire de son Hostel, Commissaires deputtez par le Roy par Lettres-patentes du sept auril dernier; à ADAM CŒURET dit LESAGE, prisonnier au Chasteau de Vincennes, auquel Interrogatoire a esté par nous procédé ainsy qu'il ensuit.

Du 28 octobre 1679, au Chasteau de Vincennes.

INTERROGÉ de son nom, surnom, aage, qualité et demeure, après serment fait de dire vérité,

A dit qu'il s'appelle Adam Cœuret dit Lesage, aagé de quarante-huit ans, natif de Caen ; demeurant chez Landart, fayancier, rue Montorgueil.

Qui luy a donné la connoissance de madame la comtesse du Rourre, et à quelles affaires ladite dame l'a employé ?

A dit qu'il ne connoist point ladite dame comtesse du Rourre, mais bien en a ouy parler à madame de Polignac, laquelle dame de Polignac luy fust adressée par la dame de Lusignan, qui le mena chez ladite dame de Polignac.

Pour quel subjet ladite dame de Lusignan mena luy, Lesage, chez ladite dame de Polignac ?

A dit qu'estant chez ladite dame de Polignac, la première chose que ladite dame lui demanda fut la continuation de l'amitié de monsieur le comte du Lude, celle du sieur vicomte de l'Arbouste et du sieur Davadour ; ce que luy, Lesage, promit de faire à ladite dame de Polignac ; et pour cet effet, luy, Lesage, fit des machines au bois de Boulogne, et chez dame Anne, avec le nommé Mariette, prestre ; et fut fait une espèce d'autel dans une chambre chez ladite dame Anne, sur lequel il fut fait quelques façons en la présence desdites dames de Polignac et de Lusignan, qui s'y trouverent ; à laquelle dame de Lusignan la dame de Polignac donna une juppe ; que lorsque luy, Lesage, connut ladite dame de Polignac, il y auoit sept ou huit mois que ladite dame estoit auec la Voisin ; et quelque temps après ladite dame de Polignac ayant tesmoigné à luy, Lesage, qu'elle desiroit de se bien mettre auprès du Roy, elle luy dit que la Voisin auoit promis à une dame appellée Dartigny de la bien mettre auprès du Roy, et qu'elle auoit aussi promis la mesme chose, mais séparément, à elle, dame de Polignac, à laquelle ladite Voisin auoit dit qu'elle se déferoit de mademoiselle de la Valière par poison ; mais ladite dame de Lusignan ayant dit à la dame de Polignac que luy, Lesage, fairoit mieux son affaire que la Voisin, parce qu'elle croyoit qu'il estoit magicien, ladite dame de Polignac quitta la Voisin; laquelle dame de Polignac demanda sur cela à luy, Lesage, les moyens de se défaire de mademoiselle de la Valière, et de faire mourir le sieur comte de Polignac son mary, afin d'estre libre; pour raison de quoy luy, Lesage, et Mariette firent plusieurs cérémonies chez ladite dame Anne en la présence desdites dames de Polignac et de Lusignan; à laquelle dame de Polignac luy, Lesage, ayant fait entendre qu'il estoit nécessaire qu'elle récitast dans ce mesme temps certains mots qui auoient la force de faire auoir l'amitié qu'elle prétendoit auoir, il fit réciter diuerses fois à ladite dame de Polignac plusieurs mots sans suite qui venoient originairement du nommé Roby, prestre de Saint-Laurent, duquel Mariette les auoit appris, et qui sont dans un liure intitulé ENKIRIDION, qui estoit à son procès; et à l'égard des deux personnes que ladite dame de Polignac vouloit faire mourir, luy, Lesage, luy demanda deux cœurs de pigeon, que ladite dame luy apporta, et qui furent mis en sa présence dans une boiste, sur laquelle, luy, Lesage, luy fit dire quelques paroles; après quoy il fut auec ladite dame et ledit Mariette dans un carrosse à six chevaux au bois de Boulogne, où ladite dame enterra lesdits cœurs; ensuite de quoy luy, Lesage, fut de-là à Saint-Germain auec ladite dame de Polignac, parce que ayant dès le commencement dit à ladite dame de quitter la Voisin et ses méchantes voies de poison

qu'elle lui conseilloit, il luy auoit promis qu'il fairoit son affaire par d'autres moyens, et qu'elle
seule seroit bien auprez du Roy; et luy, Lesage,
lui ayant dit qu'il falloit pour cela, qu'elle, dame
de Polignac, se trouuast à la messe du Roy, et
qu'elle y récitast certaines choses, ladite dame le
mena à cause de cela à St.-Germain à la messe du
Roy, où luy, Lesage, Mariette présent, dit qu'il
falloit qu'elle dist pendant la messe l'Exaudiat par
trois fois, auec certains mots qui venoient dudit
Roby, prestre, dont il a parlé cy-dessus; et luy,
Lesage, est bien persuadé que le sieur de Polignac
sçauoit le dessein de la dame sa femme d'estre bien
auprez du Roy, parce que luy, Lesage, ayant disné
et couché ce jour-là chez ladite dame de Polignac,
ledit sieur de Polignac demanda à luy, Lesage, s'il
fairoit réussir le dessein pour sa femme, et luy promit de luy donner une montre qu'il auoit; mais
ledit sieur de Polignac n'auoit pas connoissance
du reste, ny de ce qui auoit été fait touchant les
cœurs. Se souuient, luy, Lesage, que ladite dame
de Polignac ayant demandé dans quel temps les
deux cœurs enterrés fairoient leur effet, luy,
Lesage, luy dit que dans quarante jours, les deux
personnes dont elle vouloit se défaire mourroient
infailliblement; et auant ce temps-là de quarante
jours, luy, Lesage, fut arresté, et n'a jamais eu de
ladite dame de Polignac la valeur de plus de dix
ou douze pistolles. Se souuient aussy, luy, Lesage,
que ladite dame de Polignac sçachant que ma-

dame la comtesse de Gramont aüoit le mesme dessein qu'elle, dame de Polignac, de se bien mettre
auprez du Roy, elle pria luy, Lesage, de ne rien
faire pour ladite dame de Gramont ; que ce n'est
pas la seule affaire que luy, Lesage, a destournée,
et qu'il a empesché, par de semblables inuen-
tions, d'exécuter de pernicieux desseins ; que luy,
Lesage, en a usé de mesme à l'esgard de madame
la duchesse de Bouillon, laquelle, luy, Lesage,
ayant veu chez la Voisin, et ladite dame luy ayant
dit qu'elle sçauoit qu'il pouuoit faire réussir ce
qu'elle demanderoit, luy, Lesage, aprez plusieurs
discours, luy dit d'escrire ses demandes, ce que
ladite dame fit, et luy, Lesage, se seruit de la
mesme adresse dont il a parlé cy-deuant pour réserver le billet de ladite dame, par lequel luy,
Lesage, vit que ladite dame de Bouillon demandoit la mort de monsieur le duc de Bouillon son
mary, et d'espouser monsieur le duc de Vendosme, lequel estoit présent chez la Voisin lorsque ladite dame de Bouillon escrivit ledit billet, et
crut ledit sieur duc de Vendosme auoir luy-mesme
fait brûler ledit billet ; aprez quoy ladite dame de
Bouillon obligea luy, Lesage, de venir en son hostel, où ayant esté mené par Lafontaine, l'un des
valets-de-pied de ladite dame, et conduit dans
sa chambre, luy, Lesage, fit encore passer un
deuxieme billet de mesme que le premier, aussy
en la présence de monsieur le duc de Vendosme
et du sieur abbé de Charlieu ; et ladite dame vou-

lant engager de plus en plus luy, Lesage, de faire
ce qu'elle demandoit à l'esgard de son mary, fit
apporter un sac dans lequel il y auoit beaucoup
d'especes d'or qu'elle voulut l'obliger de prendre;
mais luy, Lesage, qui ne vouloit point prendre
un aussy grand engagement, le refusa, et ne voulut accepter que quatre pistolles, depuis quoy
ladite dame est venue plusieurs fois chercher luy,
Lesage, chez Landart, où il demeuroit, et aussy
chez la nommée la Vigoureux; mais luy, Lesage,
éuita toujours de la rencontrer, et ne voulut point
entrer plus auant en commerce auec ladite dame.
Reconnoist, luy, Lesage, que le sieur comte de
Cessar luy a demandé au commencement qu'il l'a
cognu, de luy donner des secrets pour le jeu, et
pour jouer contre le Roy, et le voulut mener pour
cela à Saint-Germain, ce que luy, Lesage, refusa
de faire, et ne voulut point aller à Saint-Germain;
ce qui fit que ledit sieur de Cessar se réduisit à
luy demander le secret du jeu pour jouer auec
le public et contre le roy d'Angleterre; aprez quoy
ledit sieur de Cessar luy demanda quelque chose
pour des amourettes, et ensuitte les moyens de se
deffaire du sieur comte de Clermont son frere; et
luy respondant ayant entendu cette proposi-
tion, il en usa à l'esgard du sieur de Cessar, ainsy
que luy, Lesage, nous a dit qu'il auoit fait en
semblables occasions à l'esgard d'autres personnes;
et ledit sieur de Cessar ayant escrit ses demandes,
luy, Lesage, garda son billet, dans lequel il vit

que ledit sieur de Cessar demandoit la mort du sieur comte de Clermont son frère, et la continuation de l'amitié de madame de Clermont sa belle-sœur, qui est dans le couuent de la Conception ; qu'aprez cela lui, Lesage, fit porter un os de mort que le nommé Coffinal auoit esté chercher à Saint-Roch, chez ledit sieur de Cessar, sur ce que luy, Lesage, dit qu'il estoit nécessaire pour faire mourir ledit sieur comte de Clermont, et fut ledit os de mort cousu dans une manche de chemise auec du fil noir par ledit Coffinal, valet, ou faisant le valet dudit sieur de Cessar, lequel sieur de Cessar tenoit ladite manche par un bout, pendant que ledit Coffinal travailloit à y coudre et enfermer l'os de mort, lequel estant ainsy accomodé fut mis dans un petit coffre de bois qui auoit esté fait exprez; et ledit sieur de Cessar escriuit ensuitte un pouuoir qu'il donna audit Coffinal pour faire en son nom tout ce qui restoit à faire jusques à l'entier accomplissement du dessein, ainsy que luy, Lesage, auoit dit qu'il estoit nécessaire de le donner; et suiuant ledit pouuoir, luy, Lesage, et ledit Coffinal firent plusieurs cérémonies sur ledit coffre pendant plusieurs jours, et furent, pour le mesme sujet, diverses fois ensemble chez les nommez Dauon et Oliuier, prestres, chez lesquels il fut fait aussy plusieurs autres cérémonies par lesdits Dauon et Oliuier, qui n'auoient pas voulu aller chez ledit sieur de Cessar pour les faire ; et luy, respondant, n'a pas reçu

dudit sieur de Cessar en tout plus de vingt escus ;
mais il est bien vray que ledit sieur de Cessar
luy auoit voulu plusieurs fois donner de l'argent,
et qu'il luy auoit promis de luy donner mille pis-
toles sy l'affaire réussissoit, et aussi-tost aprez que
ledit sieur comte de Clermont seroit mort ; luy
auoit aussy, ledit sieur de Cessar, donné pour ce
qu'il demandoit touchant l'amitié de ladite dame de
Clermont sa belle-sœur, un diamant en bague de
la valeur de quatre ou cinq cents liures, que luy,
Lesage, auoit dit luy estre nécessaire pour cela ;
mais il rendit depuis ladite bague audit sieur de
Cessar, lequel voyant que son frere ne mouroit
point, dit à luy, Lesage, qu'il y auoit d'autres
gens plus capables et plus savants que luy, et qu'il
ne sauoit rien ; ce qui obligea luy, Lesage, de luy
dire que pour aduancer la chose, il falloit enterrer ledit os de mort auec de l'aymant gris, et sur
cela luy, Lesage et Coffinal furent enterrer ledit
os de mort auec l'aymant gris aux Porcherons,
estant luy, Lesage, bien ayse de sortir de chez
ledit sieur de Cessar, dans la maison duquel luy,
Lesage, sçait qu'il a esté trauaillé à des distilla-
tions et à des essences dangereuses, et que tous
ses domestiques, à la réserue de Coffinal, en furent
extrêmement malades, et que le nommé Maistre
Pierre fut aprez cela employé pour les guérir.
Sçait aussy luy, Lesage, que ledit sieur de Cessar
est dans le commerce du comte de Castel, major
en Angleterre ; de Rabel, de Cadelan et de Va-

nens; et que c'estoit ledit sieur de Cessar auec madame la comtesse d'Armagnac, qui s'employoient pour faire donner audit Rabel l'entrée chez monseigneur le Dauphin, et de le faire receuoir dans sa maison en qualité de médecin ou de chirurgien. Sçait aussy luy, Lesage, que Cadelan s'est seruy dudit Rabel pour l'empoisonnement du nommé Rondeau, premier mary de la femme que ledit Cadelan a espouzée, et que ledit Cadelan a fait venir à Paris ledit Rabel auec toute sa famille.

Lecture faite audit Lesage de son interrogatoire et responses, a dit ses responses contenir vérité, y a persisté et signé. A. CŒURET. ESTIENNE. BEZONS. DE LA REYNIE.

PRÉCIS

DE L'OUVRAGE DE L'ABBÉ DUBOS,

intitulé :

ÉTABLISSEMENT DES FRANCS DANS LES GAULES.

PAR THOURET.

LIVRE PREMIER.

De l'état des Gaules au commencement du cinquième siècle.

A cette époque les Gaules faisoient une portion de l'Empire Romain. Elles étoient divisées en dix-sept provinces, dont chacune avoit sa métropole ou sa capitale. On en trouve la carte géographique à la tête de l'ouvrage de l'abbé Dubos.

Les Gaules comprenoient tout le pays contenu en largeur entre les Alpes, le cours du Rhin et l'Océan ; et en longueur, depuis l'embouchure du Rhin jusqu'aux Pyrénées et à la mer Méditerranée.

Voici les noms des dix-sept provinces gauloises : La Viennoise, la première Lyonnaise, la première Germanie, la seconde Germanie, la première Belgique, la seconde Belgique, les Alpes maritimes,

I.   21

les Alpes pennines et grecques, la grande Séquanoise, la première Aquitaine, la seconde Aquitaine, la Novempopulanie, la première Narbonnaise, la seconde Narbonnaise, la seconde Lyonnaise, la troisième Lyonnaise, la Lyonnaise Sénonaise.

Chaque province étoit subdivisée en un certain nombre de cités ou districts appelés en latin
CIVITAS ; car par cité il ne faut pas entendre simplement une grande ville, mais tout un district
qui avoit une capitale dans laquelle résidoit un
sénat dont l'autorité s'étendoit sur tous les cantons (Pagi), qui composoient le territoire de la
cité. C'étoit la prérogative d'être le séjour du sénat,
qui distinguoit les villes ayant le titre de cité, des
simples villes.

§. I.

De l'état des Gaulois.

Ils étoient distingués d'abord en hommes libres
et en esclaves.

Les esclaves étoient de deux conditions différentes. Les uns, tels que les esclaves Grecs et Latins,
étoient attachés à la maison et à la personne de
leur maître qui les nourrissoit ; les autres étoient
attachés à des terres que leurs maîtres leur assi-
gnoient pour les faire valoir. Ils se nourrissoient
et s'entretenoient eux-mêmes ; mais aussi tous les
fruits de leur travail leur appartenoient, en payant

annuellement à leurs maîtres la redevance convenue. Ces esclaves sont désignés dans nos anciennes loix par la dénomination de SERFS DE CORPS ET D'HÉRITAGE, et par celle de GENS DE PÔTE.

Il y avoit aussi des tenanciers libres, c'est-à-dire des citoyens à qui les propriétaires des terres en avoient abandonné une certaine portion, à condition de les cultiver et d'en payer une redevance annuelle. C'est de ces tenanciers libres dont il est encore parlé dans nos anciennes loix sous le nom de SERFS D'HÉRITAGE.

Tous les hommes libres des Gaules étoient distingués en trois ordres.

Le premier ordre étoit composé des familles sénatoriales. Comme chaque cité avoit son sénat particulier qui gouvernoit tout le district et y rendoit la justice, les citoyens les plus considérables de chaque district étoient élus pour remplir les fonctions de sénateur; et l'on appeloit familles sénatoriales celles qui sortoient d'un de ces sénateurs. Elles avoient plusieurs prérogatives; mais elles contribuoient également aux subsides publics. C'étoit déjà un germe d'aristocratie.

Le second ordre étoit composé de différentes décuries ou classes, dans lesquelles étoient distribués les propriétaires des terres qui n'exerçoient d'ailleurs aucun métier pour gagner leur vie. On appeloit Curiales ceux de ces citoyens qui avoient entrée et voix délibérative dans l'assemblée municipale de chaque ville ou bourg. L'assemblée municipale s'appeloit curie ou sénat inférieur. On appeloit simplement possesseurs ceux qui, quoi-que propriétaires de terres, n'avoient point les autres qualités requises pour entrer dans les assem-blées de la curie ou municipalité. L'autorité de la curie du chef-lieu s'étendoit sur tout le plat-pays dépendant de la cité.

Le troisième ordre étoit composé des citoyens qui exerçoient des métiers pour vivre. Les mé-tiers étoient classés par colléges ou corporations qu'on appeloit COLLEGIA OPIFICUM. Il paroît que l'empereur Alexandre Sévère fut l'instituteur de ces corporations d'ouvriers dans tout l'Empire Romain.

§. I I.

Droits politiques des cités.

CHAQUE cité se gouvernoit, comme on l'a vu, par son sénat et par sa curie.

Chacune avoit ses revenus publics qui prove-noient de deux sources; 1°. des subsides particu-liers que chaque cité levoit sur elle-même pour subvenir à ses dépenses; 2°. du produit des biens-fonds dont la cité étoit propriétaire; car par les loix romaines les cités pouvoient acquérir et pos-séder des terres comme les particuliers.

Chaque cité avoit et entretenoit sa milice bour-geoise, composée d'un certain nombre de citoyens qui avoient toujours leurs armes prêtes, qui étoient subordonnés à des chefs reconnus et dressés à la discipline militaire.

Enfin les cités s'assembloient quelquefois par députés, et tenoient des espèces d'états-généraux dans lesquels elles délibéroient et prenoient des résolutions touchant les intérêts communs.

Mais tout ce système, borné à l'administration intérieure, étoit toujours subordonné à l'autorité suprême des Empereurs, dont le pouvoir étoit exercé dans les Gaules par les officiers civils et militaires qu'ils y préposoient.

§. III.

Que les Gaulois étoient devenus semblables en tout aux Romains.

DEPUIS près de cinq cents ans que les Gaulois vivoient sous la domination de Rome, ils étoient devenus des Romains.

Les colonies romaines, dont leur pays fut parsemé, devinrent autant d'écoles où ils apprirent la langue, les loix et les mœurs de leurs vainqueurs.

Un grand nombre de leurs cités ayant obtenu le droit de bourgeoisie romaine, plusieurs familles de ces cités parvinrent, sous les premiers Empereurs, aux premières dignités de l'Empire.

Enfin, Caracalla ayant fait citoyens romains tous les habitans des différens pays sujets de l'Empire, les loix romaines devinrent presque dans toutes les Gaules le droit commun. La plupart des Gaulois prirent des noms romains, et se vêtirent à la romaine, portant la toge. La langue latine devint familière dans le pays, d'où il est résulté que notre langue française est composée de tant de mots latins. Les mariages furent communs entre les individus des deux nations. Les mœurs des Romains s'étendirent; et les grandes villes eurent leurs bains publics, leurs cirques et leurs amphithéâtres, où il se donnoit des combats de gladiateurs.

Il n'y avoit presque plus, dit l'abbé Dubos, de Gaulois dans les Gaules, au commencement du cinquième siècle.

§. I V.

Des officiers civils employés par les Empereurs dans le gouvernement des Gaules.

CONSTANTIN ayant multiplié les grandes chárges de l'Empire pour en diviser l'autorité, au lieu d'un seul préfet du Prétoire, il y en eut quatre. Les Gaules, l'Espagne et la Grande-Bretagne formèrent le département d'un de ces grands officiers. Il résidoit à Trèves, dans la première Belgique, cette ville étant alors la plus considérable de son département.

Ce préfet du Prétoire avoit sous lui trois vicaires généraux, dont l'un étoit pour les Gaules, le second pour l'Espagne, et le troisième pour la Grande-

Bretagne. Celui des Gaules s'appeloit le vicaire des dix-sept provinces.

Le vicaire général des Gaules avoit sous lui les dix-sept gouverneurs ou recteurs des provinces.

En chaque cité particulière, un comte veilloit aux détails de l'administration de la justice, de la police et des finances. Ces comtes étoient subordonnés au gouverneur de leur province, à moins que l'Empereur ne donnât à quelqu'un d'eux le pouvoir proconsulaire, auquel cas il répondoit directement à l'Empereur.

Il y avoit encore quatre commis principaux du trésorier général de l'Empire, dont l'un résidoit à Lyon, le second à Arles, le troisième à Nismes, et le quatrième à Trèves.

Enfin il y avoit trois directeurs des monnoies, à Lyon, à Arles et à Trèves; et six directeurs d'ateliers, où l'on fabriquoit des armes et des machines de guerre.

§. V.

Des officiers militaires qui commandoient dans les Gaules pour les Empereurs.

CONSTANTIN détacha de l'office de préfet du Prétoire tout ce qui concernoit le pouvoir militaire, et il établit dans chacun des quatre grands départemens de l'Empire un généralissime, ou maître de la milice.

Le généralissime dans les Gaules avoit sous ses

ordres les ducs, c'est-à-dire, les généraux qui
commandoient en chef la milice de chaque province. Duc signifioit simplement général ; ensuite
on ajouta au mot duc le nom de la province dans
laquelle le général commandoit. Ainsi l'on appela
duc de la Séquanoise le général qui commandoit
les troupes dans cette province.

Il faut cependant observer que les Empereurs
ne réglèrent pas toujours les districts de leurs
commandemens militaires conformément au nombre des dix-sept provinces. Ils réunirent quelquefois plusieurs provinces en un seul commandement militaire ; et ils donnoient le nom particulier
de Tractus à ces commandemens, dont les limites
ne répondoient point à l'ordre de la division des
provinces.

C'est ainsi qu'ils avoient réuni cinq provinces
pour former le Tractus armoricus, le commandement armorique, c'est-à-dire maritime. Ces cinq
provinces étoient les deux Aquitaines, la Sénonaise, la troisième Lyonnaise, et la seconde Lyonnaise, qui est notre ci-devant Normandie.

La raison qui fit instituer ce grand commandement armorique fut la nécessité de mettre sous
un seul chef toutes les forces destinées à la défense des côtes contre les excursions des pirates
et des nations du nord, qui les désoloient souvent.
Le besoin de mettre à l'abri, fort avant dans les
terres, les bassins et les arsenaux des flottes avec
lesquelles on défendoit l'entrée des fleuves de la

Seine et de la Loire, fit comprendre la Sénonaise dans ce commandement. Paris, qui faisoit partie de cette province, avoit le bassin et les arsenaux de la flotte destinée à garder la Seine.

§. VI.

Des corps de troupes que les Empereurs entretenoient dans les Gaules.

Sous les empereurs romains, les troupes étoient divisées en deux espèces de milice. Une partie étoit destinée principalement à suivre le prince, et à marcher incessamment par-tout où il jugeoit à propos de l'envoyer. On appeloit les hommes de cette première espèce de milice, SOLDATS PRÉSENS OU ACCOMPAGNANT, MILITES PRÆSENTALES, ou COMITATENSES ; ils faisoient la véritable force des armées romaines, et étoient proprement troupes de campagne. Les Empereurs en entretenoient un corps considérable dans les Gaules.

L'autre espèce de milice étoit composée des troupes de garnison ou de frontière, instituées pour la garde des provinces frontières, et appelées MILITES LIMITANEI, ou RIPARENSES. Chaque corps de cette milice étoit stable dans le quartier qui lui étoit assigné, et les soldats formoient leur établissement dans le pays.

On leur distribuoit même des terres dont ils avoient la jouissance, et qui pouvoient passer à leurs héritiers, à condition qu'eux et leurs héritiers serviroient à la guerre. Les terres ainsi possédées s'appeloient BÉNÉFICES MILITAIRES, et c'est là la première origine de l'établissement des fiefs qui eut lieu depuis dans les monarchies modernes.

Les Empereurs entretenoient dans les Gaules plusieurs corps de cette seconde milice, et ils y établirent un grand nombre de bénéfices militaires.

§. VII.

Des revenus publics que l'Empire Romain avoit dans les Gaules.

CES revenus émanoient de quatre sources.

La première consistoit dans les produits des fonds de terre dont la propriété appartenoit à l'Etat. On sait que les Romains s'étoient toujours approprié une grande partie des fonds de terre des nations qu'ils avoient conquises : ils en avoient fait de même dans les Gaules. Les terres en valeur étoient affermées; les fonds incultes étoient concédés, à charge de les défricher, et moyennant une redevance proportionnée aux récoltes qu'ils produisoient; cette redevance étoit ordinairement de la valeur d'un dixième de la récolte, d'où ces terres étoient appelées AGRI DECUMANI. On conservoit avec soin un état général de tous ces biens, qu'on appeloit le CANON. Chaque cité en avoit une copie pour la portion des biens de l'Empire situés dans son district, et c'étoit avec cette copie que les décurions faisoient payer à chaque redevable sa redevance annuelle.

La seconde source du revenu de l'Empire étoit le subside ordinaire. Il étoit de deux espèces ; 1°. la taxe foncière par arpent, JUGERATIO, qu'on conjecture, avec assez de raison, avoir été du vingtième du revenu ; 2°. la cotisation personnelle par tête, CAPITATIO, qui se faisoit sur les registres du cens. La taxe de chaque tête étoit égale, sans distinction des riches et des pauvres ; mais pour soulager ces derniers, on pratiqua l'expédient d'associer plusieurs personnes pour payer entre elles une seule tête, ou cote-part de capitation.

La troisième source du revenu consistoit, 1°. dans les gabelles, ou profit sur le sel, dont les Empereurs s'étoient attribué la vente exclusive ; 2°. dans les droits de péage, qui s'exigeoient au passage des fleuves et rivières ; et dans le quarantième denier de tout ce qui se vendoit aux marchés ; 3°. dans les droits de douane perçus sur toutes les marchandises à l'entrée de l'Empire, et qui étoient du huitième du prix de leur estimation.

La quatrième source provenoit des produits casuels, tels que les confiscations, les amendes ; les dons gratuits, ou réputés tels, que les peuples faisoient au prince en certaines occasions ; et des corvées, ou services en nature, qui étoient exigés, 1°. pour faire le transport des denrées ; 2°. pour entretenir les grands chemins ; 5°. pour fournir des chevaux aux courriers et aux officiers de l'Empereur, lorsque ceux des maisons de poste qu'il entretenoit sur les grandes routes étoient épuisés.

§. VIII.

Des nations barbares qui habitoient sur la frontière septentrionale de l'Empire.

TROIS nations principales, et dont chacune comprenoit plusieurs peuples, bornoient au nord l'Empire romain, savoir la nation germanique, la gothique et la scythique.

I. Les principaux peuples de la nation germanique étoient les Bourguignons, les Allemands, les Saxons et les Francs.

Les Bourguignons occupoient le pays qui est à la droite du Rhin, entre l'embouchure du Nekre et la hauteur de la ville de Basle. Cette nation étoit nombreuse et brave. La plupart étoient forgerons ou charpentiers de profession. Elle étoit divisée en plusieurs tribus, dont chacune avoit son chef de qui l'autorité n'étoit pas héréditaire.

Les Allemands étoient un peuple ramassé, et composé de familles sorties de différentes nations. Leur primitive habitation étoit au nord du Danube ; mais dans le quatrième siècle, un essaim de ces Allemands avoit traversé le Rhin, et s'étoit cantonné dans le pays des Helvétiens, qui faisoit une partie des Gaules. Il y occupoit les contrées voisines du lac Léman (lac de Genève).

Les Saxons occupoient les pays qui sont depuis l'Ems jusqu'à l'Eyder, et par conséquent les contrées qui forment aujourd'hui la partie septentrionale de l'Allemagne. Ils possédoient aussi trois îles situées au nord de l'embouchure de l'Elbe. C'étoit dans le mouillage de ces îles que leurs pirates se rassembloient pour attendre les vents du nord qui les amenoient sur les côtes des Gaules. Les Saxons furent, par cette guerre piratique, le fléau des Gaules dans le cinquième siècle, comme les Normands dans le neuvième.

Les Francs étoient, de toutes les nations germaniques voisines des Gaules, celle qui avoit le plus de liaison avec les Romains, et qui étoit la moins barbare. Leur pays s'étendoit depuis l'embouchure du Mein dans le Rhin jusqu'à celle du Rhin dans l'Océan. On ne peut pas même douter qu'ils possédoient l'île des Bataves, formée par le Rhin séparé en deux bras (aujourd'hui la Hollande).

Les Francs étoient divisés en plusieurs tribus confédérées entre elles pour leur intérêt commun, mais indépendantes l'une de l'autre. Les Saliens étoient une de ces tribus. Les Francs étoient également braves sur l'un et l'autre élément : leurs pirates égaloient l'audace et l'habileté des Saxons dans les expéditions maritimes. Les Romains avoient recherché leur amitié et avoient fait des traités avec eux, prenant à leur solde des troupes de cette nation, et avançant aux premières dignités de l'Empire les plus distingués de ces Francs soldés. Il fut même permis de faire épouser des Francs aux princesses de la maison impériale.

II. Les peuples qui composoient la nation gothique étoient les Vandales, les Ostrogoths, les Visigoths et les Gépides. Ces peuples sont ceux à qui on a donné le nom générique de Goths, et quelquefois celui de Gètes.

Ils vinrent s'établir sur la rive gauche du bas Danube, après que les Romains eurent abandonné l'ancienne Dace, province que Trajan avoit soumise au-delà de ce fleuve. Procope les dépeint comme ayant la peau blanche, de longs cheveux blonds, la taille élevée et la physionomie heureuse. L'infanterie de cette nation avoit plus de réputation que sa cavalerie. Son mérite consistoit principalement à se bien battre à l'épée.

III. Les principaux peuples de la nation scythique étoient les Alains, les Huns et les Teïfales.

Cette nation, qui habitoit sur les bords du Pont-Euxin, d'où elle s'étendoit fort avant dans l'Asie, s'avança jusque sur les bords du Danube, après que les Goths eurent quitté ces dernières contrées pour s'établir sur le territoire de l'Empire.

Les Alains furent long-temps le peuple dominant parmi les Scythes.

Les Huns étoient en tout semblables aux Alains,

si ce n'est que ceux-ci étoient moins grossiers et mieux faits que les Huns.

Tout ce que les écrivains du moyen âge rapportent de ces nations scythiques, les représente entièrement semblables pour la conformation du corps, les mœurs et les usages, à ceux des Tartares qui habitent aujourd'hui leur ancienne patrie.

LIVRE II.

Précis des événemens historiques jusqu'à Clovis.

§. I.

Sous HONORIUS, empereur d'Occident.

STILICON, vandale d'origine, étoit le ministre, le favori, le généralissime, et en même temps le beau-père d'Honorius, à qui il avoit fait épouser sa fille. Voulant mettre son fils sur le trône, il excita les Barbares à faire une irruption dans les Gaules.

En 406. Le dernier décembre, les Vandales ayant pénétré par le pays des Francs, où ils passèrent le Rhin, entrèrent dans les Gaules. Les Francs, fidèles aux Romains, avoient disputé le passage aux Vandales, mais ils avoient été vaincus. En peu de mois les Vandales traversèrent toutes les Gaules et parvinrent jusqu'aux Pyrénées où ils s'arrêtèrent.

Révolte des troupes romaines dans la Grande-

Bretagne et dans les Gaules : convaincues de la trahison de Stilicon et de l'incapacité d'Honorius, elles proclament Constantin, officier de fortune, empereur. Il fut reconnu par la plupart des cités des Gaules. Il travailla avec succès à la délivrance des Gaules. Après avoir détruit plusieurs corps des Vandales, il obligea ce qui en restoit à se cantonner dans la seconde Aquitaine et la première Narbonnaise.

En 408. Honorius ne put réprimer l'entreprise de Constantin, parce qu'Alaric, roi des Visigoths, fit une invasion dans l'Italie. Il se vit au contraire obligé de traiter avec Constantin, qui se disposoit à passer les Alpes, et de l'associer à l'Empire.

En 409. Les Vandales ne doutant pas, à la vue de ce traité, qu'ils alloient être vivement attaqués, franchirent les Pyrénées et s'établirent en Espagne.

Ce fut en ce même temps que s'établit dans les Gaules la République des Armoriques. Alors les habitans de la Grande-Bretagne venoient de s'affranchir du joug de l'Empire. A leur exemple les peuples des cinq provinces gauloises, qui formoient le commandement Armorique, chassèrent les officiers de l'empereur, se mirent en liberté, et établirent dans le pays une forme de gouvernement républicain. Cet événement est important, parce qu'il a contribué plus qu'aucun autre à l'établissement de la monarchie française. Il paroît que les concussions et la mauvaise administration des officiers de l'Empereur, furent les vraies causes de la confédération des provinces Armoriques.

En 410. Alaric prend et saccage la ville de Rome, et meurt peu de temps après. Honorius fit la paix avec Ataulphe son successeur, en lui donnant, pour lui et pour ses troupes, un établissement dans les terres domaniales situées entre le Bas-Rhône, la Méditerranée et l'Océan, sans autre sujétion envers l'Empire que celle du service militaire à titre de troupes auxiliaires.

Gérontius, général de Constantin, s'étant révolté contre ce dernier, fut défait par Constance, célèbre capitaine d'Honorius, qui devint bientôt après patrice de l'Empire, épousa ensuite Placidie, sœur d'Honorius, et fut enfin associé par celui-ci à l'Empire. Après la défaite de Gérontius, Constance tourna ses armes contre Constantin lui-même, l'assiégea dans Arles, le prit, et l'envoya à Honorius, qui le fit tuer en route.

En 412. Les Visigoths arrivent dans les Gaules, et en vertu du traité fait avec Honorius, ils prennent d'abord leurs quartiers dans les cités à l'occident du Rhône : on étendit ensuite ces quartiers en leur donnant l'Aquitaine.

En 416. Honorius traite avec les Armoriques pour les ramener sous son obéissance. Exuperantius, citoyen de la cité de Poitiers, et qui fut depuis préfet du Prétoire dans le département des Gaules, étoit chargé de cette négociation; mais il ne put gagner qu'une petite partie de ces provinces.

En 423. Mort d'Honorius.

§. II.

Sous VALENTINIEN III, empereur d'Occident.

VALENTINIEN III étoit fils de Constance et de Placidie, sœur d'Honorius. Elle gouverna jusqu'à sa mort sous le nom de son fils.

En 425. Aëtius est envoyé commander les forces de l'Empire dans les Gaules. Il y eut plusieurs succès tant contre les Visigoths qui avoient assiégé Arles, que contre les Bourguignons qui étoient entrés dans la première Belgique. Il laissa cependant une partie de ces derniers dans les Gaules, à condition qu'ils se tiendroient dans les quartiers qui leur seroient assignés, et à la charge du service militaire.

En 426. Clodion régnoit alors dans l'ancienne France, c'est-à-dire au-delà du Rhin : on ne sait pas au juste de quelle tribu des Francs il étoit roi.

En 428. Aëtius soumet plusieurs peuplades de Francs qui s'étoient établis dans les Gaules, en-deçà du Rhin, principalement dans la cité de Tongres (Liége); il les oblige à s'avouer sujets de l'Empire, et à porter les armes pour son service. .

Les troubles qui eurent lieu les années suivantes

à la cour de Valentinien, et qui obligèrent Aëtius de repasser en Italie, ne permirent pas de s'occuper de la réduction de la république armorique.

En 435. Aëtius, élevé à la dignité de patrice de l'Empire, revient dans les Gaules. Il commença par tailler en pièces Gundicaire, roi des Bourguignons, qui y avoit fait de nouvelles usurpations. Il prit et mit aux fers Tiborton, qui avoit fait révolter plusieurs provinces.

Après tant de succès, il auroit bientôt réduit les Armoriques, si les Visigoths n'eussent pas fait une puissante diversion dans le midi, en s'emparant de plusieurs villes voisines de leurs quartiers, et en mettant le siége devant Narbonne. (En 436.) Le comte Litorius Celsus, qui commandoit sous Aëtius, le leur fit lever.

En 438. Armistice convenu entre Aëtius, les Visigoths et les Armoriques.

En 439. Litorius Celsus le viole en attaquant, auprès de Toulouse, les Visigoths qu'il prit au dépourvu ; mais il fut défait, pris et mis à mort. Cet événement fit faire la paix ; les Romains et les Visigoths renouvelèrent les anciens traités.

En 443. Aëtius vouloit enfin réduire les Armoriques en excitant contre eux un corps nombreux d'Alains qui lui étoit attaché (parce qu'il étoit scythe d'origine), et auquel il avoit assigné des établissemens sur la Loire. Saint Germain, évêque d'Auxerre, se rend médiateur, et obtient d'Aëtius que les Armoriques enverroient un député à la

cour de Valentinien pour traiter de leur accom-
modement.

En 445. La tribu des Francs qui avoit Clodion
pour roi, s'empare du Cambrésis. Ce roi Franc,
qui résidoit à Duysborch (Dispargum), sur les
confins de la cité de Tongres, marcha par la forêt
Charbonnière, qui faisoit partie des Ardennes, et
se rendit maître de Tournai. De-là il vint brus-
quement à Cambrai, où il passa au fil de l'épée tout
ce qu'il y trouva de troupes romaines. Il s'empara
ensuite de tout le pays entre Cambrai et la Somme.

En 446. Aëtius remporta quelques avantages sur
Clodion, auprès du Vieil-Hesdin, et reprit une
partie du pays dont ces Francs s'étoient emparés;
mais il ne paroît pas que les Romains aient jamais
reconquis les cités de Tournai et de Cambrai qui
restèrent à Clodion et à ses successeurs.

En ce temps-là, la tribu des Francs Ripuaires
s'établit entre le Bas-Rhin et la Basse-Meuse. La
situation du pays qu'elle occupoit sur les rives de
ces deux fleuves lui fit donner par les Romains
ce nom de RIPUAIRE, tiré de RIPA, rive. Les troupes
romaines qui avoient leurs quartiers entre les
deux fleuves, et qu'on appeloit aussi troupes ripuaires, s'incorporèrent avec les Francs.

En 449. Attila, surnommé le FLÉAU DE DIEU,
régnoit seul sur les Huns et sur les autres nations
scythiques. Il forma le vaste dessein de s'emparer
des Gaules, et de les répartir entre les différens
essaims de Barbares qui l'auroient suivi.

En 450. Aëtius, averti des préparatifs d'Attila, s'empressa de déterminer Valentinien à faire la paix et un traité d'alliance défensive tant avec les Francs qu'avec les Armoriques.

En 451. Attila arrive dans les Gaules suivi de plusieurs centaines de milliers d'hommes, après avoir suivi le cours du Nèkre et traversé le Rhin sur des bateaux construits avec des arbres coupés dans la forêt Noire. Il prit Metz la veille de Pâques.

Il avoit négocié avec Sangibanus, chef des Alains qu'Aëtius avoit établis en 443, sur les bords de la Loire. Sangibanus lui avoit promis de se déclarer pour lui, et de lui livrer Orléans. Attila marcha droit à cette ville aussi-tôt qu'il eut pris Metz.

Aëtius rassembla toutes les forces romaines et gauloises dont il put disposer. Théodoric, roi des Visigoths établis dans le midi des Gaules, vint le joindre. Ils forcèrent Sangibanus et ses Alains à marcher avec eux, et eurent l'attention de le faire toujours camper dans leur centre.

Attila, arrivé devant Orléans, au lieu d'y entrer par surprise, comme il y avoit compté, se vit forcé d'en faire le siége. Il la prit; mais à l'approche de l'armée d'Aëtius, il l'évacua le 14 juin, et chercha à se rapprocher du Rhin, voyant que toutes les forces des Gaules se réunissoient contre lui, et que ses intelligences avec Sangibanus étoient découvertes.

Aëtius et Théodoric l'atteignirent dans les plaines de la Champagne, auprès de Châlons. Il se donna là une sanglante bataille, dans laquelle Attila fut défait. Théodoric y fut tué. Attila repassa le Rhin.

En 452. Attila, ayant rassemblé une nouvelle armée, entra en Italie, parce qu'Aëtius n'avoit pas suffisamment pourvu à la défense du passage des Alpes. Il s'approchoit de Rome, et Valentinien se vit obligé d'engager le pape saint Léon à négocier la paix avec lui. Elle fut conclue, et Attila rentra dans ses états, où il mourut l'année suivante.

La conduite qu'Aëtius avoit tenue en laissant échapper Attila des Gaules, et ensuite en ne lui fermant pas les portes de l'Italie, et la hauteur qu'il mettoit à demander le mariage d'une des filles de l'Empereur avec Gaudentius son fils, irritèrent Valentinien contre lui. Il fut massacré par des courtisans affidés.

En 455. Valentinien ne lui survécut que de quelques mois : il fut tué par des créatures d'Aëtius qui servoient dans la garde impériale.

§. III.

Sous MAJORIEN, empereur d'Occident.

EGIDIUS fut fait maître de la milice dans le département des Gaules. Cet Egidius Syagrius, que nos Historiens appellent le comte Gilles ou Gillon, et son fils connu sous le nom de Syagrius, jouent un grand rôle dans nos premières annales. Ils étoient de la famille Syagria, l'une des plus illustres de la cité de Lyon, et qui avoit eu un Consul en 382.

En 458. Majorien entre dans les Gaules où il s'étoit formé un puissant parti pour porter Marcellianus sur le trône impérial. Il prit la ville de Lyon, battit les Vandales, et détruisit enfin tout le parti qui avoit refusé de le reconnoître.

En 459. Commencement du règne de Childeric, fils de Mérovée, sur les Francs, qui possédoient Tournai. Il fut déposé par ses sujets, irrités de ce qu'il séduisoit leurs filles : il se retira dans la Turinge, en laissant à son ministre affidé la moitié d'une pièce d'or rompue, dont il emporta l'autre, afin de pouvoir être instruit aussi sûrement que secrètement du temps où il devroit reparoître dans ses états.

Les Francs de Tournai élurent unanimement Egidius pour les gouverner à la place de Childeric.

En 460. Majorien ayant appris que la peuplade des Alains établis sur la Loire avoit pris les armes, voulut passer les Alpes une seconde fois ; mais son armée se révolta contre lui auprès de Tortone, et le tua.

§. I V.

Sous SEVERUS, empereur d'Occident.

EGIDIUS, irrité du meurtre de Majorien, qui avoit été son compagnon d'armes, menaçoit d'employer à le venger tout le crédit qu'il avoit dans les Gaules. Il refusa de reconnoître Severus ; mais Ricimer, patrice, qui avoit fait élire Severus, conjura l'orage qui le menaçoit de ce côté, en allumant la guerre entre Egidius et les Visigoths.

En 462. Théodoric II, roi des Visigoths, mit le siége devant Arles, place alors très-importante pour la communication avec l'Italie par son pont sur le Bas-Rhône. Egidius s'y étoit renfermé, et la défendit avec tant de courage, qu'il obligea les assiégeans rebutés à se retirer.

Agrippinus, gaulois, revêtu de l'emploi de comte à Narbonne, livra cette ville à Théodoric pour en obtenir du secours contre Egidius, son ennemi personnel. Cette place étoit d'autant plus importante aux Visigoths, qu'elle donnoit entrée au milieu de leurs quartiers, et qu'alors elle avoit un port capable de recevoir les navires propres à la navigation sur la Méditerranée.

Dans le même temps, les Francs Ripuaires, sans doute excités aussi par Ricimer, s'emparèrent de Cologne (Colonia Agrippina), et y tuèrent tous ceux qui s'étoient déclarés pour Egidius. Ils prirent ensuite la ville de Trèves, et la saccagèrent ainsi que tout le plat pays.

En 463. Frédéric, frère de Théodoric, s'avança à la tête des Visigoths jusque sous Orléans, appuyé par les Alains des bords de la Loire ; et tandis que ces forces attaqueroient Orléans, Audoacrius, roi des Saxons, avec qui on avoit négocié, devoit remonter la Loire, et se rendre maître d'Angers.

Tout ce plan fut déconcerté par la victoire signalée qu'Egidius et Childéric, qui s'étoient joints à lui, remportèrent sur les Visigoths auprès d'Orléans, sur le terrein qui est entre la Loire et le Loiret. Frédéric y fut tué. Ceux des Visigoths qui échappèrent au carnage regagnèrent leurs quartiers. La colonie des Alains fut détruite et dispersée.

En 464. Mort d'Egidius. Il fut trouvé sans vie dans son lit. Il est assez certain que sa mort ne fut pas naturelle ; mais il n'a jamais été avéré s'il avoit été étouffé, ou s'il avoit été empoisonné. Cette mort obligea de capituler avec le roi des Saxons, qui s'étoit maintenu en Anjou, et de lui payer une forte contribution pour l'engager à retourner dans son pays.

En 465. Mort de Severus, empoisonné par Ricimer.

§. V.

Sous ANTHEMIUS, empereur d'Occident.

L'ÉLÉVATION d'Anthemius, patrice de l'empire d'Orient, fut convenue entre Léon, empereur d'Orient, et Ricimer, à condition qu'Anthemius donneroit sa fille en mariage au patrice Ricimer. Deux ans s'écoulèrent avant la conclusion de cet arrangement.

En 467. Mort de Théodoric II, roi des Visigoths, qu'Euric, son frère, fit assassiner à Toulouse pour lui succéder.

Euric forme l'important projet de s'emparer de tout le territoire de la Gaule, jusqu'à la Loire vers le nord, et jusqu'à l'Océan vers le couchant.

En 468. Anthemius envoya chercher du renfort dans la Grande-Bretagne. Le roi Riothame y leva pour lui un corps de douze mille hommes; il traversa avec ces troupes l'Océan, et on leur donna des quartiers dans la cité de Bourges.

Trahison d'Arvandus, préfet du prétoire des Gaules, qui écrivoit à Euric de ne point reconnoître l'Empereur, et de se liguer avec Gunderic, roi des Bourguignons, pour partager entr'eux toutes les Gaules. Il fut condamné et banni.

En 470. Euric commença les hostilités, en enlevant par surprise les quartiers des Bretons commandés par Riothame. Celui-ci se retira avec les

restes de son armée dans le pays des Bourguignons.

Euric conquit dans le cours de cette guerre un
grand nombre de cités gauloises, Marseille, Arles,
Tours, et toutes celles du Rouergue, de l'Albigeois, du Querci, du Limosin, du Gévaudan et
du Vélay. Les Romains se rallièrent les Francs,
les Bourguignons, et même les Armoriques, pour
résister aux Visigoths. Mais Audoacrius le Saxon
revint faire une diversion en faveur de ces derniers, en descendant de nouveau sur les rives de
la Loire.

En 472. Mort d'Anthemius, et peu de temps
après mort de Ricimer.

§. V I.

Sous JULIUS NEPOS, empereur d'Occident.

En 475. CE nouvel empereur ne se trouvant
pas en état de résister à Euric, et craignant même
qu'il ne voulût étendre ses conquêtes en Italie, fit
la paix avec lui. Il le laissa en possession du terrein qu'il avoit gagné, et consentit même qu'il
y ajoutât l'Auvergne, dont Euric s'empara en
effet.

A la nouvelle de ce traité, toute l'armée se révolta contre un empereur qui lui parut avoir
trahi la république, et il ne fut pas difficile à
Orestès, qui commandoit cette armée, de donner

à Rome un nouveau maître. Il fit proclamer son propre fils sous le nom d'Augustule, et Nepos fut déposé.

§. VII.

Sous AUGUSTULE, dernier empereur d'Occident.

En 476. AUGUSTULE n'est guère moins célèbre pour avoir été le dernier empereur d'Occident, qu'Auguste l'est pour avoir été le premier empereur des Romains.

Les précédens empereurs avoient pris à leur service des corps nombreux de Goths, d'Alains, et d'autres étrangers. Ces troupes auxiliaires cantonnées en Italie sentirent leur force, et profitèrent de l'avénement d'Augustule à l'Empire pour demander que le tiers des terres d'Italie leur fût délivré. Sur le refus qu'Orestès en fit, ils le massacrèrent.

Un des officiers des troupes auxiliaires, nommé ODOACRE, leur promit, s'ils le prenoient pour chef, de les mettre en possession du tiers des terres. A cette condition ils le reconnurent pour leur prince. Aussi-tôt il se rendit maître de Rome, déposa Augustule et le fit renfermer. Ainsi le trône de l'empire d'Occident fut renversé après avoir duré plus de cinq cents ans depuis Auguste, et Rome passa sous la domination d'Odoacre, roi des Goths.

§. VIII.

Sous ODOACRE, régnant en Italie.

En 477. ODOACRE traite avec Euric ; il lui céda toutes les Gaules sans se réserver rien au-delà des Alpes.

Les Gaulois qui tenoient encore pour l'Empire, et ceux qui craignoient de tomber sous la puissance d'Euric, députèrent vers Zénon, alors empereur d'Orient, pour lui demander son assistance ; mais il les refusa. Ils firent alors avec Euric un traité, qui fut plutôt une simple suspension d'armes qu'une paix durable.

En 480. Mort de Childéric : il fut enterré aux portes de Tournai, où il faisoit sa résidence ordinaire. Son tombeau fut découvert en 1653. On y trouva son anneau, où sa tête est représentée avec la légende CHILDERICI REGIS, un grand nombre de médailles d'or frappées au coin des empereurs romains, et des abeilles de grandeur naturelle faites aussi d'or massif. La tribu des Francs sur laquelle il régnoit avoit pris les abeilles pour son symbole, et elle en parsemoit ses enseignes. On trouva encore dans le tombeau de Childéric un globe de cristal.

Le royaume qu'il laissa à Clovis, son fils, n'étoit pas étendu. Il ne faut pas en croire quelques écrivains, qui ont prétendu que les états de ce prince s'étendoient jusqu'à la Loire. Il est certain au contraire qu'il n'a jamais possédé Paris, ni aucun territoire du côté méridional de la Somme.

LIVRE III.

Suite des événemens historiques sous Clovis, et jusqu'à la cession des Gaules, faite à ses successeurs par l'empereur Justinien.

§. I.

Depuis l'avénement de CLOVIS jusqu'à la bataille de Tolbiac contre les ALLEMANDS, en 496.

En 481. CLOVIS n'avoit que seize ans en 481, lorsqu'il parvint à la couronne de la tribu des Francs établis dans le Tournaisis : cette tribu étoit des Francs Saliens. Il fut revêtu par les Romains des Gaules de la dignité militaire de maître de la milice. Ces Romains, et sur-tout les Gaulois de leur parti, avoient besoin de Clovis pour contenir Gondebaut, roi des Bourguignons établis alors dans le Lyonnais, qui étoit en même temps patrice de l'Empire, et qui pouvoit abuser du pouvoir de cette dignité pour s'agrandir dans les Gaules.

Les bornes du royaume de Clovis étoient, à l'orient, les cités de Tongres et de Cologne ; au midi la cité de Cambrai, qui formoit alors le

royaume de Ragnacaire ; à l'occident l'état de Ca-
laric, roi d'une autre tribu des Francs établis
entre l'Océan et l'Escaut ; au nord il s'étendoit
probablement jusqu'à l'île des Bataves. Ainsi ce
royaume étoit très-resserré, sur-tout du côté des
Gaules.

En ce temps les rois des différentes tribus des
Francs étoient indépendans les uns des autres ;
cette indépendance avoit lieu même entre les partages que faisoient les enfans d'un roi décédé, au
point que les sujets d'un partage devenoient au-
bains, c'est-à-dire, étrangers, et comme ALIBI
NATI par rapport aux autres partages, à moins
que le contraire n'eût été convenu dans les traités
des princes co-partageans.

En 483. Mort d'Euric à Arles. Alaric II, son
fils, lui succéda : il étoit encore enfant, et hors
d'état de gouverner par lui-même. Euric lui laissa
tout le pays entre la Loire, la Méditerranée, le
Rhône et l'Océan, à l'exception des cités qui faisoient partie des Armoriques, et des cantons que
les Bourguignons occupoient dans la première
Lyonnaise.

En 484. Guerre des Bourguignons contre les
Visigoths, dans laquelle les premiers conquirent
sur les derniers le pays qu'on a appelé depuis la
PROVINCE MARSEILLAISE, et qui comprenoit, outre
la cité de Marseille, celles d'Aix et d'Avignon.

En 486. Guerre de Clovis contre Syagrius. Celui-ci étoit fils du fameux Egidius, dont nous avons

parlé précédemment. Il avoit succédé à son père dans l'emploi de comte, ou de gouverneur de la cité de Soissons. Il paroît même qu'il s'en étoit rendu maître absolu, ainsi que de la cité de Troyes, pendant l'anarchie qui suivit le renversement de l'empire d'Occident. Grégoire de Tours lui donne même le titre de roi.

Clovis marcha contre lui avec le secours de Ragnacaire, roi du Cambrésis. Syagrius, vaincu, se refugia à Toulouse auprès d'Alaric, roi des Visigoths. Clovis le fit demander par ses envoyés, qui menacèrent Alaric de la guerre en cas de refus. Syagrius fut livré à Clovis, qui le retint prisonnier jusqu'à ce qu'il se fût rendu maître de ses états, et ensuite le fit décapiter secrètement.

C'est dans cette guerre qu'arriva l'aventure célèbre du Franc qui avoit pris dans une église un vase d'argent dont saint Remi demanda à Clovis la restitution. Clovis ayant fait rassembler tout le butin, dit à ses Francs : « Trouvez bon qu'a- » vant le partage je retire ce vase d'argent pour » en disposer à mon gré ». Tous les gens raisonnables y consentoient ; mais un Franc donnant un grand coup de sa hache d'armes sur ce vase, dit à Clovis : « Prince, vous n'avez rien à pré- » tendre ici que ce qui vous échoira par le sort ». Cependant l'assistance délivra le vase au roi, qui le remit aux députés de saint Remi.

En 490. Clovis se rend maître de la cité de Tongres. Cette conquête lui étoit d'autant plus importante, qu'elle lui ouvroit une communication immédiate avec les Ripuaires, qui avoient pour roi Sigebert, son allié.

En 491. Guerre de Théodoric, roi des Ostrogoths, contre Odoacre, qui étoit resté maître de l'Italie. Théodoric, après avoir défait plusieurs fois Odoacre, le prit enfin dans Ravenne, et le fit mourir. Ce Théodoric, élevé parmi les Romains, n'avoit rien de barbare. Il s'étoit engagé avec la tribu dont il étoit le chef, au service de l'Empire, qui lui avoit donné des quartiers permanens dans la Thrace. Il s'étoit rendu fort agréable à Zénon, empereur d'Orient, qui l'avoit fait consul en 484, et l'avoit adopté pour fils. Il vint combattre Odoacre, de l'aveu de Zénon qui lui céda même l'Italie, s'il parvenoit à en chasser Odoacre et les Goths.

Cette cession de l'Italie par Zénon et le succès heureux de Théodoric, durent décourager dans les Gaules tous ceux qui s'étoient flattés jusque-là de voir le rétablissement de l'empire d'Occident. Ce découragement et la crainte de voir Théodoric se lier avec les Visigoths des Gaules et consommer l'envahissement de tout le pays, auront aisément tourné les esprits du côté de Clovis, qui se montroit avec éclat; et le mariage de ce prince avec une princesse catholique aura achevé de les déterminer.

En 492. Clovis épouse la princesse Clotilde, fille de Chilpéric, roi des Bourguignons, que Gon-

debaut son frère avoit tué en 478. Il y a grande
apparence que les Romains des Gaules eurent
beaucoup de part à ce mariage, qui favorisoit leurs
desseins, parce que Clotilde étoit catholique, et
que Clovis, de son côté, fut bien aise d'entrer dans
leurs vues.

En 493. Clovis étend sa domination jusqu'à la
Seine, c'est-à-dire que son autorité fut reconnue
dans tout le pays compris entre la Somme, l'Aisne
et la Seine. Cet agrandissement du royaume de
Clovis n'eut pas lieu par voie de conquête. Les
cités de ce territoire s'étoient toujours distinguées
par leur fidélité à l'Empire; et elles obéissoient
déjà à Clovis dans ce qui concernoit la guerre, en
sa qualité de Maître de la milice. La cession de
l'Italie à Théodoric et le mariage de Clovis, les
déterminèrent facilement à reconnoître de même
ce prince pour le gouvernement civil.

En 494. Clovis entreprend de soumettre les
Armoriques. Celle des dignités de l'Empire dont
il étoit revêtu, lui donnoit un droit apparent
d'exiger leur obéissance. Il se vit obligé de vaincre leur résistance par les armes. C'est pendant la
guerre, qui dura plusieurs années à cette occasion, qu'il tint Paris bloqué et le réduisit à la
famine. Cette ville, comme nous l'avons dit, dé-
pendoit de la confédération armorique.

En 496. Guerre de Clovis contre les Allemands.
Plusieurs essaims de cette nation s'étoient établis
dès le quatrième siècle, comme nous l'avons dit,

dans le pays qui est au nord du lac de Genève, et qui s'étend jusqu'au mont Jura. Plusieurs autres tribus de la même nation habitoient sur la rive droite du Rhin, et il paroît que ces Allemands, joints avec les Suèves, avoient occupé l'Alsace dans les temps voisins du renversement de l'empire d'Occident.

En 496. Ces Allemands entrèrent hostilement dans la seconde Germanique, occupée alors par les Francs Ripuaires, dont Sigebert, allié de Clovis, étoit roi. Clovis se joignit à Sigebert, et ils donnèrent bataille à l'ennemi auprès de la ville de Tolbiac, aujourd'hui Zulpic, lieu situé en-deçà du Rhin, à quatre ou cinq lieues de Cologne.

L'action fut très-vive; l'armée de Clovis alloit être battue, lorsque pour réchauffer le courage des catholiques qui servoient en grand nombre dans son armée, il prononça à haute voix le vœu de se faire chrétien s'il gagnoit la bataille. La déroute des Allemands fut complète. Leur roi ayant été tué sur la place, ils se soumirent à Clovis et reconnurent sa domination. Il y en eut cependant qui préférèrent de quitter leurs pays, et qui se refugièrent dans les états de Théodoric, roi d'Italie, qui leur donna des établissemens.

Clovis se fit instruire par saint Remy, et fut baptisé par lui dans l'église métropolitaine de Reims, avec trois mille de ses sujets en état de porter les armes.

§. II.

Depuis le baptême de Clovis jusqu'à la bataille de
Vouglé contre les Visigoths, en 507.

CLOVIS devint par sa conversion au christianisme, le héros de tous les catholiques d'Occident;
car il étoit le seul souverain puissant qui pro-
fessât cette religion, et par conséquent le seul de
qui les catholiques pussent espérer protection
contre les autres princes, qui étoient ariens. Cette
considération fut la cause principale de son agrandissement dans les Gaules.

En 497. D'abord les troupes réglées qui restoient à l'Empire dans les Gaules, passèrent au
service de Clovis, et en lui prêtant le serment de
fidélité, elles lui remirent les pays qu'elles gardoient au nom des Romains, c'est-à-dire tous ceux
qui n'étoient point occupés par les Visigoths ni
les Bourguignons, et qui ne dépendoient point de
la confédération armorique.

Dans la même année, les Armoriques traitèrent
aussi avec Clovis, et se soumirent à lui. Ces deux
événemens, qui mirent Clovis en possession d'une
grande étendue de pays dans les Gaules, le ren-
dirent un prince puissant, et plusieurs Francs des
autres tribus s'attachèrent à lui.

En 499. Alliance conclue entre Clovis et Théodoric, roi d'Italie, pour attaquer ensemble les
Bourguignons, et partager entre eux tout le pays

que cette nation possédoit tant dans les Gaules
que sur les frontières d'Italie. Théodoric, maintenu dans la possession de l'Italie par Anastase,
successeur de Zénon, avoit le desir de s'agrandir
du côté des Gaules ; mais il craignoit de voir
échouer son entreprise, s'il avoit Clovis pour ennemi. Clovis de son côté avoit le même intérêt
d'accroître ses états, et de plus il étoit excité contre
les Bourguignons par la reine Clotilde, qui gar-
doit un vif ressentiment du traitement inhumain
fait à son père par Gondebaut.

En 500. Clovis se mit le premier en campagne,
et entra hostilement dans le pays des Bourguignons : il rencontra leur armée auprès de Dijon,
château bâti sur la rivière d'Ousches. Le combat
fut opiniâtre ; mais enfin les Bourguignons furent
défaits ; Clovis les poussa jusqu'à l'extrémité du
pays qu'ils occupoient, et s'empara du reste de
leurs états. L'armée de Théodoric n'arriva qu'a-
près le combat ; cependant le territoire conquis
fut partagé entre les deux rois aux termes du
traité, au moyen d'une somme d'argent payée par
Théodoric pour dédommagement du retard de
l'arrivée de ses troupes.

Les pays dont Théodoric se mit alors en possession furent la cité de Marseille, la province
marseillaise, que les Bourguignons avoient con-
quise après la mort d'Euric, et tout le territoire
renfermé entre la Durance, les Alpes, la Méditerranée et le Bas-Rhône. Toutes les autres pos-

sessions des Bourguignons dans les Gaules, qui confinoient vers le nord à la cité de Troyes, furent le partage de Clovis.

La religion eut beaucoup de part à cette rapide révolution. Le plus grand nombre des habitans du pays possédé par Gondebaut, roi des Bourguignons, étoient catholiques. Trompés long-temps par ce prince, qui leur avoit promis d'embrasser le christianisme, ils mirent peu d'opposition aux succès de Clovis. (En 5o1.) Mais Gondebaut, éclairé par sa disgrace, se fit instruire du catholicisme à Avignon où il s'étoit renfermé, et promit de publier un nouveau code (connu sous le nom de LOI GOMBETTE). Alors les esprits de ses sujets se rapprochèrent de lui, et Clovis consentit à son rétablissement à condition qu'il lui paieroit un tribut annuel. Théodoric abandonné de Clovis, traita aussi avec Gondebaut, en retenant Marseille et quelques cités adjacentes.

En 5o2. Clovis négocie une alliance avec Gondebaut pour attaquer Alaric II, fils d'Euric, roi des Visigoths. Théodoric, qui craignoit l'agrandissement de Clovis, s'entremit pour le maintien de la paix. Enfin Alaric eut une entrevue avec Clovis dans l'île appelée D'ENTRE LES PONTS, que la Loire forme vis-à-vis d'Amboise. Là, les deux princes conférèrent, mangèrent ensemble, et se promirent de vivre en bonne intelligence.

Alaric commit l'imprudence de mécontenter ses sujets par une altération des monnoies. Un grand nombre souhaitoit ardemment de passer sous la domination de Clovis, et les catholiques sur-tout. Alaric persécutoit ceux qu'il croyoit partisans de Clovis, et principalement les évêques : cette persécution augmentoit le mécontentement.

En 507. Clovis profitant de ces conjonctures, conclut son alliance contre les Visigoths avec Gondebaut, et commença la guerre. Alaric ayant assigné le rendez-vous de son armée dans le Poitou, Clovis y marcha.

Alaric ne voulant point combattre avant d'avoir été joint par un renfort que Théodoric lui envoyoit, prit un camp avantageux où il avoit la Vienne devant lui, et Poitiers sur ses derrières. Clovis passa la Vienne à un gué qui lui fut indiqué par une biche qu'il vit traverser cette rivière sans perdre pied, et ayant appris qu'Alaric se retiroit, il marcha la nuit, et l'atteignit après une marche forcée de neuf à dix heures.

Bataille de Vouglé, plaine à dix milles de Poitiers, non loin des bords du Clain. Les Visigoths y furent entièrement défaits, et leur roi Alaric tué. Clovis y courut personnellement un grand danger.

§. III.

Depuis la bataille de Vouglé jusqu'à la mort de Clovis, en 511.

GÉSALIC, fils d'Alaric, fut proclamé à Narbonne roi des Visigoths.

Clovis, dans le reste de la campagne de 507, mit son fils Thierri à la tête d'un corps de troupes avec lequel il soumit l'Albigeois, le Rouergue et l'Auvergne. Gunderic, avec ses Bourguignons, s'avança du côté de Narbonne ; et Clovis, après s'être rendu maître des deux Aquitaines, de la Novempopulanie, et d'une partie de la première Narbonnaise, mit le siége devant Carcassonne. L'approche de Théodoric, qui s'avançoit à la tête des Ostrogoths, l'obligea de lever ce siége, et il passa le quartier d'hiver à Bordeaux.

En 508. Siége mis devant Arles par les Francs et par les Bourguignons. Il coûta beaucoup de monde et de pénibles travaux. Théodoric, qui avoit un intérêt personnel à la conservation de cette place pour sa communication avec les Gaules, fit lever ce siége avec une grande perte des assiégeans dans leur retraite. Théodoric s'empara d'Arles et d'Avignon, que les Bourguignons avoient conservées dans la précédente guerre.

Les événemens de la campagne de 509 sont peu connus.

En 510. Théodoric engagea les Visigoths à déposer Genselic, et à mettre en sa place Amalaric, son petit-fils et son pupille, au nom duquel il gouverna. Il fit la paix avec Clovis, à qui il laissa la plus grande partie des cités qui sont entre le Rhône et l'Océan ; et garda le surplus du territoire restant aux Visigoths.

Clovis revint à Tours, et fit de grands présens à l'église bâtie sur le tombeau de saint Martin, dont il avoit imploré l'assistance au commencement de la guerre.

C'est à Tours que Clovis reçut le diplôme impérial d'Anastase, qui lui conféroit la dignité de Consul. Il en prit possession en se revêtant dans l'église de saint Martin de la robe de pourpre et du manteau d'écarlate. Dès ce moment tout le monde appela et s'adressa à Clovis comme au Consul, et même comme à l'empereur.

Cet événement est un de ceux qui ont le plus contribué à l'établissement de la monarchie française; car tous les Romains des Gaules s'accoutumèrent à accorder à Clovis autant d'autorité sur eux qu'il en avoit sur les Francs en qualité de leur roi.

Au sortir de Tours, Clovis vint à Paris, où il fixa sa résidence et le siége de sa royauté.

En 511. Clovis, qui jusques-là n'étoit roi que de la tribu des Francs, appelée la tribu des Saliens, parvint à faire périr les rois des autres tribus des Francs, Cloderic, fils de Sigebert, roi des Ripuaires, Ragnacaire qui régnoit à Cambrai, Cararic établi dans le pays où sont aujourd'hui les villes de Saint-Omer, de Boulogne, de Bruges et de Gand; et il engagea ces tribus à le choisir pour leur roi.

Mort de Clovis à Paris, à l'âge de quarante-cinq ans, après avoir régné environ trente ans. Il fut enterré dans la Basilique de Saint-Pierre et de Saint-Paul, aujourd'hui l'église de Sainte-Geneviève-du-Mont.

§. I V.

Sous les successeurs de CLOVIS jusqu'à la cession de la pleine souveraineté de toutes les Gaules, qui leur fut faite par l'empereur JUSTINIEN en 540.

LES quatre fils de Clovis, Thierri, Clodomire, Childebert et Clotaire partagèrent son royaume entre eux par portions égales. Ce partage ne se fit point en divisant le territoire en quatre grandes parties ; mais en attribuant à chacun des frères un certain nombre de cités de chaque province, de manière que chacun eut dans son partage un nombre à-peu-près égal de sujets de chacune des nations différentes qui avoient reconnu l'autorité de Clovis.

L'intervalle du temps écoulé depuis ce partage jusqu'à la cession de Justinien en 540, n'intéresse l'établissement de la monarchie que par trois grands événemens dont il est inutile de suivre les détails par ordre chronologique. Ces événemens sont, 1°. la conquête du royaume des Turingiens ; 2°. celle du royaume des Bourguignons ; 5°. celle de tout ce que les Ostrogoths possédoient dans la Germanie et dans les Gaules.

I. Les Turingiens originairement établis au-delà de l'Elbe, passèrent ce fleuve, et vinrent se fixer sur la gauche de ce fleuve, après que les Francs eurent quitté la Germanie pour s'établir dans les Gaules. Hermanfroi, un des rois des Turingiens, appela Thierri, fils de Clovis, qui régnoit à Metz, pour attaquer ensemble Baderic, autre roi des Turingiens; mais après la victoire, il refusa de délivrer à Thierri sa part de la conquête. Thierri, plein de ressentiment, s'unit à Clotaire, son frère. Ils attaquèrent Hermanfroi, le battirent, le poussèrent jusqu'à l'extrémité de la Germanie, et soumirent tout le royaume des Turingiens vers 530.

II. La conquête du royaume des Bourguignons coûta deux guerres successives. Lors de la première en 523, Sigismont, fils de Gondebaut, régnoit encore sur les Bourguignons. Les enfans de Clovis l'attaquèrent à l'instigation de Clotilde, leur mère, qui vouloit venger encore sur le fils de Gondebaut le sang de son père versé par ce dernier. Sigismont fut taillé en pièces, pris et jeté au fond d'un puits, aussi-bien que sa femme et ses enfans. Ses états furent envahis.

Mais les Bourguignons ayant proclamé roi Godemar, frère de Sigismont, reprirent les armes. Clodomire marcha contre eux, et les défit à la bataille de Véséronce dans la cité de Vienne; mais Clodomire poursuivant imprudemment les fuyards, fut surpris et tué. Les Francs découragés à la vue de la tête de Clodomire portée au bout d'une lance, firent la paix, et évacuèrent le pays des Bourguignons en 524.

En 532. Childebert, Clotaire et Théodebert, fils de Thierri, recommencent la guerre contre les Bourguignons : leur unique motif fut le desir de s'emparer d'un pays si fort à leur bienséance.

En 534. Après deux années de guerre, les enfans de Clovis parvinrent à se rendre maîtres du royaume de Bourgogne ; et après en avoir chassé le roi Godemar, ils partagèrent entr'eux ses états, dont ils ne furent plus dépossédés.

III. Théodoric, roi des Ostrogoths d'Italie, étoit mort en 526. Athalaric, son petit-fils et son successeur, mourut en 534. Justinien, qui étoit monté sur le trône de l'empire d'Orient, avoit résolu de chasser tous les barbares qui s'étoient emparés du partage d'Occident. Le célèbre Bélisaire venoit de consommer pour lui la conquête de la province d'Afrique sur les Vandales.

En 535. Justinien fait attaquer les Ostrogoths d'Italie par l'armée romaine qui venoit de triompher des Vandales africains. Bélisaire commença par leur enlever la Sicile.

Avant de faire entrer ses troupes en Italie, Justinien négocia avec les enfans de Clovis, et engagea ces princes, moyennant un présent en argent comptant, et la promesse d'un subside considérable qui leur seroit payé dès qu'ils auroient commencé à se mettre en campagne, à lui aider à recouvrer l'Italie.

En 536. Bélisaire entre en Italie. Théodat, qui avoit usurpé la royauté des Ostrogoths après la

mort d'Athalaric, vouloit capituler avec Bélisaire.
Les Ostrogoths le massacrèrent, et élurent Vitigès
à sa place.

Celui-ci sentant l'impossibilité de se défendre
en même temps et contre les Romains et contre
les Francs, fit représenter à ces derniers que les
succès rapides de Bélisaire, qui venoit de s'emparer de Rome, étoient pour eux-mêmes un sujet
pressant d'inquiétudes. Il leur offrit la cession
absolue des Gaules, et cent mille sols d'or, s'ils
vouloient s'engager à le secourir. (En 537.) Les
princes francs conclurent le traité. Observez que
cette cession des Gaules, faite aux enfans de Clovis
par les Ostrogoths, comprenoit non-seulement les
portions du territoire possédées par les Ostrogoths, mais encore tous les droits qu'ils pouvoient
prétendre, comme souverains de Rome, sur la
totalité des Gaules.

En 538. Les rois francs firent passer dix mille
Bourguignons, sans les avouer, à cause de leur
précédent traité avec Justinien. Ce renfort aida
Vitigès à reprendre Milan sur Bélisaire.

En 539. Mais Théodebert jeta bientôt le mas-
que, et entra avec une puissante armée en Italie.
Il s'y empara de la Ligurie, et s'avança même jusqu'aux environs de Plaisance.

Cette diversion en faveur des Ostrogoths, con-
vainquit Justinien qu'il ne réduiroit jamais ces
derniers, tant qu'il ne se seroit pas attaché sincèrement les princes francs. Il négocia donc nou-

vellement avec eux (en 540); et il confirma par un diplôme solemnel, au nom de l'Empire, la cession qui avoit été faite aux Francs en 537, des droits de l'Empire sur toutes les Gaules.

Cette cession authentique de l'empereur consomma l'établissement de la monarchie française dans les Gaules. Aucun des habitans de cette vaste contrée ne fit plus difficulté de reconnoître l'autorité des successeurs de Clovis comme légitime.

Remarquons en finissant que l'autorité des successeurs de Clovis ne fut légitime que parce qu'elle fut reconnue et consentie, et non parce que les prétendus droits de l'Empire furent cédés par Justinien. La souveraineté sur une nation ne peut jamais être ni acquise ni conservée légitimement par la force et par la contrainte, contre la volonté nationale. L'empire romain n'avoit pas d'autre titre de souveraineté sur les Gaules que la conquête de César, c'est-à-dire la force et la violence qui ne donnent jamais un véritable droit. Ainsi la cession de Justinien ne conféroit aux princes francs aucun titre de souveraineté légitime.

L I V R E   I V.

Idée générale de l'état des Gaules durant le sixième
siècle, et les trois siècles suivans.

§. I.

De la division des Gaules.

La division des dix-sept provinces ne subsista
plus que pour l'administration ecclésiastique ;
c'est-à-dire, que les dix-sept archevêchés établis
dans la capitale de chacune des dix-sept provinces, conservèrent leur suprématie sur tous les
évêchés qui avoient dépendu de lui jusques là.

Quant au gouvernement civil, les dix-sept provinces cessèrent de former chacune une espèce
de corps distinct politiquement organisé. Leur
confusion devint l'effet du partage des enfans de
Clovis ; car ayant pris chacun un certain nombre
de cités en chaque province, ces provinces ainsi
morcelées en différentes portions dépendantes de
différens princes, perdirent leur unité, et il s'é-
tablit nécessairement de nouveaux chefs-lieux,
et de nouveaux districts d'administration.

La subdivision des Gaules en cités subsista.
Chaque cité fut conservée en forme de corps
politique, et continua d'être partagée en cantons.

§. I I.

De la division du peuple.

La première division du peuple des Gaules étoit celle qui se faisoit en Romains, et en Barbares ou chevelus.

Les Romains étoient, ou les véritables Romains qui étoient venus s'établir dans les Gaules, ou les Gaulois devenus citoyens romains qui en avoient pris les mœurs et l'habillement.

Les Barbares étoient tous les individus des nations germanique, gothique et scythique. On les appeloit tous indifféremment ou BARBARES, nom qui n'avoit rien d'odieux et de méprisant, et qui signifioit seulement ÉTRANGER; ou CHEVELUS (capillati, crinosi), parce qu'ils portoient tous leurs cheveux longs, flottant sur les épaules; au lieu que les Romains les portoient si courts, que les oreilles paroissoient à découvert. Le Barbare qui se faisoit couper les cheveux à la manière des Romains étoit réputé renoncer à sa nation pour se faire Romain.

La seconde division du peuple des Gaules consistoit dans la subdivision de la nation barbare en plusieurs autres, dont les principales étoient celle des Francs-Saliens, celle des Francs-Ripuaires, celle des Bourguignons et celle des Allemands.

Cette division du peuple en nations se mainte-
noit par plusieurs moyens : 1°. parce que l'enfant
qui naissoit de parens barbares, en quelque lieu
des Gaules que ce fût, ne naissoit point Gaulois,
mais naissoit de la nation dont ses parens étoient;
ainsi l'enfant d'un Bourguignon, quelque part
qu'il fût né, naissoit et restoit toujours Bourguignon; 2°. parce que chacune de ces nations conservoit ses mœurs particulières, son habillement,
son langage; 3°. et sur-tout parce que chacune
conservoit sa loi particulière suivant laquelle elle
devoit être jugée.

§. III.

Des Francs.

Les Francs étoient distingués en hommes libres
et en esclaves.

Les esclaves des Francs n'étoient tenus qu'à la
servitude germanique; c'est à dire qu'ils n'étoient
pas attachés à la personne de leur maître, mais
qu'ils avoient leur domicile particulier, et qu'ils
faisoient leur profit de la culture des terres qui
leur étoient assignées moyennant une redevance.
Cette espèce de servitude ne rendoit point incapable du service militaire. L'affranchi devenoit
citoyen de la nation dont étoit son maître.

Quant aux Francs libres, ils étoient tous laï-
ques. Si quelqu'un d'eux embrassoit l'état ecclésiastique, comme il étoit obligé de se faire couper

les cheveux, il ne faisoit plus partie de sa nation, et étoit réputé Romain.

Les Francs libres ne composoient tous qu'un seul et même ordre de citoyens ; ils ne connoissoient point l'absurde institution de la noblesse ; ils n'admettoient aucune prééminence ni prérogative héréditaire.

Ils étoient gouvernés par deux loix ; la loi salique, dont Clovis fit faire une rédaction par écrit ; elle étoit la loi des Saliens, et des autres tribus qui n'en avoient point de particulière ; et la loi ripuaire, qui étoit celle de la tribu de ce nom, et que Thierri, fils de Clovis, fit rédiger.

Les officiers qui commandoient aux Francs immédiatement sous les rois, s'appeloient SENIORES (les vieillards). Ces sénieurs étoient les ministres et les principaux officiers du roi. Une partie restoit auprès de lui pour lui servir de conseil ; les autres alloient dans les différens districts gouverner les Francs qui y étoient établis.

Ces chefs, ou gouverneurs de district, avoient sous eux une espèce de sénat composé de cent personnes élues par les citoyens du district. Ces centenaires aidoient le sénieur de leurs avis, et faisoient mettre ses ordres à exécution.

Les ratchimbourgs étoient les magistrats qui rendoient la justice. La cour de justice s'appeloit MALLUS ; les ratchimbourgs alloient la tenir de canton en canton.

Enfin les Francs avoient leur assemblée annuelle et générale appelée le CHAMP-DE-MARS, dans laquelle ils délibéroient avec le prince de tout ce qui intéressoit le bien de l'état.

§. I V.

Des Bourguignons.

ILS se conservèrent en corps de nation séparée jusques sous les rois de la seconde race.

Ils étoient gouvernés par la loi gombette, ainsi appelée parce qu'elle fut promulguée par leur roi Gondebaut.

C'est d'eux que vint l'usage des duels judiciaires c'est-à-dire des combats singuliers ordonnés juridiquement pour constater par le sort des armes la vérité des faits allégués en justice. Gondebaut est le premier qui introduisit, par sa loi gombette, cette jurisprudence détestable; il la porta jusqu'à cet excès, d'obliger les témoins qui déposoient dans un procès, à soutenir la vérité de leur témoignage à la pointe de l'épée; et si le témoin appelé en champ-clos succomboit dans cette épreuve, que Gondebaut avoit osé appeler le JUGEMENT DE DIEU, tous les autres témoins qui avoient déposé comme lui étoient réputés convaincus de faux témoignage, et condamnés à une amende de trois cents sols d'or.

§. V.

Des autres nations Barbares établies dans les Gaules.

1°. Les Allemands. — Une partie des Allemands
que Clovis battit à la journée de Tolbiac se soumit
à lui, et il les laissa dans les quartiers qu'ils habitoient. Plusieurs autres se répandirent dans les
quartiers des autres nations, notamment dans
ceux des Ripuaires. Ils étoient régis par une loi
particulière que Thierri fit rédiger pour eux, et
qui le fut de nouveau par le roi Dagobert en 630.

2°. Les Visigoths. — Il ne paroît pas qu'il en
soit resté dans les Gaules après qu'elles furent
entièrement soumises aux enfans de Clovis. Ils
émigrèrent tous et passèrent en Espagne, où une
de leurs tribus étoit établie. Aussi leur loi ne se
trouve dans aucun des exemplaires de la loi mondaine. On appelle ainsi le recueil qui fut fait sous
les rois de la première race, de toutes les loix
des différentes nations barbares; et on disoit loi
mondaine, c'est-à-dire séculière et temporelle,
pour la distinguer de la loi ecclésiastique ou ca-
nonique qui régloit les affaires de la religion et
de l'église.

3°. Les Saxons. — Dès le temps des empereurs
d'Occident, une peuplade de Saxons s'établit sur
les côtes de la seconde Lyonnaise (la Normandie),
où l'Empire lui avoit accordé des quartiers. On

appela le pays qu'ils occupoient le RIVAGE SAXO-
NIQUE ; ce pays faisoit partie de la cité de Bayeux,
d'où ils furent nommés SAXONS BESSINS. On les y
retrouve encore sous le règne des petits-fils de
Clovis.

4°. Les Bretons insulaires. — C'étoit une peuplade d'habitans de la Grande-Bretagne qui quit-
tèrent leur pays lorsqu'il fut désolé par les fréquentes invasions des Saxons du Nord. Ils vinrent s'établir dans la troisième Lyonnaise, dans
la contrée qui a porté depuis le nom de BASSE-
BRETAGNE.

§. V I.

Des Romains.

LES Romains habitans des Gaules y furent
maintenus entièrement dans la possession de leur
état civil, tel qu'ils l'avoient eu par le passé.

Ils continuèrent d'être divisés en trois ordres,
celui des familles sénatoriales, celui des propriétaires de terres, qui se subdivisoit en curiales et
simples possesseurs, et celui des colléges des ar-
tisans.

Il leur fut toujours permis de s'allier par mariage avec les Francs.

Ils étoient admissibles à tous les emplois et à
toutes les dignités de la monarchie, et ils en furent
souvent revêtus. Les rois francs les traitèrent en
tout comme leurs autres sujets, et même ils les

distinguoient particulièrement à raison de leur plus grande capacité.

Les Romains étoient jugés suivant le droit romain. C'étoit le code théodosien qui étoit suivi dans les Gaules, et non celui de Justinien, parce que ce dernier empereur n'avoit plus aucune autorité dans les Gaules lorsqu'il publia son code.

Lorsque deux Romains plaidoient l'un contre l'autre, ils étoient jugés par des Romains ; lorsqu'ils plaidoient contre un Franc, on formoit un tribunal mi-parti dont les juges étoient moitié romains et moitié francs.

Alors la fonction de juger n'étoit point permanente : c'étoit une fonction municipale commune à tous les citoyens, qui la remplissoient tour-à-tour. L'officier du prince qui présidoit à un tribunal choisissoit pour chaque affaire, dans un certain nombre de citoyens, les assesseurs qui devoient juger avec lui.

§. VII.

Des terres saliques. Les Francs ne dépouillèrent point les anciens habitans des Gaules d'une partie de leurs terres lors de la conquête.

LES terres saliques dont il est question dans nos anciennes loix, principalement en ce que les femmes étoient exclues d'y succéder, n'étoient pas autre chose que les bénéfices militaires.

Il n'est pas douteux que Clovis concéda un grand nombre de ces bénéfices à ses soldats ; et comme les terres qui les composoient restèrent affectées à la nation des Francs, elles en prirent le titre de TERRES SALIQUES, du nom des Saliens, qui étoient la principale tribu des Francs. On conçoit maintenant pourquoi les femmes ne pouvoient pas y succéder ni les acquérir, puisque ces bénéfices n'étoient concédés qu'en simple jouissance, et à la charge du service militaire, que les femmes ne pouvoient pas remplir.

L'embarras d'expliquer l'origine des terres saliques, et l'exemple des spoliations que les autres barbares avoient commises sur les anciens habitans des Gaules, ont fait penser à plusieurs écrivains que les Gaulois avoient aussi été dépouillés de leurs terres par les Francs ; mais c'est une erreur. Aucun monument de nos antiquités n'indique que Clovis, ou ses enfans, ait exproprié aucun Gaulois ; et ces princes ont pu, sans commettre cette violence, distribuer beaucoup de bénéfices à leurs soldats ; ils avoient la disposition de toutes les terres domaniales de l'Empire, celle de tous les anciens bénéfices militaires romains lors des vacances, et celle de toutes les terres qui leur revenoient par confiscation ou déshérence.

§. VIII.

Du gouvernement général des Gaules sous Clovis et sous ses premiers successeurs.

LE gouvernement de ces premiers rois fut très-modéré : il ne pouvoit pas être autre à l'égard des Francs, qui de tous temps n'avoient regardé les rois qu'ils se donnoient que comme leurs chefs, et non comme leurs souverains. Il devoit être doux à l'égard des Romains et des Gaulois, puisque Clovis s'étoit établi dans le pays moins par la force que par négociation avec les habitans. D'ailleurs les Francs étoient en trop petit nombre pour qu'ils eussent pu opprimer impunément un grand peuple naturellement vif et courageux.

Au premier coup-d'œil, l'état des Gaules paroissoit presqu'en tout, le même qu'il avoit été sous les empereurs romains. Le plus notable changement qu'on pût remarquer dans ce grand pays, où l'on étoit accoutumé depuis long-temps à voir des essaims de Barbares établis dans des quartiers stables, étoit d'y voir un prince étranger exercer les fonctions suprêmes des grands officiers de l'Empire, et ceux de sa nation entrer dans les emplois civils.

Quant au reste, la face du pays étoit la même, comme on va le voir par les observations suivantes.

1°. Dans l'ordre de la religion rien n'étoit changé ; les évêques gouvernoient leurs diocèses avec la même autorité qu'auparavant : les rois francs, devenus catholiques, ne leur apportèrent aucun trouble.

2°. Les Gaulois et les Romains continuèrent à vivre suivant leurs anciennes loix : celles des Francs et des autres Barbares n'étoient observées qu'entre eux.

3°. On voyoit les mêmes officiers qu'auparavant dans chaque cité. Chacune avoit conservé son territoire, son sénat, sa curie et sa milice. Dans chacune un comte, officier du prince, remplissoit les mêmes fonctions que les comtes de l'empire romain.

4°. Les mœurs romaines prévalurent : en chaque cité on donnoit les mêmes spectacles, on portoit les mêmes habits, on suivoit les mêmes usages que dans les temps où l'on avoit obéi aux souverains de Rome.

5°. Les rois francs ne levèrent pas sur leurs sujets d'autres impositions que celles qui avoient été établies par les empereurs romains, et dont nous avons parlé au paragraphe VII du livre 1er ci-dessus.

6°. La langue latine continua d'être la langue commune et dominante, parce que les Francs, nation peu nombreuse, s'étant dispersés dans les Gaules, et se trouvant ainsi dans presque toutes les cités en moindre nombre que les anciens habitans, furent obligés d'entendre et de parler la langue usitée dans le pays. Il est constant que nos premiers rois se faisoient un mérite de bien parler latin, et que tous les actes publics, et tous les livres de ce temps sont écrits dans cette langue.

§. IX.

Du temps où a cessé la distinction des différentes nations qui composoient le peuple des Gaules.

CETTE distinction a encore subsisté long-temps sous les rois de la seconde race.

On ne peut pas douter cependant que tous ces peuples, qui vivoient et s'allioient ensemble, et qui avoient une langue commune, ne tardèrent pas à se rapprocher aussi par l'habillement.

Sous la première race, il y avoit déjà des Romains qui laissoient croître leur barbe, et qui portoient leurs cheveux longs, pour faire leur cour aux princes francs et aux grands de cette nation. Tous ceux qui fréquentoient la cour se travestirent en francs.

Charlemagne, qui tenoit à grand honneur d'être franc d'origine, affectoit de porter toujours l'habit particulier de cette nation. Un jour qu'il vit une troupe de Francs vêtus avec des brayes gauloises (grands hauts-de-chausses), il les réprimanda sévèrement ; il défendit même aux Francs cette sorte de vêtement. Il paroît certain que, vers la fin de la seconde race, l'habit franc devint l'habillement commun de tous les habitans des Gaules.

A cette époque, les différentes nations n'ayant plus rien de sensible qui les distinguât extérieurement, ne différoient plus l'une de l'autre que parce qu'elles avoient des loix différentes ; mais à cette même époque, les ducs, les comtes et les autres grands officiers, profitant de la foiblesse des derniers rois carlovingiens, s'approprièrent, chacun dans leurs districts, l'autorité qui leur avoit été confiée. Ils gouvernèrent arbitrairement, et ne voulant plus reconnoître d'autre loi que leur volonté, ils abolirent tous les codes nationaux, pour établir les usages et les coutumes qu'il leur plut d'y substituer.

Ainsi le seul caractère de distinction qui étoit resté entre les différentes nations se trouvant détruit, elles se sont confondues enfin, et n'ont plus fait qu'une seule et même nation, la nation française. Les provinces méridionales, dans lesquelles les Romains formoient presque toute la population, se maintinrent seules dans la possession d'être jugées suivant le droit romain, qui y a formé jusqu'à nos jours le droit commun.

PIÈCES FUGITIVES.

ÉPIGRAMME

CONTRE MADAME DE MAINTENON.

A voir cette prude catin
Gouverner si mal notre empire,
On pourroit en mourir de rire,
Si l'on n'en mouroit pas de faim.

JEAN RACINE.

COUPLET

sur les amours de LOUIS XIV et madame DE MAINTENON.

ON sait bien que David tomba ;
Que Salomon perdit sa gloire ;
Qu'à Samson l'amour déroba
Et ses cheveux et la victoire ;
Mais les maîtresses de ces gens
N'avoient pas soixante et dix ans.

CHANSON A BOIRE,

sur la passion de JÉSUS-CHRIST.

QUE le jour du saint vendredi,
Il ait crié : Héli ! Héli !
Cela ne fait rien à l'histoire ;
Mais qu'il ait bu jusqu'en mourant,
Pour prouver qu'il faut toujours boire !...
Cela n'est point indifférent.

N. B. Ce qu'il y a de plus étrange dans ce couplet bachique, ce n'est pas tant peut-être la singularité de l'application, que la source où je l'ai puisé. Le chancelier de Lamoignon, vieillard tout-à-fait vénérable, pieux et catholique autant qu'on pouvoit l'être, se plaisoit pourtant à chanter ce couplet, dans lequel il ne voyoit sans doute qu'une plaisante apologie de son goût pour la bonne chère.

ÉPITAPHE DU MARÉCHAL DE SAXE.

SON courage le fit admirer de chac........   1
Il avoit des rivaux, mais il triompha......   2
Les combats qu'il gagna sont au nombre de..   3
Pour Louis, son grand cœur se seroit mis en.   4
En amour c'étoit peu pour lui d'aller à.....   5
Il vivroit s'il eut pu se contenter de.......   6
Mais pour avoir voulu passer douze, hic ja..   7
Ce grand homme mourut en novembre le...   8
Logeant entre le Pont-Royal et le Pont....   9
Pour tant de TE DEUM, pas un DE PROFUN.. 10

Le maréchal est mort à...... 55 ans.

PORTRAIT

D'UNE MÉCHANTE FEMME.

QUAND l'Eternel, non sans remords,
De cette femme eut fait le corps,
Sentant qu'une ame raisonnable
Ne pourroit, sans d'affreux dégoûts,
Habiter dans un corps semblable,
Il en fit la prison d'un diable;
Et c'est le plus damné de tous.

TRESSAN.

Sur l'accident arrivé à la chasse à M. DE S. FLORENTIN.

1 7 6 5.

PAUVRE petit Saint-Florentin,
Le sort a donc ravi la main
Qui rassembla tant de pécune
Dans le giron de Sabatin!
Pour le malheur du genre humain,
Hélas! il t'en reste encore une.

PORTRAIT DE LOUIS XV.

Te voilà donc, pauvre Louis,
Dans un cercueil à Saint-Denis?
C'est-là que ta grandeur expire.
Depuis long-temps, il faut le dire,
Inhabile à donner la loi,
Tu portois le vain nom de roi
Sous la tutelle et sous l'empire
Des tyrans qui régnoient pour toi.
Etois-tu bon? c'est un problème
Qu'on peut résoudre à peu de frais;
Un bon prince ne fit jamais
Le malheur d'un peuple qui l'aime,
Et l'on ne peut appeler bon
Un roi sans frein et sans raison
Qui n'a vécu que pour lui-même.
Voluptueux, peu délicat,
Inappliqué par habitude,
On sait qu'étranger à l'état,
Ton plaisir fit ta seule étude.
Un intérêt vil en tout point
Maîtrisoit ton ame apathique,
Et du pur sang d'un peuple étique
Entretenoit ton embonpoint.
On te vit souvent à l'école
De plus d'un fourbe accrédité,
Au mépris de ta majesté
Te faire un jeu de ta parole;
Au milieu même de la paix
Sur l'art de tromper tes sujets

Fonder ton unique ressource,
Et préférer dans tes projets,
A l'amour de tous les Français,
Le plaisir de vider leur bourse.
Tu riois de leur triste sort,
Et riche par leur indigence,
Pour mieux remplir ton coffre-fort
Tu vendois le pain de la France.
Tes serviteurs, mourant de faim,
A ta pitié s'offroient en vain,
Leurs plaintes n'étoient point admises.
L'infortune avoit beau crier ;
Prendre tout et ne rien payer
Fut ta véritable devise.
Docile élève des cagots,
En pillant de toutes manières,
Quoique parmi les indévots,
Tu disois pourtant tes prières.
Des sages ennemi secret,
Sans goût, sans mœurs et sans lumières,
En deux mots voilà ton portrait.
Foible, timide, peu sincère,
Et caressant plus que jamais
Quiconque avoit pu te déplaire,
Au moment que de ta colère
Il alloit ressentir les traits ;
Voilà, je crois, ton caractère.
Ami des propos libertins,
Buveur fameux et roi célèbre
Par la chasse et par les catins,
Voilà ton oraison funèbre.

ÉPITAPHE DE LOUIS XV.

Louis est mort. Français! vous n'avez plus de roi.
Il étoit bon..... Dis-nous à quoi?

IMPROMPTU

à une jolie femme, soupçonnée de mentir.

On vous accuse de trahir
La vérité, mais c'est pour rire.
Vous aimez trop à l'embellir
Pour ne pas aimer à la dire.

BOUFLERS.

LES DÉCADES DU PARLEMENT.

vers prophétiques faits en 1776.

Gens assis sur les fleurs de lys,
En mil sept cent soixante-six,
Du malheureux Lally, meurtriers politiques,
De l'imprudent Labarre, assassins fanatiques,
Votre fureur renouvela
Les bâillons de Caligula,
Et votre pieuse démence,
Bravant la nature et les loix,
Versa le sang de l'innocence,
Pour venger un morceau de bois.
En l'an septante-six, l'ignorance, l'envie,
L'intrigue, l'intérêt vous font trahir nos droits.
En vain une main pure, et du peuple l'amie,

I.   25

Voudroit briser ses fers, voudroit sécher ses pleurs.
De l'infâme corvée, éloquens protecteurs,
Pour plaire au vieux Narsès, vous perdez la patrie!
        Gens assis sur les fleurs de lys,
        Prenez garde à quatre-vingt six.

VERS AU PRÉSIDENT DUPATY,

au sujet de son mémoire en faveur de trois innocens condamnés à la roue par le parlement de
Paris, en octobre 1785.

        LE premier sénat de la France,
        Si fier et si vil à la fois,
Lui, plus barbare encor que ses barbares loix,
Combattant aujourd'hui pour sa vieille ignorance,
        Arme, dit-on, contre ta voix
        Sa fanatique intolérance.
Il manquoit une gloire à ta sainte éloquence,
Vertueux Dupaty, crains tout de leur fureur;
Puisqu'ils ont, sans remords, égorgé l'innocence,
Ils peuvent, sans remords, flétrir son défenseur.

COPIE de la lettre écrite par M. LEGRAND DELALEU, avocat, à son Ordre, qui l'a interdit pour sa consultation mise au pied du Mémoire de M. DUPATY.

Paris, le 20 mars 1786.

MESSIEURS,

Suis-je avec mes confrères ? ou suis-je avec mes juges ? Dois-je encore chérir la main d'où me vient la persécution que j'éprouve en ce moment ? Je m'honorois de votre adoption : dites, Messieurs, me suis-je trompé ? Chercherois-je ici en vain les vertus inséparables de la noblesse de notre profession ? ce zèle pour le salut public, cette force, cette énergie, cette noble indépendance, ce dévouement qui caractérisent l'avocat ! Le défenseur des Calas, qui fut assis parmi vous, les a-t-il emportés avec lui dans le tombeau ? Quels reproches son ombre vous adresseroit, si vous veniez à dégénérer de ce que vous fûtes toujours ! On m'accuse d'avoir rendu publique la justification de trois innocens, condamnés à la roue par des magistrats qui sont des hommes ! Et avant que j'aie pu vous faire entendre ma défense, déjà je suis puni ! Par provision mon état m'est enlevé. Pouvois-je soupçonner que je serois l'objet d'une telle sévérité ? devois-je l'attendre de vous, Messieurs ? Mais monsieur le bâtonnier sembloit me préparer à cet événement par sa lettre que j'ai reçue le mercredi 8 de ce mois, à 7 heures

du soir, pour comparoître le lendemain à votre
assemblée ; il me refusoit d'avance le titre de con-
frère, titre cher et précieux qui nous lie, et qui
annonce combien nous nous devons des égards.
Je ne puis retenir mes plaintes. C'est donc ainsi
que m'écrit le chef de mon ordre ! Mes confrères
ne me reconnoissent donc plus au moment où je
devois leur être plus cher! Alors mes yeux se sont
remplis de larmes ; et vous sentez bien, Messieurs, après ce que j'ai fait, que je suis incapable
d'en verser sur moi-même : c'étoit sur vous,
Messieurs, que je pleurois ; oui, c'étoit sur vous ;
c'étoit sur ce que l'ordre alloit perdre dans l'opinion publique, en me sacrifiant à des ressentimens
qui lui sont étrangers. En effet, de quoi suis-je
coupable ? J'ai empêché le sang innocent de couler au moment où le sursis obtenu alloit expirer.
Qui de vous, dans cette circonstance, n'eût été
mon complice? J'ai autorisé, par une consultation
revêtue de ma signature, la publicité d'un mémoire dont je n'ai pas la gloire d'être l'auteur, et
qui vous a tous intéressés au point de ne pouvoir
vous empêcher d'aimer et d'estimer le vertueux
citoyen dont il est l'ouvrage. Quel est donc le
crime de ce mémoire? l'effet qu'il a produit. Mais,
Messieurs, c'est le crime de l'éloquence, et ce n'est
pas à vous à le punir. Pour le tort de la publi-
cation de ce mémoire que tout le monde loue,
fût-il d'ailleurs répréhensible, la peine que vous
voudriez m'infliger pour l'avoir approuvé seroit

prématurée. Il est produit devant le conseil du roi, qui n'a rien prononcé encore. Enfin j'ai fait mon devoir; il ne m'appartient pas de vous dicter le vôtre.

LETTRE à M. DUPATY, président au parlement de Bordeaux, auteur d'un Mémoire qui prouve l'innocence de trois hommes condamnés à la roue.

A Brest, le 17 avril 1786.

MONSIEUR,

O vous, qui consacrez vos veilles à la défense des malheureux gémissant dans les fers ! recevez les hommages d'une reconnoissance éternelle. Vous apprenez que trois hommes innocens sont condamnés à périr par un supplice réservé aux plus grands crimes; et ne voyant que le glaive suspendu sur leurs têtes, vous ne craignez pas de prouver à une cour souveraine qu'elle s'est trompée.... Il n'est aucun de ses membres qui, se transportant avec vous dans la prison où languissent ces trois infortunés, ne gémisse sur la foiblesse de l'esprit humain, et les erreurs qu'il peut commettre. En vous voyant au milieu d'eux, je vois l'ami des hommes, le plus tendre et le plus généreux, versant dans leur sein cette douce consolation qui répand un baume salutaire sur les plaies de l'ame. Combien la vôtre n'a-t-elle pas dû souffrir dans un entretien où il falloit paroître calme, pour ne pas alarmer des citoyens déjà condamnés à être flétris, et qui devoient tout redouter de la rigueur des loix ! Vous saviez que l'arrêt de mort avoit été rendu, et vous vouliez faire renaître l'espérance dans des cœurs anéantis par la douleur.... La Providence avoit guidé vos pas, elle seule pouvoit vous donner la force nécessaire pour remplir une aussi belle mission.

Jamais, Monsieur, aucun mémoire n'a fait sur moi autant d'impression que le vôtre; mais si j'ai mêlé mes larmes avec celles que votre sensibilité vous arrachoit, pour ainsi dire, malgré vous (puisque vous eussiez voulu montrer un visage serein et tranquille aux trois victimes de l'erreur que vous consoliez), vous les faites couler encore sur l'incertitude du succès. Que dis-je ? il n'y en a peut-être plus dans ce moment, et Louis XVI a prononcé le jugement que nous attendions de sa bienfaisance. Nouveau Titus, il regarde comme perdus les jours où il n'a pas fait des heureux ; bien loin de chercher à détruire, il embellit l'existence de l'homme en le rétablissant dans tous ses droits ; et après avoir brisé les fers de la servitude, il ne lui manque, pour mettre le comble à sa gloire, que de substituer à des loix barbares d'autres loix aussi justes que sévères pour assurer le repos public. Si j'en crois les vœux de mon cœur et ceux de toute ame sensible, j'apprendrai bientôt

que trois citoyens innocens vous doivent leur salut et leur liberté. Que ce jour sera beau pour
vous et pour l'humanité entière !

Permettez , Monsieur , qu'en vous rendant
compte de l'impression que votre mémoire a faite
sur moi, je vous avoue que j'y ai trouvé une vérité terrible, qu'il seroit peut-être utile de laisser
ignorer à ces ames pures qui jouissent du calme
dû à la vertu ; c'est qu'en admettant en affaire
criminelle les dénonciateurs comme témoins nécessaires , on ne doit être jamais tranquille sur
l'avenir. Des hommes pervers peuvent traduire
devant les tribunaux des citoyens tout-à-fait
estimables, et dont les vertus honorent l'humanité. Pourquoi ne pas réformer des loix criminelles dont l'injuste rigueur est reconnue depuis
si long-temps ? J'ose me flatter , Monsieur , que
votre ouvrage produira un double effet, celui de
rendre à leurs familles trois infortunés qui ne
supportent la vie que par l'espoir d'y être réunis,
et celui que l'intérêt général de la nation sollicite
depuis plusieurs siècles.

Comme il ne suffit pas de plaindre les malheureux, et qu'on ne partage réellement leur situation qu'en cherchant à l'adoucir, je joins ici une
lettre-de-change de trois cents livres, en vous
priant, Monsieur, de la faire passer aux trois
infortunés dont vous prouvez l'innocence. Je sacrifie tous les ans six cents livres pour former
une bibliothèque, où je tâche de réunir les ou-

vrages les plus intéressans, dont les premiers seront toujours ceux qui consacrent les actes de bienfaisance. Je réduirai cette année, à la moitié, ma dépense ordinaire, et je mettrai à la place de cent volumes, le mémoire où vous défendez si bien les droits de l'humanité : je n'y perdrai sûrement rien, et j'aurai saisi une occasion de vous prouver la vénération et le respect avec lesquels je suis,

MONSIEUR,

Votre très-humble et très-dévoué serviteur,

le ch^{er} DE MASSAC, Commissaire de la Marine.

RÉPONSE du président DUPATY à la lettre précédente.

MONSIEUR,

Je ne peux vous exprimer tous les sentimens que m'ont fait éprouver les vôtres, les vôtres si nobles, si généreux, si touchans, et peints avec tant d'énergie. C'est votre sensibilité, Monsieur, qui mérite des éloges, et non la mienne. J'avois ces tristes victimes sous les yeux; la Providence me les avoit, pour ainsi dire, amenées sur mon chemin; j'ai entendu presque physiquement le cri

de leur innocence; est-il étonnant que j'aie volé
à leur secours? Mais vous, Monsieur, le seul récit de leur infortune, et de leur infortune passée
en quelque sorte, vous émeut, vous attendrit,
vous touche au point que vous n'avez pas de
repos que vous n'ayez répandu votre ame dans
l'ame de leur défenseur, et votre miséricorde à
leurs pieds. Quel citoyen! quel sage! quel homme
vous êtes, Monsieur! Je n'ai lu que votre lettre,
et je ferois votre portrait; je le vois dans tous les
cœurs; vous êtes cher à tous ceux qui vous approchent. Ne serai-je jamais assez heureux pour
aller à Brest, ou pour que vous veniez à Paris?
Mais il faut mettre des bornes à ses desirs. J'ai
votre lettre, et ces malheureux ont un bienfait
de vous. Vous êtes digne d'apprendre que déjà leur
requête en cassation a été admise au conseil à la plu-
ralité de cinquante-quatre, contre dix qui étoient
d'avis de débouter. Je travaille à une nouvelle
requête en cassation qui ne laissera rien à desirer,
et qui répandra encore sur l'affaire de nouvelles
lumières. Je regarde la cassation comme infaillible
malgré la cabale, et je ne doute pas davantage
d'un arrêt d'absolution en définitive. Dès que j'aurai sauvé ces trois infortunés, je volerai au secours de quelques autres qui, sur le bruit de ce
mémoire, ont poussé des cris vers moi; enfin
je me hâterai de mettre la dernière main à un
grand ouvrage sur la justice criminelle auquel je
travaille depuis long-temps. Peut-être aurai-je le

bonheur de vous voir un jour, et alors j'aurai vécu.

J'ai l'honneur d'être avec toute l'estime, tout le respect, tout l'attachement qui vous est dû,

MONSIEUR,

Votre très-humble et très-dévoué serviteur,

le président DUPATY.

A Paris, 27 avril 1786.

ODE

SUR LE MARIAGE DES PRÊTRES.

1.

Amour, est-ce pour moi que tes feux étincellent ?
Est-ce pour moi qu'hymen allume ses flambeaux ?
Je renais au bonheur, et les plaisirs m'appellent ;
Je retrouve mon être échappé des tombeaux,
　　Où de fanatisme avide,
　　De moi pieux homicide,
　　D'une sacrilége voix,
　　A l'Être, auteur de la vie,
　　Je fis le serment impie
　　D'être rebelle à ses loix.

2.

Quoi ! j'hésite ! O remords ! est-ce toi qui m'arrêtes ?
Des remords d'être heureux ! O superstition !
Dès long-temps, sous mes pieds, j'écrasai tes cent têtes ;
Dès long-temps tu n'as plus de droit sur ma raison :
　　Et quand mon esprit stoïque
　　Au préjugé fanatique
　　Ote tout pouvoir sur lui,
　　Mon courage qui le brave,
　　Du respect humain esclave,
　　Le craindroit-il en autrui ?

3.

Je te défie, éclate en ta rage infernale,
Fanatisme, rugis, fais siffler tes serpens :
Des dévots contre moi que la haine s'exhale :
Qu'importent les humains, quand les cieux sont contens?
    Nature, long-temps jalouse,
    Amant chaste d'une épouse,
    Je me mets dans ton lien ;
    Et soumis aux loix de l'Être,
    Fais d'un inutile prêtre,
    Un utile citoyen.

4.

Quand j'accomplis tes loix, s'il faut que je t'offense,
Je ne te connois plus, ô Dieu ! qui fis l'Amour,
Ces feux générateurs, cette féconde essence,
Par qui tout reçoit l'être, et le rend à son tour !
    Et par cet heureux systême,
    Si c'est ton dessein suprême
    Que l'Être soit répandu ;
    La stérile continence,
    Qui fraude ta providence,
    Peut-elle être une vertu ?

5.

Le plaisir se soumet la riante nature :
Tout aime, tout s'unit : en de touchans transports,
De ses félicités tout reçoit la mesure,
S'empresse d'être heureux et jouit sans remords :
    L'homme seul, farouche et triste,
    Croit que le plaisir existe

Pour le malheur des méchans ;
Et que son Dieu, sans colère,
Ne peut le voir satisfaire
Ses desirs et ses penchans.

6.

Quoi ! l'hymen, à ses yeux, seroit une souillure !
Du prêtre sacrilége, indigne des autels,
Dès qu'il seroit époux, la main profane, impure,
Ne lui pourroit offrir que des dons criminels !
  Des cœurs, des sens, des organes,
  Ne sont ni saints, ni profanes ;
  Ils remplissent leur objet :
  Dieu fit l'homme et non le prêtre :
  Et rien n'est impur dans l'Être,
  Devant celui qui l'a fait.

7.

De ta dure vertu tu crois donc qu'il s'honore,
Imbécille pieux ? Qu'il voit d'un œil charmé,
Les ravages d'un cœur, qu'un feu secret dévore,
Les tourmens des desirs, dont il est consumé ;
  Plus que si calme et paisible,
  Des bras d'un objet sensible,
  Tu venois à ses autels,
  Bénissant ce père tendre
  Du soin qu'il a daigné prendre
  De rendre heureux les mortels.

8.

Viens, avance à l'autel pompeuse et triomphante,
Jeune vierge, jouet des superstitions :
Dans la tombe sacrée, où tu descens vivante,
Engloutis avec toi des générations.

Mais quel poison te consume ?
L'ennui, les maux, l'amertume
Bornent ta belle saison :
Vengeant, par ce lent supplice,
D'un absurde sacrifice,
La nature et la raison.

9.

Immole l'une et l'autre à l'or du sanctuaire,
Sois prélat : sacrifie à ton luxe effréné
Le besoin d'être époux, le plaisir d'être père ;
Je t'attends au retour d'un destin suranné :
On insulte à ta foiblesse,
On fuit ta morne vieillesse,
Tu pèses à l'amitié :
L'œil froid de l'indifférence
Se fixe sur ta souffrance,
Sans émouvoir sa pitié.

10.

Il a veilli l'auteur d'une heureuse famille :
Mais, qu'il est cher encor ! qu'il est intéressant !
Une épouse attentive, une sensible fille,
N'occupent que de lui leur amour caressant.
On est heureux, s'il sommeille :
On est heureux, s'il s'éveille :
S'il desire, on l'est encor ;
La trame de sa vieillesse,
Par les mains de la tendresse,
S'achève de soie et d'or.

11.

Le prêtre, cependant, dévoré de luxure,
Vaincu par les besoins plus que par les desirs,

Sans bonheur, sans amour, sans jouissance pure,
Poursuit, dans le secret, de faciles plaisirs ;
    Mêlant, dans sa conscience,
    Les passions, la décence,
    Le dévot, le débauché,
    Les terreurs d'un sot crédule,
    Les repentirs, le scrupule,
    Et la fureur du péché.

12.

L'ignorant le poursuit des traits de la satire ;
Mais le sage le plaint ; le sage est indulgent.
Des loix du cœur humain il a subi l'empire :
Le prêtre est criminel, mais l'homme est innocent.
    En vain on veut se soustraire
    A ce pouvoir nécessaire,
    Qu'ont sur nous les passions :
    Des sermens le cœur se joue ;
    Et la nature secoue
    Le frein des religions.

13.

L'homme est fait pour l'hymen, et le prêtre est un homme.
Il est mal captivé par les humaines loix.
L'Amour ne connoît pas les défenses de Rome ;
Et le prêtre écarté remet l'homme en ses droits.
    Alors, l'ascendant suprême
    De la religion même
    Est un piége à la raison :
    Et Lacadière séduite,
    Entre les bras d'un jésuite,
    Apprend l'art de l'oraison.

14.

Du sage Fénélon, aimable Quiétiste,
Martyr de l'amour pur, de Dieu grand champion,
Le cœur trompa l'esprit : l'Amour le fit sophiste;
Il puisoit l'amour pur dans les yeux de Guyon.

> Pour ce père de l'église,
> Bossuet, qui le tyrannise,
> D'époux il cache le nom :
> Et sans blesser sa morale,
> A sa flamme conjugale
> Se livre avec Mauléon.

15.

Vous êtes pour le moins suspects dans la chronique,
Toi, superbe Hildebrand, toi, prêtre de Cahors,
Jean vingt-deux! Contre vous vous armiez la critique;
Quant à moi, je consens qu'on excuse vos torts.

> Mais, l'un, pour doter l'église,
> De sa dévote soumise
> Prend trop aisément le bien :
> L'autre, auprès de sa comtesse,
> Qu'il promène et qu'il confesse,
> Est trop assidu pour rien.

16.

Si vous voulez en grand contempler des scandales,
C'est Rome qu'il faut voir : Rome, dans leur éclat,
Présente les vertus, les mœurs sacerdotales,
Et dans sa sainteté montre le célibat.

> Des Sergius, d'âge en âge,
> D'un honteux libertinage,

Blessent les chastes regards :
Et plus d'une Marosie
Place sur la chaire impie
Ses amans et ses bâtards.

17.

Etale aux yeux romains des horreurs plus sublimes,
Efface, Borgia, ces vulgaires forfaits :
Sur ce trône sanglant, souillé de tant de crimes,
Fais voir qu'on n'avoit pas épuisé les excès.
        Abominable Lucrèce,
        Accorde, dans ta tendresse,
        Tes incestueux amans :
        Monstre, fais voir à la terre
        Le spectacle d'une mère
        Tante et sœur de ses enfans.

18.

Laissons les grands excès, revenons au vulgaire.
Entendez-vous ce prêtre, au silence des nuits,
Confiant ses soupirs, son tourment solitaire ?
A quels plaisirs affreux ses desirs sont réduits !
        O mort de races à naître !
        O crime ! ô perte de l'Être !
        Illusion des desirs !
        Pour qui ces transports, jeune homme ?
        Tu caresses un fantôme,
        Et t'assouvis sans jouir.

19.

Fus-tu calomnié, misérable jésuite ?
A quelle rime infâme on accolle ton nom !
Tout jeune templier, par état sodomite,
D'un templier brutal étoit-il le Giton ?

1.   26

Tous ? C'est trop ; je ne puis croire
Ces scandales, de l'histoire
Trop vagues assertions.
Mais chez des célibataires,
Je puis croire plus vulgaires
Les excès des passions.

20.

Dans les flancs du volcan la lave surabonde,
Il faut qu'il la vomisse : en torrens enflammés
D'une liqueur de feu roule une mer profonde,
Qui couvre, au loin, les champs de ses flots allumés.
D'un prêtre le sang fermente ;
Il résiste à la tourmente,
Il contient la passion :
Mais l'impétueuse flamme
Enfin remplit trop son ame,
Et fait son éruption.

21.

Quel désordre honteux égare ta famille,
Père trop confiant ? Quel funeste poison,
De ta chaste moitié, de ta pudique fille,
A troublé les esprits et perdu la raison ?
De ta maison respectée,
Par l'innocence habitée,
Le crime a banni l'honneur :
Les soupçons, les jalousies,
Cruels enfans des furies,
En ont banni le bonheur.

22.

C'est ce prêtre, artisan de criminelles trames,
Altéré de débauche, enivré de fureurs,

Qui d'un filtre mortel empoisonna leurs ames,
Et dans ton sein honnête a versé ces horreurs.
　　Les mœurs, la paix domestique,
　　La fidélité pudique,
　　S'exilent, dès qu'il paroît :
　　Et la vertu, sans défense,
　　Perd son aimable innocence,
　　Devant son impur aspect.

23.

L'intrigue est sur ses pas, compagne du mystère ;
Il médite, en secret, la débauche et l'affront ;
Son cynique regard respire l'adultère :
Et le crime insultant triomphe sur son front.
　　Dans ses discours sans décence,
　　De la grossière licence
　　Le fiel âcre est répandu :
　　Et la vapeur, qui s'exhale
　　De sa bouche impure et sale,
　　Est la mort de la vertu.

24.

Des hommes asservis à tes loix nécessaires,
Nature, ayant un cœur, des organes, des sens,
Jamais époux ! toujours refusant d'être pères.
Et fuyant de l'hymen les plaisirs innocens !
　　Quel germe fécond de crimes
　　Et d'amours illégitimes !
　　On dit avec vérité :
　　Celui qui n'a point de femme,
　　Sur celles d'autrui, dans l'ame,
　　A toujours un peu compté.

25.

Siècle tant desiré par la philosophie,
Par la philosophie amèrement pleuré ;
Dans ses loix la nature est du moins rétablie,
Et dans ses premiers droits l'homme libre est rentré.
        Au prêtre sans fanatisme,
        Bravant Rome et le papisme,
        L'hymen offre ses douceurs :
        Et cette loi juste et sage,
        Immortalisant notre âge,
        Fera le salut des mœurs.

Notes historiques et philosophiques sur L'ODE précédente.

Sur la première Strophe. — Le vœu de continence
est certainement blasphèmatoire, injurieux à la Providence. On n'en trouve ni le commandement dans
l'évangile, ni l'exemple dans les premiers siècles de
l'église. Tous les apôtres eurent des femmes. Les premiers évêques eurent des femmes. Les épouses ou con-
cubines des prêtres, toujours frappées d'anathêmes,
foudroyées par les canons, ne se réduisirent que vers
le dixième siècle à la qualité de gouvernante. De quelque idée de perfection qu'on prétende justifier ce vœu,
aucune religion ne peut sanctifier un engagement qui
contrarie l'objet primitif de la nature ; qui détruit le
but de la Providence dans la création ; qui met Dieu
en contradiction avec lui-même. Quand Dieu a déclaré
que tout ce qu'il a fait est bien, le mieux ne peut être
qu'un mal, une impertinence purement humaine. La

connoissance de la nature, la conformité à ses principes, sont une pierre de touche dont les religions ne soutiennent pas l'épreuve.

Sur la seconde. — Rien ne caractérise plus l'ignorance populaire, la basse superstition, que ces déclamations fanatiques contre un honnête homme qui, autorisé par les loix, cherche dans le mariage un asyle à ses mœurs, et un préservatif contre les dangers du célibat. Ames pieusement imbécilles et cruelles, donnez carrière à votre zèle : vomissez en liberté le fiel de la haineuse dévotion; il ne s'indignera pas, lui, car il n'est pas dévot : mais plus charitable que vous, en se félicitant d'échapper à votre misérable estime, qui n'annonceroit qu'une analogie humiliante avec vous, il se contentera de vous prodiguer la plus profonde pitié et le plus juste mépris.

Sur la troisième et la quatrième. — Dieu n'a pas plus changé le système moral de l'homme, que le système physique de l'univers. Un Dieu, dont le pouvoir est égal à sa sagesse, ne revient pas sur ses ouvrages ; il n'a pas besoin de changer, de corriger, de perfectionner ce qu'il a fait. Si la Nature est ce qu'elle a toujours été, pourquoi se seroit-il établi un nouvel ordre de choses pour l'homme? Qui le prouveroit d'ailleurs? Ce n'est pas la conduite des prêtres. L'homme n'a-t-il pas le même instinct, le même penchant, les mêmes passions? Pour que Dieu, sans être barbare et cruel, eût le droit de faire à l'homme un devoir de la continence, il faudroit qu'il changeât sa constitution physique. Origène fut follement conséquent. L'église romaine, qui exige dans les prêtres les organes de la génération, et qui leur en défend l'usage, tombe dans une contradiction ridicule, et s'expose à tous les scandales qui doivent résulter de cette loi insensée. Pauvres humains, cerveaux blessés, qui avez la manie de vouloir plaire à Dieu, à qui vous ne ferez jamais que pitié : est-ce en renversant ses loix, en détruisant ses ouvrages, que vous pouvez lui plaire ? Tâchez plutôt d'être ce qu'il vous a faits, ce qu'il vous commande d'être, de bons époux, de bons pères, et sur-tout de bonnes gens, ce qui vous est si difficile.

Sur la cinquième. — Le terrorisme est l'esprit des religions. Elles ont mal connu Dieu. Elles en ont fait un être chagrin et fâcheux, qui commande la misanthropie, qui se complait dans l'infortune de son ouvrage. Des pénitences, des mortifications ! c'est bien là l'esprit de la nature ! En l'étudiant, je vois un Dieu bienfaisant, père de l'homme, lui prodiguant les félicités, l'environnant de jouissances; tous ses besoins sont des sources de bonheur. Le repos, le sommeil, la faim, la soif, l'amour, tous ses sens, tous ses organes, sont des occasions et des moyens de plaisirs. Il invite, que dis-je ? il force : car qui peut résister à l'impulsion impérieuse des loix choisies par sa sagesse? Il force l'Être à se conserver, à se multiplier par le charme du plaisir. Tel est le Dieu de la nature. Mais le Dieu de l'homme? Il est barbare, cruel, et bête comme lui.

Sur la sixième. — Comme les religions confondent les idées de la vertu ! La stérilité des femmes est un châtiment dont Dieu menace son peuple : nous lui faisons une matière d'hommage de la stérilité volontaire des nôtres. Les prêtres juifs devoient être époux; c'étoit pour eux une affliction et une disgrace de n'être point pères. Les prêtres catholiques ne peuvent être époux, et ne prennent que furtivement le titre de pères. Il est vrai que le très-peu philosophe législateur des Hébreux, avoit rempli le code du lévitique d'une multitude d'impuretés légales ; qu'il prescrit aux sacrificateurs des abstinences, des purifications ; que l'écoulement périodique rendoit une femme impure ; comme si les regards de Dieu pouvoient, ainsi que ceux des hommes, être blessés de la vue d'une femme dans cet état ; comme s'il avoit l'injustice de lui faire un crime d'une infirmité gênante, à laquelle il a jugé à propos d'assujettir son sexe ! Mais, quelque ignorant que fût le législateur, quelque absurde et superstitieux que fût le peuple de Dieu, la sottise ne fut jamais portée jusqu'à sanctionner que le mariage est un état profane ; que des mains qui touchent une femme, ne peuvent plus servir aux autels. Si l'on peut, au contraire, louer de quelque politique cette barbare législation, c'est pour avoir honoré le mariage, pour avoir encouragé les hommes à remplir l'objet de la nature, en faisant de cet objet un devoir lié à ceux de la religion. L'église grecque n'a pas cru que la sainteté de ses mystères fût incompatible avec une union qu'elle a déclarée sainte. C'est le premier changement que les Protestans crurent devoir faire à la discipline, en établissant la réforme. L'on n'est choqué, ni à Pétersbourg, ni à Stokholm, ni à Amsterdam, ni à Londres, de voir un prêtre quitter sa femme et ses enfans pour aller faire le service divin, ou prêcher la morale. Pourquoi cela est-il choquant parmi nous ? C'est parce que l'usage est nouveau. Eh bien, courage ! avec le temps il vieillira, et finira par être applaudi.

Sur la septième. — Dieu seroit bien cruel d'avoir

laissé à l'homme prêtre un penchant irrésistible, un besoin insurmontable pour en faire son tourment. Quand les canons reprenoient quelque vigueur, et essayoient de contraindre les prêtres à renvoyer leurs femmes, les prêtres se soulevoient, et menaçoient de quitter plutôt leurs cures. Un prêtre aimer mieux sa femme que son bénéfice! est-ce-là une preuve du pouvoir de ce penchant impérieux?

Sur la huitième. — La nature punit, dans les célibataires, la résistance à ses loix, la non-conformité à ses intentions, par les suites les plus effrayantes. Les humeurs destinées à la génération, faute d'être employées à leur objet, causent des désordres affreux dans le physique et le moral de l'homme : des ulcères, des maladies de l'uterus, des spasmes, des vapeurs, l'aliénation de l'esprit, l'imbécillité, une jeunesse languissante, une vieillesse infirme, une mort prématurée. Le renversement du systême de la nature ne peut être sans conséquence. Il faut que tout aille à son but, remplisse sa destination.

Sur la onzième. — Peut-être n'est-il pas de sort plus digne de compassion que celui d'un prêtre qui respecte la contradiction de ses devoirs avec le vœu de la nature. Ce mélange des passions et de la religion, cette alternative de foiblesses et de remords, ce passage journalier de la chute au repentir, les anxiétés, les syndérèses, les tourmens de la conscience, la révolte des sens, les emportemens de la nature, les combats éternels de l'homme contre l'homme, en font un des êtres les plus infortunés. Le passage de cet état laborieux et pénible à un état qui met l'ame dans une situation calme et paisible, en tranquillisant les sens, est jugé comme

un monstrueux sacrilége par des hommes froids, in-
sensibles, apathiques, qui, assez heureux pour être dé-
pourvus de passions, ignorent ce qu'il en coûte pour
les combattre : dont la charité mal entendue pardonnera plutôt à un prêtre licencieux une vie criminelle,
l'infraction des saintes loix du mariage, la séduction
de l'innocence, les outrages aux mœurs, qu'elle ne lui
pardonnera de prévenir ces désordres, en se prémunis-
sant, par une ressource honnête et légitime, contre les
dangers de la foiblesse et les infirmités de la nature. Le
prêtre scandaleux est plaint ; le prêtre qui craint de
scandaliser est un monstre.

Sur la treizième. — Un prêtre rencontroit des dangers dans la nature même de son ministère. Celui de
la confession étoit confié à un jeune homme sensible,
inflammable, dans l'âge des passions. Une femme, jeune
comme lui et plus charmante, lui faisoit le détail de ses
jolis péchés, de ses foiblesses aimables. C'étoit pour
lui un devoir de fouiller dans les profondeurs de ce
cœur sensible, de mettre à nu cette ame ingénue et
tendre, d'acquérir les connoissances les plus détaillées.
Quel dangereux entretien pour un jeune homme ! le
plus sévère stoïcien s'y seroit trouvé compromis. Mais
Dieu sait comment nos agréables abbés et nos jeunes
vicaires se tiroient de ce pas glissant !

La confession étoit la partie du bas-clergé. Elle étoit
abandonnée aux curés, aux vicaires, aux moines. La
direction étoit un emploi plus distingué. Le directeur
ne donnoit que des conseils de conscience. Il y avoit,
entre lui et le confesseur, la différence qui est entre le
médecin qui ordonne les remèdes et l'apothicaire qui
les prépare et les administre. L'abbé Gobelin étoit un

homme important près de madame de Maintenon. La direction établissoit entre l'ecclésiastique éclairé, vertueux, et la dévote sage, une liaison sainte, une pieuse intimité, telle qu'entre un père spirituel et sa fille. Mais madame Guyon dirigeoit sans doute Fénélon, car c'étoit elle qui l'appeloit son fils. Le directeur, comme médecin spirituel, étoit un homme dont on ne pouvoit se passer. Il étoit consulté sur toutes les petites indispositions de l'ame, dégoûts, tiédeurs, refroidissemens de la grace, inquiétudes du cœur, tribulations de la chair. Il appliquoit les remèdes de son art mystique. Il faisoit ensuite un souper délicat, exquis, avec sa pieuse fille, où vous sentez que tout se passoit innocemment, saintement. Ces mysticités eurent, de temps à autre, des conséquences fâcheuses. Quelques mères de famille étoient séduites, des filles foibles étoient entraînées dans des désordres; les familles étoient déshonorées, plongées dans la honte et l'affliction; mais la chose étoit bonne de soi. L'abus d'une bonne chose n'en doit pas faire supprimer l'usage. Les prêtres du rit romain ne laissoient pas de diriger et de confesser; les pères avoient soin de leur envoyer leurs femmes et leurs filles; et celles-ci avoient beaucoup de goût pour la confession, sur-tout quand le confesseur étoit jeune et aimable.

Des idées mystiques, une perfection imaginaire et romanesque, étoient pour les prêtres un grand moyen sur l'imagination vive des femmes. Le jésuite Girard enseignoit à Lacadière la science de l'oraison, l'art d'exalter l'esprit, de le détacher des sens, de rendre l'ame étrangère à la matière, en sorte qu'elle ne participoit plus aux actions du corps; il lui procuroit des extases; et pendant ses ravissemens, il faisoit sur elle des essais de son système.

Sur la quatorzième. — Le même cerveau dont Télémaque étoit une conception, avoit donc pu concevoir aussi le livre des Maximes des Saints? A-peu-près comme le grand homme qui s'est immortalisé par ses découvertes sur le calcul intégral, sur la gravitation, sur la nature de la lumière, a fini par commenter l'Apocalypse. O MISERAS HOMINUM MENTES! Fénélon put donc se prêter aux idées d'une visionnaire, qui prophétisoit, qui suffoquoit de la grace, et faire sérieusement avec elle, du galimatias sur le moyen court? J'ai toujours cru que cela ne pouvoit s'expliquer que par cette intelligence secrète, et cette attraction d'instinct qui est entre les deux sexes. Le père de Télémaque aimoit de bonne foi et sans s'en douter. La galanterie n'entroit pour rien dans cette liaison. Fénélon étoit si sage, que cet amour métaphysique n'éleva contre lui aucun soupçon, et le laissa jouir de toute sa réputation. Une déclaration de l'assemblée du clergé rendit même justice à la sagesse de son amie. Cette extravagance théologique n'auroit que rendu Fénélon ridicule, si un aussi grand homme avoit pu l'être.

Si l'affaire du quiétisme ne nuisit point à Fénélon, elle rendit odieuse la mémoire de Bossuet, qui persécuta son ami, qui se déshonora par un rôle de tartuffe; en attachant à ces querelles ridicules une importance qu'elles n'avoient pas; en alarmant ce bigot de Louis XIV que madame de Maintenon, l'âge et les revers avoient rendu imbécille; en se jetant à ses pieds pour lui dénoncer son ami comme hérétique, pour lui demander pardon de ne l'avoir pas averti plutôt du poison contenu dans ses opinions. Il paroît constant, que soit avant, soit après son engagement dans les ordres, il avoit épousé secrètement mademoiselle Desvieux de Mauléon. Son opinion sur le mariage des prêtres l'autorisa-t-elle à en contracter un, ou embrassa-t-il dans la suite cette opinion par le besoin de se le justifier à lui-même? Il pensoit qu'un prêtre qui se marie, pèche contre la discipline de l'église; mais que rompre un tel mariage, c'étoit pécher contre le décalogue. Le père Lachaise lui disoit plaisamment qu'il étoit plus mauléoniste que moliniste.

Sur la quinzième. — Les mœurs sévères, la dureté d'esprit que Grégoire VII avoit contractées dans le cloître, ont fait croire, malgré la jeunesse de Matilde, que cette liaison étoit moins criminelle qu'intéressée. Elle valut à l'Eglise ce qu'on appela depuis le Patrimoine de saint Pierre. La conquête d'un état étoit plus dans le goût de ce pape ambitieux et austère, que celle d'une femme. On critiqua la conduite du pape Jean XXII avec la comtesse de Perigord; mais on croit communément qu'il aima plus l'argent que les femmes.

Sur la seizième. — Le siége de Rome fut souillé par les débauches, et déshonoré par des scandales dans les neuvième et dixième siècles. Théodore et Marosie, deux courtisannes puissantes dans Rome, disposoient de la tiare par leurs intrigues. Sergius III eut de Marosie un fils qui devint pape sous le nom de Jean XI.

Sur la dix-septième. — Alexandre VI passoit dans l'opinion publique pour jouir des faveurs de sa fille Lucrèce, qui vivoit déjà dans un commerce incestueux avec César Borgia, son frère. Les débauches, les cruautés des Tibère, des Néron, n'eussent été que des jeux d'enfans pour ces monstres. L'histoire des passions humaines ne fournit pas d'exemples d'une famille entière plus monstrueuse, dans qui le caractère de l'homme fût plus dégradé, l'espèce humaine plus dénaturée.

Sur la dix-neuvième. — Le mot Jésuite est pris ici collectivement ; c'est le corps entier qu'on accusoit d'une dépravation générale, à qui on reprochoit d'enseigner à la jeunesse, dont il étoit du bon ton de confier l'éducation aux jésuites, toute autre chose que les humanités. Les jésuites étoient calomniés, sans doute; mais il est triste d'avoir été l'objet d'une calomnie aussi accréditée, aussi répandue. Les templiers avoient été accusés des mêmes désordres, de la même immoralité que les jésuites, peut-être avec moins de fondement. Un grand nombre fut livré aux flammes : les jésuites furent renvoyés dans leurs familles avec des pensions; les mœurs s'étoient adoucies.

Sur la vingtième. — Heureusement on ne voit que les surfaces. La vue approfondie d'un célibataire feroit souvent frissonner. Sous cet extérieur sage et composé, quelle agitation! quel bouleversement! que de désordres et d'horreurs on seroit souvent étonné de découvrir! on ne fait point cette fouille pour épargner aux regards ce spectacle des misères humaines. Celui qui a quelque expérience, quelque connoissance de la nature et des hommes, n'a pas besoin qu'on lui lève la toile pour voir le tableau.

Concluons que, puisque la nature invite les deux sexes à s'unir par l'empire du besoin et par l'attrait du plaisir; puisqu'on peut dire que c'est une loi universelle de la condition humaine, à un infiniment petit nombre d'exceptions près; puisque la résistance à cette loi entraîne les conséquences les plus fâcheuses; puisque le célibat est une source d'infortunes et de tourmens privés, de scandales, de corruption, de désordres publics; la constitution française a mieux connu la nature et le physique de l'homme que la constitution catholique romaine; qu'enfin si, selon un principe consacré par Rome même, il vaut mieux se marier que brûler, MELIUS EST NUBERE QUAM URI; le mariage est une loi pour tout le monde; attendu qu'il n'est personne qui ne soit atteint de ce feu, l'ame de la nature, esprit vivifiant des Êtres, tourment d'enfer pour les célibataires, et volupté céleste pour les jouissans.

D * * * * * * *.

LETTRE DE J. J. ROUSSEAU

AU MARQUIS DE CONDORCET.

A Monquin

$$\left\{\begin{array}{l}\text{Pauvres aveugles que nous sommes !}\\\text{Ciel ! démasque les imposteurs,}\\\text{Et force leurs barbares cœurs}\\\text{A s'ouvrir aux regards des hommes.}\end{array}\right\} \quad 17\frac{16}{2}70.$$

J E suis pénétré, Monsieur, de l'honneur que vous me faites de m'envoyer vos Essais d'Analyse, et je m'en sens digne par ma sensibilité, quoique je le sois si peu par mon intelligence, trop bornée pour me mettre en état de lire cet ouvrage, que ma tête affoiblie ne me permettroit même plus de suivre, quand j'aurois les connoissances nécessaires pour cela. Que je vous envie le plaisir de cultiver de profondes études qui mènent à des vérités qu'un homme isolé peut dire impunément à ses semblables, sans avoir besoin de tenir à des partis, et de se donner des appuis ! Si j'avois à renaître, je tâcherois d'être votre disciple, pour mériter l'honneur d'être un jour votre émule et votre ami. Mais ne pouvant, dans mon ignorance, être que votre stupide admirateur, je vous remercie au moins du moment de véritable douceur que votre obligeante attention jette sur ma triste existence. Je vous salue, Monsieur, et vous honore de tout mon cœur.

R O U S S E A U.

FIN DU TOME PREMIER.